愿你阳光之下无阴霾

YUANNI YANGGUANG ZHIXIA WUYINMAI

熊振华 著

山西出版传媒集团
山西经济出版社

图书在版编目（CIP）数据

愿你阳光之下无阴霾 / 熊振华著 . -- 太原 : 山西经济出版社，2020.3

ISBN 978-7-5577-0653-1

Ⅰ.①愿… Ⅱ.①熊… Ⅲ.①散文集—中国—当代 Ⅳ.① I267

中国版本图书馆 CIP 数据核字（2020）第 030876 号

愿你阳光之下无阴霾

著　　者：熊振华
责任编辑：李春梅
封面设计：杨万宁

出 版 者：山西出版传媒集团 · 山西经济出版社
地　　址：太原市建设南路 21 号
邮　　编：030012
电　　话：0351-4922133（市场部）
　　　　　0351-4922085（总编室）
E-mail：scb@sxjjcb.com（市场部）
　　　　zbs@sxjjcb.com（总编室）
网　　址：www.sxjjcb.com

经 销 者：山西出版传媒集团 · 山西经济出版社
承 印 者：山西出版传媒集团 · 山西人民印刷有限责任公司

开　　本：787mm × 1092mm　1/16
印　　张：22.5
字　　数：400 千字
版　　次：2020 年 3 月　第 1 版
印　　次：2020 年 3 月　第 1 次印刷
书　　号：ISBN 978-7-5577-0653-1
定　　价：68.00 元

目录
CONTENTS

第一部分
哲思录

第二部分
感悟录

第三部分

随想录

第一部分
哲思录

第一辑　为着始终不变的初心

理想高悬脑际，思绪浪迹天涯；理想是人们心中的一轮太阳，如果我们耽于瞻望和等待，理想就永远是一轮止于仰望的太阳。

一、理想篇

理想不等于想入非非，梦想不等于虚无缥缈。

追随理想的人，朝着自己的理想目标不断前进；没有理想的人，整日浑浑噩噩、不思进取，最后只能被生活所淘汰。

为利益、为地盘、为权势、为虚荣的理想，其实都是浅层次的，在时空这面巨型透视镜下，它一定会现出原形，变得毫无价值。

理想高悬脑际，思绪浪迹天涯。

追随理想的人，其实都很单纯，他们只是追随理想，很少过问前程。

单纯的务实易通向平庸，纯真的理想往往以幻灭告终。

人在刚性需求面前，一定会扯掉一切高调宣扬的、完美主义的、不食人间烟火的理想面纱。

理想有时就是一棵柔弱的小树苗，你可以忽视它的存在，却不能讥讽它的将来。

伟人的理想是理想，凡人的理想也是理想。再微小的理想也可以化为向上的动力，只要它的方向是对的，那么它的未来就充满了希望。

伟大的理想之所以伟大，就在于它是常人难以实现的。想要做一个与众不同或成就非凡的人，就要在起步时下定决心，锲而不舍、始终如一地坚持到底，才能够达到目的，实现理想。

一个以理想充实精神生活的人，对待身外之物自会有一种淡泊的态度，贫富皆不改其志，真正看轻了得失，以至于对得和失都处之泰然了。

有了坚定的理想、清晰的目标和正确的价值取向，就不会随波逐流，就不会在意别人的眼光以及世俗的标准。

理想是人们心中的一轮太阳，如果我们耽于瞻望和等待，理想就永远是一轮止于仰望的太阳。

每个人都有理想。从人生的起点出发，我们一直在为那个美好的、朝思暮想的理想而努力奔跑。然而，努力奔跑不等于全速奔跑，也不等于没有磕磕绊绊或中途不掉队。

没有理想的人，不可能取得长足的进步。人在想象世界中漫步，其实质就是追求理想的过程。

只有树立理想，才能构筑自己人生的大厦。

记忆的尽头往往是童谣。世界上令人痛苦的事情莫过于理想不能实现，但更为可悲的是：因为琐碎的生活，我们连理想都丢失了。

对许多人而言，理想是青少年时代的伴生物。随着年龄的增长，阅历的增加，理想慢慢风化了，剥蚀了，或者被种种现实替代了。

理想的缺失正成为社会中坚阶层的人共同的问题。越是如此，我们就越应坚持自己的理想，忠于自己的理想，使理想慢慢变成现实。

人是需要理想的。当一个人没有更进一步的理想，而只有金钱的时候，当日渐丰盈的物质生活在我们体内堆起一层厚厚的脂肪，我们打着充满油腻的饱嗝，抱怨人生的种种得失时，我们真正的灵性正在日渐消逝。

最伟大的成就，在最初一段时间内都是一种理想或者说是一种心理蓝图。

有了愿望就有所获得，有了追求就有所成就。心怀崇高理想，又具远见卓识的人，总有一天能实现自己的理想。

一般而言，青年人往往是理想主义者，老人多是现实主义者。然而，某些人虽步入老年，但心态年轻，信仰坚定，仍可归属于理想主义者。

二、梦想篇

梦想，是有志者成功的一条必经通道。梦想会融入人的骨髓和血液中，进入生命的年轮，形成一种良性模式自行运转，没有任何力量能够阻挡这一伟大的进程。

开启梦想之门的钥匙常常藏匿在激流暗涌中，只有敢于踏进遥远理想的冰流，才能在逆境中前行，并最终到达梦想的彼岸。

每个时代都有属于那个时代的梦想，每个人也应该有与众不同的梦想，这是支撑人类和个体生命存活下去的精神力量。

梦想是不会穷尽的。人类社会的发展过程，实际上就是梦想不断延伸的过程。

人类只能在梦想铺就的坎坷征途上，持续不断地跌跌撞撞往前走，而永远无法抵达梦想的终点。梦想是永无止境的，正如宇宙是一个无限的存在，时间具有无限的延伸性一样。

梦想是一种特殊的憧憬和心灵的魔力，一切梦想无疑都带有幻想的成分，要是没有这种超越实际的想法，那么所有的实践活动就只能原地踏步了。

梦想值得人们为之奋斗终生。逐梦会失败，但那是快乐的失败；因为只有通过失败，人们才知道自己活得实实在在；梦想丰富了人生，执着地攀登梦想之梯，就会抵达成功的巅峰。

让梦想凝聚成永恒。为了实现梦想，可将目标细分，使之阶段化，然后一步一步沿着既定的目标前行。

现实中，许多人不断寻找童年的梦想，却发现全不见了踪影。那是因为他们的梦想仅仅止于做梦。

人的一生，其实很艰难，好不容易编织出一个美好的梦，理应珍惜，而不应该仅仅止于梦想。

当人们对自己生存的这个现实世界感到失望的时候，就会把在心目中构想的对美好世界的向往转化成一种梦想。今天的世界之所以如此丰富多彩，说到底就是世世代代的人类梦想被付诸现实的结果。

为了实现梦想，人们必须做到极致，否则就会导致梦想折翼。沿着梦想的高地攀登，是一件非常悲壮的事，绝对没有什么诗情画意，也没有什么潺潺流水，有时甚至是知其不可为而为之。

真正能把梦想付诸实现的人，在哪个时代都是凤毛麟角。梦想如果不付诸行动，而止于梦想，这样的梦想就是空想，甚至连幻想和想象都算不上。

梦想要与行动相连，否则就是坐而论道。然而现实中成天将梦想挂在嘴边的人实在是太多了。

卓越者的梦想是在严酷的现实中实现的，而绝大多数人的梦想是在现实中破灭的——他们的梦想漂在水面上，流逝在不良习惯中，或在虚无缥缈中实现了梦想，在睡梦中实现了梦想与空想的链接。

有的人将理想与实践融为一体，有的人将梦想与做梦混为一谈。实现梦想，首先就得脚踏实地，否则一切都是奢谈，都是不切实际的臆想。

不要让梦想漂浮在水面上，也不要把未来放到别人的肩膀上，永远不要！

梦想很可贵，但坚持梦想更可贵，把梦想变成现实的正确方法和途径更是难能可贵的。

短期就能实现的梦想，要么有背景因素，要么就是梦想的品质不高，这样的梦想往往经不起时间的考验。

如果梦想不能转化为积极的行动，无疑就是空想和瞎想。今天，我们不缺梦想与理想，缺的是把梦想与理想变成实际行动的扎扎实实的精神。

梦想给我们的灵魂世界以丰富的内涵，它无疑是生命走向神圣和崇高的定海神针。追随并顺应自己对某些事物的兴趣，是通向梦想天堂的重要途径。

梦想的实现，不等于纸上谈兵，不等于轰轰烈烈，而只能是脚踏实地地努力攀登。

越是伟大的梦想，它的实现过程越会超乎寻常的漫长，逐梦者也必将经历一般人难以承受的心灵煎熬……因此，梦想是有层次的。

人类最伟大的梦想的实现具有递延性，它不具备即时实现的可能性。因此，每一个时代的杰出者，都只能在梦想的召唤下，将全身心投入那实现梦想的过程之中。

梦想是人生的羽翼，有梦想就等于志存高远。

梦想就是力量，是创造的源泉，作为一个决策者，一旦开始逐梦，就必须全力以赴。

只有浇灌梦想之花，培育精神的蓓蕾，才能结出硕果。

梦想决定态度，态度决定成就。放大梦想，可以成功；缩小梦想，也可以成功。

缩小梦想，降低飞翔的高度，绝不是拒绝蓝天的邀请，而是对人生的重新领悟、预见和梦想的缩微化，以便扬起理智的风帆，更好地驾驭人生。

要成为时代的创造者，就不要固守僵化的梦想。梦想的转换，有可能成为偏离靶心的另类成功。

放飞梦想才能实现梦想！不要只是盯着天空发呆，还要时不时看看自己的脚下，倾听内心深处的声音，因为那才是真正来自上苍的声音。

人生的黑夜更要有梦。走路的人，路在脚下；筑路的人，路在掌中。其实，任何伟大梦想的飞翔，都植根于脚踏实地的践行。

许多成功人士并不比大多数人有才华。但他们都具有完成困难工作所需要的决心、毅力、专注力及驱动力，能一直奋斗下去，他们要做的只是按照规划和梦想坚持走下去。

不是源于自己内心深处的梦，是完全可以忽略的，完全没有必要围绕别人的梦瞎鼓噪并作慷慨激昂状；也没有必要为别人的梦做注释或图解，因为那毕竟是人家的梦，与你何干？凑那份热闹干什么？做做自己的梦难道不好吗？哪怕仅仅是“南柯一梦”。

梦想高悬于前方，如漆黑的夜晚，一缕灯光照亮了我们前行的方向；如寒冬的夜晚，一束火光温暖了我们的心房。梦想值得我们为之奋斗终生，梦想丰富了我们的人生。

梦想越远大，为之付出的努力就会越多，即便达不到自己理想的状态，也能够取得非凡的成就。

卓越的人生是梦想的产物。梦想越高远，人生就越丰富，取得的成就也越大。相反，梦想越渺小，人生的可塑性就越差。

梦想有多大，苦难就有多深。然而尽管如此，有志者也会拼尽全力成为梦想中的自己。

有梦想就会有奇迹。执着地向梦想的高地出发，将失意变成诗意，哪怕姿势笨拙，也要精神优雅。

人只要有梦想，就会不断寻找精神的出海口，将内心孕育的创意尽量用外在的完美形式表现出来，就有可能走向通往幸福的道路。

梦想沉潜于现实。梦想是推动世界发展的动力。梦想是一种心声。心声是没有语言的声音，但是它有时胜过了有声的语言。

俗话说：有梦想谁都了不起。然而，绝大多数人最终只能成为世俗的平庸者。有的人的梦想仅仅是别人的现实——这样的梦想就缺少了前瞻性和层次性。

当梦想照进现实时，理想的光辉就产生出绚丽多彩的光芒，从而点燃生命的梦想与激情。

抬头是自己的梦想，低头干自己的事业！

圆梦者耕耘着心中的田园，一路磕磕绊绊走到今天：梦想时时都会遭遇现实的尴尬。

遥远的梦，就像一面镜子；当下的路，还得我们自己深一脚浅一脚地走下去。

梦想能指引一个人向前的目标和方向。有了目标和方向，我们才不会沦落成始终看别人表演的看客，自己也会轰轰烈烈地当回主角。

行进在逐梦的路上，就会迅速、敏捷地抓起有价值的东西，而对纠缠不休的赘物置之不理，轻装疾进，在有效的时间内快步奔向理想的舞台。

大雪压不弯挺直的脊梁。浪再大也在船底下，山再高也在脚底下，路再长也有终点，夜再黑也有尽头。只有拥有梦想与想象，我们才能飞得又高又远。

伟大的梦想造就伟大的成功。大成功者是大梦想家，大梦想家一定是大胸怀者。伟大的成功需要伟大的理想。在现实生活中，许多伟大梦想的养成往往始于微小的理想。

坐等一杯茶，不如自己拿。每个怀揣梦想的年轻人，都应该阳刚做事，低调做人。

当一个人没有梦想、没有追求、没有归属感时，所有的记忆都是零落的。许多人放弃自己的童年兴趣和年轻时的理想，在夜深人静时，是否会听到来自灵魂深处的呼唤？！

关心有价值的事，做创造财富（广义的）、创造价值的人；不要成为只消耗社会财富的庸人（弱势群体除外），也不要做强取豪夺社会财富和他人劳动成果的人！

世界是梦想的结果。视野决定舞台，正反的转换常在一念之间。

只有善于把握自己的方向，坚持自己心中的梦想，不断地拒绝生活中那些迷人的诱惑，才会抵达理想的彼岸，赢得更大的成功。

梦想，是一个人心灵飞翔的翅膀。想让自己的人生与众不同，那就必须拥有梦想。如果人人都有一份梦想清单，静下心来发现全新的自己，就不会浪费生命中的每一分每一秒。

追求梦想，是人生路上最大的幸福。超越物质的、胜于外在美貌的，就是精神。

人生不能没有梦，没有梦的人生是残缺的；当然，圆梦的人生也可能是不圆满的。人终须有梦，人生的全部梦想，就是让人生活得更有价值。

第二辑　事物原本的样子

智慧是驱逐思维迷惘的利器，谎言掩盖不了真知灼见，历史抹不去真理之声。

一、智慧篇

智慧，是孕育事业的土壤，是思维绽放的繁花，是勤奋思考的硕果。

智慧是实践的闪光，是积累的升华，是学识的显现。智慧不会让懒惰者获得生活的阳光，它只青睐勤劳和善于思考的探索者。

智慧是一种超人的想象力，是一种无与伦比的力量。

智者并不是没有缺点，而是尽量避开自己的缺点，把自己的优点发挥得淋漓尽致。

独具慧眼，才能从平凡的事物中发现奇特的美，才能顿悟出种种哲理。

生活的艰辛把我们引向智慧。

智者总是在精神的高地相逢，愚人总是在低俗的场合游荡。

语言的花儿开得愈大，实践的果实结得愈小。

审视天地岁月，可收获一点哲思；审视世事人生，可增添一份睿智；审视文化历史，可厚实一些底蕴。

所谓谣言止于智者，而强者，则视谣言如敝屣。人之所以毁我谤我，无非是还没有真正的实力挑战我！

智慧的源泉无边无际，一些东西表面看来浅俗、粗鄙，其实蕴含了人生的哲理，包含着实际的经验和一代代人的思考，使我们能从中汲取无穷的智慧。

智慧是悟出来的，是灵性的真实流露，从来都不是矫饰或无病呻吟的产物。

人的主观感受是超越自然的。一个真正的智者，他会超越诸多情感。

现代人越来越聪明，但智慧却有些萎缩。

智者面对俗世难免尴尬，甚至处处碰壁，举步维艰；而小聪明者都很灵泛、光鲜，在世俗社会如鱼得水，左右逢源。

小聪明者斤斤计较，任何苦事、难事、耗费心智的事，他们总是能恰到好处地躲得远远的，因此，他们终其一生所做的事都与智慧毫不沾边。

小聪明者精明透顶，却给人一种浮躁的感觉。

时时显露聪明的人，大多属于小聪明者，往往令人不屑一顾。

真正聪明的人不会自以为是，他们谦虚好学，不断丰富和完善自己。他们有才华，但从不刻意地炫耀自己。

小聪明不可能成就大事业。

小聪明者锱铢必较，总是避免吃苦、吃亏，总是避免下苦功夫，总是偷懒耍滑头——然而正是在艰苦的劳作中，才蕴藏着巨大的成功契机，却被小聪明者一次次顺手扔掉了。

许多精明过人的人，都缺乏大智慧，一辈子在鸡毛蒜皮的小事上纠缠不休，争得你死我活，从而获得肤浅“完胜”的满足感。这种人不是不聪明，而是太聪明——只不过聪明用错了地方，“聪明反被聪明误”，造成物极必反的后果，从而蜕变成了一个地地道道的愚蠢者。

耍小聪明的人终究会摔跟头。

小聪明者的每个毛孔都闪烁着狡诈的光芒，每句话都令人生疑——人们讨厌他们、提防他们，机会远离他们、躲着他们，他们的结局一眼就望到头了。

处处不吃亏，总是占便宜的小聪明者，终其一生往往什么都没有得到。因此，憨人才有憨福。

有时吃亏是成功必要的代价。从不吃亏的人，很难有成就，也享受不到吃亏所带来的福利。付出不仅仅是一种成本，有时甚至是一种艺术。

某些所谓的人才，不过是耍小聪明的“人精”，终究没有什么大出息。

随着时光的流逝，一类脚踏实地的“笨人”“不灵泛”的人，获得了成功；而那类小聪明的人却沦为庸人，甚至庸俗不堪，最后为自己的小聪明付出代价。即使挖空心思得来的，也会在不经意间和盘倒出。

小聪明者往往毫无自知之明，常常在大事上糊涂。由一大堆小聪明人集合的社会，绝不会是一个智慧的社会——正如一万个万元户的组合也不能置换成一个亿万富翁一样。

智者始终追随梦想，一意前行；愚人很勇猛，他们为区区小事不惜丢掉性命；冒险家很睿智，他们能把最危险的东西玩得最安全。

从某种意义而言，深层次的智慧，是以时间甚至生命为前提的。

做人精明露骨，实则是一种小聪明。人和人的正常交往是平等的，居高临下，只能孤立自己。

小手段只能收获一时，小团体只能鼓噪一阵。只有大道、客观规律之道、历史发展之道，才能真正解决问题。

聪明不等于智慧，只有得到来自心灵的真诚、善意、美好的滋润和营养，才会绽放出绚丽无比的智慧之花。

有很多时候，无须更大的智慧，只需打破惯性思维，不断将思维向新的天地延伸，就可能掌握一枚打开人生奇迹之门的钥匙。

衡量智力最为确切的标准应当是每天都富有成就，如果生活的每一时刻都有价值，那么你便是一个睿智之人。

机智是一种智慧，也是能力的一种体现。机智可以化腐朽为神奇，生活中往往有许多时刻，我们处于被动和不利的局面，这时候我们可以巧妙地用机智去取胜。

智者的思维具有活力与弹性，他们深知自己的局限性，决不会口出狂言。

真正的智者，往往并不清楚自己的高峰在哪里——因为他们始终都在攀登！

在任何时代，智者的使命在于关注人类精神的走向，构筑人类的思想灵魂。他们超越社会潮流，置风向与时尚于不顾。

智慧是创造的源泉，思考则是智慧的起点。

智慧是驱逐思维迷惘的利器，是治疗精神颓废的良药。

情商的高低，说白了就是一种与人交往的能力。

人生一世，智慧是最富有的财富。拥有智慧，人生的旅途才会走得好、走得远。

大智慧有着深层的底蕴，关注的是社会核心价值，心思不在蝇营狗苟的小事上。

痛苦是智慧的一抹曙光。人生的许多道理，不是靠小聪明能够理解的，而是一个人遭遇某种事情打击后的痛苦与彻悟。

智者与普通人的显著区别就在于思考的差异性上。思考给智者带来欢乐的程度远远高于普通人。

真正聪明的人，不在蝇头小利上锱铢必较，不在小事上纠缠不休。

智者将深层的目标放在心中，而不是成天挂在嘴上。

一切智者的思想里都富含着他人创造智慧的“元素”，并成为激活自身创造力的智慧源泉。

人的思维犹如美丽的花朵，凝聚着人类的智慧因子。智慧之花、思维之花，是最美丽的花朵。然而，只有用心灵观察世界，才能获得属于自己灵魂的智慧。

智慧可以相互启迪，相互激励，相互活化，但不能相互传递。真正的智慧都是朴素的，因为真的东西无须装点就很美丽，而朴素和低调本身就是一种高度。

智慧是人生的照明灯。双眼清明而缺乏心灵智慧的人，未必能看到事物的本质；而某些丧失了视觉的人，却能用他精神的慧眼看见别人所看不到的事物。

智慧并不是单纯的知识，它是一种心灵素质和运筹能力，是一种在一般人看不到光辉的地方，看出智慧灵光的能力。

智者的情感隧道四通八达；而情商低的人，他们情感隧道的洞口是封闭的，常常在轻微的情感冲突中束手无策，在遭遇情感打击时举步维艰，甚至陷于走投无路之境地。

智慧的通达，可看透人生——这是一种睿智的归纳。

真正的智者能淡然处世，心静如水，将名利的浮云轻轻拂去。

情商只有在智慧的基础之上才能发挥最优化的作用。

智者会不断超越迄今为止的“知”，并在未知领域不断寻找“知”的答案。每一代人的智力活动构成了人类智慧发展的动因。

大智慧永远指向虚无之境，从虚无中生出知识和美，而不是仅仅囿于现时和现事。

睿智是一种心理状态，也是洞察未来和把握契机的能力，它以一种适宜的状态、体面的方式，达到既定的愿望和目的。

智慧的人用最低的成本、最少的时间去做那些不喜欢而又不得不做的事情。

社会往往用世俗的标准裁剪高雅，用小聪明讥讽大智慧，乃至嘲笑智者的“笨拙”。

舌尖的享受越多，智慧的元素越少。

将智慧用于内耗，是绞杀智慧、泯灭个性的愚蠢行为。对于国家和民族来说，无异于灾难；对于个体而言，则无异于生存价值的剥离。

某些貌似智慧的思想实际上源于一种晕轮效应导致的思维迷失。

聪明可以解决小问题，智慧才能解决系统性问题。

智慧的力量是无边的，一个拥有智慧的人是强大的，哪怕他的体能比谁都弱。

智慧能创造奇迹，能克服一切险阻，抵达理想的彼岸。唯有智慧才是一切力量中最上乘的力量。

其实，低调是一种大智慧，因为低下去的只是腔调，而立起来的则是格调。这无疑也是一种难能可贵的品质。

某些东西，一旦过热，就会装神弄鬼吓唬人！有的人一辈子都生活在热闹之中，殊不知泯灭了自身的潜能甚至是优势潜能，他们忍受不了寂寞与孤独，只能与平庸为伍。

古往今来，那些有大境界、大视野、大胸襟、大智慧的人物都是以高视点鸟瞰人生，他们的心胸因之而博大，对人世间的名利、权势、纷争会用一种全新的眼光去审视，由追求到舍弃，由浓烈到淡化。

智的内容包括博学广记、见微知著，智是知的最高境界。建立在博识、远虑基础上的高远的智慧，不仅存在很大的个体差异，而且不是由若干较低层次的智慧活动累加而成的。

敏锐的思维能力、灵敏的反应能力、勤敏的劳动能力以及迅捷的应变能力，成为现代智慧不可或缺的元素。

常言道：聪明容易智慧难，从而才催生出智慧创造奇迹。

智者同自己的心灵对话，而浅薄者做的梦都是劣质的。

智者能守住一颗淡泊宁静的心，从而找到心灵栖息之地，放飞自己灵魂的呼唤。

智者虚怀若谷，愚者狂妄自大，而无知者无畏！

人类的智慧精灵，孕育着美丽的思维花朵，孤独的人类灵魂催生着思想的结晶。

智慧是诸多精神元素的混合体。只有用智慧和精神的洞察力，才能扫除所有的浅薄之见。

实践和学习是增加一个人智慧的渠道。智慧增长的前提，是思想的自由，教育的自由。

用智人的眼光审视这个世界，用愚人的心态看待这个世界，就可做到在某个思考的节点上，为生命，为自己，留一道缝隙。

机智的转向，智慧的转向，以及舍弃的转向，都是华丽的转向。当发现自己无论怎样努力，仍然无法超越时，就该转向了。因为在这个领域内，个体的思维资源和潜力已经没有发展的空间了。

智慧与精神一旦依托载体传播，就会独立于作者而自行扩散与复制。因此，真正有价值的精神财富必将长久地留在社会和人们的心中，并充满了勃勃生机，不会因岁月的流逝而褪色。

二、真理篇

真理是一种真知灼见，没有必要隐匿在格言的盒子里。

真理的大门，往往是在不经意间被打开的。

无知就是无知，谬论就是谬论，垃圾就是垃圾，其本质是任何华丽的外衣都掩盖不了的。

偏见比无知离真理更远。偏见在面对公正这面镜子时，照见的是自己的鬼脸。

力透纸背的顿悟和文采，来自思想而不是华丽辞藻的堆砌。

愈是高度抽象的真理，舍弃的具象就愈多。

鲁迅以笔为镰，收割思想；以文为剑，刺向邪恶；他所揭示的国民劣根性，今天依旧鲜活地存在于现实中。

真理因信仰而得，也因信仰而失。

理智的怀疑，尊重事实与常识的怀疑，遵循基本逻辑的怀疑，这样的怀疑具有真理与智慧的内涵。

真理有两面性：当背对它时，你将面对一片黑暗；而直视它时，其艰涩与抽象又会令你晕眩。

不敢面对谬误，不敢揭露谬误的根源，就无法找到从谬误到真理的途径，也不可能通过诠释去接受“真理”，更不会有多少理论创新的能力。

真理倏忽之间，就能把人们的心灵照亮，驱逐精神的雾霾。

卑贱者在于精神的卑贱，高贵者在于灵魂的高贵。

是真理还是谬误，不是靠权力钦定，也不是靠金钱左右，而只能靠思想逻辑本身的力量去识别。

在真理面前，一切权力、金钱、暴力、社会思潮、时尚……都不能取代一种思想逻辑本身的价值力量。

谎言经不起拷问。谎言一旦不胫而走，掩盖这个谎言就需要另外十个谎言的叠加覆盖，最后连谎言的始作俑者都已经忘记了当初谎言的本意，从而造成了谎言在时序与逻辑上的种种悖逆，而难以自圆其说。

在经过心灵的思考之后，日常生活有可能会掀起心灵深处的惊涛骇浪，经过理性的沉淀，所表达出来的就是真理。

追求真理，可以抵御外部的轻侮，从而获得内心的安宁；追求事业，让人心胸开朗视野开阔，其境界便有了高低之分。

一般而言，在大多数情况下，真理往往掌握在少数人手里，甚至是极少数人手里，这是思维独创性的特有表现形式。

真理不在学习中，而在实践中，在践行中。

不要仰望和膜拜，而要在实践中成就真理。

真理的诞生要靠不同的思想观点去不断碰撞，不断验证，不断修正，只有在不同思想的碰撞中才能闪耀真理的光芒。

求真的能力，是一个民族核心的软实力。这种能力，常常要靠现实调查，靠对真话、真理的绝对维护来保证。

真理是靠思想的多元碰撞而显现出智慧之光的，正如光明需要通过黑暗来显现一样。

在真理面前没有一言九鼎，没有特权，也没有职务高低，真理只服从逻辑、理性与真相。

必须无条件服从真理。只有这样才能够避免指鹿为马、混淆是非、颠倒黑白式的野蛮行径产生。

真理永不屈服于权势。

只有内心强大的人，才是有思想和独立人格的人。

在探索真理的道路上，即使你错得深刻，也会比对得肤浅更有启示的意义。

思想家是世界的诘问者，他们的质疑与主张、观念与立论以及逻辑严密的思想体系，极大地丰富了人类的思想宝库，驱动着人类文明的进步。

真理在胸，有教养有思想的人是从不炫耀真理的。

真理是怀疑的影子，有怀疑的地方才有真理，才有自由。

真理是可以让一切喧嚣平静下来的最佳方式：从激越的感性，走向从容的理性。

真理是对事实的实事求是，是不需要煽情的。

明星式学者或娱乐性学者的煽情具有十枚催泪弹的功效，但真理却是不为所动的。

把心灵的阴暗当鲜花的人，最后却丧失了声誉；把真理看得高过声誉，愿意尊敬和欣赏批评者的人，结果却被声誉紧紧拥抱。

教条不是真理，恰如学问不是拼凑和“焊接”。

真理不是板着面孔教训人，更不是官样文章的做派。

真理必定具有精神的内涵，且是永恒的。

真理与真相都不怕追问，并经得住科学追问。

一切没有经过认真审视、缜密思考就让他人相信的东西都是不可靠的。

无论是思想者还是行动者（有时二者是统一的），均是做事很理性，想法很感性。然而二者对情感的依赖度是不同的。

任何伟大人物、伟大理论，都有着时空的局限性。如果以“永远正确”的姿态示人，就会呈现出一副救世主的面孔。

格局太小的人，说不出深刻的真理。

宁可听痛苦的真理，也不要听甜蜜的谎言。

十卡车煽情的泪水，也抵不上一小杯理性的琼浆。

没有思考的前进是不可预知的盲动。

真理贵在实践，不止于口传。善与恶，好与坏，往往就在一念之间。

理论是灰色的，活生生的现实是五彩斑斓的。

真理直率无比，坚硬无比。

失去理性，就会迷失在幽暗处。

真理往往被世俗的假象深深掩盖。不掀开那些掩盖真理的假象，真理就不能被我们所认识。

真理是相对的。任何理论都有自己的有效期，任何理论都需要与时俱进。

语言对真理的表述，难免使某些思想元素旁逸斜出，从而有意或无意遮蔽了真理的光芒。

一颗思想的种子，即使在严冬也能发芽。

文字是思想的外衣，真理游走在字里行间。

真正的思想家是一定要追求真理的，如果在观察和处理题材时随心所欲，就会与真理背道而驰。

真理一旦被人们所认可，就会被顶礼膜拜，成为大众的信仰，就会对人类产生强大且不可抵挡的力量。

真理不是地位的大比拼，也不是高声大嗓的代名词。

真理常常是低调的，甚至躲藏在角落里，只有小心翼翼地去挖掘它，它才会流光溢彩。

真理自己不会站出来说话，要靠不同思想观点的人去不断碰撞、不断验证、不断修正。

客观真理确实存在，但人的思想却是主观的。真理只有在不同思想的碰撞中才能闪耀光辉。

真理能最大限度地改变世界，它能穿透重重制度藩篱和思想迷雾，释放出无穷的能量。

真理有简单（或低层次）的真理和复杂（或高层次）的真理之分。前者无论是普通人还是天才都能够掌握，而后者往往只被少数天才掌握。

离开了探索，精神就一定是低层次的；离开了真理，人就与动物无异。

许多真理往往被俗世的喧嚣和炫目的头衔遮蔽。因此，不拂去那些掩盖真理的假象，真理就不能被我们认识。

世人通往真理的路是唯一的，上苍不会因为缺乏批判与检讨的人而专门为世人另辟蹊径；当谬误占据了真理的位置时，真理是不会出现的。必须用批判剔除谬误，去不断地显示真理，这就是批判的价值。

真理的追求者都有一种淡泊的心境，他们不求争奇斗艳，只为一份宁静，只求呵护精神的家园，从而守护心灵的一方净土。

真理是那样幽晦难明，谎言又是那样华丽圆融，以至于庸俗往往裁剪高雅，小聪明往往嘲笑大智慧。

智者，在真理面前都十分谦卑；而庸人在真理面前总会狂妄无知、大摇大摆、对真理不屑一顾。

真正令人折服的人，总是不断追求真理，因为只有真理才会闪烁智慧的光芒，只有思想才具有永恒的价值。

真理不可能永久被埋没，它一定会闪现出耀眼的精神之光。

谎言掩不了真知灼见，历史抹不去真理之声。

坚持真理是一种操守，在人云亦云的年代，在日益浮躁的时代，愈发显得弥足珍贵。为真理敢于付出沉重的代价，甚至献身的人，无疑是一位圣人。

服从多数是最省事的办法，它具有使人跟风与盲从的力量。然而在思想和创新领域，它具有扼杀一切新思想的功能。

一切谎言终归要被戳穿。用陈旧迂腐的纲常来束缚人类自由意志的进展，是一件可笑荒唐的事。

一切过于伟大、过于高明、过于煽情、过于卖萌、过于夸张或老调重弹、翻烧饼一类的话语，都可能存疑。

绝对真理的陈述会变得越来越单薄、陈旧，最终被人们抛弃。一个时代的异端邪说有可能会成为另一个时代的正统信念。纯粹理性的批评者所得出的结论不会长久不变。

由逻辑认识到的真理和由经验认识到的真理是有区别的。

任何时候，真理都是有权威的评判者。所有人在真理面前一律平等，没有特殊公民。

真理既是广义的，也是狭义的；既是抽象的，也是具体的。

人们真正需要遵守的规则就是逻辑规则。否则，很多时候我们都在认认真真说假话、讲鬼话，还自鸣得意地以为说着高水平的真理。

每个人都在以自己的方式理解着这个世界，理解着这个社会中的芸芸众生。但是，这个世界永远不是呈现它的一个面或者几个面给每一个人看，而是呈现出它丰富多彩的千姿百态。

个体的眼睛离自己太近，因此总看不清自己。

艺术的真理和科学的真理都是真理。

从有限走向无限，从现实走向茫茫，从形而下走向形而上，真理总是与一定的时空或事件相联系。

三、平凡与伟大

伟人与凡人的根本区别就在于思维素质。一个伟人的创造足以使他的精神长存，他的思想将永远流传于社会和历史中，这是自然界所不具备的。

伟人有凡人的血脉，凡人有伟人的基因。

伟人是由凡人成长起来的，但凡人却不易成为伟人。

对伟人没有必要加以仰视，而是应该以平视的眼光去尊重和敬仰。

伟人是不需要墓碑的，因为他们的丰碑早已刻在了人们的心中。

在特定的历史条件下，某些卑微的小人物将苦难嚼碎后析出精神的结晶，将饱蘸了刻骨铭心的痛苦体验和精神折磨，升华出富含思维精髓与人生哲理的至理名言，在历史的某个瞬间被永久地定格。凡人无意插柳却构筑了一片思想的绿荫，成为人类的精神财富被传承下去，从而与后人思接千载，并在思想、科学和文化艺术的历史星空中永远闪烁着璀璨的光芒。于是，凡人就成了伟人！

不要将伟人神化，任何人都是伟大与渺小的统一体。伟大的人，其胸怀无比宽广，既有对别人的理解和包容，又有对自己的内省和自律。

苦难与伟大并没有天然的渊源关系，某些伟人经历了苦难，这是不争的事实，但苦难并不等同于伟大本身。伟人成功的原因，并不只有经受过苦难这一条。

伟人并不等同于权势倾天或头上戴了多少桂冠，也不是一言九鼎的代名词，否则，历朝历代的王侯将相岂不个个都成了伟人？

我们应信奉真实的平凡——因为这其中就可能隐藏着真正的伟大！

每个人都行走在生命匆匆的过程中，注定我们的平凡。大多数人都会成为凡夫俗子。

平凡与伟大是相对的。不要轻易地使用“伟大”，某些所谓的“伟大的人”，随着时间的推移，早已化为平凡的人或千古罪人。

伟大的本质便是在其他人选择追求时尚或随波逐流的时候，你却执着地追求自己的事业。

伟大源自梦想。伟大的天才们有他们的领域，绝不需要与他们毫无关系的任何桂冠或头衔上的伟大，他们真正无愧于伟人的称号。

谁都不能妄自尊大，地球离开谁都照转不误，并没有什么了不得的特别影响。

一个底层社会工作者的卓越思想、一个文学艺术家的经典作品，都可以穿越时空，达到永恒。其永恒性或在精神疆域的恒久影响力，远远超越了任何帝王将相，这样的事例并不鲜见。

伟人都曾遭受过巨大的苦难，但都能保持正向的思考，他们超越苦难，苦难便化成生命中最肥沃的养料。

本质上，大人物是自己的小人物，小人物是自己的大人物。对于伟人和大智者来说，艰苦的创造活动本身也是享受，甚至是最佳最美的享受。

一个伟人，绝不可能让自己存在于别人影子的映照之下。

伟大人物能够排除诸多方面的干扰，做出他人想象不到的选择。当身处逆境、被误解、被攻击时，最能体现出他们的特立独行和雄才大略。

有些如雷贯耳的大人物，比如梁山好汉等，只能归入绿林，而不能视为伟人。

凡人比伟人更能代表一个时代的总能量。

每个人都是限量版，全世界独此一个。

凡人的点滴创造没有人在意，却能汇成伟大的洪流。

真正的伟大来自平凡，也只能来自平凡。

无论多么伟大的人，都生活于俗世，离不开俗世。

平凡并不等于平庸——一个地位低下的人，按照世俗社会的定义，无疑是个平凡的人。然而，也许他在思想、科研、文化、艺术上有独特的感悟和创新，这样的平凡者，是任何地位显赫思想平庸的大人物都不能比的。

伟人都是特立独行的人，都是听从自己内心召唤的人。

伟大的事业，都是由点滴的出色小事汇聚的。

任何一件伟大的事，如若放在时间的河上去考察，其实都是微不足道的，一切都将被时间覆盖或被历史的洪流淹没！

伟人就是比常人内涵多、外延大的人，反复遭受打击而不妥协者，承压忍耐超过常人、屡受挫折却仍旧立于不败之地的顽强者，这种人往往是最后全面胜利的人。

伟大的思想者，其简洁的话语中蕴含着深刻而崇高的思想，那犀利的眸子放射出让众人难以企及的高度。在人类历史中，他们就如同夜空中灿烂的群星，闪烁着神圣、耀眼的光芒。

伟大的事业需要用一生来坚守，伟大的心灵需要用全身心来呵护；伟人成就的是不朽的事业——灵魂的、精神的。这才是永生，这才是不朽！

那些叱咤风云的伟人，都是在异常艰难困苦的斗争中出现的，他们在做出改变历史的决定时显示出非凡的智慧和勇气，但他们的大量日常生活，却是在默默无闻之中度过的。

伟人多为精神上的智者，而未必是肉体上的强者。二者合一当然更好，但首先是前者。伟人的伟大取决于脖子以上的部分，而脖子以下与常人无异，有的甚至不如常人。

我们不需要鼓吹“伟大”，靠吹起来的气球一定会破灭。我们要信奉真实的“平凡”——因为这其中就可能隐藏着真正的“伟大”！

评价一个人最权威的标准是时间。某些时候，小人物说出一些富含思想元素和人生哲理的至理名言，在历史的某个瞬间被永久地凝固了，凡人也会渐渐成为伟人。

伟人的身体虽然立于地面，但灵魂可以在天上——这是精神的超越性使然。

世界上有两种人，一种人是按照别人的标准和模式做事，另一种人眼睛始终盯着前方，走自己的路，发出自己的光彩。

现实生活中，我们可能是一个平凡的人，也可能属于沉默的大多数，但我们绝不要做“粉丝”，更不要被某种狂热的风潮摧残成随风摆动的风筝，要永远保持自己思维的重心不被任何人左右。你就是你——不需要靠其他人证明！

世界上，真正能干出惊天动地的大事的人是很少的，只有极少数的人能忍受着物质的匮乏，从精神层面汲取生存的养分，从而形成属于自己的一套思维模式。

第三辑　乍现能够改变永恒

不盲从某种公认的价值，不跟风某种流行思潮，不随着时尚起舞，才是对真理与良知的注解。

思维是一条长河，不断有思维的细流汇入和渗出；思维也是一种资源，是人类特有的优良资源，因此一定要善待它，要将它用在最有价值的事情上。

一、思维理性篇

思维是人脑的产物。它是通过表象、概念、判断等来反映客观现实的一种能动的过程。

思维是物质的衍生物，它不能脱离物质载体——大脑而单独存在。然而，思维的结晶一旦物化为精神产品后，却可以不依赖创作者本人而传承和复制，这是思维的特征之一。

偏见会使思维陷入狭小的范围，形成单一的思维通道。只有容纳各种观点，经过综合分析，才能做出正确判断。因此，科学的思维必须摒弃偏见。

只有疑问，才能激发探究的欲望；缺乏质疑意识，是很难独立思考的。

独立思考者，有强烈的质疑意识；不善于独立思考的人，缺乏问题意识，对任何问题、任何事物都熟视无睹，充耳不闻，无动于衷。

伟人都是在理性和感性的深度层面上进行创造的，是两者完美的结合，于是他们成了伟人。

判断力并非生来具备，全靠自己的经验和悟性生成。

要超越自我，就必须发掘脑力资源，使个体潜能极大限度地释放出来，从而做出一流的成就。

任何满足于重复性劳动的人，都是“短视”者，是对自己的聪明才智进行剥蚀和无效耗损的人。

思维是一条长河，不断有思维细流的汇入和渗出。

思维的海洋，不断地泛起思维的泡沫。某些精英思维的不断渗入和外流，造成了人类思想文化的发展、散落、遗失和断层。但流入思想海洋的终将会成为人类精神文明的一部分，有的将成为人类思想库的瑰宝。

语言是滞后的思维反映，它难以精确地表述思维的微妙体验、顿悟和微弱的思维元素，即使表达，也会使某些思维信息渗漏或放大，尤其是它难以对瞬时变化的思维动向及思维的模糊性、不确定性进行精确而细致的描述。

每一个人的思维轨迹其实都和成长经历相联系；而一代人或者一个民族普遍的思维轨迹，则和这一代人或者这个民族的心灵历程相联系。

一个好的思路和创意，往往需要对理论和实际问题进行深入的分析和归纳，必须经过艰苦的努力，才能逐步形成。

思维贫困化的语言特征表现为：空话、套话、大话、假话、官话、见风使舵、察言观色、坐而论道、崇尚空谈。

多维思考，要求从事物不断发展变化的客观规律中，由已知推测未知，从横向的联系上把握事物的整体，从纵向的联系上把握事物的全程，进行立体全方位思考。

必须根据客观事实，冷静、细致地思考问题，寻求解决问题的方法。

每个人的头脑中，都会存在某些思维垃圾，这些垃圾必定会影响一个人的理智和行为，只有清除这些垃圾，才能进行正常的思考和积极的行动。

思维目标对成才具有重大的影响，成才往往与思维目标高度契合。

人在思维与行为上不会局限于任何一个界限内。

有意识的思考往往源于某种外在刺激，然而，绝不应该单纯依赖那种外在物。

因果联系是一种十分复杂的联系，在追寻某个事物的原因或结果的时候，一不小心，就会得出错误的结论。

对于某些事物、观念或者问题，我们一时也许难以判定，那就应让头脑先冷静一下，延迟判定，找出最佳的解决办法。

客观事物的发展是持续不断的。而发展的阶段则是由我们的思维来划分的。划分的标准变了，我们看世界的方式也就变了，创意的萌芽便初露端倪了。

如果长期局限于某种专业领域，知识面必然会变得狭窄，做起事来就会受传统观念和思维定式的束缚，导致思维僵化，不利于灵感的产生。

多与别人进行思想接触，特别是不同专业、不同年龄的人，这样能够碰撞出不同的观点和灵感，激发出创意。

从读书中觅寻到新的、有价值的东西，这个新发现的东西，最关键的一点就是一个“化”字。就是将书中的东西化为自己的东西，形成自己的思想。书中的思想，只是起到一种催化的作用，是一种新思想的助产士。

信息的吸纳要适量，要注意信息饱和问题，如果所有输入的信息将大脑塞得满满当当，那么对创新就会形成一定的障碍。

实践活动是主体与客体、主观与客观之间的桥梁。个体的感受能力、观察能力、思维能力，各种特殊才能、性格，都是在反复多次实践中锻炼出来的。

一切成功者，无论伟大与否，都是驾驭着思维的时空列车，在时空交错中、在思维的碰撞中摩擦出创新思维的火花，促成思维的分叉、交集、组合，合成并提炼出思维的结晶，即精神价值。

当某种机缘触动了我们思维的琴弦，那么流露在笔端的语言，就会构成一幅幅美妙的画面。

良好的思维习惯，能够帮助人在各种外部环境中进行有效的创意思考，能利用身边的各种物体作为良性刺激物，激发头脑产生创意。

封建社会，国人将个体的思维资源耗散在仕途上，耗散在“八股文”上，耗散在“考据”上，耗散在“舞文弄墨”的雕虫小技上，而在自然科学领域的原创性成果上，却乏善可陈。

当迷雾散尽、真理揭晓时，有些人从未掀起思维的波澜，他们的思维被严重剥蚀，思维链时断时续。

欠缺理性的人，只有懒惰的心理，浅薄的思想，隔岸观火的态度，他们宁可相信巫师迷信，也不相信一切科学的理性精神。

不要只看到书的内容，还应透视书背后的东西。愈是领悟得透彻，对自身就愈有单薄的感觉。

事业的成功不是一蹴而就的。必须经过长期实践和思考，才会有所成就。是否不断地思索、刻苦地追求，就构成了能否成功的一个决定性因素。

沉思是通往直觉和创造力的一条秘密通道，它产生出明显的洞察力。沉思默想时，我们需要对心中微末细小的念头予以关注，需要认真听取内心的声音。

不要设置任何停泊思维的港湾，而要迫使自己不停地驱动思维做持续的航行，一刻也不懈怠。因为思想和智慧不在港湾里，而在远航过程中的无限风光中……

洞察力来自思维的积极活动，而绝不会从懒惰和迟钝的头脑中产生，只有那些为未来做好准备的人才能够获得成功。

科学发明使生产转化的周期大大缩短，这对思维方式的变革产生了强烈的影响。我们的思维方式必须从传统的保守稳定状态，转向适应变动、不断进取的运动变化状态，即从静态思维转向动态思维。

战略正确，不应忘记细节；细节再完美，也要远眺战略的方向。

自我实现是个系统工程，该工程内部各环节是互补的。因此，要全面发展，不做单向度的人。

任何想法，无论多么美妙、多么史无前例、多么有力而灵活，最终都得面临极限。

用文学艺术的形式，协调想象力、洞察力、理解力和意志力之间的关系，往往具有很好的效果。

思索，是产生思维独创性成果的前提。

创意的出现是需要一定火候的，而独立思考与思维碰撞则是产生创意的重要因素。

集中注意力有助于观察和吸收能力的提高，也是提高灵敏度和智力的基础。能集中注意力就等于打开了智慧的天窗。一切有成就的科学家、艺术家和文学家，都是善于集中注意力的人。

如果欠缺理性思维和个性的审美准则，就会成为随时尚之风起舞的人。

凡是喜欢参与形形色色大合唱的人，终其一生都难以成为一个思想者，他们的名字也很难成为一个激动人心的符号。

很多问题看似复杂，其实解决的办法却非常简单。如果从正面瞧不出个所以然，那么就从侧面去思索，答案也许即刻就能呈现。

人的思想在习惯中被具体地表现出来，习惯会使人处于一定的境遇中。

身体是思维的仆人，它遵从思维的指令。思维障碍通过身体的某种表现形式而呈现出来。

随着知识的积累，经验的丰富，人变得越来越循规蹈矩，越来越老成持重，于是，创造力丧失了，想象力萎缩了。思维定式已经成为人类超越自我的一大障碍。

标新立异者常常能突破人们的思维常规，赢得出奇的效果。

思维洁癖者，天生就有消灭一切不同思想的冲动，他们会抓住分分秒秒，将那些不合心意的创意驱逐掉。

只有使用感情色彩较淡的措辞，同时给出具体的例证，才可能对理由的真实性和推理的有效性做出判断。

国人的理性思维是一个短板，许多人不讲逻辑，纵容情绪的宣泄，结论性语言遍地流淌。

克服思维惯性的一个重要途径，就是将单向思维习惯转向多向的立体思维、求异思维的轨道，用超前法去揭示事物的发展趋势。

行为有禁忌，思维无禁区。

人为划分思维禁区实际上是行不通的。人的内心在思索什么是看不见、摸不着的，只能在行为上加以规范与限制。

没有自己思想的人，其实质就是一个空心人，只不过具备了人的躯壳罢了。

要清楚可控与不可控的相互关系，使思维资源的运用得以优化，在可控处努力和搏击，在不可控处放弃或收缩，以减少思维资源的无效耗损。

我国真正具备创新意义的思维资源相对匮乏。大部分人不懂得思维价值、思维潜力、思维资源、思维动力的含义和思维目标定位策略，许多人缺乏思维的前瞻性。

现代人的思维总体水平是超越前人的。然而，古代的思想家、哲学家的思想结晶是现代大部分人难以超越的——因为，真正的思想家的思想是唯一的，是前无古人后无来者的，是不能复制的。换言之，即使复制，一切复制后的“经典”也只是二手“经典”，而非原创！这也就决定了后来者只能另辟蹊径，选择思维前沿阵地和思想制高点。

当今，知识的价值和作用更多地停留在技术层面。在精神（或创新）的王国里纵马驰骋、浴血奋战的勇士往往是孤独的，且极为罕见。

思维量的扩展与质的突破，会不断形成思维的凸点和拐点，在思维的发散与收敛不断交替的过程中，思维价值会不断提升。

人的思维一旦成为定式，就会以惯性视野去认知未知世界，从而作茧自缚，排斥思维的多样性，限制创新思维的能力，由此得出“不可为”的结论。

思维素质只能体现在精神、心灵上，那些在高处招摇的，往往不是藤类就是枝叶。

通过调整思维视角，能够清晰地把握思维凸点、思维凹点、思维拐点，从而有利于正确地运用对称思维、非对称思维以及野性思维。

世界上任何事情都不能只托付于“一元化”思维，或只相信绝对和唯一，那是一种错误的悲哀。

道理人人都懂，但刻骨铭心的体验或与个体自身产生共鸣、发自肺腑的深刻感悟却是凤毛麟角的，而这正是创新思维与常规思维的差异之处。

在最具个性化的思维领域中，每个人都有可能成为自己思维王国的“首领”，并且无须政府授勋或认证，也无须媒体的追捧和“粉丝”的喝彩！

既要树立思维价值的过程观念，又要树立思维系统的工程观念，也要重视思维资源的待开发状态。

人们用忙碌遮蔽了深层价值的炫光，又不愿意拿出时间进行思考，以至于思维总是在低水平中徘徊，最终一无所获。

独享是一种颜色，分享才是五颜六色。

不要害怕“四不像”，这往往是创新的胶着期和磨合阶段，预示着创新成果的到来。

思维指向不越界，才能探寻创新的契机和突破口，使思维能得以聚焦，然后向目标冲刺，这样才能使创新成功的概率大大增加。

锁定思维目标，防止中途转移、迷失或在岔道上游移。只有锁定目标，并持之以恒，个体才有可能处于该目标中的领先和优胜者的位置。

思维是一个无限的开放系统。从这种意义而言，它没有疆界，也不受身份地位的限制，即便是生活在社会最底层的人，只要有卓越的思想，也有可能提升精神素质，并浓缩出独特的思维结晶。

要在思维的空白地带下功夫。思维既要指向特定课题，又要指向无限空间，更包括自然领域和人类社会。

独创性思维是不能搞人海战术的。一切标准答案、题海战术都是与独创性思维相悖的。思维理论体系的形成是需要相当时间的沉淀的，急功近利与浮躁是不能完成理论框架的建构的。

要尽快跨越思维的沼泽区，并从思维浅层区迈向思维中层区，最后进入思维深层区域。

只有避开大众思维的康庄大道，沿着思维的羊肠小道前行，才能采撷思维的奇花异草。

思维的驱动源于精神追求。思想成果多体现在社会价值、历史价值和公益性价值方面，物质成果多体现在经济性和实用性价值方面。

定位的偏差会造成思维资源的无谓消耗，人生之路将会越走越窄，从而使人心理失衡。其实，只要换一种思路，找准前进的路标，抬头仰望的不远处可能就是成功的驿站。

要获得高品质的思维成果，就应具有思维的前瞻性。要重视自身的长处，摒弃自己的弱势，及时吸收新知识和信息素材。在创新中，掌握“远关系调”是很有必要的，因为“功夫”往往“在诗外”。

思维是浩瀚宇宙中的一种独特资源，也是人类社会的一座宝贵而巨大的思想资源库，它囊括了世界上已知和尚待探索的关于宇宙的奥秘以及人类社会的显性思维和隐性思维潜能。

思维是灵性的产物，是思绪流动的旋律，是目标的“定海神针”。为了提高思维效益，就必须降低思维的无效耗损。为了防止思维资源的跑、冒、滴、漏，要将思维资源集中于开发某一项目或科研课题上。

思维是一种资源——脑力资源。这种资源既能因运用得当产生巨大的物质财富和精神价值，也能因使用不当而无效耗损，甚至造成社会财富的巨大浪费。

思维资源是无形资源，是挖掘不尽的一座富矿，只要开采，永远都不会枯竭。思维资源的浅层发掘，只会产生一般成果，深度发掘将产生卓越的成果。科研成果的诞生往往与思维资源的深度发掘是分不开的。

思维资源犹如思维的矿石，它包括原生态、再生态、衍生态和变异态等四种类型。这是思维资源区别于自然资源和有形资源的一个重要标志。

思维资源的社会化，有利于资源共享，尤其在开拓性与原创性层面，对人类进步更具有里程碑式的作用。

思维是一种极其珍贵的无形资源。思维资源不仅产生经济效益和社会效益，还会产生历史价值、艺术价值、宏观价值、思想价值、学术价值等，这些远不是使用单一货币量度或经济效益评价指标就能涵盖的。思维具有瞬时性、蛰伏性、灵感性和非储备性（与物质客体相比较）的特点，是一种无形的、看不见摸不着的精神力，在它的作用下，创造出了物质和精神的文明。

即使是一朵朵小小的思维浪花、一片片稚嫩的思维花瓣，它们都显示着我们现有的认识水平和思维能力。

思维资源的二重性表现在物质性（大脑）和精神性上。思维素材是创新思维的矿石和线索，它来源于事实材料、感性认识、经验和体验、网络信息等。

对思维原始素材加以归集与艺术化的组织和升华，带来的思维花絮和思维片段，就会形成创意的胚芽；通过借鉴、素材再植与延伸、压缩与扩张，形成思维的交集与组合；通过素材的排列、组合、交叉、叠加，产生思维碰撞，催生灵感火花，并沿着创意边缘不断扩张，促使思维结晶物质化，并形成思维草稿，从而爆发出思维积淀的绝响！

思维素材应精心挑选，可采用挤压法、扩张法、浓缩法、剖析法等，有针对性地选择。通过对不同材料的比对与综合，产生创新思维的胚芽，形成思维价值增长点。对素材的“粉刺”进行打磨，使素材精度提升、品质提纯，用精神的利剑削出素材的废料，从而打磨出更加精良的思维成果。

个体长期习惯运用的行之有效的方法看似很土很笨，其实却是最好的方法。不要轻易否定，不要妄自菲薄，否则就失去了一种独有的特色：独一无二的“版权”归你所有，其他人是无法复制的！

做真正的自己——永远不要放弃独立精神，这是创新思维本身的要求。

开发脑力资源，必须综合统筹、交叉运用、间隙调控、兴奋灶转换，并精确地把握思维语言。尽快跨越思维的混浊区、磨合区，步入思维的前瞻区。

要有效使用思维资源，减少思维资源的分散和旁逸斜出，使思维资源优化整合和综合利用，以争取思维效益的最大化和最优化。

要有强烈的抗干扰力，敢于闯入思维的无人区。在没有衡量标准的事物中，个体的创新具有独创的价值，具有最大的“话语权”。不要害怕标新立异，不要害怕“四不像”。

在思维的十字路口，没有红绿灯——因此应充分调动个体自身的思维分辨力加以判断和分析。

具有思维洁癖的人容不得半点非逻辑思维。在语言表达上常常表现为咬文嚼字，缺少思维交集与野性思维能力。这在思维过程中属于“一步三回头”。可是，这种思维会影响思维的连续性和流畅性，易产生思维流的阻滞。

一切竞争都可归结为思维素质的竞争。当我们从思维的原点出发，便开始了人生的思维博弈，并形成了各自不同的人生轨迹和思维成果。

超越竞争是指处于无竞争领域或处于竞争上端的一种竞争方式。它有利于思维资源的优化配置和良性运作，使个体、企业乃至一个国家能将所具有的人才资源、思维力资源配置在最有价值、最具创新前景、最具发展潜力的方面，使思维成果即精神产品具有超值性。

竞争中的优胜者，一定是超然于竞争之外的、不可比的、具有唯一性的独特价值（人越模仿他们、复制他们，其价值就越昂贵）的人。他们深谙进入无竞争领域的路径，善于脑力资源的综合利用与开发、不同课题的转换，以及对思维资源的最优化利用等。

一些人之所以缺乏创新思维，很多时候是因为他们将思维资源消耗在无谓的、无意义的、无价值的一类事情上。在一块尚未开垦过的地方，无竞争对手，自然可以任意纵横，审时度势地避免竞争，独具慧眼，出奇制胜，独辟蹊径，巧占盲点，广开思路，不断拓展创新领域。

思维是一种资源，是人类特有的优良资源，因此一定要善待它，要将它用在最有价值的事情上。

每个人的灵魂深处都潜藏着巨大的思维能量，当思维风暴来临时，我们要全力抓住它，不要让智慧因子和思维火花耗散。

思维切换是指思维兴奋灶（点）的转移。思维切换有利于缓解精神疲劳，跨越思维的胶着期，促进思维花朵的绽放，扩大精神成果的产出。

思维力与学校的正规教育不是正比关系，表现在创新人才方面更是如此。思维力不足的人往往口齿十分伶俐，导致正确的废话遍地开花，套话、空话、大话铺天盖地，使人们饱受这类语言垃圾的毒害和污染。

思维素材的边角余料，即思维碎片。这些思维碎片，最容易碰撞出灵感的火花，特别适合用于散文、随笔、小品文一类；而大宗的素材，沉淀厚重的感悟和文摘，则有利于构建体系性的专著。因此，任何素材都不会闲置乃至浪费，正如一个优秀的裁缝或木匠一样，不论何种零星布料或边角木料，在他们手中都会得到最合理、最优化的利用。

生活中有很多不易被发现的逻辑错误，在无形中深入个体的内心。在错误的思维逻辑上行走，起点将永远是终点。只有带着正确的思维逻辑上路，成功才会水到渠成。

所有的逻辑都是思维，思维并不都是逻辑。我们要加强有关提升正效思维能量的学习，即能使我们实现最渴望目标的那种思维。

人类的思维能够超越自身的有限，去感知宇宙的无限；人的思维能跨越已知世界，穿透时间和空间的壁垒，进入无穷无尽的未知世界。

人的无中生有的诗性思维，是人的艺术家天性的体现。这种诗性思维使人从大自然中解放出来，获得了作为人的自由。人的这种自由精神，其实也正是一切艺术的精髓所在。

思维发展的过程，往往有三种表现方式：阶梯式发展、回旋式递进和火箭式升腾，而最后一种思维方式往往超越同时代的人，甚至超前于时代。

思维的瞬时性，有时不允许我们以理性的审度方式慢条斯理地解决问题。这时，发挥智慧的优势和机巧就显得特别重要，哪怕为此而一时失去理性的形象。瞬息万变的形势，根本不允许个体先做一番细致入微、审时度势的分析后再决定是否行动。

思维决策的指向性不能游移，不论人家身居何种高位，不管人家做出何种成就，你都只需按自己的思维指向前行，这是最根本的。与此无关的一概舍弃。

要敢于走无路之路，在无路中闯出一条新路。“东方不亮西方亮”是思维决策选择的法则之一。要理智地放弃思维的过去式，全力抓住思维的进行式。

身体是思维的仆人，它遵从思维的指令，不管这种指令是主动地宣示，还是被动地选择。

思维叠加难以解决深层次的谋略问题。思维应具有各式各样的曲线，这样才能引动灵性，顿生魅力。

在拥有坚实的理论素质和理性思辨能力的基础上，博览兼收，纵横扫描，以智慧眼光让更多事物为己所用；博览是前提，鉴别是根本，消化是过程，吸收是关键。

当你的内心真正静下来时，当所有分散精力的东西烟消云散时，其实你已经为集中注意力做好了准备，不过此时你仍会发现自己正面对一片思想空白。

产生思维效益的前提是拥有自由和民主，强迫命令难以产生真正意义上的独创成果。思维潜意识中的唯上，必然导致盲从与逢迎，或唯权力、唯权威。从而导致从众心理，使思维发散效应短路。

思维缺位表现为一种残缺的思维症状，缺乏思维自信力、自控力，而被思维的他控力主导，头脑中难以掀起思维的涟漪效应。思维中的“顺口溜现象”比比皆是，表现为人云亦云、跟风等。

思维正效系数愈大，说明创新、开拓能力愈强，干正事的风气愈浓；反之，思维负效系数愈大，则说明内耗严重、人心涣散、风气不正，其思维效益与经济效益则愈差。

面对思维的“真空地带”和思维“灰色区”“沼泽区”，应选择好思维的桥头堡、立交桥、制高点以及思维的驿站。

透过扑朔迷离的现象，抓住关键点，以科学为依据刻意求新，不畏传统习俗的束缚。不仅要善于提出问题，还要善于多角度开发视角，找到解决问题的对策。

思维朦胧期、彷徨期、胶着期是思维灰色地带的显著特征。这一过程给创新预留了许多想象的空间，并孕育出创意的胚芽。

灰色地带是思维放飞的前奏。跨越这一地带，才能更好地弹奏思维的琴弦，奏鸣出精神的交响曲——这就是人类的精神智慧与结晶。

人类的身体与灵魂合一的形式，决定了脚踏实地与精神遨游的双重性——人类的身体贴在地面，而思维可凭借想象的翅膀飞翔在天空。

思维层次愈高，满足感愈低，愈具有创造性和排他性。独创性思维是一种原发思维，追求的是深层目标，是“无中生有”的，其运用难度也相当大，其成功的概率也较低。因为思维的草稿只有经过长时间的积淀，才能化为“沉默的绝响”。

大众思维，大多属于浅层思维。目标层次愈低，满足感愈高。思维层次较低的人，追求的往往是急功近利和立竿见影。常常与娱乐性、趣味性、时尚性、媚俗一类概念相联系。

原发性思维价值远远高于衍生思维价值，因为是不可复制的，它本身就是一座不可逾越的丰碑。因此，只有抓住创新思维的主旋律才是上策。

思维具有灵活性、跳跃性、变异性和偶发性的特点，而这往往又潜藏着创新的灵感火花。

善于提出问题，是创造者的一项重要的思维素质。缺少问题意识的人，是不会有多少创新意识的。只有睁大双眼发现问题的人，才会找到创新的契机和突破口。

理性思维发达的人，大多具有科学头脑，他们深知自己的局限性，通常都比较低调和谦卑；而感性思维发达的人，在情感的泛滥或驱动下，十有八九都比较高调，打出来的哈哈惊天地泣鬼神，说出来的大话更是吓死人。当然，他们绝不会脸红，却让众人无缘由地替他们脸红。

理性思维与感性思维是两种不同的思维方式。情感的十卡车泪水，也难以置换一小杯理性的琼浆；而理性的冷峻与逻辑的严谨也难以转化为感性的浪漫与华彩的乐章。

理性的通透和感性的圆融都是创意思维或创作实践中不可或缺的。当然，无论是理性的琼浆还是感性的华章，都不是由娱乐性学者“搞”出来的，因为那类“搞笑”充其量只能称作滑稽，连幽默的边都挨不上。

前瞻思维即站在时代的制高点上，依据对客观规律的正确认识和事物的发展趋势，确定长远目标，并以此带动现实的发展。

沿着思维原点出发，紧紧围绕思维的主线，并不时删除细枝末节及非主流部分，是防止思维陷入误区的一种思维艺术。

新思维、新思想，是一个人进步的内在素质。它外化为成就、水平以及物质与精神财富，内化为精神素质和气质。

坚持逻辑思维与非逻辑思维并用的原则。思维程序化、模式化、瞻前顾后、安于现状，都是创新的大敌。

要正确把握思维无序与有序的关系。思维无序化—思维的发散—创新的前奏；思维有序化—思维的收敛—分类、整理，逐步进入思维的逻辑起点，从而形成理论体系。

思维从无序到有序、从有序到无序，再到有序的辩证的思维发展过程，有利于打破思维的程序化和模式化，促进创新思维的形成。

发展野性思维能力，打破常规或不按常理出牌等反常规思维，往往能出奇制胜，获得丰硕的思维成果。

思维聚焦，将思维重点放在特定课题或关键问题上，使思维处于高度集中（或痴迷）的状态。思维聚焦由于浓缩了思维密度，迫使思维处于叠加和层次交叉状。思维的聚焦面愈小，就愈有可能触发创新灵感的火花，使问题得到更大的突破。

要防止思维的退化、摇摆、混浊、彷徨，最有效的方式是让思维在显行与潜行的两条线上同时发展，使思维全天候（交替式）工作，从而使思维效益优化。

思维是不能用夸夸其谈和作秀来替代的。思维是将灵性和深邃的目光投向事物本源的一种扫描、分析、判断和推理的过程。

思维超前者往往不能被同时代的人甚至亲人和朋友所理解，这类智者的理性思维往往被世俗的眼光所蔑视、嘲笑、调侃，甚至会被贬得一钱不值。

思维的原动力存在于目标之中，没有目标的动力是不能持久的；没有思维的指向，就不可能有恒久的支撑力。

思维是心灵的律动，是潜思维和显思维共同的合奏。思维过程中，保持思维的流畅性特别重要，应防止“一步三回头”的不良思维习惯。

思维没有弹性，就会拘泥不化，钻入牛角尖，处处碰壁，走进死胡同。思维弹性是一种人生智慧，它让人们于山重水复之际走出迷津，有种心胸豁然开朗的敞亮感。

任何奇思妙想如果用严格的逻辑体系来裁量，都会被扼杀。可以说，过度的逻辑思考，是创新思维的天然杀手。

沉没思维是过时的、失去思维价值的思维，是一种使人陷入负面情绪的思维。很多人由于深陷沉没思维中不能自拔，从而丧失了新的发展机遇。

群体思维、大众思维是催生创意的手段，而非创新思维的最终表现形式。本真意义上的创新必定是思维的变奏——个性化思维。

思维僵化，是思维的木乃伊，是毫无创新意识、创新动力和悟性的一种思维病毒。在思维僵化盛行的地方，别指望有什么奇迹出现。

强调上下对口，一切按程序办事，这对维持工作的正常有序运转是有必要的。但在某种情况下，一味过度地强调，则可能会导致个性化思维的绝育和创新的枯竭。

行动的效率取决于思维的效率，思维的效率取决于思维的艺术。发达国家的历史证明，财富大多是思想的衍生物，而不是人多势众的产物。

思维是人区别于其他动物的根本标志之一。

当人的思维放开时，会促进大脑的信息处理能力，使人产生各种各样的想法；而人在受到抑制时，会谨小慎微，所考虑的事情就会更加倾向于细枝末节。

模糊性和精确性都是思维的固有特性。在古代、近代和现代的思维中都是存在的。

现代人更多的是享受现代文明的成果，但对古代哲人的思想超越却十分有限。

思维应该差异化。同化是精神的退化，差异化才是有价值的思维。

应该把素材榨出“水”来，让思维浮现灵光。如果一本书只包含了娱乐和八卦，那么，即使光鲜无比热闹非凡，它的价值仍值得怀疑。基于这一点，可以这样说：最畅销的书，不一定是最有价值的。

要想在时代潮流中运筹帷幄，胸有成竹，缺乏理论思维是不行的。

思维层次不等于知识层次：现实中某些知识层次高的人思维层次却比较低；而某些学历或文凭较低的人（世俗社会往往将他们等同于知识层次低或没文化者），思维层次却很高。古往今来有很多这样的传奇人物，这并非杜撰的故事。

思维目标具有多向性，而思维目标的层次性则存在于思维目标多向性之中，即每一类别或每一项思维目标的层次性。

全神贯注于自己的思维，当思维开始四处飘逸的时候，迅速记下任何在脑中闪现的东西，不要停留，不要重写。

思维的广度与深度是思维素质的综合反映。思维跨度大，就能够海阔天空地联想；思维广度小，就只能在一个问题中绕来绕去，思路总是打不开。思路深刻，就能追根求源，达到一个问题的最深层；思路浮在表面，思考任何问题就只能蜻蜓点水、浅尝辄止。

抽象思维水平较差的人，犹如睁眼瞎，看不到深层次的东西，抓不住问题的本质。只有不断拓展思维深度，才能发现广阔的世界。

思维的超越性是所有创意的来源。创意就是现实世界中并不存在而仅仅存在于头脑当中的东西。每一项创意都是运用思维超越性的结果。

思维激越是一种鲜明的特性，是一种与众不同，是一次次扣人心扉直击灵魂的生命回响，是命运之弦弹奏出来的高亢的音符，它使人思接千载，神游古今；激越是一种勇气，是一种生命的张力；激越有时也许是一种“偏激”，然而，这种偏激有可能是一种超凡的灵感与悟性。

思维层次的提升，不能用同一层次的思维堆砌而成，换言之，是不能用人海战术得到的。人多势众不适用于思维领域。

以破格与新奇为己任的“野性思维”，就是焚烧“思想监狱”的火把。要用“野性思维”的火把点燃创新的灵感。一个人如果思想平庸、知识贫乏，就永远摘不到生活这棵大树上的新绿。

那些才华卓著的人的思维不受前人的羁绊，他们不会把自己的才能耗费在不合他们天性的事业上。

如果一个喜好思考的人想创立一种建设性的理论或构思一部文学作品，就应该随时记录自己的思想和感悟。在现实生活中，观察、记忆的范围之广，使人们很容易忘记一些思想，一旦没有及时记录，很可能再也找不到所思所想的蛛丝马迹了。

封闭社会对思维的正向运行破坏极大，使得本该大放异彩的人才最终黯然凋零，使各种优质的思维资源大量流失。

思维的态度决定人生的高度。一个积极思考的人，敢于接受生活的挑战和应对杂七杂八的琐事，亦会时刻寻找最佳的新观念，这些新观念能开发他的成功潜力，使其成功的概率变大。

痛苦使人深刻，顿悟使人聪慧。真正由思考带来的快乐，并非所有人都能享用。我们要以静谧的形态促使深层思维自由流淌，在无声无息的状态中聚合思想的能量，从而分析出思维的结晶。

要寻得一种切入点，以简驭繁，通过独到而翔实的思维材料、独具一格的思维能力和行事技巧，以生动可读的文字陈述个体独特的成果。

在思维鱼刺分布图上绘制思维主干、思维支干、思维链接、思维循环、思维凸点、凹点及拐点等，以便寻找最佳的突破口和创新的契机。

如果全体人类都不思维，就会染上一种原罪；如果个体患上思维懒惰症，也必将受到现实的惩罚。千万不要成为思维的植物人。

有些人在没有多少价值，甚至有负效价值的一类事物上耗费了太多的时间和精力，因此，即使他们是杰出聪明的人，也将终身碌碌无为。

过分强调娱乐性思维和二度乃至N度派生性思维，对一个民族的创新思维是会起到阻碍作用的。不论怎样，一个国家、民族想要兴旺发达，创新是第一位的，而不能一味地模仿或跟风！

一个人长期从事一种工作，思维容易僵化，很难有突破与创新。通过转换学科或岗位交流，从一个领域转向另一个领域去拓荒、去耕耘，则会激活思维，触类旁通，引发创造。

许多人对逻辑思维比较了解，对形象思维不甚了解，对灵感思维则感到陌生。如果对思维科学具有较多的了解甚至研究心得，对创新无疑会起到极大的推动作用。

思维是灵动的。当我们给思维插上翅膀的时候，它就能飞起来。我们现在的文明生活，无不是思维驰骋后创造的奇迹。思想之光照耀我们前行的脚步，在思想天空里的每一次搏击，都是我们精神蓓蕾的绽放和灵魂的跃升，从而把握世界的壮丽与灵光的相会。

人的思维可以分为两部分：感性思维和理性思维。从感性思维到理性思维的进步，是地球上几十亿年来生物进化的最高结晶。

缺少交流与碰撞的思想，是一种病态的思想；那种不允许辩论和质疑的思想，其实是一种自认为其伟大正确的思想，事实证明这种思想往往具有严重的精神病毒。

一切理性，包括科学的思考、理性的概括等，均排斥迂回曲折的阐述方式；一切感性，包括艺术的思维、文学的概括等，都倾向于迂回曲折的表现形式。

欠缺理性的思维能力，缺乏反思力，缺乏独立的判断能力，就只能人云亦云；对传统文化缺少辨别能力，就只能唯“圣人”的言说教条顶礼膜拜。

思索是人类的前途所系。就一般意义而言，思索的人，超越了现世的人类。然而实际上，并不是每一种写作或计算都可以超越人类。

思考不要被成见所左右。科学上的美丽设想，都必须和研究工作中的实事求是的精神相结合，才有可能成为现实。在科学研究工作中，可贵的不仅在于敢于设想，而且还在于能够脚踏实地地把设想逐步变成现实。

思维本身是极其复杂的现象，各种理论都只是从某个角度来说明问题，它们都有合理性，同时又有不足。

人类的思维不可能准确无误地描述出整个外部世界的地图，也无法成功地绘制出目标彼岸的精确肖像。

思维活动是由大脑控制的，每个人都可以支配自己的思维，创造积极的、充满活力的、能导致成功的创意。想好了再付诸行动，成功的概率就会大大增加。

思考起初是自发的。最好的思考都是在人们无意识的情况下做出的，而思考的过程不可能在潜意识中再来一遍。

我们应从一些被忽略的现象入手，通过梳理和推导，还原事物的本质，学会另一种思考方式。

思维自有它的奇妙之处。对某项事物有锲而不舍的恒心、创新的决心，才是专心的最佳状态。在此基础上，思索就会构成思维流动的旋律，这也是形成思维成果的前提。

沉思是一种自然的状况，如果养成了沉思冥想的习惯，或者有外来的刺激使我们有意识地接收信息，那么，我们就会向迟钝的思考挑战。沉思是创造的温床和催化剂。

不少人有自我设限的倾向，习惯遵守规则，以至于没有规则时，也会自定规则，这样就限制了自我的发展空间。一切按制度办事，凡事不可越线，思维就会受到束缚，自身所具有的灵性将会逐渐泯灭。

一种完全自由的空间不只会带来身体上的自由，也会带来心灵上的自由，好让思绪、灵感在其间跳动；只有在完全自由的时候（从紧张与焦虑、规则与组织之中完全解脱的时候），我们的创新能力才会登场，也才会在自由的空间中展现风华。

不论是面对新挑战还是解决旧问题，不妨让思绪自由飘荡，看能否在以往经验中寻到看似截然不同，实则有所关联的妙方。

各种激发创造力的心灵活动，都不外乎要求扩充现有的思考层次，以新观念看待事物，或在两项全然无关的事情里找到相似之处。

二、思维价值篇

价值取向

价值取向的选择特别重要，一切都要以价值为导向，避免思维资源的无效耗损。思想者和创新者一般都只和有价值的人打交道，和一些愿意做有价值的事的人打交道，而力避与锱铢必较、小肚鸡肠和蝇营狗苟的人合作。

真正有价值的思想，不会被流逝的时间所遗忘，不会被空间所阻隔，不会被地域所局限，凡是符合人类进步的思想一旦被文字记载下来，就会被人们所传诵、交流和实践。

成为一个有价值的人，比讨论别人是否有价值重要；成为一个有成就的人，比羡慕和评价他人更重要。

价值判断有助于我们规避恶性竞争。我们应善于挖掘自己的潜在价值，找准自己的人生坐标和差异化目标，这样才能使自己身价百倍。同质化只会造就平庸和价值的一般化，真正的高附加值一定是差异化的结果。

所谓思维价值观，就是思维资源的耗费必须以价值为中心。现实中，绝大部分人只重视有形价值，而忽视无形价值，尤其是对思维价值（无形价值的一种）更是视而不见或根本就不明白它的价值。

有价值的人，其价值更多地体现在精神或物质的创造层面上，而不仅仅体现在物质财富或各种炫目的头衔上。做有价值的人，做有价值的事。亮出实力的底牌，而不是跟着别人起哄。

思维价值的递延性具有跨越时空地域的特点，其空间不受地域和国界的限制，具有广延性；其时间特征表现为可跨越时代——除了即时（或当代）价值外，还具有在连绵不绝的时间中的滞后效应。一般在很多年以后，才逐渐显示其巨大价值。

思维价值的实现是通过思维财富来体现的。广义的思维财富包括思维成果、人生感悟、成功、失败与情感的体验等。思维财富构成了人类的共同精神财富。

思维价值是一个广义的概念，既包括经济价值，又包括社会价值、历史价值、时间价值；既包括可以量化的价值，又包括只能定性的价值。可以说，思维价值是社会价值、经济价值、历史价值与自我价值等诸多价值元素的统一体。

思维价值观一般可分为：正效价值观、负效价值观、宏观价值观、微观价值观、灰色价值观等。只有树立正确的思维价值观，才能产生正效思维，并促进思维的优化。

正确的思维价值观要求我们追求核心价值，即选择最具价值的部分，做自己最应该做的和做自己必须做的，敢于舍弃可做可不做的并摒弃一些不应该做的。

强化正效思维，摒弃负效思维。只有树立正确的思维价值观，才能使思维资源消耗在正效思维轨道上，从而产生优化的经济效益与社会效益。

确立思维效益原则，首先应对思维效益进行评估，使其效益最大化。

思维核心价值，表现在思维原创价值上。思维原创价值可穿越时空。在历史的时空中，价值将会得到无限递延与增值。

任何原创，哪怕是“草根式”的原创都远远高于“一流”的“二手经典”。因此，思维的正效耗损千万不要迷失在“二手经典”上。

具有优秀思维资源的人才的思维价值，千万不要定位于“模仿秀”和“文化奶妈”一类的目标和角色上，以免降低自己的创新思维品质。

思考时不要嚼人家的剩饭，不要滞留在负效和低级趣味的领域，防止思维的迷惘。

不良思维会形成社会财富的抵消和耗损，导致资源的大量流失。要提高思维的有效性，将时间运用到核心价值目标上，尽可能将一些日常事务融入社会化服务序列中。

一个有智慧的人，始终都关注别人的优点和长处，而不会时时挑剔别人的缺点和不足。应该善于发现他人的长处和价值，也许别人的强项就是自己的软肋。

立德立功立言，归根结底，无非就是留下记录。一切有形的东西终将消逝，只有无形的才是永恒的。

做人，不要人云亦云，要做精神和人格上的第一等人。自己心灵深处涌现出来的感悟，远比废话连篇的文章有价值得多。

要努力做出一流的成就。只要创意独特，做到极致和独一无二，你就具有了真正的价值。

坚持自己的价值判断，但不轻言绝对价值，更不能以自己的价值裁剪整个世界。

真正有价值的东西，目光短浅的人是看不到的。一个人如果有独立的价值标准和准确的价值判断能力，就一定要去践行。

空谈是不能产生价值的。然而，某些场合却成了崇尚空谈和说教的地方。

说教者一旦离开岗位，其由话语平台所赋予的价值和光环就会被剥离，其自身的价值就基本上可以忽略不计了。

人生往往要去掉那些多余的、没用的东西。物质的富有如果没有精神的支撑，那将是十分可悲的。

思想的胚芽孕育于寂寞的母腹之中，追求时髦和喜欢热闹的人是无缘与思想联姻的。

要做就做标准的制定者，而不要轻易沦为标准的执行者——这是基于创新角度而言，而不是针对社会规范行为而言的。

没有人是无价值的——人人都是一座宝藏，关键在于个体才能的发掘。

把握真正的价值取向，认清真正的价值目标，不要轻易将时尚价值、他人价值取向及价值评价标准作为自己的价值追求目标。

价值目标应是多元的。每个人都可有不同的价值追求和价值目标，追求同一价值目标的个体才有可比性，而追求不同价值目标的个体不存在可比性。

你的目标或追求，在他人眼中可能不值一提；而他人的目标或追求，你也可能不屑一顾。但这又有什么关系呢？只要紧紧盯住自己的目标就行了，并尽可能对思维价值目标采用优选法，使其效益最大化。

价值目标的层次，取决于思维层次和成就期望的大小。

应最大限度地释放自身的思维潜能，不要将自己的优势思维放在低层次目标上。

标准是相对的。如果认为标准绝对公正，就如同没有一点瑕疵的包治百病的精美广告一样，是一定会让人生疑的。

不盲从于某种公认的价值，不跟风某种流行思潮，不随着时尚起舞，才是对真理与良知的注解。

特性越鲜明，就越有价值。

个体真正有价值的是自身那些独有的成果。然而太多的人，一辈子都只是别人的复制品和跟随者。

价值转化

思维决策要围绕价值运行，讲究思维的经济性，使思维有效投入，最终转化为经济效益或社会效益。

在目标的实施过程中，要让潜意识充分地工作，这是提高思维效益并使其优化和最大化的一条秘密通道。

实现人生的价值是多元的，何必挤在一条道上。你应该开始“一个人的战争”，寻找自我价值实现的另一种方式。

只要善于转化，负面价值在很多情况下都能开发出正面效益。不论个体处于何种不利地位，只要善于转化，终将产生正效思维价值。

苦难也是一种思维资源，面对苦难时，能保持正向的思考，就能超越苦难，使苦难化成生命中最肥沃的养料。对它充分运用，就有可能产生微观乃至宏观的效益。

思维价值过程表现为思维的经济性，即去掉思维的过度消耗，减少思维能量旁逸斜出的损耗，从而将思维聚焦于目标本身，以提高思维的针对性、目的性和专注性，使思维资源的利用最大化、思维价值最优化，从而使思维资源消耗（投入）与思维效益（产出）呈现出相匹配的正相关性。

价值很多时候在思维定式的外边。思路逆转，别有洞天，会让你的思维前后左右纵横驰骋起来。

人的智能发展总是不平衡的，不要执意在“贫瘠的土地”上耗费精力，而荒废了广阔的田野。做任何事情都是这样，先了解自己在哪里能实现最大价值，然后再走进那个领域，去实现这种价值，这样才更有可能与机会不期而遇。

如果把思维“闷”在葫芦里，思维将永远找不到出路。只有打破习惯思维方式，才能突破思维的瓶颈，发现一片新的天地，看到一片宽阔的海洋。

价值评价

尽管每个时代有每个时代的价值观，但也不应该把自己的价值观委身于他人的嘉许，并执迷于这种寻求认同的方式和行为。这是一种自轻自贱的价值认同观。

给自己的价值定位。同一个人在不同领域的价值实现程度有一定差别，有时这种差别是让人难以想象的。

没有比做不当的价值判断更简单的事了，对别人做价值判断一般都是轻松和惬意的。然而对自己做价值判断却往往是高估的。

以自己的标准、价值偏好、兴趣、职业作为价值标准对他人做出贬损性评价，这是一种阴暗心理的折射反映。一旦你给别人贴上了标签，就会妨碍你发现他人潜在的价值。

每个人都是独一无二的，应该生活在自己的小天地中，不必去羡慕别人，也不必在乎别人的评价标准。

境遇是自己开创的，成功与否，皆由自己负责。每个人都应该是自己人生这出戏的主角，也是自我价值评估的主裁判。

一个人价值的高低，并不是由外界的掌声大小和别人的看法如何来决定的，而是由此人是否以十分认真的态度，扎扎实实地做好每一件有价值的事决定的。

主流话语与民间话语，在价值取向、是非评判、道德准则、行为规范等方面长期不能取得一致，甚至出现明显的背离和反差。

价值是一种理想，是一种标准，是一个系统。追求价值并非是一条窄路，不应走入死胡同。

价值本身是无止境的，需要不断从生活中汲取新的活力和价值增长点。实现价值的过程本身就是有价值的。

并非所有的事情都值得我们全心全意去做，适当的空白也是一种色彩。忙忙碌碌，沉溺于琐事和俗务，让头衔、身份、财产充满生命的每一个角落，这种不给自己留一点空闲时间的生命，最终有可能赢了别人，但也输掉了自己。

如果一心想得到别人的赞许，将自我价值置于别人的嘴巴之下，由别人去打分，缺乏独立自主的价值判断和价值标准，你还有什么价值？！

必须先做最有价值的事，这是最重要的事。应该把它们作为最优先的问题处理。如果听任自己被鸡毛蒜皮的事所左右，生活就会杂乱无序，并导致价值错位。

很多时候，人们宁可让岁月淹没在一些无价值的琐事之中，也不愿拿出时间进行思考，以至于思维总是在低层次徘徊，最终一无所获。

你的价值观念很可能与他人相异，绝不可能使人人赞同，应该用理性的态度来看待那种反对声。当有人反对你的观点时，不要立即改变自己的意见以赢得赞誉之词，而应该提醒自己，他的反对有可能是错的，自己的观点可能是正确的。

许多人每天都在不断地重复自己的生活，从思维经济的角度而言，他们的人生价值在白白流失。特别是本末倒置地将一些很重要的事情抛到九霄云外，而只关注于一些无关紧要的小事。

凡有价值的，一定是有特色的。在成果评价层面上，要改变传统价值评价尺度。成果是个体自身价值的真实体现——其前提是剥离了社会赋予个体外在的地位、身份、头上的“光环”，而仅仅将个体还原为一个现实意义上的“真实”的人。

有些时候，我们很在乎别人的看法：别人说你行，你就觉得自己行；别人说你不行，你就觉得自己不行。如果寻求赞许的心理不只是一种愿望，而变成一种必不可少的需要，去寻求自己虚拟世界里的光环，那么便会使自己落入人生自恋性格障碍的误区。

一个人人生价值的体现，在于做出成绩、拿出成果；光有如雷贯耳的名声和显赫的地位，却没有拿得出手的成果和政绩，这样的人生价值是令人生疑的。

自我价值是不能由他人来评定和证实的。你只需深思熟虑地筹划、精力充沛地行动，并仔细分析和判断一些古怪念头所蕴含的价值，这样你要做的事情自然会取得成功。

思维价值的最大化，要求在价值取向、目标及实施上，充分发掘自身潜能，理性地分析利弊，做出自己正确的抉择。

人，最怕失去价值判断力。健全的判断能力需要冷静和经验，还需要理智和智慧。判断力对于寻找最具价值的思维目标、防止思维资源的无效耗损是非常重要的。

思维的价值不在于我们结交之人的地位的尊卑和知名度的大小，而在于个体思维内价值的高低和精神成果的大小。因此，评价体系不在于外部标准和条件，而在于内部标准。

要彻底清除从众心理倾向。思维价值适宜于多元评价标准，而非唯一标准。少数服从多数，是不能作为价值评判标准的——鹰有时飞得比鸡还低，但鸡永远飞不到鹰的高度。

对于思维价值，只能是由历史、时代、社会、人民来评价，而不能由某些价值偏好者的喜好、厌恶或情绪化来断言。

全面真实地评价一个人的能力，不是仅仅依据其“考试能力”来进行的，也不是凭借某种背景因素或关系网来进行的。

好酒沉瓮底，好戏在后头。花朵只能静悄悄地开放，而一个人要想有所成就，必须减少或杜绝乱折腾和盲动，把时间和精力用在最有价值的事情上。

独特的观点本身就具有“高人一等”的特征。创新、发明新事物，只要是唯一的，标准的话语权就在创新者手中，创新者本身就是标准！

每个历史时期或发展阶段都存在思想精英的杰作，并成为不可复制、难以逾越的一座座精神丰碑。在理论上，每个人都有可能成为这样的丰碑。

思维具有价值，包括潜在价值、现实价值、长期价值、短期价值、未来价值、经济价值、社会价值、历史价值、正效价值、负效价值等。这样的分类，有利于对思维进行展望与评估、审视与甄别。

睿智的大脑必定会闪烁智慧的光芒。思维精英们将思维目标放在首位，将时尚、职称、金钱放在一边，从而发掘出思维的金矿，即核心价值。这类人关注的是精神追求，甚至是宇宙和人类社会的深层次问题和终极问题，而忽略或根本无暇顾及创收、时尚与人际交往等一类事务。

三、思维艺术篇

思维的艺术，是指以消耗最少的思维资源产生最强的思想和创新成果的艺术。换言之，思维花费能量越少，达成的成果越大，是思维艺术的宗旨。

思维艺术是社会发展和变迁的产物。思维的艺术在于不断地寻找创新的契机与最佳突破口。

多一些理性的目光，不必拘泥于繁文缛节，不要让思路陷入盘根错节、是是非非、恩恩怨怨的细节辨析之中，这样才能跳出无形的网，才能解开思维的眼罩。

人的处境会随时变化，在人性阴暗面最容易暴露的时刻，自然而然就会显露出人格的亮色来。

在精神领域，迟钝的人具有狭窄的眼界，只有独具慧眼的人才能看透充满迷雾的未来和朦胧的过去；但独具慧眼的人，却常常会遭到眼光短浅者不屑一顾的嘲笑。

思维决策考虑的是战略性问题，而非战术性问题，更不是小修小补的问题。因此，必须寻求思维的升华，牢牢抓住思维的主旋律，防止思维流的旁逸斜出。

错误的前提，妨碍我们进行正确的推理。当人们仅把一些概括性符号胡乱塞进自己的观念中，作为思考的前提，必然会得出不正确的结论。

沉思默想、勤于思考，是智慧的体操；而表述则是重要的精神载体。

讲究思维艺术，就会拓展智慧的原野，促使大脑皮层储备更多的富有创造活力的“潜块”或原料，一旦需要创新时，就可以随时提取储存下的资料。

多思，让思绪展翅飞翔，让智慧的触角延伸，以激发创新的灵感和新思想的萌芽。

每个人都是形神合一的统一体。虽然个体的体能有极限，但思维潜能却趋于无限。把思维资源整合起来，将产生巨大的效益。

要提升生命的价值，就必须使思维的价值呈现倍加的态势。然而，如果湮灭了自我，就会丧失自己的灵性和探索的勇气，思维功能就会退化，创造性就会大大减少。

思考的艺术在很大程度上就是找出兴趣点在什么地方，什么东西可以让我们着迷。

思维的艺术在于消除那些阻碍我们成功的敌人，驱散萦绕在头脑里的阴影及一切沮丧的想法，不纠缠于每一件令人不快的事，形成科学思维的习惯。

个体的思想框架必须是自己的。思维模式的培养、创造性思维的建构，会形成一种看不见的思维力量，能开启个体的心智之门，从而产生巨大的物质力量。

一个人应经常打磨自己的思维利器，时刻保持清醒的头脑，不断强化心中的理想和目标，远眺自己要去的那方圣土。

在利益多元、观念多样、思想多变的今天，差异构成了我们生活的丰富多彩的视觉或心理图景，交流也成为凝聚共识的必然路径。

社会地位的高低，财富的多少，很难说明一个人的真实水平，不要做一些无意义的比较。

每个人都可以在各自的位置上寻找属于自己的存在意义、精神坐标、思维导图，并打造思想的高度。

没有自己的核心能力，就没有自己独特的品牌。

自己的核心竞争力，是用金钱买不来的，是别人不可替代的。只有坚持做一行，才会精通一行，一个人一辈子若能把一件事做到极致，就能脱颖而出。

练出自己的绝活。把最基本的东西做好，把专业做到极致，修炼出自己的独门绝技，所有的业余选手都会相形见绌。

只有志向明确，深思熟虑，选择才可能正确，才能达到最佳效果。谨慎定位、坚持不懈、持之以恒，事业就会成功。

人的兴趣所在，就是潜力所在。做自己感兴趣的事，就是做顺乎天性的事，就会自然而然地有所成就。

在现实生活中，必须埋头做自己的工作，不要怨天尤人。如果陷入困境，理应承担责任，而不是转嫁他人。唯有埋头，才能出头。在痛苦中挣扎过的人，才知道什么是真正的甜。

忽视细节，可能会用个体的一生来弥补。从某种意义来讲，吹毛求疵是细节思维的一种方式，一种积极认真的态度。那些不起眼的细节，可以折射出你的人品，影响你的人缘，决定你的发展和未来。

思维的“狂”是个性化的张扬，是精神的升华，是产生创新成果的前奏。

精神自由才能创新自由，也才能有思想的超越。

每个人都自成一个思维宇宙。因此，应树立充分的自信，不断在自己的思维宇宙中耕耘，而不是沦为别人的思维卫星，更不应该成为别人的跟随者。

要当就当一个开山立派之人。人类智慧的奇葩只能是思想家、艺术家、创造家、发明家。他们是人类思想的灯塔。

在创新领域，提倡“独行侠”精神并不是坏事，而是一件好事，因为这是打破思想僵化的利器，不应视为洪水猛兽。

思维的灵活性表现在能随机应变，富有机智和创见。灵活性强的人，干任何工作不但有计划，而且更重要的是不会被自己制订的计划捆住手脚，能及时改变方案而不至于一条道走到黑。

一个有创造欲望的人，只有动机是不行的，还要有敏捷的思维能力。要让思维快于自己的行动，不应该处于准备干而不知道干什么的状态。

思维的综合不是量的相加也不是把各个要素在形式上简单加以堆砌，而是把研究对象的各个部分、方面和因素联结起来进行考察，在分析的基础上，找出包含在事物的各个部分和属性之中的本质，把零散的、无系统的个别认识进行整理加工。

任何决策都必须预见到未来，并通过对过去和现在的各种数据、资料进行详细研究，根据事物发展的内在联系，综合考虑各种因素的相互影响，在定量和定性分析的基础上找出事物之间的因果联系，推测出事物发展的未来进程。

预测是个动态过程，它在实施的各个阶段上，依据给定信息作用于被控对象后产生的真实信息的反馈，进行自我调节和控制，从而提高可靠程度。

思维的选择性，即根据所从事研究范围内的知识结构要求，选择有用的信息加工、提炼、储存，以供思维创新所用。同时，选择性还表现在能对杂乱无章的信息进行分类整理，一旦想用某一方面的知识就能很快获得。科学思维最本质的特点在于高度的创造性。创造性是思维品质的一个综合概念。

培养自己分析问题、事物的能力，有可能形成自己特有的、也是最大可能的思维力度的极限，从而提高对事物的感悟能力。如果不能从自己的经历中得到启发或者从别人的教训中受到教益，那么将会永远停留在肤浅的思维能力上，也就不可能实现发明创造。

思维密度是个体大脑提供给思维的有用材料的一个衡量标准。大脑可储存的知识量是非常大的，思维密度可为创造性活动提供坚实的基础，每个人都需要开发大密度的知识信息存储的能力。

思维跨度是指在思维过程中，将不具有明显因果关系的事物联系起来进行分析考虑的能力的衡量标准。在采取重大决策之前，进行深入细致的分析，实际上就是思维跨度在起作用，从简单到复杂然后再回到简单的问题上来，这就必须抓住重要因果关系才能实现。

思维效度，是指思维活动所具有的效益问题。如果不注意思维的效度，想出来的主意无法实现，或实现它的代价太高，这就是低效度的表现。思维的效度作为一种衡量标准，要求人们在思维活动的同时，注意大脑的合理运用，这种合理性必须与社会实践的可能性相比较，有意识地提高我们的思维效度。

直觉跨越了概念、判断、推理等形式而直接把握结论，这是长期的实践经验导致的一种能力。它的存在也说明，某些经验或感性认识能给人一种说不清道不明的感觉，虽没有上升到理性层面，却内化为一种先验或先觉的能力而提前介入。

杂家常以某种接近精确的朦胧，发现常人所忽略的重要事物或一般规律，促使自己或其他思想者于边缘学科的碰撞中点燃创新的火花，或促成专业研究的深化。

无中生有、一目十行、浮光掠影……这些都是带有贬义的词组，然而，在信息资料收集以及在创新的过程中，它们却是必不可少的思维技巧和思维艺术。

找准真正的目标，才能谋取思维价值最大化。在求新求变中，伴随产生的智慧奇葩或灵思的闪光点，极有可能导引出极富价值的科研课题；也可运用不相关联事物的强制性连接，催生创意，从而寻找到新的创新课题。

面临习惯思维而走不出一条新路时，要做的就是打破它，巧妙地另辟蹊径。某些时候，只是把思维捅开一个小洞，刹那间就会照亮成功前行的道路。

思维是行动的先导，是塑造一切的支配力量。从根本上讲，人与动物的本质差异就在于思维，就在于人能够利用思维这种工具，使自己的意愿化为蓝图，并最终将思想变为现实。

那些自寻烦恼者、无休止的懊恼和自责者，会浪费大量的思维资源。

思维中会有许多不同的临界状态，每种状态的临界数值都各不相同。在临界点上，随着集结的不断扩大，会引起突变。此时，提高思维的艺术，就会显示出惊人的价值增值的效能。

每个个体的精神熏陶与思维成熟期是不同的，是因人而异的。某些个体要付出更多的心理代价或思维成本破解未解之谜，来寻找并获得思维的碎片、灵感，从而撰写思维的草稿或点燃创新的火花。

生活中，太熟悉的东西，往往使人熟视无睹。思维的高纯度，容不得一点杂质，对创新是极为不利的。思维的杂质有利于思维碰撞和摩擦，从而点燃创新的火花。

过度的偏好，会对思维的创造过程不时地加以裁定和评价，极易形成思维阻滞和思维短路现象。

人与人之间的差别，归根结底是思维素质的差异。然而，这一差异如同隔着千山万水。如若不改变思维方式，抓不住要领，即使花费毕生的精力，也可能难以跨越这差异。通常，只有智者才能认识到这一点。

思维的艺术是思想者们创造出来的，思想赋予他们简洁、明晰、自然的表达方式，使他们能够抛开所有纷繁琐碎的细枝末节，清晰、朴素、不加雕琢地把握他们要表达的东西。

思想火花是一个人在孩提时代就显现出来的一种强烈的自我独立的愿望，但这种萌动思想往往会被家长出于“好意”而扼制了，因而导致许多家庭实际上已成为孩子天性成长的樊笼。

有些人太在乎外界的认可和他人的眼光，一味地迎合他人，从此丢失了自我。然而，这一切都是徒劳的：你绝不可能摆脱反对意见的纠缠，你的任何一种意见，都会存在一种和你完全相反的观点。

及时走出曾经的纠葛，不要成为过去经历的牺牲品，或紧紧抓住沉没成本不放；要清空心灵，不要让那些负面情绪继续占用头脑里宝贵的空间。

现实中，要想打破千人一面、万人同腔的同质性，往往需要花费很大的功夫，并且常常难以奏效。

一个不轻易苟同他人意见的人，一个实现了自我价值的人，恰恰是很少或没有时间去在乎别人看法的人。

为自己设定完美的标准，就会作茧自缚，就不会去尝试任何事情，也就不会有什么成就。作为一个人，无须为自己的行为设定这样一个十分荒谬的所谓的完美标准。

没有必要对别人的事说三道四、评头论足，你只需不断展示自己身上的闪光点，就会照亮前进的道路。

胜利者总是在精神上先胜一筹。一个人，如果毕生能坚持勤奋努力，本身就是一种了不起的成功。那种精神焕发出来的光彩，绝非一百枚奖章所能替代。

对于创造性思维而言，记住太多的细节将妨碍对事物整体的认识。具有超强记忆力的人能把任何事情的细节记得很清楚，能准确说出某个字在字典中的某页某行，但是无法产生自己独特的想法和创新成果，这值得人们高度警惕。

在没路的地方找路，在不被人看好的走势上觅得真实的价值，在不被人重视的小事上、细节上精心琢磨、倾心打磨。日积月累、默默沉淀，滴水总能穿石，脚步终能踏出路来。当然，那路自然就越来越宽了。

应该用思维手术刀解剖各种迷思，同时也解剖自我。凭理性指引，做出独立的判断——如此才能步入卓越思想者的行列。

思维的渐变和突变过程，有些具有继起性和并存性，有些具有间断性和偶发性，它们之间由于交互作用的影响，便产生了诸多的思维差异。

承袭历史传统的思想方法、价值观念，就会使思维沿封闭圈下意识循环，就会习惯于用现成模式或程序思考和解决问题，就事论事、按图索骥、自我设限、安于现状、不求创新，个体潜能就会在承袭的精神鸦片中麻醉。

捕捉思维灵感的瞬间效应，由点及面地探索事物的内在规律。既有点上的穿透力，又有面上的发散性，这样就能展开联想的翅膀，独辟蹊径寻找别具一格的科学结论。

在新的信息和知识中，有的很有价值，有的没有价值，还有的甚至是负价值。即使是有价值的信息和知识，对不同的人来说，其价值也是不同的。从众多的信息和知识中迅速选择与对象有关的材料，掌握最新的信息和知识，把握好若干种思维方法的配合和综合运用，有利于创新思维的发展。

在信息大量充斥的情况下，如果不加选择任意或无目标地收集和占有信息，任凭思维无目的地运行，就会步入思维的误区，使人难以产生思维的创新效益。

为了保持思维传递链的流畅，应该对各种信息资料进行分类整理，并选择适合个体利用的信息进行加工、提炼、储存，为思维创新积累素材。

智能测试优异的个体，并不一定有优异的思维素质，只有当智能与创新意识相结合，才能使思维素质在其本质意义上得以优化。

思维目标的设立可归纳为外部导引与自我设立两类。外部导引指个体思维目标完全依赖外界或他人的作用而被动式设立，欠缺内在的自发驱动机制，其思维与处世原则以外界评价或他人的眼光为标准，毫无自己的主见和价值准则。在时尚的变换中，价值取向飘忽不定，价值标准不断更替，思维对象不断游移，个体始终处于被迫竞争的应战者位置；而以追求自我价值的实现为目的，由个体内心自发驱动而产生的思维目标一旦形成，个体就会锲而不舍地沿着目标前进，无暇旁顾目标外的事物或他人的目光，也不屑于社会世俗的功利性评价。这样的个体有很强的自控力和抗击挫折的耐受力，并不断打破时尚和流行思潮对个性化思维的钳制。

思维耗散有优劣之分。优化思维是一种健康的思维机制，能最大限度地发掘个体潜能；劣化思维则是一种退化性思维机制，它使思维耗散于无意义无价值的事物中。优化与劣化思维的差异在很大程度上是由个体价值取向决定的。

一个长期处于封闭系统中的个体，思维发散面较窄，敏锐性较差，对某些价值观念、处世原则和行为方式易产生盲目的认同，思维波难以聚集成穿透事物本质的辐射能量。而在全新环境中的个体，思维发散面较宽，有利于调整思维角度，拓宽思维视野，使思维犹如奔腾的洪水一泻千里，从而对个体的创新思维能起到较大的催化作用。

强化思维指向，有利于思维的目标性和专一性，跳出思维定式的窠臼。没有特定的思维指向就难免会产生浮躁和惶恐心理，价值观就会从一个极端跳到另一个极端，思维就会处于摇摆不定、随波逐流的状态中。

建立在特定目标之上的思维指向一旦被强化，就有利于在思维发散（或收敛）中产生振荡与跳跃，不断与思维目标进行碰撞，从而触发灵感、催生创意，促进个体不断开发潜能，最大限度地实现思维目标。

思维的孤独是基于提高思维质量采取的自主孤独，而并非与外界隔绝或由外界造成的客观孤独。思维是个性的，思维的价值或思维的高层次性往往在个性中孕育，并在孤独中催生出独创性思维成果。

某些个体与外界难以合拍而产生摩擦，长期处于不良人际氛围中，对创新思维产生了较大的遏制力，聪明才智也处于无效耗损状态中。因此，如何有效地避免不良氛围对思维的负面影响，不仅仅是一个改变个体生存环境的问题，也是涉及个体生存质量和生存智慧的问题。因此，当个体无力改变这一现状或改变花费的代价太大时，则应考虑尽可能采取自我孤独的方式以避免思维的无效耗损，促进自身潜能的开发。

四、思维方式篇

思维方式概述

思维方式总是与一定的历史时代相联系，随着时代的推移，它也就成为历史的思维方式。任何一种思维方式都经历着产生、发展、繁荣和衰亡的过程，最后都要被更能适应时代发展需要的、更高级的思维方式所替代。

无论各民族的思维有什么样的多样性和差异性，其背后都隐藏着思维的同一性、统一性。思维的发展必然超越时代的局限所形成的界限。对思维方式的反思、改进和完善，有利于促进思维方式的发展。

只有立体的、全面的复合型多维思维，才有可能把握事物的基本规律以及特殊规律，才能科学地、准确地预测其发展方向，从而以此拟定科学策略。

良好的思维方式，能助你才思敏捷，妙笔生花。

学会批判性思维技巧，与学会一门新的实用技巧并无二致，必须实践。实践永远是思想的源泉，养成批判性思维的习惯，需先进行大量的实践。

思维发展的不平衡是一条永恒的规律。各个民族的思维方式既有共同性又有差异性。为了建立新的思维科学大厦，必须先清理思维的地基和心理垃圾，经过对思维的全过程考察，将思维规律揭示出来。

每个人都有两套思维系统，即显性思维系统与潜在思维系统，它们各司其职，有不同的思维功能，由此完成思维显目标和思维潜目标的任务。

把思维的触角伸向四面八方，不断拓展思维空间，抓住问题运用多维思考，才能拨开现象的迷雾，反映事物的本质。才会不囿于框框，打破常规，标新立异，独树一帜。

直观思维只看表象，不看本质；只求表面了解，不求深入理解。这种思维方式，很容易被表面现象所迷惑，不能正确地分析客观形势，很难把握事物的本质和发展规律。

单向思维方式习惯于“单向”进行，一叶障目、以偏概全，看不到思维元素之间的内在联系，容易导致认识上的主观主义，工作上的单打一，顾此失彼，影响全局。

“U”形思维是一种非线性的思考方式，这种思维方式犹如走一个“U”字形的道路去接近目标。它的特点是避开问题的症结，通过迂回、转弯等方法寻找新的突破点，在避直就曲的运作中达到最佳的效果。

突出思维重心，在困难、矛盾、危机面前，让思维转个弯，让思路变个道，常常柳暗花明、曲径通幽，如果总是用一成不变的思维看问题，以陈旧的眼光看待事物，甚至一条道走到底，就会跳不出框框，迈不开步。

思维方式不是支离破碎的离散体，而是一个完整的开放系统。良好的思维方式往往会带来新颖丰硕的创新成果，反过来又会进一步丰富科学的思维方式，促进创新思维不断向纵深发展。打破思维枷锁、更新思维方式、激励创新动力、提高创新能力，对促进事业的发展无疑会起到巨大的推动作用。

创新思维

从事创造性的思维活动，是人类思维功能在一部分人身上的特化，是人类创造性思考的源泉。

创新思维是人类最高层次的思维。谁掌握了创新思维，谁就有了创新的入门券，谁就能看到别人看不到的东西，想出别人想不到的方法，做出别人做不出的成果。

创新思维具有新奇的特征。不僵化刻板，能融会贯通，举一反三，灵活而简便地解决问题。

创新思维常常以突然降临的形式，在人们脑中闪现。当然，这种突发性的成果并不是天上掉下来的，而是平常大脑高度集中思考和经验积累的结果。

创新思维不应成为重复的圆。要寻找科学的新发现，得到满意的科学结论，“犯规 ”“犯错”在所难免，屡见不鲜。要获得创造性突破，就不要畏惧任何形式的探索。

创新是思维本质特点所要求的。思维前瞻要求思维对象具有前沿性或独特性，不轻易陷入别人已解决或正在解决的问题中，以减少不必要的重复劳动。思维前瞻有利于拓展思维视野，提高思维价值，它要求以超前的眼光与现实保持一定的距离。

创新思维是一种综合性的、高层次的思维，它有巨大的包容性。在整个思维过程中包容了、调动了众多的思维方法，而且是综合去运用的。

创新思维是逻辑思维与非逻辑思维的结合，是不同层次思维方法的灵活转换和运用，是显思维与潜思维的接通。

在创新过程中，有时会出现思维的朦胧状，陷入模棱两可理不出头绪的胶着阶段。要跨越出来就应进行必要的知识更新，吸收其他专业知识，适当进行岗位或职业转换，以便增强换位思考意识，拓宽思维视野，避免思维的单向性和闭锁性。

创新往往并不是借助于逻辑思维展开的，过分地强调“平衡”“对应”的无逻辑矛盾，就会限制思维的自由发展。运用非逻辑思考方法有利于创新和突破，使思维具有延伸性和不对称性。

创新思维的渐进，是对问题进行追根求源式的深入探索的过程；创新思维的突变，即随着思维的渐进而发生质的飞跃。

思维具有灵活性、跳跃性、变异性和偶发性的特点，而这往往又潜藏着创新的灵感火花。

从平凡中创造非凡，是创新的灵魂和实质。创新使资源具有新的功能并创造出新的财富。唯有创新才能生生不息。

洞观时代的变迁，在未知的领域内探索，不拘形式，有效地发挥联想的作用而挖掘好主意、好方法的技巧，就是创造性思考。

一个人的最大价值在于创新。社会意义上的位置或地位与精神上的位置是不能完全等同的，在某些人身上甚至完全是背道而驰的。

打破思维枷锁、浓缩思维密度，在思维聚焦中触发创新灵感的火花，使思维处于高度集中（或痴迷）的状态。在思维聚焦中，浓缩了思维密度，思维处于叠加和层次交叉状，使问题有可能得到重点突破。

思维的聚焦面愈小，就愈有可能触发创新灵感的火花，并促使创新思维不断向纵深发展。

千万不可在自己的思维上设定界限，必须坚信自己不论碰到任何问题，都能找到解决的方法。无论个体遇到什么状况或困难的事，若以“自己能”的态度应对，必能开创光明的前程。

创新思维的检验标准，在于能否在“特殊性”上下功夫，能否有意识地培养“人无我有”的能力。具有创新意识的个体一方面应提高创新的能力，另一方面又应以满足社会的需求来实现自身价值。

具有创新意识的个体，对社会需求有着清醒的认识，他们不为各种潮流和时尚所主导，不断吸收相关学科知识，以便为创新做准备。

创新能力是最具价值的能力。它超越了旧的模式束缚，把个体的视野延伸到了一个新的区域，有可能为事业的发展带来更多的契机。具有创新思维和创新能力的人，能做出与众不同的成绩。

创意有助于汰旧换新，当个体深觉自己有了巧思及创意时，信心常会大增，而新鲜活泼的思绪本身，就有助于以新角度与新方法去解决问题。

创新思维无处不在。在显意识和潜意识中都存在着创新思维。潜思维可称为无意识思维，如梦境思维，某些科研难题在梦中得到解答或获得灵感并不是什么稀奇事。因为潜思维是显思维的倒影进行法或如影随形法；显思维则是对特定目标（对象）的针对性思维。

技术性的内容是可以教的，且能学得惟妙惟肖；而创造性的内容是无法教的，因为创造的对象是前无古人的。

技术性的东西是可以传授的，而创新能力则必须靠自己的独立思考、悟性和反复实践来提升。

创意并不仅仅是一种个人的头脑行为，还要受到外界社会条件的制约。在某种社会条件下，人们习惯于鼓励和奖赏创意；而在另一些社会条件下，人们则习惯于压制并惩罚创新思维。

创意思维的运行需要良好的外部环境。在这种环境里，头脑特别灵活，新观念新办法就会层出不穷；而在另外一些场合，头脑则像一张白纸，或者心乱如麻理不出头绪。良好的思维环境，是伟大观念和伟大作品的催化剂。

创意需要夸张和适当的“吹牛”，这是丰富的想象力所致，这些夸张和“吹牛”也是思想活跃者的财富，更是创造的源泉。

创新往往并不是借助逻辑思维展开的，过分强调“平衡”“对应”的无逻辑矛盾，就会限制思维的自由发展。运用非逻辑思考方法有利于创新和突破，使思维具有延伸性和不对称性。

创新拒绝重复与雷同。没有创造性的劳动，即使有量的扩张，也不会带来质的突破。

对于创新者而言，不要害怕思维暂时处于无所事事的空白状态。思维的暂时空白不是真空，不是一无所有，而往往是创新的前奏或序幕。

具有创新能力的人，其灵感总是在休闲、听音乐及散步时出现，这是因为抛开了理智的束缚，想象力才得以自由驰骋。

思维是自我开发必不可少的重要手段。简单的思维方式只能适应简单的社会生活需要。思维本身对社会生产力的发展起着极大作用。思维方式的发展是渐进的，不是孤立和突发的。

只有创造性人才，才能进行创造性思维。创造性活动需要一个人同时具有敏锐的观察能力、实际操作能力、创造性想象能力和思维能力，而最终的创造成就则是思维能力集大成的表现。

观察是一种感知外部世界的重要方式。观察活动与思维活动往往交织在一起。因此，观察能力不能也不可能与思维能力割裂开来。

思维的盔甲能抵御孤独的冲击，文字的奠基能构筑思想的大堤。只有质疑的人，才能开发创意；只有不受传统思想羁绊、努力创新的人，才最有机会成功。

创新过程中的思维不是凭空想象，它必定是许多积累的素材和思考的问题的最佳结合。实践能力，是把智力转化为物质的能力。既能动脑又能动手的人，要比只善于动脑的人更容易取得成功。

思维的深刻性，使人能抓住事物的规律和本质，预见事物的发展过程。思维的独立性，使人善于发现问题和解决问题。思维的独立性是人们进行创新的必要前提，具有独立思考能力的人，才有可能创新。

人的想象多属于再造想象，即过去现象的复现。而只有创造性想象，才能改变已有的知识和经验，形成前所未有的新事物、新产品和新形象。创造性想象力丰富的人，善于把某种思想具体化，善于构成新的假设或新的思想。

想象和思维始终密切地联系在一起。有时科学的重大理论也借助于形象，通过形象思维来表达。想象力与知识有直接关系。一般来说，知识越丰富，想象力也越丰富。

通过想象提出的假设或结论正确与否，一定要通过实践的验证，而不能自说自话。

创造性活动不仅要有顽强的工作态度，更要有一个科学的、勤于思考的、能够高效率地调动创造性思维能力的、灵活的、变通的头脑。

必须具备可供思维的基本素材。这类素材就是通过自身的实践活动积累起来的知识和经验。知识越丰富，产生重要设想的可能就越大，如果具备有关科学甚至边缘科学的广博知识，那么，独创的见解就可能产生。

个体应时刻保持创新欲望，非凡往往出自平凡。切忌对平凡的工作报以平凡的目光，经常多想一个为什么，就可能给你带来意想不到的创新启发。

求异思维

对创新思维而言，必须学会走迂回的路、曲折的路、崎岖的路、坎坷的路、似路非路的路。多种不同线路的选择，正是求异思维的结果。求异思维的作用首先在于产生大量的创造性设想，从而摆脱习惯性思维的束缚。

不能怕“异”，有异才能比较，有比较才能有选择，在求异的过程中才能有创造。对每一个问题尽可能提供多种选择方案，破除“标准答案”“是非判断”“非此即彼”一类两极式思维的影响，尽量发现最切实际的答案。求异思维的过程也许是无意的，是不自觉的，但过程的结束往往伴随着创新成果的出现。

要从别人不敢走的路中找到出路，如果总是想走现成的、已经开辟好的道路，那就不会有太大的成功。“别出心裁”往往是创造力和成功的前提。

反思是非逻辑的创造性思维的一种方式。反思过去对于走向未来是有益无害的。不反思或不预测，对未来的局面会束手无策。因此，无论是科学研究还是决策，绝不应该离开反思和预测去进行。

思维能力决定创新能力。清除思维盲区至关重要。每个人的知识水平和生活经验不同，思维盲区也会不同，全方位思维可以消除我们思维中的盲区。

问题产生思想。问题的指向性是思维活动最重要的特性，在评价思维活动的品质时，这一点是首先要考虑的。没有思维的对象就无所谓思维。

灵感思维

灵感思维是指在创造思维中，由于辛勤劳动、思想高度集中和情绪高涨而呈现出来的创造性的想象力和突发性的思维现象。

在深思某一问题时，较长时间得不到解决的办法，但由于某一偶然事件的启发，所要探索的问题一下子获得了明确的答案。这种豁然开朗的情况，一般称为获得灵感，从获得灵感到问题得到完全解决的过程就是灵感思维过程。

灵感思维具有创造性解决问题的功能，它属于非逻辑思维的一种思维方式。“灵感”是对“闪念”的捕捉，而“闪念”是每个思考者都会遇到的，但要创造性地捕捉“闪念”来解决问题却并非易事。在各种不断涌现的新思想中，及时捕捉“闪念”，从“闪念”的出现到“灵感”的捕捉，再到运用灵感思维解决实际问题，这就是创造的过程。

没有对“闪念”的捕捉能力，“灵感”是不可能进入科学殿堂的。灵感作为一种复杂的心理现象，是以已有的经验和知识为基础，在意识高度集中之后，产生的一种极为活跃的精神状态，对人的思维会产生突发性飞跃和敏锐的顿悟。

灵感不但来之不易，而且稍纵即逝，如果不加以迅速捕捉，及时地进行深化加工，有效处理，就会成为过眼云烟，悄然消失。

灵感不是从天上掉下来的，也不是人的头脑里所固有的，它是当事者经历了长时间的苦思冥想，对事物进行仔细观察，积累了丰富经验，并且经过反复酝酿构思，才突然萌发的。为了促使灵感产生，必须把全部精力集中在问题上，甚至要达到痴迷的程度。

思维超越

思维超越是指自我超越。即以未来目标为参照系，规范现实自我思维与行为的一种思维方式。它要求打破思维的程序化和模式化，在思维的主体意识上不断超越自我。

思维要超越，在现实自我的同时，还要进行科学的扬弃，即使是很时尚或个体十分爱好的事物，但只要不是其自身所擅长的，就应放弃。不盲目参与无谓的竞争，使个体真正具备思维自由人的资格。

思维上的独立性与自我激励的结合，使个体能集中时间、精力发掘自身优势潜能，推动创新思维的发展，从而为思维的超越与腾飞提供驰骋的空间，使思维领域不断延伸，思维层次不断得以提高。

思维发散能产生丰富的联想，激发更多的创意。创新往往并不是借助于逻辑思维开展的，运用非逻辑思维方法有利于创新和突破，使思维具有延伸性和不对称性。因此，要敢于打破常规，对现成的概念、做法、结论进行筛选，运用渗透、关联等方法促进创意形成。

思维发散与收敛

在思维发散过程中，不要一步三回头，要让思维的触角不断延伸，思维射线不断扫描，随意识流任意漂浮和游移，从而使思维畅达，以避免思维发散过程中遭遇阻滞。专业知识面过窄的人，往往容易将其知识绝对化，思维的发散力相对薄弱。

思维发散要求摆脱理性思维的羁绊，从而进入非逻辑思维的过程；思维收敛则是在非逻辑思维发散后，用逻辑的眼光进行梳理和复归的过程。

思维发散可采用强制联系法、随意排列法、重叠法、交叉法等方式。此时，不要被任何权威和现有理论所束缚；而当思维收敛，即用理性进行思维整合时，则需以逻辑思维来主导。

思维的发散与收敛是一对辩证关系，正如一枚硬币的正反面。在思维发散的初期，二者是排斥的；但在收敛的过程中，二者是复归于一个统一体之中的，此时，逻辑的作用是伟大的——它将一个散状的思维体整合为一个理性、有序、内部有着严谨结构的理论，从而可使一个物质上的贫穷者成为一个思想的巨人或精神的富翁。

思维的发散要具有很强的灵敏度，要使思维发酵、膨胀，达到思维发散的临界点；要展开想象的翅膀，放飞思绪，自由翱翔。

想象是发散的起点。但发散力是受综合因素影响形成的，而并非单一因素所致。

没有思维的收敛，任何科学成果都是不可能产生的。

思维的发散过程实质上是非理性、无秩序、无规则运行的。如果认为发散可以程序化、模式化、对应化，那是一厢情愿的，也无法自由地发散。

只有依靠思维收敛过程才能进入理性的、秩序的、规则的和逻辑的过程。这就是思维由朦胧、模糊至清晰的辩证过程。

在创新思维的发散过程中，思维的逻辑链对思维的发散具有阻碍作用：而在思维的收敛过程中，逻辑链对理性回归和条理化、推理的严谨性起着巨大的作用。因此，思维的逻辑在创新活动中一定要掌握好“度”的关系。

思维的收敛过程，是沿着思维勘测的边界压缩的过程，也就是思维聚焦与整合的过程。思维空间是思想者的空间，它不是地位、财富的象征，更不是凑热闹、瞎起哄的地方。

直觉思维

直觉思维是一种不经过逻辑分析而直接洞察事物本质的思维，是直观地瞬间把握世界的思维方式。高度的直觉能力来源于人的知识和经验在潜意识中的积累。直觉可以帮助科学家在创造活动中做出预见。

直觉是对科学工作者艰苦劳动的崇高奖赏。只有经过对问题长时间的思考，并长期浸泡在实践的海洋里，直至达到某种饱和状态，才能促发直觉思维的产生。

要想有创造性的思维能力，就务必不拘一格，灵活地运用多种思维方式，如集中思维、发散思维、逆向思维、功能模拟思维、辩证逻辑思维等。

第四辑　沉淀下来的伟大

思考是心灵的自我对话。思想者始终站在思想的海边，静听思潮的澎湃；痛彻心扉的感悟是深刻的，经过思维发酵，沉淀出来的一定是思想的珍品；这种深层次的顿悟，大多来自卑微与向善的心魂。

一、心灵的琼浆

每个人都蕴藏着无穷的潜能，唯有卓越的思想家才能砸碎思维的枷锁与精神的牢笼，从苦难中提炼出智慧的琼浆，将思想的光芒撒向寰宇。

思想的表达，不是华丽辞藻的堆砌，也不是心灵鸡汤的不断稀释，更不是陈腔滥调永无休止的重复，而是心灵深处的感悟。

思想是卑微的野草，只适合在陡峭的山崖和低洼的滩涂生长和蔓延。

那些西装革履、装腔作势的人在豪华宾馆里高调宣扬的东西多半是没有思想因子的“正确的废话”。

思想与“人多力量大”没有关系，有时甚至是一种逆关系。

如果一个人没有一点智慧的火花和思想的因子，就进入不了一种高尚的境界，就不能做出重大的贡献。

不要让泪水屏蔽理性的分析，不要用情感替代逻辑的论证，不要让谎言蒙蔽认知的双眼。头脑中思想的含量越少，家长里短的陈腔滥调就越多。

思想的力量，常常来自对传统、对权威的挑战之中。在这个过程中，当事者所付出的代价，所承受的压力，所忍受的痛苦，都是其思想价值所在。

思想反映了一个人的精神面貌。只要不停地更新思想观念、不停地追求新知和进步，思维僵化就不可能在我们身上出现。

思索崇高及宏伟之事物，能让人的思维视野辽阔，脱离琐屑事物带来的心理羁绊。

知识是形成思想灵魂的基质材料，与人生阅历、见识、经验高度融合后，会升华出独特的心灵感悟。

真正的思想理论，常常是通透的、简练的，是思想者冥思的产物。这样的理论有可能在精神王国中达到崇高的境界。

思想是灵魂的事业。文字阐述深刻的思想。

卓越的思想既是对思想者的奖赏，也是人类共同的精神财富。

我们的思想情感富于真理和生机，富于创造力。一个人不断地肯定自己，就能不断地强化自己，那么，精神动力就会得到惊人的发展，思想水平亦会得到相应的提高。

一种新思想不仅可能会以一种情感作为先导或与之相伴，而且也可能与一种感觉相伴或由它组成，有时连思想者自己都难以说清其中的微妙关系。

一种思想如果能够从人们感到切肤之痛的地方生长，就一定会使人产生心灵震颤、共鸣，并产生交流和互动的欲求。

卓越的思想往往会受到伤害，但绝不会倒下。

思想是人类精心培植的，这是人与动物的本质区别。

思想，来自天地之造化，头脑之精魂，是宇宙中一个奇异的存在、智慧的奇葩。

观念的贫穷是一种病。如果将观念的抽屉紧锁，那么，思想的匮乏必然导致与失败为伍。

思想不会带来实惠，却可以擦亮眼睛，减少愚行。

精神有多广阔，思想就有多深厚。

思想不是流水线上批量生产出来的，而是在自我否定和批判中形成的。

无论是什么样的思想，一旦种植于内心，便很快体现在人的行为习惯中。

思想是无形的力量，不朽灵魂的结晶，能让人越过艰难险阻实现自己崇高的目标。

思想能使人明辨什么有意义，什么无意义，什么是正义，什么是邪恶，什么是美好，什么是丑陋。

清除思想垃圾，消除恐惧、焦虑和各种妨碍人发展进步的思想，充满具有朝气和希望的思想，这是一门伟大的艺术，是使人具有一种建设性、创造性的心态的艺术。

古人的东西，要为我所用，但不要让它牵着鼻子走。

思想是对人类自身与命运的内省与探寻，以及对知识本身的反思。即使在艰难困苦的时期，也会举头望明月，低头深思索。

人无思想，与植物无异。

思维的碎片，很难绽放智慧的花蕾；只有多元思想的碰撞、灵性的交融，才能酿出理性的琼浆，滋润人类干涸的心灵。

简单的表象，隐藏着复杂的要因；明晰的话语，蕴含着深邃的哲理；睿智的文字，凝聚着冥思的沉淀。

混沌是有序的前奏，思维流的汇聚，离不开逻辑的梳理与理性的升华。

思想必定是凌驾于一切专业之上、威权之上的无冕之王。因此，应该向思想致以崇高的敬意。

批评如果不是出于具有创造性思想的人之口，就始终会当别人的尾巴。

走得越远，根系越长；成就越大，越是低调。

伟大的思想总是基于对现实世界的不满而萌发的，因为智者要通过新思想、新观念来重新构建自己的思想体系。

作为思想观念的想法，或纯真或邪恶，或伟大或渺小，或先进或落后。而人的精神是不同的。但在世俗的世界中，精神是有约束力、有标准、有内涵、有信仰、有驱动力的。

思想与年龄有关，越年长则思想越深刻。然而，思想者的青春却是无关年龄的。

思想是没有地位区分的。思想无须借助任何包装或行头出现，不是由形形色色的头衔所标示的，也不是地位的光环所能屏蔽的。思想是一个人对世界观的科学认识。

要想在思想领域登堂入室，就必须凭深刻的思想、凭自己独有的真知灼见来获得社会和他人的认可，一切均应根据和符合客观事实的真实存在去说话。

思想文化发达了，国家也就有了科学发展的基础，民族也就有了文明进步的动力，国家才能真正富强起来，人民才能真正充满幸福感。

一个社会的智慧程度，不用看其他的，只要看思想、知识与信息的自由程度、开放程度，即可做出判断。

心灵状态决定着生活的颜色。没有被深层次感动过的人，一般不会有什么深刻的思想，也不配谈人生。

任何物质或大众文化的丰富，说到底只是对人的感觉欲望的单一满足，它只能使人类这一本应富有思想的生物越来越变成一群只注意物质享受的经济动物。

二、思想独舞者

思想家把痛苦化为快乐，纵情于思想的天地间，寻找精神世界的世外桃源，为世界创造一个个奇迹，让每一个瞬间都变成永恒的经典和不朽的传奇！

思想者从丰富的实践经验和深厚的人生体验中，将感性和理性上升到哲理的高度，打造出自己精神的品牌。

思想独舞者，是绝对不随行就市提供季节性作物（作品）的。在他们眼中，所谓趋同思维只不过是思维残疾的代名词。

思想家用孤独、寂寞、桀骜不驯、高仰的头颅，抵御世俗者的攻击，但他们却让全社会乃至全世界共享他们的思想。

思想家一般都是清贫的，但他们的思想却是富有的。

思想是无价的，无价即天价，这就是人类共同的精神财富，也体现了思想家的永恒价值。

真正的思想者，有着长期底层社会的经历，经历过血与火的磨炼。他们拒绝浮华思维和时尚思维，为人类提供的是思维的精品。

当思想家有限的生命结束了，其无限的名声和精神价值便会流传下来，并以此宣示思想的不朽。

人类不能没有思想，更不能没有思想家。

真正的原创思想少，而诠释和图解多。有些所谓的思想，不过是陈腔滥调的复制或心灵鸡汤的泡沫。

思想家不在乎一时的得失，不屑于那些蝇头小利。

思想家深刻的思想、特立独行的精神、对真理的探索、对公平正义良知的呐喊与诉求，常常被视为异端。

真正的思想家不一定读过很多书，但一定是有知识有头脑有悟性的人；思想家具有鲜明的独立人格，他们以自我为主进行思想践行。

思想家都是特立独行的，他们即使身处牢狱，也仍保持思想自由之风骨，精神独立之人格。

在人类历史上，卓越的思想家属于凤毛麟角。由于他们思想的伟大远远超出了生存的那个时代，在世时常常不被认可，享受的只是死后的哀荣。

如果将思想理论故意弄得玄之又玄，晦涩难懂，将公众拒之门外，那么这样的人就不是真正意义上的思想家。

思想家是时代召唤出来的，是在某一精神领域有杰出成就的人。他们独树一帜，跻身世界思想巨人之林，显现出思想的独创性。

思想家有独立人格和自由思想。没有独立人格，便不会产生自由思想；没有自由思想，也就不会产生思想家。

在思想领域，确实有必要提倡独行侠精神，否则就只能盛产一批批前仆后继的庸人、俗人、奸人与小人——最高层次也不过是成为一个个唯唯诺诺的老好人！

思想家唯一与达官贵人抗衡的武器，就是他们思想的超前性、深刻性、理论性、严谨性，而不是地位和财富的比拼。

自由的思想并非要求没有止境的无限自由，而是明确规则。有了规则，谁也不能在界限内再设置篱笆。无论是恶意攻击还是限制自由，都同样可耻，因为都是破坏规则的。

思想家是很难被权力所玷污的，他们对权力保持着深深的警惕。

真正的思想家大多在民间、在草野、在边缘人士中，主要的原因在于他们的自由人身份。

思想家大多独具慧眼——这不仅源于他们的天赋，更源于他们远离喧嚣世界的冥思遐想，从而释放出真理的光芒。

人类的进步，趋向更多的思想自由，当然也趋向更多的互相依赖。

一个卓越的思想家，通常是一个杂家，而不是专家。

思想家绝不会遮蔽自己的双眼，屏蔽真理的光芒！

一个人会让内心深处的欲望、志向及思想占据支配地位，并且在它们的指导下行动，而人最终会在人生的外部世界收获自己的果实。

作曲家、雕塑家、画家、诗人、预言家、哲人，他们都是未来世界的创造者，天堂的建筑师。

华美的衣着，成群的随从，豪华的别墅，宽阔的庭院以及崇高的社会威望等，都无法掩饰一个人思想的贫乏。

思想家的精神驰骋广袤，思绪浪迹天涯，耕耘春夏秋冬，播撒思想萌芽；他们驾驭经典、超越经典、创立经典，从而构建了人类思想史上的层峦叠嶂。

思想家的成就与错误，真理与偏见，都深刻地影响了人类的命运。

思想家勇于追求真理，善于发现真理，敢于坚持真理，为此而牺牲了物质享受、生活乐趣、荣誉地位，直至付出生命的代价。

思想家如果没有相对独立的人格精神，就不会产生超越他们所处时代的伟大思想。

思想家献身于对人类命运的思索，孤独与贫困伴随他们一生，死后仍在很长一段时间内默默无闻。

只有思想自由交流的社会，才会产生聪明智慧的民众，聪明智慧与思想的自由交流是分不开的。

思想由多层认知组成。从社会底层成长的思想者，是从痛苦中升起的一颗伤痕累累的星，他们用朴实的语言阐述朴实的真理，这样的真理带体温，接地气。

如果人类没有一流的思想家，就很难解决当今社会和未来人类所面临的各类重大而复杂的问题。

一个社会，仅仅有知识是不够的，更需要有思想；一个国家中思想家的整体水平，决定了这个国家的思想的基本走向。

思想家是生活在理想世界中的沉思默想者。

在人类思想史上，思想家们给人类留下一笔笔丰富的思想遗产，他们几乎都是坚定的理想主义者。人类社会正是在理想主义这杆大旗的指引下，一步一步克服艰难困苦而走到今天的。

伟大的思想家总是超越常人的生存空间，超越他们所处的那个时代，并服务于现实社会。

每个时代的思想家都是一批特立独行的、不被常人和当时世界所理解的“另类”，这也是思想家们终生孤独与寂寞的原因。

思想家在每个特定的时代中，也许无法超越时代对他们的局限，然而他们却可以站到所处的那个时代的最高点上。

不要害怕成为别人眼中的思想怪异者。

思想家除了具有对成就一番事业的献身精神外，还由于在某个偶然机会中发现了让他们感兴趣的问题，从而进入了对这一问题的如痴如狂的探索研究中，由此成为伟大的思想家。

无论是达官贵人还是下里巴人，无论是帝王将相还是市井小民，无论是院士博导还是乡村野老，在思想面前都是一样的。一个人绝对不会因为身份的与众不同而高人一等，在真理面前必须凭自己的思想说话。

思想家追求真理，敢于说出别人没说或不敢说的话。当然，讲真话不是思想家的标签，也不是思想家的全部，而是思想家的特征之一。

思想家都有一般人所无法体验的孤独与寂寞，以及深深的无助感。他们用闪烁着智慧之光与灵性之静美的语言，触动着心灵的感应区、蛮荒区，在心灵的自我对话中、在灵魂的静默与出窍中，独自品尝着孤独的佳酿。

对于一个偏执古怪的思想家而言，不是他把家人逼疯，就是家人把他逼疯！

思想家用灵魂的手术刀，将某些社会现象解剖了上百次，然而，过滤掉的往往是思维灵性原初的东西。

思想具有奇特性、超前性和变异性的特点。

真正的思想者，会不时从心底发出“我要飞得更高”的呐喊！

人们只有在思辨中才能准确地定位自己，而只有在灵魂的超脱中，才能获得晶莹剔透的感悟，那是一种纯净的美，是经得起时间考验的永恒的美。

思想家远远地走在时代的前面，其超前的思想也领先于时代。因此，很难被同时代的人所认可，甚至同时代的人会将他们视为异类。对他们的承认往往是在他们死后，甚至是数百年之后。

在悲惨或苦难的命运中，思想者通过对自身命运和生存现状的思考，拓展到对世界某种秩序抑或是人类生存状态的思考，并形成了思想体系——由此，卓越的思想家诞生了。

一个人一旦进入了沉思默想的自我空间，他就开始远离了世俗平庸的物质生活，而将灵魂升华到世界的冥冥苍穹之中，此时，他能够体验到想象带给他的诗意境界——沉浸于想象是一种幸福！

某些伟大的思想家，都是在非常规教育或思想熏陶下成为独树一帜的思想大师的——学院教育或师从名门并不是通向思想圣殿的唯一通道。

博览“闲书”、服膺天性的引导并执着于对梦想的追寻，则是摆脱心灵束缚，让思想插上翅膀的重要途径。

思想的源泉和力量，会使我们对生活充满希望。

思想家对自己信心满怀，而不会在意别人说三道四。在一般人看来不可战胜的困难，在他们看来，只要能够找到要害所在，就能够战胜它。

对于思想的探索者而言，历经磨难与坎坷，仍埋头苦干，辛勤劳作，那么他的生命就会呈现出一种悲壮的色彩。

思想家有常人无法想象的锋芒与锐气，是一群离经叛道、无视他人批评和攻击的人。

思想是振聋发聩的声音，是雷霆霹雳的力量，是精神向上的激素，是滋润灵魂的土壤。

虽然一个卓越思想家的思想体系有可能得不到时代的承认，但随着时光的流逝，他的思想终将融入历史，成为一个永恒的符号。

思想历来是不分国籍、不分民族、不分制度、不分贫富的，是被绝大多数人所普遍接受的精神财富。

如果只是对前人的作品进行汇编和对古人的话语进行诠释或稀释，这样的学者只能归集到废话篓子中，是不能称为思想家的。

大思想家是时代创造的，也是命与运的融合。

人的身体虽然站立于地面，然而灵魂却可以腾空而起，俯瞰人世间。

思想家都是学者，但不是一般的学者。学者们都具有渊博的知识，推进了人类对世界具体领域的认识，而思想家则改变着人们认识世界的方式，并启示着人们对生活的态度。

思想家把普通人的情感、态度、认识提炼和升华，从而形成高度凝练的感悟文章和具有内在逻辑联系的思想体系，为人类提供了行动的指南，深刻地影响了人类的命运。

思想家是理想主义者，理想主义赋予了他们美好的憧憬，他们为了构建内心世界的美丽天堂，拿出了不惜牺牲一切的勇气。

一个思想者只要纳入了某种系统，这系统就制约着他，他将很难摆脱它对思想的钳制。

对于一个有思想有追求的人来说，没有什么比事业更重要的了。花开一季，人活一生。总应该认真做好一件事或几件事。

思想决定你的行动，行动决定你的一生。思想赋予你“个性”。对每个人而言，最有效的途径就是从彼此雷同的工作中独辟蹊径，创造出自己的特色。

想象和梦幻之间实际上是没有什么差别的，当一个人进入他的想象世界并沉溺其间时，他看上去就是一个走火入魔的梦游症患者。

绝大多数思想家不能被同时代的人所理解，导致了他们的疏离——这并不代表思想家没有常人的需求与欲望，而是他们过度沉溺于自己的想象世界而无法兼有普通人的正常生活。

思想家普遍而自觉地选择了孤独，然而当他们将思想结果公布于众并获得巨大反响的时候，内心深处的成就感是所有追求感官刺激的人无法体验的。

思想家通过对自身命运和生存现状的思考，拓展到构建某种思想体系的联想，从而将才思泉涌的狂想付诸笔端，撰写成文，流传后世。

思想的价值永远也不会消亡。古代思想家的精神和学说穿越数千年，依然熠熠发光，这就是思想的力量。

思想家用自己的思想来驾驭历史资料，在思想的盛宴中，品尝他人的思想佳酿，同时也呈现自己思想的独特之处，而不只限于仰视伟人的光芒。

思想者，总是能够坚持自己的一贯立场；没有什么思想的人，大多是随波逐流的人。

大众的思想大多是浮于表面的，跟风、鼓掌和随大流就是最简单的事情——这种机械动作或许表达赞同或许言不由衷或许表达强烈的愤懑。不管怎么说，都是对周围气氛的呼应，而不是大脑产生的理性思考。

真正的思想者，有着明确的思维导向，思维层次清晰，思维具有立体、复合和交叉的特点。他们畅游在思维的海洋中，如鱼得水，在浪尖上绽放思维花朵，放飞心灵的歌。

思想者经常处于精神的二元对立之中，即理智与情感的对立。理智所认可的行为，在情感上往往是排斥或逆行的；而情感所诉诸的，在理智上往往又是被否定的。

思想者往往与世俗格格不入，他们的真知灼见不可能被所有人理解，有时候还难免被人攻击与中伤。

思想者始终站在思想的海边，静听思潮的澎湃；痛彻心扉的感悟是深刻的，经过思维发酵，沉淀出来的一定是思想的珍品；这种深层次的顿悟，大多来自卑微与向善的心魂。

思想家都是特立独行的人，他们是靠痛苦的体验成长起来的，用心灵触摸和诠释人生的真谛以及奥秘，提升自己独特的思维能力。

思想的胚芽是很难在豪华的宾馆、流光溢彩的舞台、众星捧月的媒体、人声鼎沸的步行街培植的。

思想者将内心的困惑和压力化为一种动力，并经历着一个艰巨但很充实的提炼思维精髓的过程。真正的思想者是孤独的行者。

思想家是罕见的，思想者则应是普遍的。这也是一个民族和国家文明的尺度。

思想家在自己的思想王国中，不会仰慕任何权威，任何人都只是思维素材的一个客体而已。

思想者总是善于发现和观察自己心灵深处那一闪即过的火花，他们深知只有自己悟出来的才具有独特的思想价值。

一个睿智的思想者，能够成为探索思维王国深层奥秘的导航者。在他的思维领域中，他可以藐视一切权威，但回归到现实的境界，他就是一个平凡的人，并遵循社会的一切道德规范和行为。

思想家绝不会在一堆堆陈旧的知识体系中循环，也不会作茧自缚，他们永远行进在路上。

思想家如果没有独立的人格精神，就不会产生出超越他们所置身的社会环境的伟大思想。

思想家是拥有大境界的人，有着执着的追求。他们富有英雄气概，富有激情和创造力。他们一般都远离世俗的权力和利益之争，所以内心平静，波澜不惊。

思想家是立言者。要追求思想成果，就别打算过好日子；要想成为思想家，就不可能安享荣华富贵。

思想家对人类的启蒙使命是无止境的，他们的任务就是不断解决人类在现实生活中所出现的问题，并殚精竭虑地进行思想启蒙活动。

每个思想者都是自己思绪、感悟和灵魂的唯一承载者，任何圣人都无法占据思想者独自的精神阵地和思想空间，也不可能取代他们思维的独特性与唯一性。

一个思想家的主要思想必须具备两个特征：一是深刻性，二是新颖性。如果思想没有深刻性，那么这个思想就等于某种观点，或等于某种看法。

思想家的一个重要特点，就是从未离开过实践这块土壤，崇尚身体力行，厌恶坐而论道。

思想家的思想和言论激烈、出格，乃至“悖于常理”，这都在情理之中，因为思想的创造需要那种“虽千万人吾往矣”的对抗俗世的气概与意志。

思想者说的不是僵尸语言，不是假话、大话、套话、官话，而是带有体温、能够被人性所感知、让人感觉真实、眼前透亮、没有阻隔和障碍的话。

所有伟大的思想家，几乎都是极简的生活者，他们没有时间对那些身外之物产生兴趣。丰富的思想与苦行僧似的生活并行不悖地集中在每个伟大的思想家身上。

思想家们的生活枯燥乏味，但在他们的生命中，不断喷发出一股股炽热的思想琼浆，丰富着他们貌似单调的人生，并赋予整个世界异常丰富的精神内涵。

思想者是绝不会因循守旧的，打破陈规、锐意进取、不断探索，是一项令他们感到非常刺激和富有挑战性的工作，也可以说是他们来到人世间的全部生存意义和重要使命。

特立独行的最高层次莫过于思想家了。思想家有一种巅峰之痛，冷暖只能自知。

真正的思想家，从不瞎凑热闹，也不仰人鼻息。他们在孤独中创造了卓越与辉煌。

思想家与思想家的对话，是一种世俗之外的对话，是与天地对话，与灵魂对话，在对话中，也许又会碰撞出偶然的机缘或顿悟。

一个人的思想愈成熟，目标愈远大，就会愈孤独。当他的目光、思想、行为高于同代人的时候，其孤独和寂寞就会到来。

思想家的孤独、寂寞与他们丰富的思想形成了巨大的反差。

思想者能够坦然面对地位的卑微，绝不会在任何权威和高官面前卑躬屈膝；他们能够漠视生活的贫瘠，但绝不容许自己思想的平庸；他们能够粗茶淡饭、三月不知肉味，但绝不允许自己每天不去思索与感悟人生。

思想家是立志从事精神探索和创造事业的人，他们的所作所为出于内在的精神需要。他们一以贯之的韧性与耐力，攀登着自己心中的山，不知疲倦地畅游在自己搭建的精神世界中。

卓越的思想家拒绝合唱，是精神的独唱者。他们总是以理性分析，帮助人们澄清原有的混乱思想，以其富有远见的思想，为执政者提出解决现实生活中棘手问题的良药秘方，借以推动人类世界进入良性循环的有序轨道。

思想者不会碰到困难就成了缩头乌龟，而必能承受炼狱般的磨难。历史上凡成就大事业的人都有一个共同点，就是敢于否定过去的一切。

思想者坚持自我思考、独立书写，绝不出卖灵魂。在任何环境下，都能做到不降志、不辱身、不赶时髦、不回避风险。

真正的思想者，往往是用心血缝补前途的窟窿，用精神的涂料打磨梦想蓝图的底色。

超越现实的思想家，生活在孤独中，因曲高和寡而寂寞终生，他们的灵魂始终为神圣的信仰所引导，这就使他们能够战胜一切困难而生活在梦幻的天国中。

思想家既是激情的想象者，又是孤独的梦幻者。他们选择远离热闹世界的孤独方式生活，以免影响他们的遐想，因此，孤独与寂寞便成为思想家们普遍采取的一种生存哲学。

思想家的孤独与寂寞主要表现在他们的灵魂方面，而与肉体无关。在现实中他们是和人群始终保持着一段心灵距离的旁观者，然而他们却又是离心灵最近的一类人。

思想家终生都投入某种思想创造的想象之中，他们的灵魂始终遨游在冥冥的幻想世界，总是不断试图抓住那一瞬间的、飘忽的灵感——稍纵即逝的灵感是引导他们在黑暗、混沌、旷无人迹的另一个世界踟蹰前行的希望之光。

思想家是人类精神领域的先行者，常常是独自一人踏上茫茫夜路，肩负起为人类开辟理想天堂之路的责任；这个责任并不是人类指派给他们的，而是他们出于一个理想主义者对新世界的向往而自觉自愿承担起来的。虽然他们预见了孤独、寂寞、凄凉甚至贫困会纠缠他们的一生，但他们却乐此不疲地履行使命。

思想家从事的是人类灵魂的事业，他们的孤独经历和狂想精神，构成了一种独特的人格魅力。在这条荆棘丛生的、漫长的道路上，他们牺牲了一般人最正常的欢乐和幸福。

孤独与寂寞是思想家命中注定的生活方式，只要他们选择了做一个思想的狂想家，他们就无法摆脱灵魂的孤独与生命的寂寞。

思想家肉身的孤独与寂寞，正是他们为了适应不受干扰的自由狂想，所刻意追求的一种独特的生存方式。

当一个思想家无法面对残酷的人生或苦难的现实世界时——且不管这份苦难或悲剧是人为的还是由人的性格、心理以及生命的挫折所造成的，思想家都会转身让自己进入狂想世界，从对思想的结构与营造中获得人类在现实世界中无法得到的东西。

人类思想在各个领域的日益精深是人类历代思想集腋成裘的结果。越是近代思想家，他们脚下所踩的巨人的肩膀就越多，其最终形成的思想就越丰富，越具有现代意义。人类世界对自我的不断完善，其实就是思想家们一路“续梦”的过程。

思想家都是以螺旋式上升的方式进一步丰富和完善前人的思想，以超越前人的姿态展现着自己独特的价值。

思想家生就一副自由的秉性，他们将灵魂化作大地的芬芳，使思想成为一种神秘的力量。

真正的思想家，即使面对国王、总统，也会表现出他独特的个性和主见，没有丝毫的自卑与奴颜媚骨。

讲真话不是思想家的标签，也不是思想家的全部，而是思想家的特征之一。

思想家必定会成为一道亮丽的风景——当然大多是在身后。生前大多潦倒不堪，甚至备受生活的打击与精神的折磨，种种屈辱和嘲笑及攻击，成为思想家生命中前进的动力。

思想家不服膺权威，只崇尚真理。

思想家是一个时代的标志人物，是随着时间而确定的，是社会公认的，或是后世认定的。

思想家有某种程度的精神洁癖，远离熙熙攘攘，因此往往很容易落到孤家寡人的地步。他们是俯身耕耘的辛勤劳作者，绝不会故作深沉翘首星空。

思想家一心为了探索真理，建立某种思想体系，很少有功利性和实用性的利益驱动附着在他们身上。

思想家是勇于承受命运挑战，不惧外界刺激的人。他们心胸宽广，无论自身境况如何，内心世界都是高贵的。他们站在人类思想的峰顶，俯瞰世界。

在人类历史上，真正称得上思想家的，是在某一领域具有独到建树，或创立了某种独立思想体系的人，是能够启发当代影响后世的智者，是芸芸众生中真正的精英。

思想家是富有智慧的人，是对人类思想发展有过重大而持久影响的人物。

思想家死在别人的眼里，活在自己的书中，是一个时代乃至无数个时代的宝贵财富。

思想家是病态社会的医生。他们的思考关涉深层次的、一般性的、高度抽象的领域，是对人类社会和自然界某些带有根本性问题的思考，通过反思、总结过去而指导现在，设想未来。

思想家对于真理的追求与探索，近乎到了舍弃生命、家庭，不食人间烟火的程度；他们的思想被人理解及肯定，往往是以时间或生命为代价的——通常是在他们身后若干年。

思想家无愧于同时代人的导师，然而并不是在课堂上或嘉宾席，而是在边缘处。

思想虽然是一件珍品，但思想家却往往被人漠视乃至攻击。思想家凭借着特殊的才情，创造了伟大的超越，却毁掉了种种世俗的功利。他们不断制造麻烦与困难——始终与自己过不去，也与新潮、媚俗过不去，其悲剧性命运早已注定。

某些思想家有自己的专业，但他们不囿于专业的狭小领域，他们对知识的掌握与专业的研究，都是要用来证明或者阐述自己的思想观点的。然而，学问家却大都是在非常狭窄的专业领域里研究，并由于课题的不断细分，思考的眼光会愈来愈逼仄。

人人都可以提出一些新思想，成为思想者。思想家则是高层次的思想者，他们将新思想系统化形成学问，宣告新的思想体系问世，也宣告新的思想家、学问家和理论家问世。

思想家必须具有独创性和超越性，必须有属于自己独特的一套概念体系和价值体系，并最终统摄具有严密逻辑结构的思想体系。他们的思想体系或超前于时代，提出未来之蓝图，如柏拉图、马克思；或囊括整个世界，如老子。

思想家是原创型的，多为博学多才的杂家。他们独具匠心地“演自己”，“演好自己”。

思想家必须有影响人类活动的深邃著作，述而不作的思想家是名不副实的，多少有点欺世盗名之嫌。

思想家真正的老师只能是社会和生活本身，他们不断地观察与实践，然后将所得上升到理性的高度；他们不停地打破模子又重塑模子，但始终都不愿让一切沦为一个定型的模子。

思想家具有大境界、独立人格和执着追求，是富于激情和创造性的人。在任何年代，他们都不会屈服于任何权力与权威，而是坚持己见。

思想家一定要有自己独特的观点和认识，他们的思想体系一定是自己创立的；学问家的著作里反映的思想、观点，几乎都是沿袭下来的，有的甚至完全是给别人的思想做诠释或图解的。

思想家亲自动手搅拌思维的“泥沙”，鼓捣思想的“零部件”，连缀灵感的碎片，独自承担精神重负和一切自找的痛苦，是一类自寻烦恼、寻找灵魂家园的人。

思想家敢于质疑，包括自己已有的思想；敢于不断地否定自己，从而达到不断的进步。他们的自我评价在动态中接近客观，从而得出符合实际的自我评价。

思想家的思想是独特的、有创造性的，能深刻揭示和剖析社会矛盾，并能推动社会发展；真正的思想一定是能经受历史检验的。因此，自说自话不行，自吹自擂更不行。

思想是一种真理性的认知。思想家一定是理论家，理论家不一定是思想家。

思想家不仅是理论家，更是一个实践者，他们大多是从实践中成长起来的。当然，这种实践是广义的，并不仅仅指单纯的体力劳动。

思想家为表达自己独特的思想而写作，非外力驱使，他们的精神是自由的。

任何时代，学问家都是可以批量复制的，而思想家却是极为稀缺的。在人类思想史上光照星空的大思想家，则更是凤毛麟角。

真正的思想家，与写作有着不解之缘。从某种意义讲，写作已成为他们精神的避难所和灵魂的栖息地。只有达到了这个境界，才可以忍受孤独、享受孤独，才能够在孤独中体悟自己的内心世界。

思想家能够同时跨越几个专业领域，站在时代与人类的发展高度综合看问题。他们的思想内核及思考的痛苦程度等，常人是根本无法理解的。因为探索者的事业是前无古人的，有的甚至是后无来者。

每个人都有自己的境界，然而思想家的境界几乎不可复制，他们不会以别人的境界作为自己的境界；他们也不会在精神导师的教导下确立自己的思想境界。

思想家在思想的海洋中畅游，在自己的灵魂中顿悟，在思维的深处安营扎寨。他们远离时尚，总是十分小心地规避那些流行语、时髦语，在内心构筑独属于自己的思想体系，并尽可能地用独特的语言阐述自己深邃的思想。

思想家的读者群一定是小众化的，他们的思想往往要经过岁月长期的沉淀，然后在某个历史的时空点上与他们的知音在精神的高地相逢。这既是思想家的不幸，也是思想家的荣幸。

思想家是思想领域的独行侠，是人间闪闪发光的明灯。他们与孤独为伍，与灵魂自我对话，将真情实感播撒在字里行间。

思想家是独特的自我，而不是大众情人。他们的童年大多是不幸的，有着某种困逆和磨难，从而构成了思想殿堂的奠基石。

一个思想家哪怕地位低微终生贫困，但当他面对权势者，一定会仰起高贵的头，绝不会奴颜媚骨；一个乡村野老只要有深刻的思想，即使面对国王也能侃侃而谈。

思想没有身份限制，没有准入证，与地位也没有关系，思想家是无冕之王。

思想家是自由的，只有这样，才能是一个自由思想的表达者，才能真正构筑客观公正的思想体系。

尽管思想家的思想有某些错误和缺陷，但他们的理论中包含着永恒价值的因素，成为人类智慧永不枯竭的活水源头。一代代人不断地回味和咀嚼它，从中获取智慧的滋养和享受。

思想家凭良知写作，写出他们对时代的了解，对真理的表述，对强权的鞭挞……他们卑微的地位与深邃的思想，成为逆袭的传奇。

伤心的泪，漂泊的痛，是思想家特立独行的常态。他们各自独步在想象的世界中，代表并探寻着人类理想追求的最高水平。

思想家隐匿在时空的深处，其思想的源泉被储存在格言的盒子里，在永无止境的历史轮回中被反复循环使用，在未来的岁月中不断发出光和热。

思想家把身体抵押给思维的征途，把精神驱赶到灵魂的深处，让头脑浸泡在思索的瑶池。为了追求思想的独特与深刻，他们甘愿冒风险、进牢房。

思想家是一类在思想的圣地或学术的天空不断刮风下雨的人——从怀疑到否定，从否定到创新，是每个思想家不可避免的成熟过程。

思想的伟业，充满了悲剧的底色。遭受冷落甚至迫害，对思想家而言不过是一种寻常之事，乃至注定的命运。

狂想源于思想者超凡的想象力，这种想象力是建立在现实基础之上却又超越现实世界的，是一般人连做梦都不敢想的。思想的狂人，沉浸在精神的伊甸园，流连忘返，难以自拔。

思想家独具慧眼，有超越常人的想象力，他们的想象并不是对已存在的秩序或事物的线性延伸的展望，而是超越现实世界的创造性想象，是建立在一种“无中生有”意义上的想象。

思想家的生命和灵魂始终被某一念头所吸引并为之着魔，这种念头有可能在理性把握中转化成为一种创造性的思想成果。

凡是有益于社会的，一切可以想象，最终都有可能被人类所采用。而其中的超级智慧者，则被人们满怀崇敬地称为思想家。

思想家是生命的舞者、灵魂的歌者，他们洞察万物藏于一心，承受着精神和肉体的双重苦难，从而点燃了思想的熊熊圣火。在特定的历史条件下，有时现实生活的不幸，却是思想和艺术之大幸。

思想家的大多数时间都是在孤独中度过的。当然，孤独也有很多不同的类型，有的人是客观上的孤独，有的人是内心的孤独。

思想家善于从平庸、喧嚣、纷杂和迷茫的社会现象中发现某些重要缺陷，他们的思想火花在想象的遨游中被激发出来，对思想体系的形成起到了关键作用，由此开辟出一条通向新世界的道路。

伟大的思想家是人类中的精灵，是人类智慧的奇葩。思想家的出现本身就是一个奇迹。他们不同于学问家、艺术家和体育人才，他们不是单一才华所铸就的，而一定是合成出来的。

思想家生活于人群中，感受着普通人的喜乐与烦忧，在一定程度上不屑于对个人功名利禄的执着，更多地关注人类共同性、一般性的问题。

思想家具有不同寻常的智慧大脑，这样的大脑是人类创造性思维的源泉。思想家经常处于一种特别的精神状态，有独特的经历和感受，由此产生的灵感和顿悟，成为人类思想智慧的主要源头。

思想的先行者，远离鲜花和掌声，经历了千遍万遍的思想熔炉的磨炼，从而使自己发生了蝶变。

思想家将理性提炼和升华，形成高度凝练和具有内在逻辑联系的思想体系，为人类社会提供思维的框架和行动的指南。

宇宙的奇葩是人类，人类的精髓是思想；人为万物之长，思想家站立在智慧的塔尖上；没有思想家，人类就是低能儿，甚至会成为没有精神的行尸走肉。

超越常人的思想本身就是一把双刃剑，一面是造福于人类的思想财富，另一面是毁灭自己的灵魂、情感、欲望和人之本性的导火索。思想家将为他们的思想之果付出一定的代价。

思想家无论进行何种精神领域的狂想，最终都要把他们的思想转化为指导人们如何进行社会活动的精神教义。一种优秀的思想，不但赋予人们精神上的力量，还让人们时刻关注着自身的命运，弘扬一种积极向上的道义精神。

思想家的超前精神和天才预见，远远超出所处时代的庸众见解，容易与充满缺陷的现实世界发生冲突。他们的心灵在长期煎熬与孤独中独自品尝极度的痛苦——那是一种常人无法体验的痛苦。

思想家是“在屋出家、带发修行”者，他们用一串串闪烁着智慧之光灵性之静美的语言，触动着心灵的感应区、蛮荒区，在灵魂的自我对话中，独自品尝着孤独的佳酿。

喧嚣是思想的敌人！所有的思想家都是孤独的，寂寞沉淀了他们灵魂的琼浆，孤独酿制了他们思想的佳酿。

琐屑的幸福指标会摇曳思想家的精神坐标，矮化他们的思想高度，因此思想家很难有幸福的家庭生活，否则，就会将潜在的思想家驱逐到小市民行列，甚至打造成精神上的脑瘫。

卓越的思想家不断培植新的智慧花蕾，提炼精神的琼浆，滋润人类干涸的心灵。

思想家是伟大的孤独者，孤独成了他们无法克服的宿命。探究真理的人，首要的功夫便是承受孤独，只有在孤独中才能拷问自己的灵魂和灵魂中真正属于自己的重大问题。

思想总是降临在孤独者的身上。这是一种特别的孤独，远离都市的喧嚣，将伟大的事业、无限的激情悄悄地酝酿。

思想家之所以孤独，是因为思想太超前了，陷入了无人交流的孤独；思想的深度，常常取决于孤独的程度；孤独也构成了一个人的沉默度乃至灵魂的深度。

越是伟大的思想家，往往越是孤独，因为他们过于深邃，那是一种无人理解的孤独与寂寞。

孤独是思想家一个人的狂欢，狂欢是一群人的孤独！

思想家的超前意识领先于时代太远了，他们的价值观和所追求的目标，与社会大部分人所追求的事物完全不同，以至于在同时代很难觅到知音，甚至会被当成异类或怪物，难以被社会的大多数人所接纳。

思想家是特立独行的“超人”。伟大的思想家总是超越想象者本人的境界，超越常人的生存空间，超越他们所处的那个时代，这也导致了思想家们终生与孤独、寂寞的生存方式相依相伴。

思想家的内心世界不时闪现着引领世界发展方向的冲动与憧憬，追求打通现实世界和理想世界的通途，从而形成了自己的超凡脱俗。

思想家是以自己的精神追求、真理探索为生活重心的，而不是以世俗的眼光和外界的对比寻找精神的支撑点，他们是活在自己精神世界中的极为稀缺的一类人。

思想家从事的是心灵的事业，关注的是自己的灵魂，他们在思索的过程中，风停了，雨停了，世界静止了，唯有心灵的钟表，周而复始在运转。

创造了超越常人和时代的思想之人，难逃一生寂寞和孤独的渊薮，但他们的思想和智慧大大地推动了人类社会的持续进步。

思想家是人世间的大智者，他们的远见卓识，往往使他们难以找到真正的知音。他们是思想领域的独行侠，将真情实感播撒在字里行间，与灵魂对话，是心灵家园的“神”。

思想家非常理性化，长期受“问题”的纠缠与困扰，其内心经历过漫长的痛苦煎熬。他们提升了一个国家的声誉；他们独立不羁、卓尔不凡，他们用生命书写的思想理论，为人类的智慧宝库增添了辉煌。

不朽的思想都是建立在独立人格的基础之上的，思想家的存在是国之大幸！伟大的思想家终将以他们独特的人格魅力流芳百世。

思想家的人格精神是支撑他们自由想象的支点。只有保持灵魂自由的人，才会无所畏惧地徜徉在狂想世界中。

思想因互动而激荡，因论辩而升华，因传播而燃烧。思想家是有殉道精神的人，常常处于时代的风口浪尖，陷入人生的险途。但他们能够忍受一般人难以忍受的痛苦，视思想比自己的生命还要珍贵。

孤独是思想家的舞台，也是他们的精神会餐。随着时间的推移，他们思想的影响力会越来越大。

在思想的探索过程中，思想家的生活几乎变成了零散的碎片，然而他们的思想却永远行进在前方。

思想者始终在追求着恬淡和心灵的自由，在漫漫时光中磨砺出来思想的光芒，每个字都是一颗闪光的珍珠。

在历史的时空中，影响最深、最长久的是思想家而不是学问家。任何一个民族、任何制度创造的背后首先是思想创造，没有思想，制度不可能创造出来。思想在相当程度上决定了一个民族的走向。

任何一个思想家，首先是一个特立独行的理想主义者，具有超越人类自身境界的特质。一个国家，即使经济发达，但如果没有一流的思想家，那么它就成不了一个真正的世界强国。

思想属于灵魂层面，科学属于技术层面。无论是东西方，思想家的影响远比科学家深远与重大，往往会让整个社会在极短时间内受到重大冲击。

思想家永远都处于赶路的过程中。他们漫游大地，仰望星空，让探索和思考伴随在人生的旅途中。思想家辈出的时代是人类之大幸!

思想家是一个民族或国家的大脑，他们的作用在于为人类指出光明，并用理论勾画出蓝图。他们的思想和学说具有传承性、普适性、凝聚力和影响力，可以洞窥过去和未来，具有超越性和不朽性。

思想家是一个时代的光和热！他们发散出光明，照亮人们的内心，给人们勇气，催人们奋进，使人们在前进中不至于迷失方向。

思想家是创造思想的人，但要看最终能否形成自己的思想体系，只有零星思想而没有形成体系的就不是思想家。

思想家最大的特点在于超越，他们的思想超越凡俗和时空，超越很多难以逾越的思想障碍。

思想家吸取知识的五谷杂粮，被心中一个魂牵梦绕的目标所牵引，一路狂奔，无暇他顾，根本无法停止前进的步伐。

一个优秀的思想家，是这个民族、这个时代许多民众精神营养的来源；

一个卓越的思想家，更是许许多多民族、许许多多时代民众精神营养的来源。

思想家既在博览的基础上“悟”，也在实践中“干”，他们有艰涩的心路历程；世人看到的大多是他们光鲜的外表，而其内心的痛苦求索与心灵煎熬是外界无法体验和想象的。

思想家必须具备特定的人格素质，还要有适宜于个人思想创造的社会机制与文化生态。在思想禁锢的时代，虽也可能出现思想家，但更多思想家还是出现在个性自由、思想开放的时代。

思想家几乎都有“童子功”。他们的童年大多是不幸的，艰难而苦涩的生活，贫困和厄运变成了他们思考人生和命运的内驱力，从而构成了他们思想殿堂的奠基石。

思想家不是宣传包装出来的，也不是轰轰烈烈打造出来的。

思想家的写作是一种发自内心的强烈需求，他们具有独立的人格，绝不趋炎附势；他们毕生致力于追求自己的理想，率真地面对这个世界。

思想家堪称人类各精神领域的帝王。他们的成功之路是漫长的，各自的人生经历也不一样。他们不是读书读出来的，而是实践出来的，是悟出来的，是时代召唤出来的，是经过精神、灵魂炼狱般的艰难跋涉、出生入死成就的。

具有世界独创性贡献的思想家，都是通过思想交锋逐步成长起来的。他们靠卓越的精神、深邃的思想，超越国界、穿越时空、融入永恒。

思想家是生命的舞者、灵魂的歌者，他们洞察万物藏于一心，承受着精神和肉体的双重苦难，犹如凤凰涅槃焚烧自己，从而点燃了思想的熊熊圣火。

思想是一把利剑。对于思想家来说，生活只是他生命的一部分，而不是他的全部。思想家面对的是自己的心灵和精神的伊甸园，台上无人礼遇，台下无人喝彩。虽踟蹰独行，仍犹如一颗颗璀璨的明星，闪烁在历史的星空！

思想主要是通过文字来传播的，著作是衡量一切思想家最根本的条件，也是区分真思想家和冒牌思想家的最重要的标准或砝码。因此，思想家必须有思辨的思想体系，有影响人类活动的深邃著作。

思想家本身就是学问家，尤其是自成一派的思想家，其本身就是在创造学问。

所有的大思想家，过的几乎都是一种在精神上绝对孤独的生活，一个在精神上依赖他人的人是无法成为思想家的。过着孤独的精神生活是每一个追求精神独立者的不二之选。

思想有多深远，人生才能走多远。思想家总是在寻找属于自己心中的太阳，让每一个瞬间都变成永恒的经典和不朽的传奇！

思想家是孤独的行者，孤独是灵魂的旋舞。真正的思想家都经历过一次空前绝后的精神上的历险及思想的缺位。

思想家不仅要仔细梳理自己的思想，而且要善于表达自己的思想：一方面，他们能够熟练地运用基本的学术语言表达自己的观点；另一方面，他们也善于将自己的观点通俗化，从而接受社会各界的检验。

只有沉思才能沉淀出理性的琼浆。人类社会的文明，与思想家自觉孤独、自甘寂寞的沉思状态是密切相关的。

思想者没有专业和业余之分。原创性思想者不会被人牵着鼻子走，而是独自前行。他们的阅读只是为了收集素材、发现问题、寻找课题——他们沉溺于想象并从中获得思想的灵感，在与先贤的心灵对话中获得助益，并确立自己独特的思考和践行之路。

思想家必须经受无数次的打击和考验。他们的思想只有遭受过批评、质疑与碰撞，甚至强烈反对才能成熟；没有被检验过的思想，是不成熟的伪思想。

思想的大树，只能在自由的社会环境中扎根长大。思想家成长的土壤是自由的环境，开放的氛围。

思想家虽然有国籍，却属于全人类；思想家在本国的土壤里扎根成长，却需面对全球化时代的人类，否则就缺乏世界性的思维视野。

思想家在物质生活方面几乎都是十分俭朴的，因为他们没有时间也没有精力在世俗的层面上花费太多的心思。

孤独是人生底色，思考则是思想家的利器。

思想家必有其独特的不可复制的经历和背景，他们是人类思想的铺路者，他们的思想必定是自己生命深处涌现出来的理性的琼浆和思想的结晶，是区别于其他思想家的独有的精神财富。

婚姻的破裂、家庭的残缺和亲情的丧失，似乎成了某些大思想家不可避免的悲剧性命运。也许正是缘于这种注定的必然宿命，思想家为了摆脱痛苦，只得寻觅精神突围和灵魂的栖息地，从而成就了这类卓越思想家的伟业。

一个人思想深刻、卓越到一定程度的时候，能够理解他的人就会越来越少。思想家的优秀，就在于他的独特性，并敢于向庸众宣战。

思想家是在泪水与汗水中浸泡出来的，是在血与火的煎熬中悟出来的，是在摸爬滚打中实践出来的。

卓越的思想家是历史星空的世界冠军，而各种竞技中的世界冠军则只是“时点”或“时期”的世界冠军。

思想家更像行吟诗人而非书柜式学者，事实和素材在他们的头脑中被打乱，并重新镶嵌与组合，条分缕析，相互交织，构成了一个个逻辑严谨的思想体系。

思想理论的形成，不可避免要经过思维素材的分类与再分类、调整与再调整、拆分与再拆分、穿插与再穿插、逻辑线的拟定与修正、理论板块的纵移与横移……这些都是颇费心力甚至是绞尽脑汁的。

思想家是真正的主角，他们表演的是自己。思想家富有激情和想象力，渴望发现与创造，不懈地探索自然，思考现实，叩问人生。

思考是心灵的自我对话。思想者在夜深人静、万籁俱寂的夜空，放空自己的思绪，驱动着情思驰骋于思想的深空；一个为人类摆脱黑暗寻找光明而探索的思想者，不仅他的思想不会消亡，甚至连他的脉搏也始终是和后来者一起律动的。

思想怪异而独立的天才，虽然往往为社会所不容，然而，正是因为与众不同，其本身就是一种魅力——孤芳自赏又何妨！

大思想家的精神能超越时空隧道而漫行，因此，当今社会人们可以与他们的观点进行着灵性的交流与对话。

一个思想者能够抓住核心的价值——即重要的因子，而放弃虚幻的价值。

生存与精神的危机，锻造了思想者的人格脊梁，也提升了他们的人生境界。

思想家的狂想，有可能指明前进的方向。

思想家的内心遵循着一条逻辑主线。他们不断挑战自己生命的极限，精神不断延伸，使思想化为结晶传承后世。

卓越的思想家是超凡脱俗的，是纯粹理性的，他们往往与世俗乃至庸俗的现实保持相当的距离。

思想家的境界要比寻常人高出许多，思想家深邃的文字，足以让后人触摸他们的心跳与体温，体悟他们的真诚与良知；他们思想的天籁之音，历千载而弥新，经万古而常青，并世世代代不断碰撞出悟道者的哲思。

思想经过时光的淘洗，就会酿制成思想的佳酿，并指导未来的历史。

思想家的价值不仅仅表现为思想成果，而更多体现在对思想活动本身的态度，他们持之以恒地把自己的思想，着力地集中在确定的目的上，并让目的成为思想的中心点，从而迈向光明的康庄大道。

思想家之所以独具慧眼，就是因为他们把握住了某种偶然因素，并顺势引导和发展自己的某种兴趣或爱好。

思想不是作秀。思想者绝不会成为一个被知识武装起来的庸人，更不会成为一个被时尚包裹起来的俗人。

思想家的生命尽管像流星般短暂，但他们创造的精神文明却像太阳般永恒。卓越的思想和智慧使他们的生命在书籍中得以延续，并且不断地同一代又一代人进行对话。而每一个时代的人也在与前人对话的同时，拥有了一次又一次的超越。

真正的思想者，他们享用成熟、享用老到、享用恬淡、享用安适……他们徜徉在思想的海洋里——他们的特殊经历，有可能成为酿造创新成果的一种催化剂。

思想家的精神始终处在漂泊之中，他们在探索中所流下的汗水是常人无法想象的，他们创造的精神价值也是人们无法想象的。

某些卓越的思想家，并没有受过正规教育，而是通过博览“闲书”、摆脱心灵束缚、服膺天性的引导，执着于对梦想的追寻，而成为独树一帜的思想大师。

思想家匍匐在俗世的大地上，倾听着芸芸众生的喜怒哀乐。不管外部的形势如何险恶，思想家的心灵一定是自由自在特立独行的。他们如果不能超越经典，就会去创造经典，并使之成为后人超越的对象。

思想家的一生永远在路上，他们不断梳理人生，使自己升华。思想家故去以后，时间长河不但不会淹没他们的光辉，反而会更加彰显他们的魅力。

任何形式的创造，不管是思辨的、艺术的还是形而下的，都源自某种思想。这种思想在我们的头脑中产生，并与其他思想碰撞交融，逐渐成形，最终则以某种创造的形式表现出来。

思想家做人是有底线的，他们尊重事实真相，守护自己的良心，以自己独特的生命体验，去感受这个世界的一切。

思想家都是“做自己”的人，他们只在乎自己的心灵。思想家将人生感悟沉淀出精神的结晶，将苦难酿制成思维的琼浆，涓涓流出，浇灌着社会。

思想的产权是无价的。思想家所产生的宝贵思想，关涉民族乃至全人类的重大利益，他们从不将其用于为自己谋利，也不将其视为“祖传秘方”深埋在地下或仅仅传之于自己的子孙，而是将其公之于众造福全体公众乃至全人类。

思想家具有伟大的超越性：一是对物质层面的超越，二是对现实的超越。真正的思想是超越现实的，思想家的价值并不是以其当时的社会地位和财富状况来衡量的。

思想是先导。思想家的价值具有历史的递延性。思想家的要素主要是独立的思考能力，独到的前瞻性，自成一体的思想体系。思想家无一不是在某一精神领域有杰出成就的人。

思想只有经过深厚的积淀，才有机会形成其独有的思想体系，才能经得起实践和时间的检验，才会被社会认可与接受，并使后来者在此基础上发展延续。

思想家不是被媒体的宣传与包装成就的，而是由时间凝淀而成的。历史是公正的，思想家将永远被铭刻在历史的天平上。

独立思考能力、深刻的感悟、见识独到、有前瞻性，能够拥有不同的视角，善于从日常事务中产生不同的想法，发现其中的奥秘，这些都是成为思想者的先决条件。

每个卓越的思想家都有着自己的创造性思想，人类今天所拥有的巨大思想宝藏，是人类不同历史阶段的狂想精神一脉相承的积累结果。

思想家是一种罕见的灵性生命，他们的读书清单是很庞杂的，更多是读社会与生活一类的大书，读潜在或无形的一类书。

社会或民间永远是滋养思想的一片沃土。民间永远会造就思想家及其思想。

某些卓越的思想家可能终其一生只有几千字乃至数万字的著作，甚至活着时无法发表自己思想的著述，而只能通过他的学生或家人记录他们的思想，并使之得以传承。

思想家不是政治威权人物的专用名词。任何人都有成为思想家的潜在基因。正如每一个人只要努力，都有可能成为文学家或史学家一样。

思想家首先是一个理想主义者——理想是建立在为全人类着想的基础之上的。他们不断地构思、不断地自我否定、不断地完善和修补着思想理论，其目的就是将理想变成现实。

思想家是对人类历史开创先河的人。但是悲剧在于：世俗的人们喜欢用庸才的标准来裁剪大智者；思想家的卓越见识世所罕见，曲高和寡，因此为社会所不容、为世俗所排斥的命运早已注定。

在某些极端的环境和条件下，某些思想家“身体下地狱，眼睛向天堂，灵魂归四方”，始终散发着空灵清新的气息。他们的写作不是玩文字游戏，而是思想深度的积淀。

思想家的自由元素是天生的。有的原本就是泰斗和大师，都是学术自由和思想独立最有力的捍卫者。他们将灵魂化作大地的芬芳，如同凤凰涅槃一样，焚烧自己，然后在烈火中永生。

思想是一把剑，越磨越有穿透力。人类历史上的思想先行者，承受着肉体和精神的苦难，带来了照亮黑暗的熊熊的思想圣火。

思想家是孤独的，这是沉淀思想所必需的。经过思维发酵，痛彻心扉后的感悟一定是深刻的，从而将刻骨铭心的真情实感播撒在字里行间，许多精彩的思想画面是在心灵深处撕心裂肺般的阵痛中诞生的。

思想家远离世俗，走向自己的内心。他们的理想和目标永远高悬在思想的星空。

思想探索是俗人眼中弱者的游戏。然而，思想家却发出了超越时空的最强音，并沉淀为历史星空的永恒。

思想家在沉思中不断拷问自己的灵魂，在精神的世界中不断游弋与探索，天籁般的格言、警世恒言和睿智的哲理如清泉汩汩涌出。

思想家用卑贱的肉体从事灵魂的事业。多少个万籁俱寂的夜晚，他们独坐窗前，让思绪放飞，与先贤对话，在层层递进中，生命的激情得到释放。

大多数的思想家生前是很不得志的，因为他们从事的是寂寞的事业。他们杰出的成就难以得到社会的承认，甚至连亲朋都难以理解，以致死于凄凉境地也不乏其人。

伟大的思想家犹如千年孤独灵空下的闪电。他们前进得太快，给道路制造了裂缝，使得后人只能在填补缝隙的道路上前进！

对思想家的承认往往是隔代的，在他们身后数十年、数百年乃至上千年，才有可能与他们的知音在精神的高地相遇，从而使他们如璀璨的明星永远高悬于历史的星空——想想先秦时期的思想家，答案就不言自明。

思想者宁可尝试深层的痛苦，也不愿追求浅薄的快乐。

真正成功的思想家极其稀少，原创性是其显著的标志。越是伟大的思想家就越是超前，从而永留史册。

真正的思想家有着巨大的人格感召力，他们的思想是不会永远被湮没的。

思想家是建立自己思想体系的人，他们是孤独的舞者，灵魂的歌者。对某些思想家而言，他本身并不追求当思想家，只不过是因为一生都在不断寻找精神的避难所，在无意中成了思想家，并留给后人一个崭新而又丰富的思想世界。

思想的传播是有极高的门槛的，思想家的天才写作，笔端预示着跨越的回声，大文章无烟火气，真人品有圣贤心。

当一个人生命结束时，思维就画上了句号，然而思想家的精神却被传承下来，在岁月的长河中仍然奔腾不息，在历史的星空中依然熠熠生辉。对思想家而言，死后的墓碑毫无意义，因为他们所创立的伟业，早已在后人心中筑起了一座座丰碑！

思想家洞察万物藏于一心，犹如一颗颗璀璨的明星，闪烁在历史的星空中，点缀和装扮着人类文明历史的画卷。

思想家的痛苦，从深层次而言，是缘于活得太明白了！他们自觉地远离鲜花和掌声，历经了千遍万遍的思想熔炉的冶炼，从而使自己发生了蝶变。如果追求安逸，活得糊涂一点，也就不会成为思想家了。

思想家往往是高雅的灵魂和卑微的地位的统一体。即使物质生活再贫困的思想家，精神世界也是富有的，因为有一般人所无可比拟的思想利器。

思想家是仰望星空与脚踏实地的人，他们没有专业之分，或者说，思想家绝不会被一门自己擅长的专业所束缚。

在无垠的宇宙和无始无终的时空条件下，人类终究是个有限的存在，一切所谓的探索都将归零。然而，思想家明知如此却偏偏要在归零的徒劳中发掘思想的独特性和新颖性，以宣示自己存在的价值。

真正的思想家，是要有学问积累的，要能够构建起一套自己的思想体系。单凭研究、依循、考据前人的东西，那只能成为注释家，而不能成为思想家。

如果只是研究过去的思想，而不去构建新的思想体系，就不是原创性的思想创构，这样是出不了以原创精神为核心的思想家的。

丧失或者遮蔽了自己最特有的探索之道，思想家是很难从浸透“古人口水”的支离破碎的言论和西方学术丛林中诞生的。

思想家在写作中寻找灵魂的栖息地或精神的出海口。

思想家是思想领域的“人来疯”，其思想可谓是：静若处子，动若脱兔。但无论进退都是生活。他们构筑了一座座“精神长城”！由于他们的思想体系跑在了现实的前面，所以是一般人无法理解和难以企及的。

思想家的境界是高深莫测的，因为他们不必把所有思维想法通过文字展露出来！

高层次的思想者，总是在精神的高地相逢；低俗的人，总是在庸俗的场合相遇。

真正的思想家不是产生在课堂上，而是在经历过血与火、生命的阵痛与炼狱般的洗礼后诞生的。在民间汲取思想滋养是一切思想家成就的要素。

思想者是有节制的，绝不会为金钱而丢掉独立性和自主性。有时，他们宁肯丧失某些可观的物质利益，去维护自身那些弥足珍贵的东西，把精神的欢乐放在行动之中。

思想者的心理视角往往特别深邃，善于激发思维的灵感，崇尚独创，对新事物实施心理筛选和心理聚焦，在众人纷纷依法炮制之时独辟蹊径，脱颖而出。

真正的思想大师们，实际上都是在和现实世界打交道时，才产生了种种的感悟和思想，也只有在现实中产生的思想，才能够为现实所用，才能用来指导现实生活。

思想家以独树一帜的思想成就了自己的使命，并被世人普遍尊敬。他们之所以能够成功，原因有多重，特别与他们对某一学科领域的兴趣密不可分。

大多数人都因灵感迟钝或忽视偶然因素对一生命运的重要影响，而与某些机遇失之交臂。但思想家却能够从某些偶然因素中发现自己对某种现象的浓厚兴趣，从而为自己确立了终生的奋斗目标。

一代又一代的思想家总是从前人那里获得思想启迪和灵感，然后通过独特的想象创立自己的思想——这是一个由敬仰到否定、由创新到传递的过程。人类思想就是在这种过程中被日趋丰富的。

思想家以其顺应社会发展的理性分析，帮助人们澄清混乱的思想，提出解决社会问题的济世良方，推动人类社会进入良性循环的有序轨道。

思想家的狂想，最终目的就是给人们指引了前进的方向。以其优秀的思想，弘扬着积极向上的道义精神，并让人们时刻关注着自身的命运。

思想家是将自己的精神放大到整个世界的人，并将精神成长拓展为整个人类的精神走向，使其迈向一个更加成熟的过程。

一般而言，政治家是一个时代的偶像，而思想家则是历史的偶像；政治家往往构筑了当下的地位，而思想家无疑是奠定了历史的地位。当然，无论是杰出的政治家还是杰出的思想家，他们都在历史的长河中永远被人铭记。

思想家对生命价值的追求到了忘我的程度，他们以朝圣般的虔诚心态向着心中的信仰和目标一路前行，哪怕山高路远道路崎岖。

有个性的思想家，往往具有强烈的个人色彩，同时兼备坚定的原则和正直的品格。他们的思想世界是独立的，即使面对各种质疑，仍坚信自己的观点和理论。

思想家是有最高理性思维水平的人，是有自己的思想体系的，不是“矮子里拔将军”拔出来的，也不是政治选秀“海选”出来的。否则，世界上的思想家就会多如牛毛了。

思想家具有与众不同的个性和风格，他们严谨的逻辑、深刻的思想、丰富的想象力，令人叹为观止。敏感、执着、锲而不舍、独一无二，这是一部分思想家追求理想的精神动力。

物质上的俭朴乃是精神出众的一个必要条件。几乎所有伟大的思想家都是简单物质生活主义者，他们对那些身外之物没有兴趣。丰富的思想与清教精神就是如此并行不悖地集中在每个伟大的思想家身上。

物质俭朴与思想自由有极大的关联。物质上的俭朴，就有可能换来思想的自由。智慧的人很清楚自己需要什么，不需要什么，面对各种各样的诱惑，面对花花绿绿的外部世界，他们始终都是淡然处之。

思想家是心灵琼浆的酿制者，他们卓越的思想琼浆，赋予了整个世界异常丰富的精神内涵，滋养了无数人的心田。

思想家视思想创造为第一位，这几乎成了他们全部的生存意义。深刻的灵魂总是伴随着孤独的心，从而发出耀眼的光芒。

思想家们过于简单的生命经历与他们丰富的思想所形成的巨大反差，几乎成为所有从事狂想思维的人所共有的模式。

几乎每个独树一帜的思想家都是站在前人的肩膀上而又超越了前人的思想高度的，并由此丰富着我们这个世界的思想宝库。

思想者一般都不轻易与哈哈打得响亮和思想没有深度的人开展讨论。因为他们知道：若不在一个层次上，一定会造成思维资源无效的浪费。

思想力量是最强大的。思想可以武装和垫高人的形象与气质，从而使人变得伟大。

思想家和一切创新家，都是不满足于现实并且是不断挑战社会陈规的人。思想家的使命之一就是要解放被禁锢的思想，让大众学会自由地思考。

思想从来都是个人的，一个思想家决不能去控制、操纵其他人的灵魂，每一个人生来都是平等独立的。因此，思想家的使命只在于表述以他自己的眼光、角度对世界的认识，而不在于改造世界。改造世界是人类共同的事。

思想家是匆匆的行者，总是在不停地赶路。每当到了一个思想的目的地，他们无暇欣赏美景，只管一路前行。思想往往总是降临在孤独者的身上。

思想是没有国界的。大思想家、大哲学家很多都没有出过国，却丝毫不影响他们的思想建树。

思想家具有巨大的、放眼全人类的超越精神和世界主义的超前意识，而不是仅仅把目光投注于本国或本民族的问题上。从这个意义上讲，思想是一种没有国界的东西，思想是一种属于全人类的财富。

思想是世界的公民，不仅仅体现在对时代和地域的超越上，还体现在对制度、人种、阶级、意识形态的超越方面，更表现在思想的开放程度方面，其衡量标准是这种思想是不是为了大多数人的自由和幸福所构造出来的。

人是自然界中伟大的生灵。伟大的思想是民族的，也是世界的。闪光的思想往往具有超越时空的意义与价值，它们不仅在当时社会起着举足轻重的作用，对以后时代的影响也极为深远。

思想家的独创性及严谨的思想体系，使他们的思想和学说具有生命力、凝聚力和影响力。能洞窥过去和前瞻未来，因此也就具有超越性和不朽性。

思想家们具有深邃的目光，他们的创意有价值，行为有价值，作品有价值。他们的思想充满了灵性的绽放……在支离破碎的素材中、在丝丝缕缕的灵感中搭建起自己的思想框架，揭开了一幅如诗的梦帘。

思想家是人类的大脑，他们跨越了时代的羁绊，超脱了对个人功名利禄的执着，更多地关注人类共同性乃至终极问题，他们是一群为人类贡献了原创性思想的人。

思想家之所以独具慧眼，是因为他们把握住了某种偶然机缘，并顺势引导和发展自己的某种兴趣或爱好。除了偶然因素作用外，思想家对某一学科领域的兴趣也是成就一个思想家的最主要的内驱力。

思想永远是灵魂的主宰。卓越的思想，通常出自天才的大脑。思想家能洞察人生，具有烛照未来的思想冲力。一流的思想家，其身心往往有独特的经历和感受，处于一种特别的精神状态，由此而产生的灵感和顿悟，成为人类思想智慧的主要源头。

思想能激励人的灵魂，塑造人的个性，伟大思想闪烁的光芒，划破了人类历史的黑夜，超越了时空，照耀着世界的前景。伟大的思想在任何时代都是伟大的，它们像连绵不绝的山脉一样，把世世代代的人们联系在一起。

比思想家走得远的是他们的思想和文字，并由此奠定了他们的历史价值。杰出的思想家必将流芳千古、名垂青史。卓越的思想必将穿越时空，成为人类智慧的奇花异卉，并化作不死的精灵，融入永恒。

思想家善于从平庸、喧嚣、纷杂和迷茫的社会生活中发现某些重大缺陷，并通过想象开辟出一条通向新世界的道路，而这样的想象是每个人都会面临的，然而，并不是每个人都能够率先提出问题。

思绪或思维碎片一般是在下意识中产生的。然而，思想体系却必须是思想家精心培植和构筑的。思想是塑造一切的支配力量，利用思想工具，就能将思想化为现实，使自己的意愿得以实现。

有思想的人是幸福的。思想家之所以有别于常人，就在于他们经常让自己的灵魂沉浸于自由狂想的幸福之中，而淡薄常人在世间的感官欲望。智者几乎无一例外的是选择有意义的事去做，而尽量避免乃至不做无意义之事。

每个天才的思想家都经历过一个奇特而平凡的成长过程，但他们都长期执着于自己感兴趣的事物，并能够揭开事物的表象，探索并总结出事物内在的规律。经过多年的沉淀后，他们终于发出了自己独特的声音！

边缘人中也有奇才与英才。民间往往造就天才和发现天才的土壤。在民间、在山野，许多鲜活的语言和思想会令人耳目一新。民间思想者的字里行间恰恰绽放出一种灵性之美。

民间思想者不会自卑于自己的“草根”身份。他们是一群自说自话的人，哪怕台上无人理会，台下无人喝彩，他们只是自顾自地前行，绝不会按照主流制订的游戏规则“出牌”。

最大的智库和思想库应该在广阔的民间。许多有价值的思想都出自民间，因为民间有自由的土壤和自由的空间。只有自由才可能保住人的真性情，才可能发出来自生命深处的声音。

民间所做的研究与思考都是出于真性情的，而且是在真性情中完成的。真正有价值的东西，刚开始如黄金一样，总是与泥沙混杂在一起。

民间思想者大多是毫无名气的，他们只能在民间的舞台上穿行。而真正的智者和思想家，往往是潜行于民间的不动声色的隐士。

民间思想者守住了寂寞，守住了孤独，并一路前行——这是他们的天性所致，他们在美丽恬静的乡间，听鸟儿的啁啾，闻馥郁的花香，感觉大地的脉搏，从而获得心灵的自由与倾诉的能力。并将这些心灵感悟或痛苦升华凝结为思想的智慧、精神的琼浆。当他们的肉体死亡了，其精神的结晶有可能永流传。

一个文明开放的时代，无疑是民间思想家辈出的时代；一个走向和谐的社会，也当然是民间思想家辈出的社会。思想家的智慧不仅成为解决国家经济困难的一剂良药，还经常扮演着给执政者输送新鲜“理念”的启蒙角色，使其茅塞顿开、获得思路，从而使一个陷入黑暗中的国家找到一条通向光明的出路。

世间真正永恒的只有思想！思想家几乎无一例外地都置身于苦难的大地上和残酷的社会背景之下。风花月夜只会产生无病呻吟和令人不屑的文人雅士和才子佳人。

伟大的思想和伟大的思想家，自古以来都是指引人类一步步走向光明、和谐、幸福、自由的灯塔和火车头。

人天生就有局限性。只有天才的思想家才能全面透彻地了解和克服这种局限性，这与其说是能力，不如说是特质，因为卓越的思想家是与真理同在的。

真正的思想理论常常是通透的、简练的，以通俗的语言表达深刻的思想。一种思想如果从我们能够真切感受到的地方出发，一定能够被任何文化层次的人所理解。

平民思想家身居斗室，地位卑微，穷愁潦倒，却胸怀天下……大浪淘沙之后，留下思想的真金。

从古到今，凡是对人类影响深远，贡献极大的思想大师、哲学大师、科学大师、艺术大师、音乐大师……他们对人类的贡献无一例外都是超越国界的。

琐碎的日常生活里包含着许多深刻的道理、有趣的知识和令人豁然贯通的启发。思想家高深的理论、奇妙的想象其实都是从生活中提炼和升华出来的。

思想者是心灵的旅行家，他们不会被权势蒙蔽认知的眼睛。因为追求真理的幸福就掌握在自己的手中。

在思想家、科学家和艺术家的日常生活里，思考和写作是一种习惯，也许他们看上去很懒，但是他们的大脑从来没闲过，连做梦的时候都不停地思考。例如门捷列夫的元素周期表、埃利亚斯豪的缝纫机带孔曲针，都是在梦中所得。

思考是心灵的自我对话。思想者始终站在思想的海边，静听思潮的澎湃；痛彻心扉的感悟一定是深刻的，是经过思维发酵、沉淀出来的思想的珍品。这种深层次的顿悟，大多来自卑微与向善的心魂。

政治家是用来治国的，思想家是对人类的思想进行研究的人，一个人可以同时是思想家和政治家，但是这两个概念不应混为一谈。

三、哲学的眼光

人生需要哲学的滋润。哲学不是一份真理的提纲，而是寻求真理的过程本身。哲学的魅力在于它所寻求的人生智慧的魅力，在于寻求者独特的个性体现，以及对人生的独特感受和思考。

真正的哲学，以清新质朴的警句跃入人们眼帘，以隽永的格言表达哲思，令人铭记不忘。只有那些带着切肤感受和思考着人生的人，才能领略哲学的魅力。这样的哲学也必定闪烁着个性的光彩。

具有哲学眼光的人，在思考的时候会超越很多难以逾越的思想障碍，会摆脱许多具体事务的羁绊，会透过迷雾发现事物的本质，会在痴迷中达到物我两忘的状态，会在这种非人非物的状态下思考很多常人难以想象的问题。

离开痛苦，人就会变得简单而肤浅；能承受得了痛苦的人，才有可能成就大业。痛苦可以淬火出哲学思想，但你必须是一块钢铁；痛苦可以磨砺出卓越的人才，但你必须是一把宝剑。

“变”是绝对变化与相对变化的统一。过于频繁的变化则往往欲速而不达，经验的积累是需要时间的，拔苗助长、一蹴而就是不可能取得好的成效的。

把秩序看得高于一切的社会是不会具有创造性的；但是，没有一定程度的秩序，创造性就会消失。容不得“混乱”是一种情感障碍，过分渴求秩序，而不管大事小事又一味追求秩序的心理，对创造是不利的。

在现实世界里，过分强调秩序不行，过于混乱也不行。成功的社会，在秩序与混乱之间造成一种紧张关系并加以管理，使二者都不至于失去控制。如果社会不能容忍变革带来的混乱，新的创意很容易遭受挫败；然而，社会又必须维持适当的秩序，才能有利于创造性的突破。

一个复杂问题的解决过程是棘手的，严格遵守逻辑的方法和手段是十分必要的，但不能过分。从某种意义上说，解决问题就是把混乱的局面理出头绪使秩序井井有条。然而，也应该具备应付混乱局面的忍耐力。假如思想按部就班、循规蹈矩，那么，当个体解决问题时，就带有很大的局限性了。

人类社会中，极端是少数的，绝对的黑与白、左与右、正与谬是少数的，大量存在的是中间状态、过渡状态、灰色状态、可调控状态、可塑状态、无序状态与自相矛盾状态等。

正如钻石埋在深处一样，内在的东西比表面的东西具有数倍的重要性。因此，一个思想深刻的人，比一个思想浅薄的人要高明得多。

历史有着惊人的相似。文学家、思想家反思或思考的对象尽管不尽相同，但精神脉络是一样的，终极追求的是全人类的幸福。

哲人追求真理的方式往往既独特又神秘。多数哲学家安贫乐道，不追求也不积聚钱财。正因为如此，他们才不会陷入思维的黑洞，他们走出了心灵的盲区，穿越了语言的黑洞，所以才会硕果累累。

从有限走向无限，从现实走向生活，从形而下走向形而上。无限之所以是无限，不在于它是零的集合体，而在于它是无数个有限，无数个相对的长远与阔大、诚实与进步、创造与发明的积累和延伸。

存在是世界的基调，毁灭是另一种形式的存在。

人世间的事物千差万别，各种矛盾纵横交错，不可能有一种适应各种特殊矛盾运动规律的固定的选择刻度。面临多种价值交融和冲突的考验，采用极端的选择，有时并不失为一种时代的象征。然而，很快会受到另一个极端方式的挑战或惩罚，并往往会成为一种恶性循环。

先贤有先贤的贡献，但不是不可超越的。先贤可以是大师，超越者也可以成为大师。

思想隐居于幽暗之中，黑夜给智者带来思想。

只有在孤独时，思想才能与心灵的旋律合拍。

有思想有学问的书不在于有多厚，而在于是否有价值。

思想的产生是极为复杂的，不仅要有生活和实践，还要有学养、悟性和胆识等。

从思维的原点出发，思想者就成为思维之旅的苦行者和拓荒者。

在灵感的作用下，会不断开出绚丽的思维之花，结出奇妙的精神之果。

思想拒绝浮躁与热闹，要沉下心去思考问题。因为无数事实证明，孤独的思想会发光。

思想来源于实践，又高于实践。思想是时代的产物，但又不局限于时代。

无法安置灵魂的美丽家园，充其量是一个精致的鸟笼。

思想给思路以营养、活力和生命；思想决定思路的性质、方向和成效。

思想是智慧的凝结、文明的沉淀和时代的精华，有了科学思想做向导，思路才能始终保持正确的方向。

思想不是产生于闹市中，它只能孕育于寂寞、宁静的内心世界。思维的参天大树，从来都是生长在荆棘丛生的悬崖峭壁上。

少言是思想者的良知，唯有少言才能多思，舌头超出思想的部分只能是废话。

一个时代，不能没有行走在思想深处的人；一个国家，不能只有财富的增长而没有思想的大厦。

离开了思想，离开了意志，人的思维是僵化的。要取得原创性科研和思想成果是不可能的。

思想带给我们的是无法估量的价值。思想使我们遵从理性的指引，使目标明确，不至于盲从和盲动。

只有敢于和善于思索的人，才能在平凡中发现非凡；只有敢于和善于思索的人，才是出类拔萃的人。

只有跳出常规思维，才能化腐朽为神奇；只有多思，智慧的火花才能四溅飞扬，奔跑中的人才能卓尔不群。没有自己思想的生灵如同朽木和僵尸。每个人都应该在心中种上一棵属于自己的心灵常青树。

个性化表达，已成为我们这个时代的一种真正稀缺的资源。

人生的感悟，是必须用体验和时间来铺垫的；理性的琼浆，是必须用逆境和煎熬来酿制的；感性的华章，是必须用灵感和悟性来连缀的。

一个处处都讲利益、讲实用主义的民族，既成熟又过于世故。这种实用性高度发达的理性生活，只会造成人际关系的复杂化，导致信仰的缺失、超越精神的匮乏，其直接后果是：创新意识和创新能力的稀缺，发明创造能力的低下，许多人只会围绕着权力和金钱转，而缺乏对信仰的仰望。

思考更多的时候是一种乐趣，只是能够体验这种乐趣的人实在是太少了。历史上，从来不缺及时行乐者，恰恰少了一些善于思考，并且能够以思考为乐的人。

一个人为利益为地盘为权势为虚荣的理想，其实都是浅层次的。在时空这面巨型透视镜下，一定会照出其原形，使其变得毫无价值，唯有生命衍生下的思想价值才是高于一切的。

人是自然之子，只不过愿意把自己关在精致的笼子里罢了。

物欲限制着精神的延伸。没有伟大思想家的国家，无疑是缺乏思想深度的国家，无论多么喧嚣，终究是浮在表层的，也是没有什么真正的国际地位的。

夕阳不是沉落，而是预示着明天的太阳升起！对抗岁月的方法是进攻而非防守，让自己用心去捕捉事物的本质，努力去还原它们的本相。

面对未知，仅有无畏是不够的。

语言是思绪的花朵，缄默是智慧的枝干，思想是积淀的果实。

思考是心灵的自我对话。

真正的思想，来自生命的领悟和内心的能量。敢于直面生命的文字才有灵动的智慧。

没有灵魂与生命体温的语言只会令人乏味；模式化的公共话语，仿佛是一具僵尸，散发着令人作呕的气味。

人世间，唯有独立的思想，才能使人有独立挺直的脊梁，才有望孕育出博大的灵魂。

独特的思想是无可替代的。思想者应该更多地到无路可走、无人走的地方走一走，记述一些独特的视角下所发现的独到见识。

独步是人生的一种天职，是回归生命本源的一种尝试，是探索未知世界的一种乐趣。

一般意义上的人生选择与生存智慧，永远是基于现实或当下的。然而，思想家的智慧与选择，是永远指向前方的，由此就具有了永恒的意义与价值。

每个人都深蕴着无穷的潜能，唯有卓越的思想家才能砸碎思维的枷锁与精神的牢笼，从苦难中提炼出智慧的琼浆，将思想的光芒撒向寰宇。

不要让泪水屏蔽理性的分析，不要用情感替代逻辑的论证，不要让谎言蒙蔽认知的双眼。头脑中思想的含量越少，家长里短的陈腔滥调就越多。

每个人都面临着诸多的约束条件。一个人奋斗的终点也许是另一个人的起点，但也无须自卑，只要不断突破自我，尽全力做最好的自己就行了。

在精神表层作业的人，犹如吹着口哨走夜路给自己壮胆，他们不时扬起胜利的彩旗，导致平庸的成果俯拾皆是。然而，真正的思想和艺术作品是无惧孤独的。

艺术工作者应拒绝平庸的胜利。某些所谓的胜利，是完全不需要的，耗费了生命的许多有效能量，使生命价值的工程成本大大增加。而这种“胜利”实际上得不偿失——成本远远高于价值!

单一的思想很难开出绚丽多彩的智慧花卉，只有多元思想的碰撞，才有可能结出智慧的硕果。

思想的交流需要一个合适的话语平台，交流的双方若不在精神层面上，那实在是一大精神折磨。

鲁迅以深邃的思想、敏锐的触觉、天才的语感，成为一座精神的丰碑。而谩骂鲁迅刻薄的人，只不过是思想的可怜虫。

身份的炫耀往往反衬了思想的贫乏。

杰出的思想家往往会面临多重尴尬的评价标准：社会标准、家庭标准、流行思潮标准、时尚标准、小聪明标准……在这些价值标准面前，几乎所有的思想家都属于边缘人士。

没有思想内涵的人，声音一般都比较大，哈哈打得特别响亮。

世界上最美丽的花朵，往往盛开在无人注目的地方，而不是摆放在豪华宾馆中的塑料花。

思想的无限性，对应于自然的无限性；人生的有限性，对应于人类生命的连续性和永恒性。

离开了思想和知识的支撑，单纯的财富拥有者只是一个跛足的富人，而这样的富人就是我们日常生活中所司空见惯的“土豪”。

思想“新”，是指“说”前人之未说，“想”前人所未想。对于先秦时期的璀璨思想，我们一直在诠释与演绎，却从未超越过。

许多人忽视了思想对灵魂的滋润作用，生命意义被生存方式取代了，思想创新与精神导向的坚守越来越成为极少数精英人物的事业。

思想的贫瘠，会让心灵布满精神的雾霾，让清亮的眼睛蒙上厚厚的灰尘，让自己的言语在不知不觉中变得尖酸和刻薄，整个人都被这狭窄的心眼歪曲了，被虚荣和狂妄毁了。

人的伟大之处在于能反思与认识自己的缺陷，通过学习、借鉴、思考，确立自己的独特思想。

思想的力量是一个民族的根基。思想能够在社会中发生切实的作用。

孤独是思想的升华，荒芜则是思想的苍白。

在最为卑微与污浊的时刻，反而会触摸到人性最温柔和最真情的部分。

行为是思想绽放的花朵，一念之间往往决定人一生的命运。

一切思想革新和一切心理康复必定源于思想的改变，必定源于心态的完全改变，必定源于思想转变和面向他处。思想改变时，人的命运会随之改变。

许多人总是不留意自己的思想，即使偶尔触及了，也无法断定自己悟出来的就是有价值的思想。这类人的头脑成了别人思想的跑马场、公共知识的复印机、家长里短的回音壁、垃圾信息的储存器。

思想是无法速成的，因为不是快餐食品。真正的思想者讲究科学合理地挖掘时间资源、脑力资源、潜能资源。通过思维方向的选择和定位，通过思维辐射寻找创新的突破口，而不是事先用逻辑的标准来衡量创新的事物。

思想是痛苦煎熬的结晶。一切真正的思想，一定来自心灵深处的流露。

思想是古老的，也是年轻的——思想之树常青！每一代人都有其思维共性和区别于不同时代的思维视角或思维特性。

思想是“悟”出来的，是在实践中升华出来的，不是精神导师“教”出来的。

思想指明了社会发展的方向，越来越成为社会进步的动力源泉。

独特的思想足以澄清世界的迷茫，然而，创造思想财富的人却往往是孤独和不幸的。

喋喋不休的人，不会有什么深刻的思想。一个人的思想层次愈高，能与之进行心灵对话的人就愈少。

一个思想层次很高的人，能与其心灵深处达成共识的人会很少，甚至无人能与之成为知音。因此，思想家傲视世界一切权贵，并有高处不胜寒的感慨。

一种思想乃至某个杰出人才被攻击，往往是强大的副产品；被嫉妒者往往也是强者的副产品，这是一种伴生现象。因为谁也不会嫉妒乞丐的贫穷或笨人的智商。

如果每个人都沿着自己的生命边界勘察一番，世界将减少许多纷争和恶斗。

人是有思想的动物，思想的本能并不因为社会环境严酷而萎缩；相反，它会被进一步激发起来，成为一个人的精神支撑。

思想是一张网，是自信的平衡器。一个人只要有深刻的思想，必定会以淡然的心态看待地位与财富。

人是有思想、有理性的。理智是人们依据常识做出判断的能力，理性则是人们认识真理，乃至追求真理的能力。

物质上追求简单的人，精神才有更大的驰骋空间，思想才有更大的自由。

真正的思想很少诞生于鲜花和掌声之中，而是残喘于呵斥之下。思想不是美容术，也不是隆胸术！思想是灵性的火花，是卓越的天籁之音，也是痛苦煎熬的结晶。

用现实锤炼思想，用思想滋润心灵。真正的钻石即使搁置在黑暗处，也一样闪光夺目。

社会的文明和智慧程度，不用看其他的，只要看其思想、知识与信息的自由程度、开放程度，即可做出判断。

不管是政治家还是学问家，如果没有任何思想理论体系的建树，都不能称作思想家。

真正的思想创造，特别是人文思想的创造，是最具个性化的。任何的约束，都必会窒息个性鲜活的思想萌芽。

思想和主义是包含与被包含的关系。思想掌控人的意志，是统帅；主义则是一部分思想的集合。思想的某种体系化形成了主义。

主义从属于思想，只不过主义是形成体系的思想。主义不是所有，而只是思想的一种。思想还可以表现在其他多个领域中。因此，思想并不都以“主义”的模式或面貌来呈现。

思想是先导，没有思想就没有主义。在理想社会模式下，是主义服从思想；然而，现实社会往往是思想服从主义。从理论上而言，思想比主义更重要；然而，现实中思想则往往沦为主义的仆人。

思想家与主义的关系，表现为主体与客体的关系。即思想家是主体，思想家将自己的观点对象化，产生了理论体系化，而这种理论体系就是主义的载体。

新思想的形成是时代的造就，是历史的造就，是不能打造的；新思想不是国家行为、政府行为或资本行为所能置换的。

思想是行动的指南，创新的思想一定是引领实践的。思想创新要经过大脑的加工、提炼，是经过抽象的过程。精辟的思想，无不是从大量活生生的素材中经过抽象提炼出来的。

思想的力量是无穷的、巨大的。没有新思想的形成，经济的发展、新技术的创造是不可能的。

有思想的人都是极具个性的人，有善思的头脑和超强的定力，几乎都是在迷宫和沧桑中望见曙光的人。

思想的力量，常常来自对传统、对权威的挑战。在这个过程中，思想者付出的代价、承受的压力、忍受的痛苦和孤独，都增加了其思想的价值。

思想的先行者，是靠思想说话的。他们远离鲜花和掌声，经历了千遍万遍的思想熔炉的磨炼，从而使自己发生了蝶变。

思路出了问题，再多的话都是废话，再勇敢的人也是莽夫，再积极的行动也是盲动。

一个人思想越丰富，就会变得更加适应思考。人类社会的进步源于思想，也只有在思想里，我们才能发现永恒的价值。

思想有多远，人类才能走多远。

有一种思想叫苦难。

鲁迅一生中担任的最大官职是科长，然而，他的精神价值有几人能与之相比？！鲁迅的思想、风骨，以及他文章中激烈的批判与讥讽，就像一条思想的河流，浇灌着人们心灵的田园。

我们不能总是躺在前人的思想上，照搬前人的方法来解决现实的问题。新思想、新方法不应该是换汤不换药的“祖传秘方”套上新包装，而应该是新角度、新思路——这才是人类进步的表现。

行为是思想绽放的花朵，思想造就出个性。一念之间往往决定人一生的命运。

思想缺乏前瞻性，也就没有超越性；瞻前顾后的人，很难产生突破性的新思想。

没有思想的人，只能看到事物的表面，发现不了事物的内在本质，他们总是谈论着运气和机遇。

思想是多元的，只有多元才会碰撞出智慧的火花。

思想就是力量。通过思想的力量，我们不但塑造自己，也塑造了环境；思想狭隘，就会被禁锢在一个狭窄的圈子内，局限在渺小或卑鄙的思想中。

思想的性质具有决定性的意义。健康、富于生机和活力的思想，使人力量陡增；消极、颓废的思想使人情绪低落，使创新意识归零。

把消极思想和思维病毒逐出心灵，尽量排除一切扰乱我们思绪的烂事纠缠，这样才能净化和升华思想，在这一境界中，才能吸入更新鲜的思维空气。

参与实践、提升悟性、激发灵感，就会永远保持思想的灵性和深邃，就能避免成为思维的木乃伊。

一切问题最终都是时间问题，任何美丽都会败给岁月；一切有价值的思想终会穿越时空，幸福的最高等级在于思想的价值。

思想是人生浓缩的结晶。人生有两个层面：一是生活的层面，二是精神的层面。当然二者是不能完全脱节的。生活的层面属于基础，离开了生活，一切所谓的思想都是无源之水；然而，离开了思想的驾驭，人生追求就会越来越低俗化。

对思想者而言，宇宙万物的存在始终都是一个谜，人生的许多问题令他们困惑不解。然而，人生有涯，未竟之业和种种遗憾他们只能默默吞下——但思想者绝不会停止前行的步伐——在他们的脚步不能抵达的地方，他们一定会让自己的思想和文字去亲吻那片深情的土地……

思想如果比它所在的时代大大超前，常常是人生的悲剧。然而，一个遗憾的结局，往往会点亮思想的明灯；一个残缺的背面，有可能构成一个卓越的正面。

思想主要从事发现真理，而感情则导致行为。应当尽可能思考些高尚的问题，并将感情冲动置于理性的控制之下。

思想禁锢的时代是可悲的时代。思想比黄金更重要，一个好的思想，胜过千军万马。

一个有思想敢直言却不被社会宽容的人，不可避免会受尽世态炎凉带来的委屈与践踏。但他们总是坚持自己当初的选择，冲破逆境，把自己从无边的苦海里拯救出来，向上飞腾，飞进一片光明透彻、一尘不染的思想星空中。

伟大的观点总是有着乏味的起源。当独居的天才默默无闻地辛勤钻研，在狭隘的氛围内出人意料地得到某一新观点或纯粹的想法时，伟大的发现便有可能诞生了。

语言愈夸张，真理愈稀薄。思想家的著作充满了灵性美和语言的魅力，因而历久弥新，横跨时空。

在思想上锋芒毕露，是易受伤的。有思想的人，其实就是已经觉醒的人，就是一个独特而有灵性的生命。

来自思想深核里的声音，虽寥寥数字，却字字千钧。对于思想者来说，探索是他们的天性。

思想的交流是互利互惠的。别人借鉴了你的思想，形成了另外的独立思想，反之亦然。在思想交流过程中，新思想不断产生，层出不穷。

能交流的系统化思想——学问，是人类思想发展的不竭源泉。

思想的列车执着地前行，人与人之间思想的交流与碰撞无可避免，无论你愿意与否。

每播下一粒思想的种子，它就会在那里生根、发芽、开花和结果。好的思想自然收获丰硕的果实，坏的思想当然只能收获恶果。

思想决定眼界，眼界决定格局，格局决定结局。贫瘠的阅历，不可能产生深刻的思想。

思想是一种巨大的能量。思想健康抑或病态，其价值必定有很大不同乃至天壤之别。思想的品质决定着理想的品质，如果思想低劣，那理想也是不可能高尚的。

多思多想，做一个思想者。有思想、有见解的文章，一定需要苦思与沉淀，需要“熬”，只有“熬”出来了，才能像湖水里的荷花鲜艳多姿，才能成为思想的八宝粥。

驱逐思想的阴霾，才能光照未来的星空。

思想是人类一切行为的基础，属于理性认识。真正的思想者用“心”写作，每个标点符号都延伸着语言难以穷尽的情感画面和理性思绪。

真正的思想是出自你之口，发自你之心，并将碎片式的思维灵感、思想火花整合起来，形成思想的体系化。某些基本的真理只会被暂时的忽视，却永远不会过时。

思想层次是呈阶梯状的，充满思想含量的有效交流，大多只适合思想丰富的人所组成的聚会。当然，交流平台要恰当，否则很可能会限制自己思辨能力的发展。

胜利，从来都不是靠要嘴皮子取得的；思想，更不是靠整齐划一的漂亮口号体现的；鱼儿的眼泪只有水知道，思想者的痛苦只有自己知道。

从事思想和艺术创造的人，需要闲的时间，需要独处的时间。他们以闲适的内心对待匆忙的时代，探究人与自然、人在社会环境中的所思所想。

宁鸣而死，不默而生，卓越的思想必将穿越古今，横跨时空，作为人类智慧的奇葩，终将化作不死的精灵而融入永恒。

思想者既要对思维做镜面式再现（复印式再现），更应使思维呈爆发式地释放其潜能。

思想是心灵的泉涌，是思绪的归集与凝结，是理性的抽象与综合。一切高调宣扬且脱离生命灵性的思想都是短命的。

社会的发展需要思想的指导，这种思想必须是正确的思想。思想要形成学问必须有两个条件：一是要有具体的交流形式，二是要有一定的系统性。

思想是不能速成的，没有经过沉淀和过滤的思想是很可疑的。真正有价值的好作品，必定是一个执着于创作且智力正常的人下功夫创作出来的，而不是凭灵气和要小聪明得来的。

一切伟大思想的产生，必定经过炼狱般的心灵体验，才能散发出耀眼的光芒。一旦诞生，它将会独立于思想家本人而传播与复制，这时它就与创造者本人没有太大的联系了。时光既不能遮蔽它的光芒，也不能掩饰它的瑕疵。

崇拜一个不该崇拜的人，将一个平庸的名人打造成偶像是社会的悲哀。

贪婪是最真实的贫穷，满足是最真实的财富。经受过严寒的人，才知道太阳的温暖；饱尝人生艰辛的人，才懂得生命的可贵。精神富裕才是真正的富裕。小聪明是愚蠢的变种，思想家是最高层次的幸福者。

思想并不是少数人的特权。一个思想独立的人，绝不会趋炎附势，把自己的灵魂供奉给魔鬼。精神天然地反对任何约束，明白了这一点，你就会堂堂正正做人，而不会奴颜媚骨，丢失人格。

永远都不要低估思想的力量。思想是行动的先导，也是行动的统帅。力量来自思想。思想家所追求的绝非是蝇营狗苟的勾当。

一般意义的生存智慧与人生选择，永远是基于现实或当下的；然而，思想家的智慧与选择，是永远指向前方的，由此，就具有了永恒的意义与价值。

一个人只要有卓越的思想，平凡的生命就会极致绽放。

思想深邃的人容易显得冷漠，由于特殊的经历，当他们面临重大困境时，只能独自面对，孤立无援，这种炼狱般的人生经历，锻造了他们承受超强压力的卓越韧性，并外化为面部表情的冷静与淡漠。

一个事无巨细都上心操劳的人不会有太大的成就，一个斤斤计较于蝇头小利的人不会有太大的作为，一个热衷于关系学的人不会有真正的建树，一个拼命做表面文章的人绝不会有思想的深度，一个急功近利的人收获的必定是一地鸡毛。

生命是短暂的，但精神可以历久弥新，走向永恒。死亡虽然是万物的终止，然而却阻挠不了思想的传承。

哲人似乎永远都难以寻求到思维的港湾，因为他们的思维是一条永远奔腾不息的河流。

四、感性与理性

不要让泪水屏蔽理性的分析，不要用情感替代逻辑的论证，不要让谎言蒙蔽认知的双眼。头脑中思想的含量越少，家长里短的陈腔滥调就越多。

理性的根本精神是怀疑和批判，这往往是情感难以接受和容忍的。由于个体的差异，人们对同一事物的看法从感觉到理性都很难取得一致。一代人津津乐道的东西，另一代人却无动于衷；一代人深恶痛绝的东西，却有可能被另一代人奉为准则甚至顶礼膜拜。

理性和感性不是对立的。只有当理性和感性相互平衡的时候，人类才有可能取得最佳的成就。

有了理性精神及作为其根基的逻辑思维方式，人们的思维就具有了穿透力，就能摆脱情绪的纷扰，尤其是摆脱与自己利益有关的情绪的纷扰，就比较容易直抵问题的核心而直面真理。

理性与冷静是孪生兄弟，唯有理性才能使人冷静，也才能使人思想超越。

缺乏理性精神，就无法直达核心，也就无法完成真正的思想超越。

只有具备了理性思考能力，才能成为自己精神和行动的主人。

真正的思想底色是透明的，甚至无须解释，因为它是心灵深处带血的喷涌，经过理性过滤后的提炼与整合。

喧嚣，只能制造噪音，不能产生思想。

人们的理性和感性存在种种差异，造成了人们的思想层次是千差万别的，这也形成了人的不同个性。

一个人在接受某种思想时，会将这种思想转化为自己的东西，这一过程的实现意味着吸纳的思想已经与这个人原来的思想融为一体。

思想需要通过非常艰辛的努力和灵气才能获得。迈入思想的殿堂，必须接受严格的检查，谁也不能拥有豁免权。

思想是智慧的保证。思想不是大喊大叫出来的，也不是标语口号的同义语。

思想是通过一定的形式提炼出来，进而形成文字供人与人之间对其进行探讨，使他人也获得这些思想。思想成果必须经得起实践和历史的检验。

思想的生长，需要合适的土壤。否则，思想的作物是很难存活的。流俗众，仁者稀。

清醒者常常是少数，总让人觉得不合时宜。流淌着的思想才是新鲜的，往往是意料之外偶然得来的。

乌云遮不住太阳的微笑，刀剑杀不死思想，诽谤伤不了真理的脊梁。

真理是不怕辩论与辨别真假的。真理是朴素的。好的著作也往往是朴素的。

人是理性和感性的结合体。现实中，有些人感性大于理性，激情遮蔽智慧。当然，太过理性的布局，太过抽象的凝练，太过烦琐的笔触也可能造成灵性的丢失。

理性美是高层次的美，艺术与科学的理性美是一种抽象的综合美。真正永恒的美，它给人以理性的沉思，追求永恒的理性美是创造未来的伟大动力。

许多观点从理性上可以接受，可从感情上又加以排斥，这种矛盾的心理症结源于感情、自尊或面子。

情感和理智是一对合作伙伴，但它们之间也可能发生冲突。倘若深邃的理智能驾驭磅礴的情感，就能从最激烈的冲突中产生最伟大的成就。

独立的理性，能让人在面对复杂的情况时做出符合常识的判断，而不是随波逐流。然而，如果社会的基本诚信坍塌，人人都会有不安全感，常识和理性都会被抛弃。

许多人都缺乏理性思维的能力，只得任有毒的情绪肆意宣泄，四处污染环境，并毒害他人的心灵！

水深流得慢，智人话语迟；智者爱沉思而慎于言谈，夸夸其谈者是典型的“话痨癖”，很难有什么真知灼见。

最有价值的财产就是健全的思想。要不断锤炼我们的思想，使它能够引导我们的命运朝着希望的方向发展。

自怜是独立精神的毁灭者。要把我们的全部思想用来做我们想做的事，不要留半点思维空间给那些自暴自弃的念头。

一个人在自欺欺人中苟活，必将在自欺欺人中死去。

思想的改变就在一瞬间。当我们顿悟后，就能洞察生命的本性，从而将蕴藏在内心的潜能充分地发掘出来。

思想一旦与目的相结合，就会成为一种创造性力量。思想不摇摆，行为不随波逐流，人就成了思维力量的明智运用者。

一切成就或建树，无论是商业领域、学术领域，抑或是精神世界的，都是正确思想作用的结果。

人类所有的财富，无论是物质的还是精神的，都是思想作用的结果。

一种思想与另一种思想的交流，除了获得对方的思想外，由于思维的碰撞，还可能衍生出新的思想。由此可见，物质与物质的交换和精神与精神的交流是不同的。

应该养成记录边缘思想的习惯，记录下这种思想，以备思维发散之用。边缘思想有可能作为中心思想而得到发展。

边缘思想与一个人正在写作的章节似乎没有明显的联系，但随着写作的不断深入，不同的边缘，思想由最初的分散、隔绝的状态，到后来慢慢彼此接近，形成一种镶嵌的关系，出现新的、意想不到的连接，甚至会产生一种新的思想。

现象世界是永恒变动的，只有理性才能认识持续不变的东西。只有借助观念或理念才能把握住稍纵即逝的个别现象。

对不同职业、不同领域的人而言，思维敏锐度是不同的。然而，社会边缘人的思维通常具有极高的敏感度——特别是其中的思想者，对问题的观察和寻找创新的突破口以及契机的方式也有别于其他人。

社会实践产生思想，反过来，思想也在实践中发挥着不可或缺的指导作用。产生于社会实践当中的思想才是“活”的思想。

万事万物都出自虚无而归于无穷。在这种关于无穷的观点之下，一切的有限都是等值的。

思考比数字依据更为重要，发挥智慧远优于理性，行动比分析更为迫切。

数字代表着已经逝去的事物的状态，是事物的“僵尸”。思考，派生了鲜活的新生事物。要想不断创新，就要不断思考。数字只能作为参考，不能作为唯一的行动依据。

思想作为社会实践的产物，一定要能反作用于社会实践，指导社会实践，这样的思想才能称之为“真的”思想。

物质文明往往勾兑出了思想的萎缩。然而，只有流淌着的才是鲜活的思想。

真正思想独立的学者，应敢于在思想王国中对一切圣人、权威、名流、偶像的思想和观点的弊端“指手画脚”。但这与现实中他们的谦恭和礼貌是并行不悖的。

思想无国界。在思想的王国中，我们应成为一个世界公民、宇宙之子。即使是“草根”，也要发出生命深处的呼声！

我们所做的一切，只不过是试图证明自己的存在而已——尽管这种存在对于无限的宇宙辽阔时空而言只是瞬间。

思维元素与思维元素的组合，构成了巨大的思维迷宫，从而形成了错落有致的思维美感——思维的艺术美。表现在艺术创作中，也就构成了艺术思维的美感。

思想在放松和独处状态下，有可能获得突破性的观点。最具有创造性的洞察力往往产生于独处之时。在独处时，个体完全属于自己；而有人相伴时，真正的自我将被稀释。

思想是具有创造性的，所以被称为是神圣的。独到的思想、迷人的语言表达力，将会产生巨大的力量。任何一个重要思想的产生，都会推动许多人乃至无数代人的思想进步。

思想是“悟”出来的。一切真正的思想，一定来自心灵深处。思想家是对客观现实有独创见解并能自成体系的人。卓越的思想家，一定有着某种叛逆精神。当然，并不仅仅局限于叛逆。

从生命深处涌现出的独特感悟、形象、理念及思维碎片，经过扬弃后化为美好的精神结晶，蕴含着思维的精髓和文字的美感，从而形成了充满灵性的理论。这就是抽象与灵性的关系，也是思想家的原创性的奥秘所在！

真正的思想从来不是诞生于掌声之中，而是残喘于呵斥之下。思想是一把利剑，是痛苦煎熬的结晶，是卓越的天籁之音。在特定的历史条件下，有时现实生活的不幸，却往往是思想和艺术之大幸。

站起来吧，恢复自己的精神水平线！没有个人独立的思想，充其量只不过是漂亮羽毛下的思想侏儒。

山村草野可出思想家，王公贵族也可能生出低能儿！热闹喧嚣的背景下，难以产生高深的思想；追求热闹、时尚的人大多与思想无缘。某些学富五车、高层次的人，却常常在不经意间暴露出思想贫乏的内心世界。

一切原创的理论，起初都是粗糙的。思想的火花虽然新颖，但只有深沉思考提炼出的思想结晶，才会成为思维逻辑链中不可或缺的一环，才能填补思想领域中的一项项空白。

人在思想消极时是不宜做出重大决定的。因为这时的判断是不完善的、漏洞百出的。一旦做出糊涂的决定，就会带来灾难性后果。

精神探索者很少有时间和闲情逸致在微信和 QQ 群里打哈哈。

单纯靠脸吃饭的人，思想深刻不到哪里去。

某些老年人令人十分厌恶的言行，大多是年轻时种下的祸根。

在布满精神雾霾的岁月，人们有一种莫名的恐惧，却分不清恐惧是来自哪里。

思想必须自由。培植平静的思想和安详的心境，就会使人高于其他人，而这种平静和安详会给思想打下标识。

人在现实中是很难选择自己的境况的，但可以去完善自己的思想。

思想使人永不媚俗。灵魂是自己的事，与他人无关。

思想以环环相扣的强大理性说服人。多听一听有思想价值的声音，避免听废话、套话、老生常谈的话，就是一种极大的享受。

让精神回归自我、让思想的绿色拥抱大地、让思想的精灵触摸全身，寻找真正属于自己的精神家园。

思想造就个性。思想的庸俗者，其生活和灵魂也是平庸的。

人生最高境界，莫过于求得真理。

既要仰望星空，又要脚踏实地；只讲事实，不讲故事；只说人话，不说鬼话！

红尘热闹白云冷。一个善于交谈、口若悬河的人，多半是没有思想的深度。

只有勤于思考的人，才能成为真正意义上的人，成为一个有力量的人：用自己的头脑思考，用自己的文字表达心声，用自己的话语传达思想，一个人不能让别人来替你思想，替你发言。

思想来自何处？统而言之，来自正规和非正规教育，来自阅读，来自对生活的感悟，来自生活中的发现——一句话：来自读万卷书、行万里路、阅人无数、高人指路、自己去悟……

真正的思想者都是远离灯红酒绿、纸醉金迷的。

思想的无穷力量，给了人全部的尊严。人最大的耻辱莫过于思想的权利被剥夺，人最大的痛苦也莫过于思想被压制。

思想需要交流，思想需要碰撞，思想摩擦才能产生灵性的火花。需要在切磋甚至批判中，拨开迷雾，走向真理。

不要为可疑的思想摇旗呐喊，社会需要的是用不同的思想火花碰撞出智慧的结晶，为人类文明的发展做出贡献。

意识不可能被创造，它只能被感知。

每个人在内心树立什么样的思想，他就会得到什么样的结局。

生活在底层的人，整日忙于生计，看到的事物零碎不全，缺乏与别人的沟通与对话，思想容易偏于一端，不能更多地吸取不同的文化成果，思想难免偏狭，也就无法从理性上把握和提炼出有价值的真知。

长期处于封闭状态下的个体，思维往往沿封闭的怪圈周而复始地循环而难以自拔。外界一点变革，只要涉及个体自身利益（或相对利益）的，稍许变化，甚或是虚荣心（或“面子”）使然，便会令他们坐卧不安。一旦超过心理容量的临界点（当然，其临界点的层次是极低的），心理就会失衡。其中小人之举就会应运而生，导致人格异化、道德沦丧，以阻碍他人前进来满足其阴暗卑劣的心理需求，给正直善良、富有上进心的人们造成了心灵的伤害。

察言观色、阿谀奉承、口蜜腹剑、落井下石等奴性思维及小人行径不断地上演着现实版和升级版，使得任何具有开拓性思维和创新型的变革都会面临重重阻力和巨大的风险。

过度的追求也会形成压力。只要努力过，问心无愧就好。不必因这样那样的目标达不到而有歉疚感，因为成功是由诸多主客观条件造成的。

一个人的社会角色有多种多样，职务的角色仅是一个人众多角色中的一种。角色会随着时间、地点、条件的变化而变化，绝不可能固定在一种方式上。

懂得弯曲，是为了不折断正直。当心灵有了弹性，逆境中就不会被悲观和绝望的情绪所控制；磨难中就不会熄灭心中的希望和梦想。胸怀就会变得更加博大，处世就会变得更加智慧和圆融，就不会被名利拖累得心力交瘁。而失去自我，也就不会把简单的问题想得深奥复杂，将明白的事情搞得玄之又玄。

追求绝对完美是不现实的，重要的是要用自己的能力来弥补生活中的不足。

无论在什么样的社会环境下，都有清醒的人、有超然心态的人。他们能透过纷繁的世相，洞察其本质，并身体力行，开辟一条返璞归真的道路，以淡然和自然的方式体会生命的真谛。

伟大的思想，给予人类心灵的慰藉，摆脱生命的单调重复。思想是不受地域限制的，无论是偏远的山村，还是繁华的都市，都会有伟大的思想存在。

思想诞生于寂寞的母腹，一旦产生就会发出璀璨的光芒。

给思想一片飞翔的天空。不要轻信一些精神教父的虚头巴脑的话，一定要真正倾听发自自己内心深处的感悟和声音，这是构成个体特质和区别于他人的独有部分。

独一无二永远是第一位的。要想保持自己的与众不同，绝不只需要勇气，更需要一种坚定的、至死不渝的信仰……这是一种不受年龄增长、生活变化、命运沉浮影响而终生不变的个性。

思想是美丽而寂寞的花朵。真正的孤独者，在孤寂的时空中将思绪细煎慢熬，从而既能沉淀出思想的佳酿，又能锻造出支撑精神天地的铮铮铁骨。

在一个开放的社会，错误的思想很少能侵蚀社会的根基，威胁社会的稳定。

一个思想者可以过平淡的日子，但不愿做平庸的人。思想懒惰，就只能在事物的表面浮光掠影。

只有精神探索者的思想钻机，才能钻透生活的岩层，找到有思维价值的矿床。

心灵一闪就可以产生不朽的思想。历史其实只是一些僵硬的事实，但是只要经过思考就可以成为活跃的思想，就会在我们的心灵中纵横驰骋了。

思想必须保持一种积极的、富有创造性的状态。个体的思想将会产生一种累积的、渐进式的、极富魅力的效果。思想宛如我们的仆人，如果我们坚信它们，它们就会给我们最好的回报。

最具力量的人是思想积极的人。积极的思想力量忙于业绩的创造，正常的心灵服从于理性的法令，就不会为消极的、极具破坏力的思想所困。思想消极的人往往都是忧郁和心绪极度沮丧的牺牲品。

把思想看作是一种独特的物质吧！这种独特的物质，渗透了生物的元气，并且是一切生物的灵性之源。

巨人思想与矮子行动往往奇妙地交织在一起。

思想要有逻辑的一贯性，思想的发展一定要有脉络可寻。真正的思想者知道自己的局限性。他们绝不会宣称自己的思想句句是真理，甚至是什么绝对真理。

头颅是思想的物质载体，也是思想的神器。一个思考者的幸福在于，即使身处沙漠，也不妨碍他营造思想的宫殿；即使身陷地狱，也不忘阅读人鬼混杂的形形色色。

一切伟大的思想，最初总是显得粗糙，而且其理论指向的尖锐性、广义的评判性，使读者初看时会产生对号入座的心灵震颤，以及潜意识响应和显意识排斥的二元对立。因此，他们即使默认这种理论的正确性，也会在语言上表现出抗拒或排斥。

思想界应多一点精神自立和原创，少一点诠释与解读。

思想给人理性思辨的能力，文学给人形象思维的训练。语言的花儿开得愈大，思想的果实结得愈小。思想者绝对不会是鹦鹉学舌的人。

只有不断追寻新的观念，思想才不会萎缩、迟钝、偏狭及封闭。没有思想的民族，必然是无知、愚蠢的民族。

思想的交流与对话，需要合适的平台，即思想者与思想者交流的平台。不在这个话语平台上，就无法进行思想的有效交流。

对话需要一个平台，对话者需要在同一个层次或相近的层次上。否则交流的效果就会大打折扣，甚至会产生鸡同鸭讲的情形。

思想交流是基于某种逻辑起点的，离开了逻辑链，就会“你说你的、我说我的”，交流的主旨和意图就难以实现。

思想成为拯救痛苦的一种东西，越抽象，就越能使人离开自己具体的痛苦。痛苦中升华出来的感悟是真切的，是从心灵的深处涌现出来的，而不是那种花前月下、无病呻吟、强装笑颜的小女人式的感悟。

物质与物质的交换，是使用价值的互换，双方是基于平等的一种交易；思想与思想的交流，则会带来精神价值的增值。

思想在精神的高地相逢，其实很多时候纯属偶然的不期而遇。那是一种内在的、隐性的逻辑线条在起统领作用，形成了逻辑链中的一条主线，并构成了各自思想的主旋律。

文明的社会需要思想的自由。自由是一种超越处境的能力。任何一种思想，无论是哲学的还是宗教的，无论创始人多么伟大，无论在创造时多么正确，一旦变成垄断的思想，就会助长无知和无耻，就会给人类带来灾难。

没有思想的自由，不可能出大师。服从一个思想，众口一词，是出不了大师的，也不可能创新出人才。真正的思想家不是知识渊博的注释家，而是一个灵魂与血肉丰满的人，还必须有过人的天赋。

在人类历史上的野蛮年代，思想从未给思想者带来尊严，反而带来屈辱、折磨、迫害，牢狱和死亡之灾！要维护人的尊严，首先要维护思想的尊严。

思想的碰撞与交锋是不能缺少的。盲从是水平问题，阿谀奉承则是道德问题。无论何时，阿谀都是不可取的。

思想是伟大的，它具有无限的超越性和递延性，能够超越一切身份地位的局限。即使一个地位卑微的人，他的思想深度也可能远远高于一个平庸的国王。这就是思想的独特性、前瞻性和超越性使然。

思想是奇妙的。一样的体验，共同的感受，往往构成了不一样的经典。这就是思想的独特性。

一个思想深邃的人，绝不会看人脸色行事、仰人鼻息开口，不会阿谀奉承、见风使舵。

思想家本质上属于农民，只不过他们耕耘的是心中的田园而已！

如果一个社会，思想言论被严格控制，个性张扬与思想智慧的文字不允许发表，充斥报纸杂志版面的只是味同嚼蜡的文字，那么大量有思想深度、有知识含量的文字就会流失，这无疑是人类思想与文化财富的巨大损失。

离开了思想的支撑，单纯的财富只能堆砌跛足的“土豪”——即醉生梦死的“快乐的猪”。因此，我们在金钱面前，应保持一份理性的清醒。

只有独处时，才会找到真正的自己。抛开世俗的声音，才能听到自己的心声。不依别人的态度和社会潮流而改变自己，始终坚持自己的良知底线，才能保持尊严和人格的完整。

用世俗的标准评价，某些具有独特思想的人可能什么也不是，甚至是不可救药的狂人；但如果用精神的坐标来衡量，这些人就可能是一座座里程碑！

在强大的外部压力下，真正的思想者能够找到精神的“出海口”，将外部压力消化于无形，从而获得人生体验和精神腾飞。

创造宜热，思考宜冷。狂欢是一群孤独人的集合，孤独是思想家一个人的狂欢！

思想家的价值观和人生目标，与绝大多数人大相径庭，以至于在同时代很难觅到知音，甚至会被当成异类或怪物，难以被主流社会所接纳。

一个以错误的思想去指导自己的生活并且顽固到底的人，其一生是既折磨自己又折磨别人的。也许在短暂的时间内侥幸获得了巨大的物质利益，也无法弥补更多心灵上的缺失。

人需要合群，思想需要独处，而思想独处并非思维自闭。

只有获得丰富的思想资源，才能使精神生活极大丰富。

思想是一条河，头脑是河之源。

如果没有思想观念的碰撞与交锋，我们误入歧途还会以为走上了康庄大道，不及时刹车就可能跌入万丈深渊。

积极的思考给生命注入了澎湃的激情，让生命荡起智慧的浪花；而智慧的浪花又为生命留下了一路欢歌。

世界是复杂的，用睿智的思想去应对复杂的世界，你的世界会很精彩；生活又是无奈的，用无奈的方法去解决无奈的问题，人生会更无奈。

换一个角度看问题，不走行不通的路，才是通向成功的路。

光有思维碎片和零星的思想是不完整的，只有构建了自己的思想体系，才算真正融入了世界思想的宝库。

言之无文，行而不远，任何述而不作、孤芳自赏、自说自话、不能与人交流的所谓的思想家，都不是真正的思想家。

思想只有通过文化符号系统才能进行交流，仅仅进行话语的沟通是会受到很大制约的。

思想家深邃的思想往往被庸众所误解，被政客恶意攻击和打压，以至于思想家在世时，处境一般都不太好，甚至潦倒不堪。

每个人都具有个性和独特色彩的灵性。一个思想独立的知识分子是不会看任何人脸色的，更不会匍匐在“永远正确”的门槛前不敢跨越。

普通人痛苦的煎熬化为泪水涟涟，思想家煎熬的痛苦则浇灌在精神的蓓蕾上。

思想和言论的自由表达是每个人的基本权利。任何人都不能以思想“圣王”的身份对他人进行打压和裁决，否则就会造成一个国家、民族甚至全人类的灾难。

有思想才会有信仰，思想是我们行动的指南；信仰是支柱，是一个人的精神追求，一般不会轻易改变。

信仰的建立需要长期潜移默化的熏陶，信仰的坍塌却只在一朝一夕。

有远见卓识的人，不会与误解和攻击他的人一般见识；思想上的交锋也是这样，谁看得远，想得深，挖得透，谁就越心平气和。

在思想的自由和权势之间，思想者会毫不犹豫地选择思想的自由；在君子和小人之间，许多人却是自觉或不自觉地当了小人。

思想浅薄者大多狂妄自大。头脑中的思想越少，陈腔滥调的堆积就越多。

一个心灵麻木的人，是不会有什么思想创造力的。

思想，是人对世界的认识，也是灵魂的意识。它是一批独立的思想家的个人创造，它的诞生和发展需要不断地争论和安静地沉思。

知识是思想的表现方式。思想不是用金钱堆出来的，再多的钱也造就不出思想家。

思想环境是比较玄妙的一种东西。伟大的思想会使人产生不可遏制的激情，使人的灵魂深处刮起巨大的思维风暴。

思想家是为了表达自己独特的思想而写作，没有人会为他们的思想体系打草稿。

没有任何人能阻挡思想的传播，遮蔽思想的阳光。

思想结晶或物化形成的方式有两种：一种是建立自己的思想体系，另一种是用文学的方式传播某种思想。作品的思想性在于它的社会价值。

思想无须披上精美的外衣。只有思想平庸的人，才会用华丽的辞藻包装自己的文字，从而掩饰干瘪的思想。

一个人的思想太超前了，难免会被世俗和强权所不容，因而，遭受攻击和迫害是意料之中的事。然而一旦被世人发现，就会成为卓尔不群之人，受到世人特别是后人的推崇。

思想需要交流，思想需要碰撞，思想与现实环境的摩擦才能产生灵性的火花。思想更需要在切磋甚至批判中纠正错误，走向真理。

思想的火花，大多是由不同思想和观点的交流或交锋碰撞出来的。然而，思想的交流和交锋是有前提的，是有对象的，不是与任何人都能碰撞出思想火花的。

新思想的形成并不是空穴来风，而是在他人思想基础上的更进一步。在思想交流过程中，新思想就会不断产生，层出不穷。然而，只有思想者与思想者之间的思想交锋与碰撞，才是产生新思想的最佳途径，也是使思想价值最大与最优化的一条秘密通道。

只有接地气，才能有灵气。别人眼中的风景，也可能是自己心中的痛苦。

思想的探索，是独辟蹊径、深刻犀利的探险之旅，而不是人云亦云或故作高深。

最有价值的思想或创意，起初往往都是写在不起眼的小纸片甚至是掌心上的。

思想者之间的争议或辩论，更能碰撞出思想的火花。如果没有了思想的碰撞与交流，听任一种思想观念毫无障碍地发展，那么，我们现在也许还是原始人的思想。

迈过去的逆境，会化为思想者的精神财富。有志者会把拼搏的经历打造成别人眼中的风景；而倒在逆境的沼泽之中，就只能化作苦难的沉没成本，从此不见了踪影。

思想的层次，使人的精神境界有着天壤之别。

一个国家的强大与否不在人数多少，而是在于有没有思想智慧。思想智慧的火炬需要的是被点燃而不是被浇灭。

思想要互动，越辩才能越明晰透彻。通过交流与辨析，原以为相同的东西，现在可以看到不同了；原以为毫无共同之处的东西，现在可以发现有共同的要素了。

真正的思想者，探索真理是他的天职。

不要用抽象的理论屏蔽感性的需求，不要用社会学的意义否定生物学的需求。

没有思考力和行动力，就无法创造社会价值。

有的人，一开口就是结论性的语言，如果你不怕被其弄呆弄傻，弄得神经兮兮，那不妨与之“打成一片”！

某些人生的终极道理，不到一定的年岁是难以理解的，即使学历再高也是枉然。

每个人的头脑都不相同，有的人满脑子思想，有的人满脑子金钱，有的人满脑子糨糊。

真实的鲜血比任何谎言都有说服力。

在伟大的文字面前，附庸风雅的涂鸦算得了什么？

有结果的付出叫投资，没有结果的付出叫沉没成本或曰“交学费”。

不管社会的价值评价如何，一定不要头脑发热，一定要清醒地认识自己，听从内心的呼唤，做真正的自己，从而主宰自己的命运。人云亦云、为他人活着、盲目从众的人会失去自己的灵魂，最终成为彻头彻尾的“活死人”！

不要将一种思想、一种理论、一种学说吹嘘到绝对唯一甚至是吓死人的高度。世界大得很，没有什么称得上是绝对的权威主义。

思想本身虽然只是一种务虚的东西，是人的一种意识，但一旦被转化为人类的信念和生活指南，它的力量将是非常强大的。

有些人的目光比较犀利，看得比较远；而有些人的目光比较短浅，只能看到眼皮子底下。没有什么思想深度和精神内涵的人，一般都以高声大嗓、哈哈打得响亮为显著的标志。

在自由开放的社会，有思想的人常常是幸福的。人们在无限复杂多样的世界里，可以自由选择。在民主法制健全的自由开放国家，有思想的人常常有很大的声誉，受到社会的尊重。

有思想的人，是天赋、实践与教育的共同产物。作为一个思想者，其痛苦的根源之一就在于，其异于常人的思维方式与超前的眼界，常常会给他带来许多麻烦：不是受到孤立，就是受到排挤。因此，自古以来，以思想为业的人，在世俗的世界里，都是活得很沉重的人。

思想走得越远，人就越孤独。这是世界上一切思想家共同的命运。对这个世界看得太超前了，常常会感觉很痛苦。

境况源于思想。任何一个有思想的人，一定会遭受某种程度的阻力。阻力越大，说明你的分量越重。杰出人物总是在逆境、苦难、挫折乃至压制中破土而出。

在伟大的虚无面前，我们将会一无所有；在卓越的永恒面前，它的背后依然是庄严的虚无。

眼界是心性的外化。世界之大，大不过思想家的境界；城市再大，也大不过人们的眼界，全息扫描，尽收眼底。

约束条件愈少，回旋余地愈大。

自古以来，貌似柔弱的思想始终在扮演着激励人类为正义而战的角色。权威征服的是人的生存自由和行为自由，思想征服的却是人的灵魂。

屈辱虐待生命，荣誉光照尸体，只有思想才能穿越时空。

一个人思想积淀得越丰富，便会在生活的表层上越简朴。

思想者总是坚定地走在自己的路上，对圈子毫无兴趣。

把思考看作是一件很痛苦、很枯燥的事，思考就会消极和怠惰，也就不可能思如泉涌。而一旦养成了积极思考的习惯，培养出对思考的兴趣，就会把思考当成一种莫大的快乐。

我们应该不时看看整个人类知识领域的景色，用更多的时间到其他学科的“后花园”转一转，看一看绚丽多彩的精神植物和思维花卉。

在“快乐的小猪与痛苦的思想家”之间——如果可以选择，尽管在语言上人人都会选择当思想家，然而在行为上一部分人却自觉不自觉地当了醉生梦死的人——即“快乐的小猪”！

执着于事业的人，总是将五颜六色折射到自己生命的每一个角落，愈朴素、单纯的人，愈有内在的芳香；而愈是肮脏的灵魂，往往愈需要花里胡哨的文字来遮羞。

世间最宝贵的人生感悟，一定出自那些认真思考并具有刻骨铭心体验的人。因此，这种感悟也是构成新思想的要素之一。

在肤浅的思想盛宴中，虽然过气的思想“麻辣牛排”早已被撤下，但各种饱含添加剂的思想“宫保鸡丁”却大行其道。

学会倾听自己的心声，懂得与自己交流，这样才能逐渐形成一个较有深度的内心世界。

肤浅的阅读，无法成为精神的滋养。苦难、不幸、歧视，无数的挫折与失败，将苦难者逼进思想的深层空间，在心灵震颤之时就会涌出一股激情：奇异的灵思短语，穿行于字里行间；睿智的哲理格言，浮出脑海的水面；理性的琼浆华章，从键盘中汩汩流淌出来……

简单的表象，隐藏着复杂的要因；明晰的话语，蕴含着深刻的哲理；睿智的文字，凝聚着长久的沉淀。

混沌是有序的前奏。各行其道的思维流，一定会在某个时间段得到归集与整合。

思潮和口号，常常是为了掩盖欲望而出现的。

人活着得靠理智，人活得快乐得靠奢望。而人活得失意是在理智与奢望之间荡秋千。

和平时代没有深层的苦难，也难有深层的思想。

世俗社会没有思想和目标，注重的只是一些琐屑无聊的风雅。然而，只要我们的思想和感情充满活力，就会富有力量。

一个人的生命会从降生走向死亡，而具有哲理性的思想却不会被流逝的时间所遗忘。

不管这个世界有多大，不管这个世界的信息是闭塞还是同步传声，任何一种促进人类进步的思想，一旦被白纸黑字留在人世间，它就会被人们所传诵、探究和实践。

最稀缺的资源是大脑里的资源，最匮乏的财富是大脑里的财富。其实不仅一个社会的资源与财富蕴藏于大脑中，而且一个社会的幸福也是蕴藏在大脑中的。

是在诗意地栖居，还是在庸俗地蜗居，常常取决于当事者拥有诗意的智慧还是庸俗的大脑。

不管多么离奇的想法，很多都是植根于生活的实践之中。采用其合理之处，扬弃其不合理之处，是唯一正确的办法。

生活把人改造成俗人，把分道扬镳者驱赶到思想者的行列。

自由制造繁荣，也诞生思想。没有自由的繁荣，是虚假的繁荣，或昙花一现的繁荣；没有自由的思想，只能产生庸人或俗人，永远也不能迈入世界文明之林。

智者和先贤的思想照亮了我们前进的路，我们向着梦想出发，占领精神的高地，冲刺灵魂的要塞，驰骋于思想的隧道。

思想非常个性化，它真实地存在于一个具体的人的生命里。每个人都不相同，不太可能会有一个完全一致的思想存在。

只有人才会有思想，才会形成理性。

在任何时代、任何社会，一个人只要凭借自己不屈不挠的奋斗精神、坚忍不拔的顽强毅力，总能找到自己的安身立命之处。

多元思想的竞争是十分必要和不可或缺的。如果一个国家的各种理论都是建立在人云亦云的基石上，那么这个国家不颠倒黑白，就会成为一个奇迹！

因远见卓识而远离人群，常常也就意味着要忍受孤独与寂寞。一些见解，因其逻辑的周密性与思想的现实性，常常让一些人听来感觉浑身燥热，坐卧不安。

思想者忽略的东西，常常是家人所需要的。

我们并不是与世隔绝的，我们的精神驰骋于思想和交流中，理所当然地融入了灵性世界的中心。放眼世界，心灵与心灵对接，思想与思想交流，就会有心有灵犀一点通的感觉。呈现在我们面前的就会是一道道思想的美味佳肴。

一个人会让内心深处的欲望、志向及思想占据支配地位，并且在它们的指导下行动，而人最终会在人生的外部世界收获自己的果实。

思考问题，不局限于一个地域，也不局限于一个国家的问题，而是要思考全人类的问题，应该思考全人类面临的危机的化解之道，这样才能把握现实的本质。否则，不能建构具有普遍意义的思想体系和价值观念。

鸟飞得再高再远，也离不开天空；鱼游得再深再快，也离不开大海；人生活在地球上，其实上的都是社会大学，都离不开社会的这个大舞台，都要在其中扮演一种社会或生活的角色。思想家也不例外。

书读得多，并不等于有灵感；有文凭，不一定有水平；有知识，不一定有思想。

真正有思想内涵的人，是用不着吹嘘的；吹嘘的人，其本事大多是含水分的。

思想浅薄的文章，几乎都没有经过冷处理，往往充满了偏激情绪，从而屏蔽了理性认知的双眼。

性格内向的人，一般将痛苦向内心深处挤压。总体来说，他们的人生感悟要比性格外向的人深刻一些。

一种独特的思想，足以引导世界摆脱迷茫并得到阶段性飞跃，但创造思想财富的人，却往往是孤独而怪异的。

未经思考就脱口而出的话，往往会成为我们前行路上的绊脚石。

悟道者愈近暮年，其话语愈深邃。

十卡车煽情的泪水，也难以置换一小杯理性的琼浆。

一般意义的人生选择与生存智慧，永远是基于现实或当下的；然而，思想家的智慧与选择，是永远指向前方的，由此就具有了永恒的意义与价值。

一切说教者其实都是浅薄的，充其量只不过是故作高深的浅薄，不容别人质疑的浅薄。他们口中流淌出来的，永远都是一堆堆没有任何精神含量和思想元素的“语言垃圾”。

有知识的人未必有思想。有的人读了许多的书，却没有自己的独到见解，口若悬河、滔滔不绝的都是一些陈腔滥调，连自己的价值判断标准都模糊不清，更谈不上建立自己的思想体系了。

思想是自由之子，更是世界公民。任何伟大的思想，只要它超越了思想者所处的时代和空间，就必然会成为人类智慧宝库中的一笔精神财富，全人类都将受益。

理性精神意味着逻辑的力量。理性涉及的对象是客体或世界。它追求的是对象的“真”，而不是对象的全部。人类的理性精神一直处在艰难的发展中，它自己有时也否定自己。

感性和理性都是人生需要的东西。理性的认识，离不开感性的基础。人生既要有情感的流淌，也需要有理智的约束。能恰当处理好两者关系的人，才是生活的智者。理性是人类特有的能力。

理智是上苍赐予人类最好的礼物。理智的锻炼是心灵的训练。一个终身学习的人，是不会察觉自己老之将至的，他是在不知不觉中渐渐衰老的。他的生命不是突然崩溃，而是慢慢地寂灭。

第五辑　光阴不一定匆匆

历史的精彩就在于：有时它为我们所阐释的道理，正鲜活地存在于现实之中。

一、历史篇

历史是一种积淀。历史都是曾经的现实，蕴含着真知与血写的经验。历史的事实很难重复，历史的规律却会重复。

历史的精彩就在于：有时它为我们所阐释的道理，正鲜活地存在于我们的生活之中。

历史的发展，取决于创造历史的人们永无休止的劳作。历史积蓄了大量的各类名家的人生精华，他们的智慧光芒足以照亮未来。

历史的眼光，不是只看到一时一地，而是看到历史的长河，看到前因与后果，弄清一个现象、一个命题、一个争论在历史上的位置和真正含义，避免鼠目寸光。

从历史上看，许多伟人恰恰是受益于贫困、动荡的生活，而在自我磨砺中成为思想的巨人。历史终将抹去巨人与庸人在世俗生活中的地位差别，给后人留下深刻的启示。

历史是在曲折中进步的，有回流，也有波澜壮阔的行进。岁月刻画了人类的伤痕，时间铸就了伟大的灵魂。

历史经过过滤和选择性书写，然后凝聚起来了，独特起来了，深沉起来了。真相永远蕴藏在历史的最深处或幽暗处。

古人是逝去的魂灵，历史是死亡的事件。

历史不能假设，历史只能总结。

历史是由人民创造的，社会也是由人民推动和发展的。

灾难性的历史从来只有两个含义，即死去的历史和活着的历史。死去的历史不能复生，活着的历史则贻害犹存。活着的历史属于现实，死去的历史才是一种永远的终结。但终结的方式不是遮掩，不是忘却，不是佯装不知，而是冷静的反省与思辨。

历史是无情的，真理是永恒的，滚滚车轮缓缓向前。历史，就是那过去了的连绵不断的时间，来自千百万年的时光深处。

历史永远无法还原它的开始，也永远不会终结，因为流水的生命注定在路上，在奔流不息的旅程中，这就构成了历史画卷永恒的进行式。未来，其实就是那还未到来的连绵不断的时间。

历史，一半是由人写成的，一半是由时间积淀的。历史永远是一笔财富，不管是令人心酸的还是带来荣耀的。而要得到这笔财富，其前提之一就是正视它。

时间终会掀开尘封的历史，真相终会水落石出。

历史不能戏说，虚构的必然不是历史。很多书都在写历史，很多影视作品都在演历史，但有多少是真历史，有多少是虚构的创作，看来很难把这两者分开。

历史用文字与可视物（如建筑物）凝固了往昔岁月，然而并非是历史的全部和真实面目。真正的历史奥秘永远在不断的解密之中。

历史之所以可以成为社会的推动力量，在于它会告诉今人许多值得借鉴的东西。

历史，是现实的镜子，不略知历史长河的走向，就无法预知明天。历史是一脉相承的，只有了解历史，才能更好地认识今天和把握未来。

因袭守旧必然会对创新思维具有钳制性的影响。与其补救于已然，不如防患于未然。对于一个时代来说是这样，对于我们同样如此。

历史进展的步伐，必然将时代的糟粕淘汰出局，这是历史发展的规律，也是人类社会进步的必然趋势。否则，社会就不会有长足的发展，社会生产力、科技力就会在低水平上重复或循环。

历史是永远的进行式和未完成式。历史在浩渺的宇宙时空中无休止地运行，我们所读到的历史只是被人类的目光、思维所截取的一段时空而已。随着印证材料的增多，历史的时空则会增大，这就是为什么人类历史不断被改写的根本原因。

人本身就是历史的存在，同时又超越了它。人的思想可能部分存在于历史之中，部分不在历史之中，这既无法完全分开，也没有必要分开，因为它根本就不会影响新思想的产生，恰恰新思想就是从这里产生的。

历史的真相总是隐藏在时空深处的隧道中。历史的图景一页一页无情地翻过，不管它繁花似锦，还是鲜血淋淋，它都是在无穷的过去时代中所建成的，变幻无穷是历史也是生活的本质。

从严格意义上说，人类历史就是一部文化发展史，是人类的生命价值追求史或奋斗史。

历史往往揭示了生命的无奈，时光的无情。回望历史，有时如梦一般，真实与假设错综复杂，清晰与模糊交替出现。掩藏真相是罪恶，而不去了解真相则是愚昧。

历史粗线条地被书写。时间差改变了许多历史，但时间差并没有改变历史的基本因子。用昂扬的姿态未必能成功地推动历史的进步——历史的画卷中，铺展着怒吼与长啸，铁血与生死，狂舞与疾转，然后，山河依然，生活依旧。

然而，历史的轮回绝不是简单的往复，它是逐渐上升并不时充实新鲜内容的发展过程。

忘记历史就意味着看不到未来，因为历史是未来的老师。世上没有永远的盛世，爬到山顶后还是要走下来的。

历史是没有发展规律的。时代不同了，要驱除自己的心魔，别在阴影下生活太久了。记性好会让人时时阵痛，但是大创剧痛之后，就一定不会再走回头路了。

历史在时间上是“过去”，但它的内容则是“现在”，没有“现在”就没有“过去”。因此克罗齐认为：“一切历史都是现代史。”历史是历时性与共时性的统一。

历史总是不失时机地乔装打扮：涂涂抹抹、挖补刮擦、遮遮掩掩、欲言又止、循环往复、来了又去。各种微不足道的历史精神与废墟被集中到时代的中心位置……一个个永远的谜团，耗费着许多历史学者的精力。

人类终将回归到历史的时序之中。每个时期的重大事件，只不过是历史时序中的一个片刻或瞬间；一切人都是历史长河中的过客，很快就会消失在无尽的彼岸。

弄清历史真相不是一件简单的事情。历史就是这样的残酷无情，总要以牺牲来换取前进。历史尽管绕圆圈，但也不完全重复。

历史并非是一条一成不变的河流。

历史没有假如，也不存在遗憾，它是刚性的。一个民族应该把自己最令人痛心的教训当作一面镜子，时时映照，以便一代又一代的人不重犯历史性的失误，使整个民族能够持续进步。

历史是公正的，现实往往受到历史的嘲弄。历史上的进步，从来都只有相对的意义。

历史永远在荡秋千、翻跟头，往复循环，很难找到一个真正的出口。“墙头变换大王旗”永远是一道风景。

历史不能长驻，更不能返回，高潮不等于永远，欢呼不可能超出一定的时限，一切任意拔高的东西，终将会被打回原处。

历史的运行，刻画了人性善恶博弈的精神轨迹，仇恨永远不会以仇恨的方式终结。历史的真相在屏蔽之后，往往会转化为一种精神的暗流。

历史让岁月的长河不断锁定，纹丝不动的传统理念因而被不断地延续下来。重要的是，我们不要一味沉湎于历史，而是要立足现实，牵手未来。

历史的真相隐匿在时空的深处。然而，一些偶发事件，却在不经意间洞穿了尘封真相的历史之门，让人从愚昧中醒悟。

在时间编织出来的历史长卷中，现实是流动的历史，历史是凝固的现实。随着时间的推移，个体所经历的这一切可能都会走进历史。

世上没有永远的盛世。历史一定是曲线，不是直线。面对历史的冲突、历史的曲折、历史的考验、历史的挑战，个人常常是渺小的，个人的选择余地是很有限的。

二、时间篇

时间不可逆

每个人在宇宙中都占有一个特定的时空，在这个时空中，就排斥了其他个体的占位。人生的有限性使智者深深地感悟时间的无情。时间是一张无情的网，它能网罗一切，也能摧毁一切！

时间，在行进中漫长，在过去后静止。

时间用在哪里，成就就在哪里，收获也就在哪里，决定的因素常常是时间。时间会见证一切。

过去的时间化为乌有，未来的时间只是假定，只有当下的时间才是可利用的。

孤独的思想会发光，时间会见证一切。

每个人只不过是茫茫天宇中的恒河一沙。有些人活在有限的时空中，却自以为是地将自身的生存意义无限放大，不自量力地将有限的认识宣称为永恒的真理。以致模糊了人生的真谛，进而迷失在狂风暴雨之中。

有些事现在不去做，以后就永远不会去做了。把所有的时间都花费在观看身外之事上，其实是很不明智的。

从空间上说，我们可以回到故地；从时间上说，我们无法回到从前。我们可以追溯过去，或穿越历史时空，但毕竟不能身临其境。

时间的车轮滚滚而过，每个人终将融入大自然的怀抱。光阴似箭，每个人都活在有限的时空中。获益于大自然的，也必将回归大自然。

时间的洪流一刻不停地奔腾着，没有人知道自己将要面对的是什么。许多所谓的重大历史事件如果放在时空中考量，就没有多少意义甚至毫无意义了。

时光流转，每个人都无法敌过岁月的蹉跎，最终倒在光阴的面前。时间是严明的法官，用年、月、日、分、秒度量着一切，对谁都一样！

时间是最伟大也是最公正的，善于等待的人是聪明的人，也是真正有信心、有能力、有头脑、有见解的人。等待是一个空间、一个平台，等待不是形如槁木、心如死灰，在等待中可以学习许多，不要耐不住寂寞，乱搭车，瞎上船，害人害己，一失足成千古恨。

越是害怕时间消失的人，脚步就走得越远，生命的半径也越大；越是觉得时间过剩的人，脚步就越是容易被心灵的枷锁框定，拥有的时间空间也越少。有时候，我们不但自己不注意时间的宝贵，而且还拖累别人跟着去消耗时间。

时间不可逆转，我们可以不撕日历，但不能留住时间。每个人都不可能回到从前，哪怕过去的记忆再清晰，然而，一切都只是过去式。

时间虽然是摸不着的，但它是客观存在的。正如尽管有阴雨天，太阳却依然存在一样。

从终极意义讲，无论怎样使用时间，一切都将成为过去，能够加以检验的就是思想。

时间是最好的良药，能治愈一切，并使一切归零！明天，将带给我们希望和经得起考验的新力量。当遇到不顺心的事或处于逆境之中时，不妨运用时空穿越法，此时，就能立即获得一种全新的思维视野，烦恼和忧愁就会一扫而空，心中一定会充满希望和阳光。

当我们设想一条时空的边界，并沿着这条边界回溯时，人生的意义及短暂不言而喻。

时间是创造生命的原料。荒废时间的人，时间一定会将其荒废。时间的飞逝，使我们不得不面临生命倒计时的问题。时间能成全一切，也能毁灭一切。一切都将成为过去式——生命也不例外！

时光流逝，胆怯有什么用？——与其如此，不如在它面前展示出所有的无畏和坦白，用有限的时间驱动前行的脚步，用有限的生命挖掘无限的潜能，在灵性的感悟中淘洗出思想的精华，催生出创新的硕果。

时间是伟大的，伟大到可以创造任何奇迹；时间也是残忍的，残忍到可以让你灰飞烟灭。

时光仿佛停驻于方寸之间，年轻时的心浮气躁不再，只余岁月如溪，映照着所有的美好。

时间像一张砂纸，慢慢地把你浑身的棱角甚至毛刺，打磨得光光净净。

时光飞逝，但我们不能让自己的心境变老。时间是供我们垂钓的溪流，完全掌握在我们的手中。

生命是以时间来计算的。时间是世界上最广博的资源，然而，对于个体而言，又是世界上最稀有的资源。管理好自己的时间就是管理好自己的生命。如何运用自己的时间，将决定你能否成功。

作为个体，我们应该把时间握在自己手里，因为，时间是无法重来也无可替代的。爱惜时间的人，能抓住点滴时间，为自己的成功添砖加瓦，积少成多，打好基础。善用时间就是善用自己的生命。从生命的终极意义讲，一个人最大的资本就是时间。

要想获得事业上的成功，我们必须珍惜时间。要让时间价值体现在生命的全过程。要合理利用时间，珍惜你的自由时间，不要让别人浪费你的时间。

时间具有不可逆性，又是最宝贵的。人生如此短暂，要做的事情太多，千万不要浪费时间，珍惜自己的时间和生命，就会释放出大大超出常人的能量。

时间是一种资源，每个人拥有的都一样。但只有善用时间的人才会成功。我们能亲身体验时间的生命只有一次，必须好好把握，在珍惜和体验时间的同时，用有限的生命去创造最丰富的价值。

善用零星的时间去应酬工作，生活中的事物就会使生命更有意义、更有潜力，使生命的长度和厚度无限拓展。凡事业上有所成就的人，都有一个成功的诀窍：化废为宝，变“闲暇”为“不闲”。凡是珍惜时间的人，不会让一分一秒从自己的指缝中溜走，那些被抓住的时间，最后一定会在他的生命中打上高能力的标记。

谁重视时间，时间就对谁慷慨；时间给丢弃它的人留下的只是遗憾和惆怅；时间给珍惜它的人献上的是美丽的人生。放弃时间的人，时间也会放弃他。要懂得如何运用时间、驾驭时间，而不是为时间所驾驭。

成功者，大都是时间的驾驭者和管理时间的高手。成功与失败的界限在于对时间的运筹和使用上。

时间既不能逆转，也不能储存，它是一种不能再生的特殊资源。时间有时也是无情的，当思念成灾的时候，时间就是痛苦的。

人的生命是有限时间的积累。生命的价值蕴含在这些有限的时间中。充分利用时间就等于延长了寿命，因此要避免养成做事拖沓的习惯。

要有时间价值观念，做时间的主人，把时间用在刀刃上。许多人把大多数时间和精力花在并不很重要的地方。许多足以改变命运的契机，都因为拖沓和优柔寡断而与我们失之交臂，永不再来。

一个人的精力是有限的，一个人的时间也是有限的，能够合理地分配自己的时间，把更多的时间和精力投入到更重要的事情上，会收到事半功倍的效果。

在时间面前，我们是渺小的。光阴永无停息地在流逝，凝聚成厚重的历史画卷。奔腾不息的时间之河，没有边界，无有止时，时间将裁判一切。

时间起源于观念，是人生命意识的体验。每个人都应该追求人生价值的本质。时间会证明一切。有的时候，“熬”是解决问题的无奈选择。

时间的流速是如此之快，最宝贵的是时间，因为生命是由时间构成的。要珍惜时间，要把每天都当成生命的最后博弈。

时间能淘汰一切也能证明一切！人生是不能逆转的——每天都是现场直播。

时间成为资源的前提是使用。一般人对时间的了悟，似乎只够支配搭船乘车的短时间，往往迷于局部而不能顾及全体。时间不可挽留，只有过去与未来在浩渺中不断地相互追逐而已。

时间带走一切，又迎来一切。时间将现在的真实化为虚无，将过去的真实化为轻烟。

没有人对组成宝贵光阴的分分秒秒负责，很少有人想到在时光流逝中挽留什么。

荒废了时间，时间就会把我们抛弃。能够成就大事的，是那种办事效率极高、不会拖拉的人。凡是真正成功的人，都有做事利落的习惯。一个不够敏捷、不能准时的人，一定是一个坐失良机的庸人。

人生苦短，切莫虚度，虚度年华无异于自残。谁都可以挑战自我，却永远无法战胜最强大的敌人——时间。

时间是镜，能映出一切。要想知道一个人几年乃至数十年后的情形，不用看别的，只需看他现在如何对待时间，就可以推算出他的未来。

时间是生命的材料，珍惜时间就是珍惜生命。时间从无草稿、不可回收、无法修改、不能重来、永世难逢，全是一次性的。

时间既是无限的，又是有限的。时间的无限性表现为宇宙浩瀚的无穷尽，时间的有限性表现为生命的局限性。

时间是生命之本。生命总是处于相对进行式和绝对终止式的统一。

时光如水，一去不回头。时光如金，寸寸难得。世上唯一不能复制的是时间，唯一不能重演的是人生。

时间将一切沉淀，也将一切抹去，日久天长，了无痕迹。此时，还剩下什么？！一切高官、政要、圣人、权威、富豪在哪里？！

时间是秘密的坟墓。其中有多少显性和隐性的秘密在时空中荡然无存，使人们不得不怀疑历史事件本身的真实性。

时间是流逝的，也是静止的。真正流逝的只是我们的生命。

时间的烟雾，使得事实本身产生晕轮效应，后人的诠释和图解又将放大这种晕轮，甚至连事实本身也会变得模糊不清。

人类的全部历史都刻在时间的坐标上，正是在这方寸之中，我们才一步一步地往前走，一直走到大自然的发条完全丧失能量的时候。

时间是最好的良药，能治愈一切，并使一切归零！

在时间和空间的不断流变中，现有的一切都被无情地摧毁，对于远古和未来的预测永远都只是一种信念。

时间是供我们垂钓的溪流，生命时间完全掌握在我们的手中。时光飞逝，容颜变老，但心境可以永远年轻。

当青春渐渐远逝，属于我们的时间越来越少；面对飞一般而逝的岁月，我们应该对时间格外珍惜。

有心的人，会在平淡琐碎的时光中根植梦想，创造机会，收获成功。人生不过是时间的累积，让今天的时光白白流失，就等于毁掉人生的一页。

瞬间丰富着我们的阅历，也提升着我们的思想；瞬间打磨着我们的肌体，也塑造着我们的灵魂；瞬间蕴藏着人生的机遇，也隐藏着人生的风险；善恶一念间，瞬间能照出一个人品质的好坏。

从浑浑噩噩的状态中走出来吧，未来没有那么长久，时间也没有那么充裕，趁现在我们还拥有健康的身体，抓紧把那些心里想做却一直拖延的事完成，不要寄希望于下次、以后和将来。善于把握时间的人，也就掌握了自己的命运。

童年往事总是那么遥远，以至于产生时间的错觉和恍如隔世的感觉——人生没有回头路，最无情者莫过于光阴。

时间是物质存在的一种记录方式。时间不是物质，但有时胜过物质。从经济学角度来说，稀缺的资源，价值常常会被放大。

在时间的长河中应站稳脚跟，不应被一拍脑袋的冲动所左右，更不应成为随风而摆的墙头草。个体思维资源不要耗费在承担社会的无效成本上，应尽可能避免其转化为自身的沉没成本。

利用正确的时间和地点，在一个合适的地方逗留的时间越多，产生好结果的可能性就越大。

只有用倒计时的方式计算自己所剩余的时间，才会惊叹时间的紧迫性。生命后台的运作是如此无情和残酷，当我们发现时间真谛的时候，往往为时已晚！

时间最终都会过去，即便是看似最平淡的生活，放在一生的时间这个大背景下去考量，也会感到时间的可贵、不容浪费。

时间消除了一切差异，让瞬间成为永恒，让差异成为均等，让所有的差异定格并抹平。

过去的已经过去，我们没法改变它；未来还没到来，我们只能前瞻它。只有现在，才是我们真正能把握的。

现在、今天、当前——只不过是时间瞬间定格的表现形式，一切都将成为过去。时间作为一种资源，应该加以科学合理地使用，把握今天，就是把握未来。

如果想在事业上获得成功，那么必须学会珍惜和把握自己的时间，使时间得到最有效的利用。

一切超越者，几乎都是超然于生活琐碎之事的人。他们不会将宝贵的时间耗费在那些损害个人利益的事情上；他们远离那些琐碎、愚蠢和不足挂齿的小事情，避免被它们弄得六神无主、方寸全乱。

最大限度地节省时间和空间，以最小的代价换取最好的效果，这就是最佳选择的标准，也是高水平创造的要求。

抓紧时间，努力追求，真心的付出才会有所收获。人生的成本核算在于把握时间价值——把握现在，珍惜拥有。拥有时间，就有了一切，而那把启动时间的钥匙就掌握在自己的手中。

每个人的天赋与兴趣以及特长都不会完全相同，但是人与人之间的成就大小却不完全由此决定。机会不会为你停留，要看你有没有与时间赛跑，勇于拼搏、敢于和时间争分夺秒的人，才有可能赢。永远比别人快一步，永远不停步，这是竞争者的心态，也是胜利者的姿态。如果成功有捷径的话，那就是飞，时刻准备着飞！

今天最重要，因为它是原始股；只有今天的付出，才能换来明天的收获。人生如此短暂，要做的事情太多，何必为种种令人不快的事浪费时间。

时间能够安抚我们，它就像一股清爽的风，能够使我们的思想在受挫后经过一段时间的调整，恢复到理性的状态；也能够让我们忘掉生活中的不愉快或沉重打击，恢复原有的信心。

明天、以后、将来都是不确定的，都是靠不住的，经常谈论这些的人，最好远离他，经验告诉我们，这类人大多都是纸上谈兵的人。

往事如烟

往事如烟，转瞬经年，年华似流水，逝去不复返。因此，当新年的钟声响起的时候，我们只能喟然长叹：岁月不饶人！

时光是一条河，流淌在人生的季节里。留恋过去的人，往往会错过美好的季节。

往事如浮云，岁月如飞刀，刀刀催人老。在岁月的流逝中，我们无可奈何地接受了一个事实：将大量的时间耗费在不想应酬的俗事上。根植在人性中的各种欲望和虚荣，诱惑着我们，使我们在虚掷的岁月中得到满足。

往事有远有近，广义上去理解，一切已经发生的事都是往事。人到了一定的年纪，总爱回忆往事。然而，往事不堪回首，明天无暇顾及。往事如烟又如镜，每个人都不可能回到从前，哪怕过去的记忆再清晰，也毕竟是过去式。

往事并非都是甜蜜的，也并非都是苦涩的。往事是一笔笔财富的积累，是一次次教训的汇编。人们对于往事一般有两种截然不同的态度：一种是滔滔不绝地说不尽往日的风光，一种是紧闭心窗不做任何透露。

吹嘘的往事，将真实注满水分；封闭的往事，总有公开的那一天。

往事过滤着人生的验证。伤心的泪，刻骨的痛。每一件往事，并非都是闪闪发光的珍珠。回首往事，有时甚至会感到心在流血，“很受伤”。回首一件往事就好比照一次镜子，能清晰地发现许多平常所疏于发现的东西。

许多人对往事都是以美遮丑，使往事失真。其实，珍惜往事就是珍惜历史，而历史，是容不得半点虚构成分的。

往事像一面蒙尘的镜子，一旦拭去尘垢，便清晰地映在眼前：有一些痛苦，永远不会忘记；有一些温暖，会永远挂在心头。

形形色色的照片记录着我们的足迹，空白处就是我们的磨难和工作经历……处境再艰难，也难以遏制生命的意志——那一张张菜色的面孔和一双双倔强的眼可以作证。

照片是时间的瞬间定格，并将一段岁月凝固。时光在瞬间定格，岁月在刹那间永恒。苏珊·桑塔格说：“所有照片都是死亡的象征……通过切下这一刻并把它冻结，来见证时间的无情流逝。”然而，没有人能超越历史。

年轻时多吃一点苦，年老时会轻松很多。岁月虽然给我们带来了苦难，却也回赠了我们思想的清晰与缜密。

在漫长的岁月里，人们用遗忘来回避伤痛，用遗忘和抛弃来宽慰自己能心安理得地活着并且活下去。实际上是心魔罩魂，冥顽难化。

岁月的年轮

时间的追忆，往往令人产生难以抑制的伤感。

岁月无痕，年华似流水，逝去不复回。真正值得关心的是现在，要把时间充分利用起来。

岁月，对于每一个接受者来说，从来是一视同仁没有高低贵贱之分的。它像一把公正无私的无形利刃，在任何人的脸上都刻下应有的痕迹。

走在人生之路上，几乎所有的人都希望这条路是一条直路。然而在岁月的丛林中，我们总是不得不绕来绕去地走弯路。

在岁月的流逝中，许多人将时间耗费在鸡毛蒜皮的事上，浪费在数不清的饭局和舞会上。

岁月雕刻了精神的容颜，时间洗刷着生命的年轮。

无论你昨天做得多好，昨天的篇章都已被翻过。

相片，将一段岁月凝固：青山不改，绿水长流。从时光流逝的本质意义而言，永远都是过去式。

岁月是把杀猪刀，年年如此、如此年年！总会对非理性化或动物性行为予以“宰割”。

尽管成人之后的我们会变得理性，但人总是喜欢怀旧，会眉飞色舞地向朋友描述童年时这样或那样的小事情。

记忆的摇篮在童年。对童年的回忆仿佛就是追寻一个遥远的梦，总是显得那么朦胧，恍如隔世一般。然而，童年的记忆却又是那么刻骨铭心。当儿时的记忆清晰地浮现在我们眼前时，常常会触动心灵中最柔软的部分。

童年的思想启蒙很多来自朴素的事物。遇到困惑的问题，是很难在课堂与书本上找到答案的。

一个人的童年给他打下的烙印在他的一生中都是不可磨灭的，而且，他在今后所体验、所表现的东西，实际上是他童年时期对事情、对生活体验的一种反映。

年轻是一笔财富，是人生最宝贵的财富，因为青春只能曾经拥有，而不能天长地久。

青年时代也就十来年的时间。较之中年，青年时代无疑是短暂的。年轻时的每一天，都如黄金一样宝贵。

一个人过于老成，好比施用了植物催熟剂，早早定了型。年轻的优势是其他年龄段的人无法企及的。青春可透支，从而有利于打下事业的根基，年轻人应让青春之火燃烧起来，照亮人生！

青春是回眸醉心的一瞬，是经不起挥霍的，它不仅太少太贵而且又薄又脆。

在繁忙之余细心聆听大自然之歌，会让你回归完整与和谐。因为人不仅是理性的经济动物，还是感性的情感动物，如果你一直沉溺于为将来做准备而不享受现在，回首过去时会很悲哀。

年龄是个数字，青春是个态度。是否年轻在于一种精神感觉，不同的人有不同的理解。

有的人职称高了，孩子大了，步履舒缓了，该享受了。于是，大腹便便光临了，老的感觉不期而至了。面对激烈的竞争环境，身心疲惫，往往容易造成心理负荷加重，心理年龄大大增加。

青春只是一个年龄的划分，要时时提醒自己，既要滋养肌体的青春，也不要忘记心灵的疲倦，不要透支健康，以防透支生命。英年早逝是件很令人痛心的事。从人生的价值目标看，对社会、对个人无疑都是一个巨大的损失。

中年会留下许多感悟。四十岁是人生的一道坎，跨过坎，已经容不得任何疏忽和失误——因为时间实在是“伤不起”了。一般而言，人到中年，对自己的长处与短处已比较了解，对未来不再抱有过多的激情和渴望。

人过中年天过午，饮的是下午茶，得慢慢地品。一个人独处的时候，正是品味人生的最好时刻。

中年是一座宝藏，步入不惑之年，应该是智力和精力的黄金时代、大展宏图的美好时光；中年更是人生的一道坎。跨过坎，明显地感觉到时间的流逝。明白时间的宝贵，时不再来！

人到中年，许多事情渐渐看清了，也看淡了，所以能够更平和、更宽容地看待世间的一切人和事，能够更真实地体味生活的酸甜苦辣。

中年之美，美在充实。人到中年，就像踏入秋天的园林，生命之树硕果累累、姹紫嫣红，只等着你去尽情地采撷。

中年的妙趣，在于认识人生，认识自己，做自己所能做的事，享受自己所能享受的生活。

老年，到了成熟的年代。老年人经历了一番艰难的人生跋涉，穿越了纷杂、喧嚣、迷茫，最终来到人生的末端。他们终于发现，人生其实很简单。

年老的人，想到的大多都是沉睡岁月中的小事。很多人不愿意回忆往事，是因为害怕触碰童年或青少年时期记忆的阀门，以免再次撕开早已结痂的精神疤痕。因为他们早已将糟糕的心情打包封存，只顾一路前行。

人要老去，是谁也无法抵御的自然之力，是任何人也辩驳不了的真理。本质上，人生的很多事都是徒劳无功的，却还要去做，这不是苦役，恰是人生的乐趣和悬念之美，美在不可知，但需要在征途中慢慢体味。

衰老，是人类最大的敌人。爱美的女人千方百计用各种化妆品和美容术抵挡衰老的进攻，然而，美丽的面皮却依然难以掩饰岁月的雕痕和生命的皱纹。

岁月过滤了生命的累赘，展现在你面前的是生命智慧的全息图，清新明朗。所有的秘密都已揭开，所有乌云密布的日子都已云淡风轻。

老年之美，美在淡泊。对于具有大智慧的人来说，衰老并不会让他们沮丧，因为他们能够以更独特的视角来看待年龄问题。

当无情的岁月在脸上刻下道道皱纹，不能改变的是沧桑的年龄，能够延伸的却是宁静的气度，将岁月拉宽，使有限的生命充盈饱满。

岁月梳理着白发，时间漂染着青丝。磨难既是礼物，也是生命中的一段旅途。一个障碍，就是一个新的已知条件，只要你愿意，任何一个障碍，都会成为一个超越自我的契机。

衰老真是一个难以抗拒的自然现象，它没有白发和皱纹那么直观，却又比那些更让人感到沉重。时间永远地逝去，无法逆回倒转，衰老最大的悲哀不是身体的孱弱而是心灵的麻木。如果行动的愿望消失，那就无法挽留年轻。

老年人如果乐于安度晚年，明智地放弃手中的一些事情，就会让衰老的心减轻一点负担，让自己的期待成为下一代前进的动力和支柱，让自己成为年轻人的知己和导师。睿智的老人把剩下的时间用来陶冶情操，这几乎成了历史的惯例。

日子过得比想象中还要快，女神也会变老。有的人一天天老去，却越来越睿智；有的人一天天老去，却越来越愚蠢。

人到了一定年龄，有了一定的阅历，常会追忆逝水流年，感悟人生滋味：或酸甜苦辣，或冷暖阴晴，或风风雨雨，或坎坎坷坷，只要心还年轻，多一些脸上的皱纹并不重要。

在光阴的眼中，个体只不过是一首小小的插曲。分别就是死亡，再见成为遥远的思念，永别将成为永久的怀念。

时光之手细致而漫长，人生永远在路上。每个人都留不住青春，却能留住青春的心。

时间可以疗伤——疗心灵的伤痛！

老年没有固定的界限，只要你能担负起责任，将生死置之度外，你就是在恰当地利用老年。因此，老年甚至比青年还自信，还勇敢。

每个人一出生，就落入生命的年轮，仿佛掷瓦片于水中，掀起波纹一圈连着一圈，直到静止。个体生命的年轮，无法复制粘贴，因此也就更显得弥足珍贵，无可替代。

过去已经流失，历史不能复制，现实就是现实。

过去永远变成了过去，永远也无法回到现在。人们只得把从前的事情放在回忆里。写回忆录不过是在寻找生命中残缺的记忆。

人处在时间和空间的交叉点上，作为瞬息和有限的存在物，却向往永恒和无限。

时间不可逆，一旦浪费，再也回不来。

作为个体，我们只是浩渺江河中的一粒砂砾，一朵浪花，随时都可能被淹没、被击碎，留不下一点儿踪迹。然而，有了光明与黑暗的均衡协调，有了老人与儿童的生命接力，才显出无穷无极的岁月。

时光深埋在岁月里，可以化为沉甸甸的历史。

时间之钟转动，起点也必将是终点。

第二部分
感悟录

第一辑　风险与机遇并存

命运是奇妙的，有时原本不相交的两条平行线突然有了交点。命运是一场充满意外收获的伟大历险，看上去似乎难以掌握，其实改变命运的机会无处不在。

一、命运的或然性

命运是难以估量的，如果我们能一眼看到未来的终极图景或命运的精确肖像，那么人生追求的动力就将大大减弱，人生的价值也将大幅贬值。

命运是一条粗细曲折的弯道。命运赐给我们的只是一个小小的角色，与其怨天尤人，倒不如全力以赴。其实，即使是一个配角也可以成为主角——把配角做到极致就是主角。

命运捉弄人。许许多多的因素左右着人们的命运。改变命运先要完善自己，要想有不同的结果，就得有不同的思维方式；要想有不同的生活，就得有不同的自己。

命运总是充满了不确定性。回忆中的痛苦，尽管可以化为茶余饭后的谈资或人生的资本，然而，这种非理性掩盖下的错误交锋，导致的血与火的代价，换来的“谈资”还是少一点好！

命运是被动的，而使命则是主动的；由被动变主动，是一种变化。工作是外部强迫你做还是你自觉自愿去做，其效率和结果肯定是不一样的。因此，对待工作我们应从使命的角度出发。

太阳的光亮，如何照耀黑夜的幽谷？有些问题是可以追根究底的，有些问题是无法解说的，不想做却必须做的事就是命运的安排。

命运由一个又一个机会串联而成，遗憾的是我们通常对这样的机会太不在乎了，却一直相信肯定会有一个很大很大的机会在前面等着我们。有的人等了一辈子，也没有等到。

命运原本是没有规律的——你可能这样，也可能那样，实际上都是由一个个意外和偶然构成的；命运就像轮回，既没有时间表，也没有路线图。然而阴差阳错，歪打正着，命运常常喜欢和人开玩笑。

特定时代一定会在那一代人身上打上烙印。人的命运大多是错位的——这就是命运的不确定性——符合概率论的规则，即大数法则。特定的历史时期，总会有错位的人生和错位的命运，随遇而安勇敢奋进吧——抱怨有什么用！

人生既有偶然性又有必然性，它有大体的走向趋势，也有自己的起伏线条，它是由社会和人生的不同内容所决定的，是很难遵循生活的逻辑链条的。很多时候，偶然打破乃至决定必然；然而，总体而言，必然却涵盖着偶然。

把自己的命运寄托在他人身上，盲目地听从于他人，为了短暂的安逸舒适生活放弃自由和思考的权利，其结果是非常可悲的。

对生命而言，总会有不公的命运和磨难以及数不清的挫折和失败的时候，是坚定的信念和希望，驱使我们勇往直前。在平凡的日子里多听一些个性张扬、清新脱俗的理论，那么我们日益麻木的精神味蕾就会备感新鲜，就会衍生出更多的鲜滋乐味来。

二、必然的归宿

始点与终点的归一，是宇宙宏观法则的安排，人人都将消逝在遥远的地平线，这也是人类无尽的悲凉与无奈！哲人仰面向苍天：思想的魂灵寄住何处？！天国有没有精神的家园？

我蹬在时间的风火轮上，星夜兼程、一路狂奔，蓦然回首，却不料在原地转圈，宛如在跑步机上一般；我穿越时空百年，生命之舟抵彼岸，袅袅青烟飘云天，会先贤，与仙人把酒蟠桃园，凝神聆听美妙之天籁。

一个人从虚无走向存在，然而终归会从存在回归虚无——这就是虚无与存在的关系。即使活在当下，终将成为过去；即使享受当下，终将归于虚无；即使风光无限，终将走向永寂。

个体命运与时代大潮始终是联系在一起的。每个人的命运和经历，本身就是一段宏大历史过程的构成部分，或者说社会历史进程正是由无数小人物的经历形成和推演的。

命运是大地，走到哪里都踏在它的土地上。

一个人无论怎样“扼住命运的咽喉”，最终都不得不向命运屈服——这是人类的终极宿命——走向永寂——任谁也无法逃离。

每个人都从虚无走向实体的自我，最终回归虚无。无论生前如何伟大和功勋盖世，最终都会化为虚无；无论生前多么渺小卑微，也同样会走向虚无。在虚无的世界里他们具有同等的地位。

尽管人生充满了喜剧和悲剧，最终都指向同一个结局。

三、命运的交点

一个理想的时代，一定是纯洁的，纯洁到我们只需做好自己就可以了。

生命取向高，生命体验深，创造力才会强。

命运的建造师只能是自己。因此，不要为自己的命运怨天尤人，别人不会也没有义务为你的人生埋单。决定人们命运的因素，主要是始终如一的执着和坚守。

当我们未能扼住命运的咽喉时，必须学会忍耐。学会在忍耐中拼搏，在忍耐中锲而不舍地追求，而不是轻易放弃。

人生在世，主观上追求什么，就能从根本上决定人一生的命运。有些人总是顺从环境，顺从命运，从没想过努力和奋斗，总是乞求命运的安排，这与乞丐何异！

有的人一辈子占据喜剧的中心，然而自己的结局却是一个悲剧；有的人一辈子叱咤风云，到头来却落得个众叛亲离身陷囹圄。许多人成了只想占有结果而不想付出的人。

某些人行走于高山之巅，创新于无人之处，奋起于事业的低谷……他们的眼睛始终放出异彩！因为投入，所以专注；因为专注，所以独特。

个性决定一个人的行为模式，也决定他的命运。不愿改变或培养自己良好的性格，就永远无法改变自己的命运。

学会优化自己的性格。人的一生就是自我塑造、自我完善的过程。克服不良的性格，实现性格的优化，才能以积极的心态应对人生的各种挑战，才能改变一生的命运。

生命流经个体的时候，呈现出各自不同的性格特征。性格是改变命运的舵手。独特的性格造就不同寻常的命运。人类最伟大的发现是：人们通过改变自己的性格，从而改变自己的命运。

自己挣来的馒头，胜过他人施舍的鸡翅。有勇气承担自己命运的人，才是一个社会所需要的人。

每个人都要力争成为一个创造奇迹的人。与命运抗争的人，不屈不挠、永不言败。

命运不是什么纯粹偶然性的表现，而是个人具体的主客观条件相互作用的产物。人的命运蕴藏在思维之中。人可以被命运击倒，但不要向命运屈服。

只有抓住今天，才不会丢失明天。命运带来灾难的时候，唯有信念能给你带来安慰并使你继续坚守。世界上没有绝对的成功，只有不断地前进。

真正的对手是自己。自认为渺小的人，受制于他自己。精神与人格矮化，注定其命运的悲剧性。

面对命运，绝大多数人往往是无能为力的；只有极少数人通过自己的努力，忍受超常的痛苦，矢志不渝，从而改变了自己的命运。

做真正的自己，才能主宰自己的命运。生活中有的人把自己的命运捆绑在他人身上，或把自己交付给金钱；有的人经历一次失败后便迷失了自己，向命运低头，从此一蹶不振。

一个不想改变自己命运的人是可悲的；一个不能靠自己的能力改变命运的人是不幸的。

人的改变就在一瞬间。一瞬间的改变可以成就一个人的一生，也可以毁灭一个人的一生。所以，我们不能忽视一瞬间的力量。

在生命或事业危急的时刻，积极和主动，往往就是扭转局面的良机；而消极和失望，往往就是自毁和慢性自杀。

四、选择

正确的选择造就生命的辉煌，错误的选择毁掉人生的梦想。选择是欢愉的过程，选择是痛苦的过程，选择是悲怆的过程。

选择需要高深的思维功底，需要切合实际的判断能力，需要谨慎的态度，需要果断的决策，需要充足的时间。

命运不是墙头草。一般而言，命运是可以选择的，也是可以主宰的。即使处境不利，面临困厄，我们也会寻找和选择自己所希望的生存状态。良好的心态可以战胜任何艰难、挫折和压力。

有时，机会就在你的附近，你却把目标投向了远方，因而错过了最佳时机；有时，只需把目光调整一下，或只稍稍降低一点高度，也许你就会获得成功。

选择是一种智慧。古往今来，凡是有成就的人，很注意把精力用在一个目标上，专心致志，集中突破，这是他们成功的最佳方案。

选择有时是令人尴尬的，正所谓“择日不如撞日”。然而，依多数法则而言，选择获胜的概率毕竟远远大于守株待兔。

同样的你，有人将你抬得很高，有人将你贬得很低。其实，你还是你！你究竟有多大出息，究竟有多少价值，归根结底取决于你自己的判断和选择。

在人生的每个岔道口应做出自己明智的选择。人无法选择起点，但可以选择转折点；人可以输在起点，但应该尽量避免输在转折点。

人的一生就是一个不断做出选择的过程。要选择符合自己特点的、有发展前途的事业。要听从内心的召唤，不要强迫自己做不喜欢的事情，不要把生命和精力以及有限的时间，浪费在错误的选择上。

人生在世，要面对各种各样的岔道口，随时都要面对各种选择。不要为权位所驱，不要为利益所使，不要为别人的喜恶所左右。心中有颗定盘星，才能活出一份精神的洒脱，活出一份人格的尊严，活出一份世人的尊敬。

一个有选择的人就是一个精神富有的人。听多了别人的话，就会忘记自己的优势。生活是丰富多彩的，原则是刻板僵化的。

选择，要考虑思维价值，即在选择的标准与自身能力上应尽可能相匹配。人生一世，是不可能总往高处走的，不可能总是守在一个高标准上。遭遇沉浮起落、坎坎坷坷、挫折失误，走下坡路的时候是很多的，而我们又不能不走。

人的一生要面对许多抉择，面对许多十字路口，选择永远是人生的重要内容。今天的选择，决定了明天的结果。因此，在面临重大选择时，要善于思考，做出最优化抉择。我们应从模糊中找到数据，从探索中找到规律。

人一生中最重要的事就是选择职业，而安排择业的却是机遇。选择什么，就必须承担什么。选择的机会和难度都与日俱增。在充满各种选择的时代，让自己的心有一点定力。有定力之后，选择就多了一些从容和淡定。

播下不同的种子，就会收获不同的希望。牢牢抓住自己的优势，做最好的自己，始终如一，就会实现自己的目标。我们实在不该抱怨命运，也不要感叹命运的不公，命运的天平就掌握在自己手中。

人与人的差异，除了社会这个大环境和家庭背景等之外，很大程度上取决于选择。没有好的选择，即使有很好的发展潜质，也会被无形消耗掉——包括思维潜质、物质潜质和身体潜质。

选择做正确的事，比千方百计把事情做正确重要得多。要找到自己的位置和方向，发现自己的优势和趣味，尊重自己的天分和选择，而不是找到一个可以模仿的偶像。其实，每个人都是自己心中的佛。

人的一生难免有许多选择，仅凭片面现象而轻率做出判断，所做的选择大多是错误的。

不要悖逆自身的优势去做难以完成的事，现实中面临此类失策之举者大有人在。即使工作环境一时与自身优势有所不合，亦可积蓄潜力，力求于本职中创出一个发挥自身优势的微环境来。

做事不注意分辨轻重缓急，致使才力自贬，弄得焦头烂额、狼狈不堪，这是智慧潜能的无效耗损，是创造力的巨大浪费。

正确的道路未必就要勇往直前或一意孤行，绕个道走下去或许是大智慧、大境界，甚至比原来的直道更便捷。

选择一条正确的、适合自己的道路，不懈地努力追求，最终会让一个人变得伟大。很多时候，我们所恪守的原本就有无数种可能性，而我们却自以为是地将其视为唯一的坚守，或自视为是正义的化身、真理的代表，全然忘了世界上原本就有无穷多的选择性。

生命中的许多重大抉择，往往就在那一闪念间做出，也往往就在那一闪念间出现。世间的许多重大成败，都与那一点点的对或错密切相关。

做任何一件事，都会有多种选择，要发挥想象力，不断地超越自我。不少人总认为自己是对的，比较偏执，牢骚满腹，夜郎自大，不知反省，他们固守着自己的想法，而不去寻找最好的路径。

独自做出选择，是理智的行为，每个人都应该顺从自己的本性去做事，不必模仿、羡慕或是嫉恨别人。

选择是一个复杂的过程，把握好自己的人生方向，做出充分挖掘潜能的选择，才是明智的选择。

其实人的命运就是一系列选择的结果。做正确的选择，就是无愧于社会、无愧于人生的选择。从思维运筹的经济性而言，选择比努力更重要。一个智慧的选择胜过成千上万个盲目的打拼。

做一项工作，仅仅是因为喜欢，而不在乎它能否带来利益，这项工作就是你的事业。最理想的人生是，事业和职业一致，做喜欢的事并能靠其谋生。

人生选择无处不在。既然无法拥有一切，那就学会有所取舍；如果太过贪婪，也许最后只能一无所有。重要的是，在最终答案到来之前，你是否能耐得住性子，能否等到光明的来临。

有人选择逃避，有人选择坚守，有人选择欢愉，有人选择痛苦，有人选择容易的事情，有人选择挑战自己……选择是一个人一生中最大的难题。

五、机遇与风险

机遇就是能够给人们以实现夙愿的有利机会。其含义极其广泛，既指人在社会生活中巧逢的良机，又指在政治、经济、军事、司法等实践中出现的新情况、新机会给人们带来的转机，还指在科学实践中导致科学发现的意外事件。

机遇总是赐予有信心、有恒心的人。机遇以它稍纵即逝的美诱惑着我们，倘若人生没有机遇，就太平淡无奇了。我们一旦与机遇邂逅，并抓住了机遇，人生的轨迹就会被改写。

从概率上看，一切机会趋向均等。古往今来，许多成功人士并不注重机会在哪一刻来临，而是抓紧所有的时间，不让任何机会溜走，尽量利用机会，让生命的力量发挥到极致，从而在最适合自己的位置上，牢牢地站直了身子。

机遇常常是偶然和稍纵即逝的，因此，机遇是一种稀缺资源。多数人只会等待机遇的到来，而不具备创造机遇的能力。

大多数人因灵感迟钝或忽视偶然因素对一生命运的重要性，而与机遇失之交臂。思想家们却能从某些偶然因素中发现某种现象的价值，从而为自己确立终生的探索目标。

靠本事与勤奋获得成功的机会，要比靠运气获得成功的机会多。一个人既不要拒绝机遇，也不要依赖机遇。机遇需要靠自己去寻找、把握，而不是等待贵人的恩赐和伯乐的提携。

生活中到处充满了机会。但它并不都是以夺目的光彩示人的。只有善于抓住机遇，并适度冒险的人，才会获得事业上的成功。有些人很聪明，对不利因素和风险看得太清楚，不敢冒一点险，结果聪明反被聪明误。实际上，如果能从风险的转化和准备上进行谋划，则风险并不可怕。

机遇是发展的资源，机遇往往只敲一次门，错失机遇就会将潜在的资源白白浪费掉。当数个机会在同一时段扎堆出现时，要善于选择，多个机会往往会因为我们的顾此失彼而幻化成泡影。

机遇往往以问题的形态出现在你的面前。害怕困难的人总是无缘与机遇照面的，这类人往往庸庸碌碌度过一生，以至于后悔不迭。

机遇往往隐蔽于荆棘的背后，埋伏于危机四伏的边缘，潜藏于重重困难之中。缺乏献身精神的人，往往无力接受机遇设置的、随机出现的种种严峻考验。

有的人虽然碰上了机遇，可是不具备驾驭机遇的本领，因此任何机遇和他都会擦肩而过。唯有那些练就了驾驭机遇的人，才会在机遇降临的瞬间，把握住机会，改变人生，实现平生的夙愿。

奋斗者易获得机遇，勇敢者易抓住机遇，而守株待兔的庸懦者，则终日在坐等机遇的到来。永不言败，会感动机遇之神；异想天开，有时机遇会不请自来。

机遇是事业的火种。捕捉它，充分利用它，就能使你的事业如日中天，势不可当。机遇需要捕捉，需要探索。对待机遇，有人徘徊不定，有人呆若木鸡，有人却慧眼独具，紧抓不放。

机遇在各个领域中都广泛存在，只要你发现了它，并能够驾驭它，它就会带给你不错的回报。机遇在成功中具有举足轻重的作用。

在瞬息万变的现代社会中，机遇无处不在，关键是能否把握它。有的人因为恰当地抓住了时机一跃而上，踏上了成功的天桥；有的人却因为一叶障目错失了眼前的机缘，一生碌碌而过。由此可见，抓住一个好的机遇完全可以扭转一个人的人生走向。

要创造机遇，就必须有坚实的根基。有时，真正的陷阱会伪装成机会，真正的机会却会伪装成陷阱。要想把握机遇，必须学会从陷阱边缘找到机遇。轻信的人容易上当，而多疑的人会丧失更多的机会，这两种都是不可取的。

大凡卓有成就者，既有个人的天赋聪明、勤奋好学，亦有机遇和环境的造就。在人生的每一次关键时刻，应该审慎地运用你的智慧，做最正确的判断，选择属于你的正确方向。对于不敢选择的人来说，机遇永远与他无缘。

只有留心才能发现机遇，如果没有敏感的触角，机会就会与你失之交臂。同时，唯有你的“原始积累”达到一定程度，到手的机遇才不会从手里溜掉。

敏锐型性格的人，善于观察先兆、预测未来，往往比一般人更具有发现机遇的犀利眼光。

机遇往往隐藏在不被人注意的事物之中，因此，要捉住它，就必须留意自己身边的一切，哪怕是一件极微小的事，也别错过它可能带给你的幸运。

很多问题给平庸的人带来的是麻烦和痛苦，而具有慧眼的人往往能发现机遇和契机。“意外”中蕴含机遇。生活当中常常有许多意外发生，只要细心观察，意外中也会呈现出某种机遇。

不要等待机遇出现，而是要创造机遇。对于懒惰者而言，即使是千载难逢的机遇，也毫无用处，而有心人却能从最平凡的事物中发掘出千载难逢的机遇。

多数人终其一生在等待机会自动送上门。然而，被动地等待，是浪费时间、错失良机的举动，无异于把自己的命运交付给不可知的偶然因素。

世界上最稀缺的是那些能够创造机遇的人。许多成就大事业的人，往往会积极主动争取机会，创造机会。善于创造机遇，并张开双臂迎来机会的人，最有希望成功。

人不仅要把握机会，更要创造机会。走向成功的人，绝不是一个逍遥自在、没有任何压力的观光客，而是一个积极投入的参与者。他们审时度势，见缝插针，以寻求有利自身发展的机会。

机遇是一种重要的社会资源。它到来时的条件往往十分苛刻，又相当稀缺难得。要想获得它，需要极大的“投入”，才会有“产出”。

所谓命运，无非就是发现和抓住机会的能力。不坐等机遇，而是主动地去寻找机遇、创造机遇，尝试种种方法捕捉机遇，直至成功。这是一种成功者的机遇观。伟大的成功和业绩，永远属于那些创造机会的人，而不是那些一味等待机会的人。

许多成功者，毕生坎坷。他们受到的考验、挑战、磨难大大多于一般人。然而，他们没有放弃机遇，没有错过机遇。他们能在机遇到来的时候或考验到来的时候，立即表现出他们的能力、品质、决断和意志。

每个人在发现、创造和把握机遇的过程中，都必须有敢于冒风险的精神。否则，机遇很可能与你失之交臂。

创造机会，发现机会，抓住机会，就可能乘势而起，跃上成功的巅峰。

无论你有多么好的天赋，多么惊人的才华，都必须脚踏实地、刻苦地学习和不懈地努力，这样你才有可能不断地获得通过自己的努力所创造出的一个个机会，并最终成就你的事业。

坚持从基础做起，在认定的方向下不断努力，就会把握住每一次机会；要尽力在同样的时间和生存条件下发现别人未能发现的机遇，从而改变整个人生。

风险是客观存在的，做任何事情都不可能一帆风顺，都有成功和失败的可能，只是风险大小不同罢了。要想成功，必须要敢冒风险。因为多一次冒险，就会使你的生命多一点亮丽。

越是巨大的风险，越是需要巨大的谨慎。冒险，无论是冲动的结果，抑或是悲壮的选择，都是一首值得珍藏和回味的诗。

冒险，可能正是一连串成功的开始。变革本身就意味着风险，需要有一批精神高扬、智能超凡，既具有勇猛的冒险精神，又不乏恢宏的历史意识的人们来支撑。

我们总喜欢过简单、没有风险的生活，而这往往是扼杀才能的一把利刃。独立开创一份事业肯定会有风险，但让自己的才能迁就平淡的生活也许才是最大的风险。

不是每个人都能遇到自己生命中的贵人，有此机遇的人，的确是一个幸运的人！

杰出的成就不是为少数人预先保留的，每个人都有机会。但只有通过多年大量勤奋的工作，才能取得巨大成功。不仅仅是努力工作，而且是做某种非常困难和艰苦的工作。

了解情况是机遇的前提，“无心插柳柳成荫”其实是一个假象，没有“有心栽花花不发”，绝无“无心插柳柳成荫”——世上没有天上掉馅饼的好事。

当机会降临到个体又抓住它时，它会依据个体所下的判断而决定其一生的道路。因此，无须等待机会的到来。只要你稍留神，自己也能制造出机会，然后果断地行动。否则，好不容易发展出来的机会也会溜走。

六、独具慧眼

信息社会，信息就是资源和财富。要学会广泛获取信息，利用最新的信息。信息的生命力在于流动，其价值同流动的速度成正比。流动速度越快，信息的价值就越高。

信息作为一种资源，为机遇的获得提供条件，而机遇的获得必须依赖信息。学会获取信息并能够准确地判断信息、运用信息，那么，机遇就会常在你的身旁驻足。

独具慧眼的人能够从表面喧嚣、纷乱或茫然的人生表象中开辟出通向某一目标的独特道路。很多时候，所谓的运气实际上是一个人独具慧眼的表现形式。重要的是，你能不能发现机会。有些小小的机会里，往往蕴藏着更大的机遇，忽视了小的机遇，也就自然要错过大的机遇。

在人生际遇中存在或衍生出种种难以预测的因素，这些因素的相互依存和排列的不同顺序，又相应带来其他诸种因素的交错，从而形成不同的结果，这些偶发性因素往往改变或决定了个体的命运，这就会使一部分确有才华的个体在诸如政策界定、内部规定（某些是特定的使一些个体失去公平竞争条件的人为障碍）、领导好恶、社会背景等一系列非自身可控因素的作用下与机遇失之交臂。因为它毕竟只是一种概率，具有或然性，是有时效的，过了这村就没这店了。

第二辑　境界决定了人生

人生要想有大境界、大智慧，就需要在静寂中思考，在孤独中历练。人的生命历程说到底是心理历程，即使携带一身臭皮囊行走于天地之间，也是神游于思想的宇宙之中。

一、人生不虚度

人生，只有在不断突围的过程中才能品尝到酸甜苦辣各种滋味。没有突围的人生是黯淡的人生，也是乏味的人生。人在生死之间的选择，的确最能够凸显一种文化的力量。

每个人都应拥有自己的思想，选择自己的道路，支配自己的时间，满足自己的爱好。没有自己思想的人，是可怜的奴隶。

有时，我们应该做了再说；有时，我们应该说了再做——但这应视具体情况而定，不应成为通用模式。

很多时候，冷静、从容、勇敢、机智，往往可以成为弱者战胜强者的有力武器；而怯懦、慌乱、偏听偏信、自作聪明，往往会令人失去自己的优势，导致惨痛的失败。

任何人所拥有的一切，与浩瀚无际的宇宙相比，都如同沧海一粟，实在是微不足道。从历史的长河来看，不管我们拥有什么、拥有多少、拥有多久，都只不过是拥有极其渺小的瞬间，无论何时何地，我们永远都应保持一颗谦卑的心。

有的人消费明天，透支未来，这类人是社会财富的耗损者。对他人创造的财富（劳动成果）进行疯狂地掠夺，他们终身就是一些只消耗不创造的人。其中某些嗜赌如命的人，在赌桌上输掉的不仅仅是金钱，还有整个人生。

一个人要想在事业上有所建树，就必须潜心学习，心无旁骛，矢志不渝。人生中有许多困难和失败，只能算是岁月之歌中的一串不协调的颤音。

扬长避短是一种智慧，它能让你成就智慧的人生。许多时候，盲目地前行会落入陷阱，而后退一步却柳暗花明。

决胜千里，必须理智、冷静地运筹帷幄。遇事要三思而后行，仓促、盲目，只能招致一些无谓的失败。把握命运的每一个契机，冷静而勇敢地去追逐成功，这是制胜的一个关键。

逝去的终究一去不复返。不管怎么说，一个生理和心理正常的人，在一生中的某个阶段，总得为社会创造价值。不要成为自己生命的负资产，更不要成为社会的包袱。

遇到困难时，与其等待和观望，不如勇敢地面对。生活是很公平的，大浪淘沙始得金。人生在世，应该为社会留下点什么，应该考虑如何书写自己灿烂的生命日记。

人生中有许多东西是不可再生的资源，失去了，是无法追回的。

庸人之所以平庸，就是因为他们心胸狭窄，目光短浅，安于现状。而那些觉得大海不够大、天空不够宽的人，才会走进成功的殿堂，才会为社会和人类做出巨大的贡献。

不应用局限的眼光看人，因为每个人都有无限的可能性。有些人过着最窘迫的生活，人生目标被生存的艰难所碾压，但他们有可能是真正创造财富的人。

许多人锱铢必较，收获的只是一地鸡毛。智慧的人生，应针对自己的聪明才智、优点特长进行一番资源优化配置，使你的人生资源发挥最大的效用，防止其耗散在鸡毛蒜皮的事情上。

只有让心先跑到终点，才能克服各种困难。有时候，善于把劣势转化为优势，就能出奇制胜地打造出亮丽人生的另一类风景。

一些人一受到挫折，就怨天尤人，愤世不公，从没想过磨砺一颗坚强的心。一个人连敢于面对困难和挫折的勇气都没有，成功就会绕着他走。

坚强，是构成性格最重要的基础之一。人生是由自己塑造的，人的行为是由思维支配的，每个人都应成为命运的主宰。

一代人有一代人的机遇，一代人有一代人的问题，一代人也有一代人的话题，每一代人都不必把自己遇到的问题强加于下一代人，也不必强迫子孙们按照自己这代人的生活路径走下去。

如果一个人一直待在太安全、太缺乏竞争的地方，其实是一件很危险的事，因为这会令他丧失独立创造自己生活的能力，导致没有任何进步。

有的人自我感觉是在天堂的时候，实际上很可能已身陷地狱中；某些人一辈子醉生梦死，是实实在在的“活死人”；当他们“好死不如赖活着”之时，正是别人为他的“赖活”度日如年生不如死之日！

大多数人只是处于一个自认为合理的状态，浑浑噩噩地过着自己的小日子。他们好像从来不会死亡，当临死的时候，又仿佛从来没有活过。

我们这个年龄段的人，天灾人祸都遇到了，有幸观看了人生的悲喜闹剧，人生的阅历想不丰富都不行。

很多看来不可能发生的事都是极有可能发生的，不相信奇迹的人永远创造不了奇迹。要相信奇迹，同时也要付出努力，因为努力才能创造奇迹。

二、人生价值

人生是有价的，但这种价值只有在生命结束时才会完整地体现。生命只是个成长过程，每个人都是用生命书写各自的历史。要想活得有价值，就要对自己的生命史负责，就要使生命对人类历史有所裨益，哪怕一点点。

人生的价值体现在行进的过程之中。大多数人都太平庸了，他们或是被迫平庸，或是自愿平庸，受不了独特所带来的痛苦的折磨。若想千载之后让人想起，那就只能凭借独具的个性和过人的才华了。

人生价值取决于许多因素，个人并不能完全左右。有时，急切地追寻不如耐心地等待，等待不是不做事，而是为了做更多的事。只有智慧的人才知道如何在等待中获取力量。

人生价值的实现，往往就在于寻找不同的差异。从某种意义上说，差异就是价值，差异创造奇迹，差异成就人生。

每个人都有自己独特的禀性和天赋，应该寻找实现人生价值的切入点，只要按照自己的禀赋发展自己，不断地超越心灵的绊马索，就不会忽略自己生命中的太阳，而湮没在他人的光辉里。

衡量人生价值大小的标准就是看他对社会贡献的大小。有知识不等于有贡献，只有把知识运用到社会实践中去，并做出一定的贡献，知识才能充分发挥创造价值的作用。因此，知识不能成为衡量人生价值的标准。

价值目标是一个人行为的最终目的，是人生目的在人生价值观方面的体现，它贯穿于个体生命的全部社会实践活动之中，成为个体的一切思想行为的动因。

决定个体自身核心价值的是自己的作为。一个人如果能够明白自己人生所求何在，不刻意追求生活的花哨和伪饰，实际上就成为人生的智者。

人生价值是和创造联系在一起的。知识、能力和德行就是人的内在价值。内在价值的外化，即为贡献，这时人生的内在价值就会转化为社会价值。

人生价值是由贡献衡量的。生命虽然有限，精神价值却可以无限延伸。许多美好的东西是无法用钱购买的，而我们却常常忽略了这些宝贵的东西。

人生不应打折，人生价值由自己实现。用勤奋与不懈的努力，跨越人生中一道道围墙，才能站在人生新的起点和高度。

不论境况如何，你都不会一无是处。只要拥有自身优势，它就会成为你生命的资本。

一个人从生命的诞生到离开人世，有几个时段是处于社会负资产状态。然而，每个个体的生命负资产状态是有长有短的。大部分人生命有效资产抵消负资产后，人生净资产是大于人生负债的；但有极少数人的人生价值是资不抵债的——从而抵销了大量的国民收入，消耗了巨额的社会财富。

某些人终身只消耗不创造，尽管四肢发达却头脑空空，不断消耗社会和他人创造的物质财富，沦为真正意义上的社会负担！

每个人都尽可能不要成为零资产，更不要成为负资产（当然，不可抗力造成的原因除外）。我们应该远离负效资产对情绪的污染和思维的浸润，并形成向社会的正效资产、优良资产致敬的社会风尚！

一定要找准自身真实的价值焦点所在。只做自己内心深处认可的事，这是基于一种价值观的判断。不要急于加入竞争，竞争难免会将自己放置在被动的对比之中，影响自我价值评定。竞争还会将自己纳入所谓主流价值体系，这也会影响个体的价值观念。

美好的人生需要智慧的引领，智慧的人生才可能是美丽的人生。

面对社会、面对人生、面对生活、面对困境，有的问题我们穷其一生也是解决不了的。

阅尽人生的浮华，回首发现，其实，低调也是一种高度。台上台下，你看得起自己，别人就会看得起你。掌声渐弱时，留下的怀念并不会随之而递减，甚至在岁月沉寂后更显光辉。

人生是自我价值不断实现的过程，需要一种前仆后继的执着。只要有了长长的期待，有了无穷无尽的好奇，有了无边无际的想象，我们的生活和生命才能显露出多姿多彩，并充满睿智和潇洒。

人生的价值并不是一元的，而是多元的。因此，不可强求一律如此，更不能用同一尺度去衡量所有的人。否则，这个标准极有可能会化为魔杖，驱使怀揣梦想的人前赴后继地奔向地狱，从而将美梦化为噩梦。

在人生跋涉的前行道路上，我们应拒绝雷同，拒绝模仿，不断创新，以凸显自己的特点，进而将特点打造成亮点。一个人的价值，不是表现在与别人相同的东西上，而是体现在与别人的差异上。

每个人都应防止价值虚空，不要滞留于人生绝望的境地。人生途中，常有佼佼者陷入困境或被逼向绝望的事，而心理坚强者价值无虚空。

人生是应该算总账的，即核算人生价值：有的人为社会做出了巨大贡献，其人生价值得到了充分的释放和展示；有的人向社会索取无度，为社会做出的贡献小，甚至危害社会，为社会提供的是负资产即消耗或吞噬社会财富，人生价值为零甚至是负的。

人生是需要算总账的：某些人的人生折旧后，人生净资产为零，甚至是负资产，那么消耗的必将是他人创造的财富。因此，每个人都要讲究生命的质量，要尽量增加生命的净资产，减少生命的负资产，这样才能促进社会财富总量的增加。

但世界上有伟大的呼风唤雨叱咤风云者，也有漫山遍野的小草和永不生锈的螺丝钉，它们都各有自己的生存价值和活着的快乐，因之，我们不应强求万事一律如此。

意义也就是价值。人生价值衡量是有多种尺度的，不可一概而论，不可以一种标准去度量所有人的追求，更不可只看到事物的一面而看不到另一面。

淡泊的人生注重自我价值的实现、心理需求的满意度，而不是通过与别人比较来证实，更不需要别人的肯定来满足。这样的淡定，才能抵达生命深处。尽管他们可能毫不起眼，但内心深处却可能蕴含着一种石破天惊的穿透力。

高调做事，但不做没有希望的事；低调做人，脚踏实地沿着心中的梦想不断前行，就没有什么困难不能克服，就没有什么样的目标不能实现！

一个聪明的人，不需要老是留在人生大舞台上等着最后的“喝彩”。因为不管生命多么短暂，活得光明磊落和体面总还是可以的。

人是复杂的，生活是复杂的，而善良的人比冷漠的人体会这些更细腻、敏感，甚至比事情本身更复杂。

人，总是处于对象的某种关系之中，无不以各自的角度切入生活，以各自的方式征战人生。一个人眼力的深浅决定了其思维方式和判断能力，然后，才会有不断的明智之举。

一个人只有在事业上有个支撑，他才可以延续自己的生命，才能抵达人生的本真。如果没有事业，只是一种单纯的享受，人生真是太浪费了。

三、人生真谛

人生真谛，是一门穷尽毕生精力也难以勘破个中缘由的大学问。不甘寂寞的人总是试图塑造自己辉煌的人生。然而，人们对人生的理解和感悟总是被局限在具体事情上，不可能在有限的时间里洞明人生的全部内涵。

人生这部大书，不是靠读专业书和获得博士学位就能掌握的。在我们人生的道路上，布设着一道道前进的障碍。然而，人生的底稿只能由我们自己书写，别人的改写与粘贴乃至下载都是无效的，也是徒劳的。

寻找借口的唯一好处，就是掩饰自己的过失，把应该自己承担的责任转嫁给社会或他人。许多人把宝贵的时间和精力放在了如何寻找一个合适的借口上，从而忘记了自己的职责和责任。

时间不会为我们停留。决定是一股无形的力量，在你人生的每一个时刻导引你的思想、行动和感受。

每个人都是世界的唯一，都有着各自独特的优秀，每个人都是一座金矿，都是一种稀缺资源。好好珍惜自己，不要妄自菲薄，把握人生发展方向和具体的发展目标。你努力的高度，就可能成为别人进步的平台。

人，永远在“物”之上。活出独特的自己，走属于自己应该走的路，尽情地展示自己的风采，勇敢地发出自己的声音，就会收获一份属于自己的欣喜。

每一人都是独立的个体，都会形成一种独具个性的观念、价值和情感标尺。人在观察外界事物时，就会用这个标尺衡量一切，判定是非，这是人的独立性的表现。这就是自我视角。培养自身的创新能力，必须增强主体意识，学会正确地审视自我。

只有在那些进退维谷的境遇中以全部生命的力量与命运做抗争的人，才格外难能可贵，才显现出一种真正强悍和超然的英雄本色。

在我们生命的里程中，常常受到大的、小的、内部的、外部的等等压力，对于这些压力要尽可能地去承受。在的确承受不了的时候，要学会弯曲一下，避其锋芒，不至于被压垮，从而为自己创造出生存和发展的环境。

水滴只有融入大海才不会干涸，职业只有成为事业才能凝结成永恒，有限的生命只有奉献给事业才能转化为无限。

人一旦被贴上某种标签，就会按照标签所标定的样子去塑造自己。在人生的道路上，应该为自己的理想贴上光明的标签。

别人不可能赞同你所说、所想和所做的每一件事。不必生气，继续坚定地走下去，我们一定会发现自己永恒的价值。

对于一样东西，如果你过分地期盼，过分地重视，它往往会让你空耗生命，执着于聪明就是愚蠢，世界是变化的，人也应随之而变。

重复过去就没有将来，也永远无法窥探到人生的另一番境界，无法体会人生的精彩和有趣。

浅尝辄止，蜻蜓点水，缺乏深思的人，没有资格谈人生。

凡事须从大局着眼，为整体利益而暂时放弃一些局部利益。在事业上，人生的困难时期，若只知进，不知退；只知得，不知舍，试图处处得利，必会处处被动，整体失利，最终受其大害。

许多本可以干一番大事业的人却过着平庸的生活，令人惋惜。我们应该珍惜现在的时光，把时光耗在任何拆台的行为上也就意味着失败。

不要走别人的路。一旦看准了时机，就要果断抉择，毅然上路。走自己的路，但不是盲目地走，而是要走深思熟虑之后确定下来的路。这样，即使遇到困难，也不会随意地改变方向。只要坚持走下去，就可能成功。行走在人生路上意味着不断地学习、不知疲倦地苦干，意味着思考和探索。

改变思想便能改变人生。价值是多样的，奋斗方向是多姿多彩的，道路是各有千秋的，成就是不拘一格的，有意义有价值的人生是多种多样的。

许多人都想在人生舞台上一展宏图，然而，只有摆脱传统束缚，不断超越自我的人，才能开创自己的事业。只拥有有形资产，而缺乏无形的智慧，就好比一潭死水，难以掀起波澜。

一个真正能够主宰自己命运的人任何时候都自信，即使自己在某些方面的确不如人，也会扬长避短、顽强拼搏，经过努力而超越他人。

某些人生的感悟，必须用时间来铺垫；某些理性的琼浆，必须用逆境来酿制；某些感性的华章，必须用灵感来连缀。

人，不管站在多么低的地方，只要能坚持一步步走下去，就一定能够找到属于自己人生的一个制高点。

一定要有自己的定力，要略去许多不需要的追逐。从而将自己置于最恰当的位置，全力以赴，就能把创造力不断提升到新的水平。

各式各样的物质诱惑、各式各样的精神窗口，牵牵缠缠，使人难以保持理性的安宁和内心的平衡，难免心中郁积。如若疏导不利或任其占领灵魂的高地，久而久之，常能导致“文明”的病态和时髦的“症状”，以至于干扰了人生大目标。

患“精神软骨症”的人，虽身体优美健壮，灵魂却缺乏新鲜的活力和奋进的魄力。他们在世俗的挑战面前不敢迎击，在困难和逆境中不敢迎难而上；在物质上过多地依赖于社会和亲友的照顾，在精神生活中过多地听任他人的摆布。这样的人，大多会成为社会财富的消耗者而不是创造者。

顺境时，不要沾沾自喜，下一步就有可能是陷阱；逆境时，也不要自暴自弃、怨天尤人，要静下心来想一想。因为很多时候，失去也是一种获得。

思维如水，无孔不入；遥望苍穹，浮想联翩。人生其实就是圆梦的过程。每个人都应该成为自己人生和灵魂的主人，而不要成为金钱和荣誉的奴隶。

有些事情不能太刻意，而要轻松以对。生活中的排序不要太在意：有时自愿排在最后，不是退缩，不是胆怯，而是一种从容的智慧。

强化人生的大智慧，远离锱铢必较的小聪明。许多未竟之业往往毁于咋咋呼呼、快嘴快舌——其实，低调才是一种真正的高度。

人生不可能是一帆风顺的，也不可能全部是荆棘铺成的小路。许多人生的真谛，我们不明白，或在忙忙碌碌中被忽视，一旦感悟，生命已过去了大半辈子。

生命是过程，是不断的追寻，活着就会经历很多困苦，没有必要太在乎别人的评论而改变自我。

有的人在废话的海洋里载浮载沉数十年，是一类自认为“永远正确”的人说着自以为“永远正确”的废话。他们似乎从不犯错——当然，他们一生也从来没有开拓和创新的体验，一辈子都在风平浪静四平八稳中闲庭信步。

在人生之路上，总会有特立独行的思考，总会有刻骨铭心的体验，总会发现前所未有的景象，总会升华人生的机缘，使生命获得惊世骇俗的巨变。

世界上过着简朴生活的人很多，但是，要找到一个自觉地过着简朴生活的人却是困难的。

作为一个年轻人，只要是呼应心中的追求、好奇，多少有点危险其实是好事。因为，在一个大动荡、大变革的世界，一直待在太安全、太缺乏竞争的地方，其实是一件最危险的事，它会使你丧失独立创造生活的能力，因而没有任何进步。

人生总是充满了无数个偶然，说不准一次偶然的意外，从此命丧黄泉阴阳两隔；说不准某一次偶然的邂逅，在经意和不经意之间就会改变了自己或者他人的命运。有时候，高人或贵人的一句话，顶过你半辈子的努力。此时，就要恭喜你了——你遇上伯乐了！

光明与黑暗，生存与死亡，往往就在一瞬间。

人生走到暮年，总有些宿命的酸涩。那些跟随个体一生的、一不留意就会让人吓一跳的经历，往往出现在暮年的回首中。

茫茫世界，风云变幻。山有峰顶，海有彼岸。漫漫长途，终有回转。

人生就是一次没有回头路的旅游，很多时候，我们只是埋头匆匆往前赶，没有学会欣赏沿途的风景。暂停一下，你会看到许多美景就在身边，路边美丽的蝴蝶翩翩飞舞。

没有传奇的人生是干巴巴的，没有创新的人生是平庸的。

越是与急流拼搏，遇到的阻力就越大。生命是激流，只有先认识到自己的弱小，才能“向死而生”，勇敢地面对恐惧，面对死亡。

人生一个“熬”字。人只要活着，就没有什么事熬不过去。

人生的长短，因人而异。对于大部分人而言，人生太长，因为他们没什么事要做；对于另一些人，一生又太短了，他们有太多事情想做。可是飘飘忽忽，一生就这样过去了。

人生的很多悲剧是令人扼腕叹息的——特立独行的思想者生前通常都不被人（包括亲人）所理解，死后他们的种种品行和善举才突然被世人所发现、所理解，只是为时已晚，只留下无尽的惆怅与喟叹。

尽管我们无法突破死亡的包围，终归走向永寂，但生命依然值得珍惜，也依然憧憬美妙的天籁之音。

人生是一门投入的学问，也是一门高超的艺术，是需要超脱精神的。唯此，一个人才能对事对物对人对己看得透，想得开，识得破，才能走出灰色情绪的沼泽地，才能排遣苦闷、忧伤和孤寂。

人生的每一条路都是悲喜交集的，不需要过早判断自己的天分与价值。事实上，任何目标都是人为的，并不是所有的目标都适合你，只有选择最适合自己的目标，才能真正把握自己的命运。

人生只不过是每个人临时的寄身之处，银河才是所有人灵魂的永久栖息之地。年轻时，一路走来的磕磕绊绊，如今都化为了滋养精神硕果的丰富养料或思维的“有机肥”。因此，压力是思想领域的“原生态”，具有“绿色”效应的环保作用。

人生，真是一个解不开的谜。人们都在拼命地追求各种各样的理想与目标。然而，命运总是在跟你开玩笑——多少年过后，再回头来瞧瞧，才发现，只不过是在原地转了一个圈。可是，此时的人们，早已是韶华尽失夕阳西斜，这就是人的一生！

人生的大门是没有钥匙的，在命运的关键时刻，人最需要的不是墨守成规的钥匙，而是一块砸碎障碍的石头！

人这一生，再长的路，一步步也能走完；再短的路，不迈开双脚也无法到达。生命有限，千万不要将时间虚掷，把精力投错地方。只要承担起自己的责任，即使结局不完美，过程也没有遗憾了。

尝试的真谛，往往是苦涩的。尝试，是增加一份经历，是多一种体验。害怕尝试、害怕犯错，就永远与成功无缘。人生处在不断“试错”的过程之中，只有在错误中才能真正看清自己。认真“纠错”，是让自己进步的重要原因之一。

生和死是生命的全部过程。拥有简单心境的人，会轻轻松松地享受人生。飞扬只是人生的一瞬，就像绽放的美丽烟花，璀璨过后，一切都归于沉寂。一切的浮名和荣华富贵不过是身外之物，我们又何必去苦苦奢求？

态度决定一切。生活中很多问题是无解的。做任何事情不要在意结果如何，只要我们付出了自己应有的努力，人生就少了很多的遗憾，就不会后悔。

见识要靠自己艰苦细致的思考才能够产生。有些事情，我们是无所依靠的，必须自己独自去担当，去面对，去完成，是别人无法代替的。

一个人一时不得志，不必气馁，大器晚成的人有的是。只要不自甘平庸，奋力向前，成功只是早晚的事。

人生的每一种经历都是一笔财富，就看你如何体会，如何理解。面对一切挫折、阻碍、绊脚石，我们该做的是承受、跨越，在承受和跨越中慢慢感悟人生。

人生就是充满缺陷的旅程。没有缺陷，就意味着圆满，就会故步自封，就意味着没有希望，没有追求，便意味着停滞。

人生的最高境界是淡泊宁静。淡泊名利，不是拒绝名利，而是对名利要顺其自然，不刻意去追求。追求一种自然、淡然的恬静生活，自由自在地诗意栖居在大地上，人生就是潇洒的。

人生的境界，不在于跟随，而在于自我探究。社会模式无法消除人与人的一切差异，也不可能抹掉一切差异。无法改变人生命运时，就改变人生观吧。

人生最大的满足来自对目标的追求。要赢得别人的尊重，首先要尊重自己；没有人会对自甘堕落者寄予同情。自尊者才自爱，自爱者才自信，自信者才成功。

执着是一种美丽。历经千辛万苦获得的成功更值得珍惜，苦尽甘来的喜悦更值得细细品味。有的人一生尽管充满曲折坎坷，甚至要穿越黑暗的峡谷，但仍然闪耀炫目的光彩；而有的人一生浑浑噩噩，恍如梦中，没有给自己或他人留下任何值得回味的东西。

在人生道路上，唯有摆脱心灵的污染，才有可能避免误入歧途。某些简单的事情不要人为复杂化，大可不必费九牛二虎之力去伤透脑筋。有的时候人们走了太多辛苦的路，却根本没有意识到有些路原本就不必走。

这个世界上，某些人自高自大、自以为是、自寻烦恼、自找别扭、制造错误、纠正错误。对这类人而言，停止就是前进，反思就是进步，沉默就是睿智，少说就是良知。

人生是临时的。芸芸众生中的一个普通人，无论你是引以为骄傲的，还是感到悲哀的，对于这个世界来说，都是似有似无的。人生就是一次放飞，生命之后才是永恒。一个生命从诞生到消亡，一切归零。只有在一切归零之后，才会有新的开始。

人生中所有的东西都是丰富的，人生中所有的段落都是不可忽略的，每一种状况都是变化无穷的。人的一生像攀登一座山，一直向上攀，就会不断地增加自己的高度。因此，人生的高度取决于攀登。

没有人生的跌宕起伏，没有事业的大起大落，没有挑战和成就感，这种生活即便可能，也不是人们向往的生存状态，那将是一个极度单调、乏味透顶的人生。

带不走的是财富，留下来的是名声。人生没有剧本，没有彩排，不能重来。关键是让每一个当下都呈现出最好的状态，承担此刻的责任，那么结局即使不能完美，过程也没有遗憾了。

人的一生，常常行色匆匆，刻意追赶着一个又一个奋斗目标。很多时候，为了事业的成功，我们只能用生命作为代价，透支健康与年华。事业是干出来的，不是油腔滑调唾沫横飞炮制出来的。

人的一生，不可能事事如意，样样顺心，生活的路上总有许多的沟沟坎坎。奋斗和付出，也许没有预期的回报：理想和目标，也许永远难以实现。生活不会因我们的不愉快而改变轨迹，更不会回头重新来过。

人生最缺少的是时间，是经验，是学问，更是一种比较纯净的心情。人生是分阶段的，每个阶段都应该完成每个阶段的目标或主题，某些阶段是不能省略的。有时候，追求越急迫，离真正的境界反而越远。

在人生的道路当中，要不断完善自己，也要勇于将人生归零。从零开始，保持一种勇往直前、拼搏向上的精神，只要有足够强大的内驱力，什么都不懂的人也能借力飞翔，顺势成功。

人生苦短，不要把想做的事拖到明天，不要痴等万事俱备才做想做的事。人生永远是在不停地变动着的——立刻开始吧！如果能审时度势、扬长避短、把握时机，那么放弃既是一种理性的表现，也不失为一种豁达之举。

人生苦短，百年一瞬，不要把生命和精力以及有限的时间放在最不应该有的行为上。人总喜欢给自己加上负荷，执着于名与利，执着于充满空想的追求。直到时光逝去，才惊叹人生的无为与空虚。

人生是一种自我经营过程。在关键时刻，要有勇气、认真和耐心，道路选准了，奋斗才会有应有的回报。一个人人生价值的体现，不在于高低贵贱，而在于为社会创造的价值和做出的贡献。

人生的许多无常和悲哀，都需自己独自承受。在特定的时期，活下去并不比死更轻松。许多人曾在心灵深处颤动着命运不可违拗的悲叹，对人生归宿的结局，产生无可奈何、无以言状的感受。

人生的不同经历，往往会导致不同的结局。志向一经确定，就不应沉湎于幻想，而是投入到实践中去，去面对一系列的挑战和沉重的劳务。这样才会离目标越来越近。

人生的价值是由自己决定的。人生如爬山，苦难便是通向山巅的崎岖小路。不曾经历苦难，就只能在山脚下徘徊，永远无法领略群峰叠翠的无限风光。

人生总要有一些必须要吃的苦，总会有一些必须要走的弯路。想实现理想，必须要有咬紧牙关的付出。在慌乱中寻找人生出路，倒不如静下心来，让心境清明，使浮动的心灵沉淀下来，答案或许就呼之欲出。

生活中充满了太多的欲望，如果什么都想拥有，便会导致心浮气躁心灵堵塞。人的精力是有限的，适时放弃，勇于放弃，善于放弃的人，才能使自己的生命轻装上阵，勇往直前。

人生处处有尴尬。常常在小河里翻船，在不经意间失误，在临近终点时被绊倒，甚至是在不起眼儿的事上被人中伤，在最想不到的时候栽倒。这一刻成了人生中真正的危险。

生命本身就是由一个个欲望组成的。然而，有求必苦。唯有减少欲望才能够活得快乐自在。

每个人都得经历一些苦难，无论多大年纪，不成熟的人面对苦难会表现得特别痛苦或怨天尤人，因为他们不了解生活中的种种苦难，诸如生、老、病、死或其他不幸，其实都是人生的必经阶段。

人在生死之间徘徊与前行，无论道路多么崎岖坎坷、艰难险阻，还是多么一帆风顺、春风得意，最终都会化为一条生命的直线。从此世界和我们分道扬镳，只剩下一片与己无关的广袤的星空。

人生苦短，来去匆匆，既是享受，也是磨难。苦难是生活的一部分，没有人可以逃避得了。然而，人生即使断了一根弦，也要用其他的弦奏响成功，让生命焕发绚丽的光彩。

人生最大的缺憾是生命太短暂了，太珍贵了；人生，意味着奇遇、巧合还有不寻常的机缘，以及意外的收获。总之，意味着种种打破生活常规的偶然性和可能性。

人生需要心灵支点，给心灵一个完美的支点，它就足以把人生撬起到成功的高度；没有心灵支点，即便你的人生是黄金铸就的杠杆，也很难把自己撬出失败的泥潭。心灵有了坚实的支点，人生就会升华到一个崭新的高度。

要有一种不断前进的积极的精神状态，人生之路上，想轻松上阵是什么也得不到的。抓紧把那些心中急于要做的事完成，不要寄希望于下次、以后、将来……不要满足于现状，而是追求心中的梦想与夙愿。

人生就是圆梦的过程，因此，要有自己的思维价值观。在追求希望的过程中，即使“死在路上”也没有什么遗憾的。

人生在世，纵有百岁之年，与时空的无边无垠相比，不过是“微尘”与“刹那”而已，与其让那些身外之物、无聊之事控制自己而虚度一生，不如把握人生的真实，活得自由自在。

人生路上要经历许多无形障碍和考验，切忌喧哗，切忌浮躁，把每一项工作做好，万不可华而不实地空喊口号。

人的一生中，难免会有几件你不想做却又不得不做的事，在你不够主动的时候，外力是一种最可行最有效的作用力。然而，同样一件事，只有高兴地去做，才能保证做好它。

太复杂的工作，必须有鲜明的内核来凝聚。诗化的环境，儒雅的气质，有利于连缀灵感的每个环节，从而形成思维的逻辑链。

事物是错综复杂的，优与劣、长与短，往往是共生并存的。没有一劳永逸的战略，战略转折是避免组织由盛而衰的关键环节。

谋大事者都有见微知著的本领，细节是成就丰功伟绩的必由之路，珍惜你所拥有的，你就什么都不缺。

人生有时就应吃苦，以苦为药。人生之苦，有利于激活自身的潜能，使自己变得坚强和优秀起来。而害怕吃苦的人则大多一事无成。

人生在世，经常被各种压力推挤着，碾压着。然而，从容的人生才有滋味，把迷失、浮躁的心回归简单和自然状态，就不会为了攀比而与自己过不去。因此，如何化压力为动力，如何保持明朗健康的心，就需要弹性来化解了。

人生是宏观世界，情感是微观世界。人生是波浪起伏的海面，情感是大海的深蕴。没有情感的智慧，犹如没有香味的花朵。

人生没有重来的机会，所以只好走一步看两步，唯此，才是懂得经营人生的智慧之举。尤其是人生关节点的选择，不同的抉择，会把人生的未来指向不同的方向。

人生，应给自己留一点自由舒展的空间。我们常被生活的浮华表象所迷惑，殊不知即使是享受，其背后也可能隐藏着深层次的苦难和失望。给自己留一点空白，它以静滋养着动，以无提携着有，它给人的精气神充电。

人生的挑战在于未知、不确定和不可预知。人生本来暗藏玄机无限，许多时候，马不停蹄、绵延不绝可能是一种愚蠢；而时断时续也许是一种智慧。一切的一切，对于终将要回归泥土的每个个体而言，永远只是一件件各式各样的外套。

人生博弈说到底就是思想或思维方式的博弈。因此，一味盲干是不会有什么前途的。自己的路终须自己走，很多人却意识不到，常常重复着老一辈人的人生，用家长的权威压制自己的孩子，一代一代往复循环。

人生舞台的角色虽有嬗变，但在实现理想价值的途中，每个个体应追求的是一种超凡脱俗的生命质量。

某些时候是偶然决定一切，一件小事就足以影响个体的一生。然而，对于每个有幸来到人世间的人而言，这又算得了什么！有幸来到人世间观赏无穷的美景就是最大的幸福。

谈人生是需要阅历作为资本的。人生是一个奇妙的旅程，它只能前行，不能返程。在人生旅途上，用平淡的心看开一些，少一份圆滑世故，便多一份清纯典雅；少一份对功名利禄的执着，便多一份坦然自在。

漂泊是人类与生俱来的宿命。人的一生，就是一个不停漂泊的过程，不断地跋涉、追觅，永远处于漂泊的姿态之中。人类在漂泊中不断地寻找心灵的港湾。

人生其实就是一些篇章，需要我们一个字一个字地认真读出来，读出全部的真诚与执着。人生的要义在刹那间显现真颜，生命的感情变得真实可触。

人的一生是不可能一成不变的。人来到这个世界，就是为了体验惊喜与激情，没有退缩，没有灰心。只要想得到，就能做得到，只要去行动，一切皆有可能。

理想赋予人生的意义，理想使生命具有永恒的价值。人类绝不仅仅作为一种生物而存活，人生是一些莫测的变幻，也是一股不息的奔流。

人生不过是无穷时间的一个瞬间或片段而已。人生起跑线只具有相对的意义。起点与终点是变动不居的，是相对的。因此，人生到处都是起点，完全没有必要挤独木桥，一个人的成才更用不着步他人的后尘，也不存在所谓的模式化的人生成功的起跑点。

人生的每一刻（点）都是处在起跑线上，各个“点”的连接便构成了人生的征程——过程是成功的链接。人生到处都是起跑点，因为，随时随地都可以当作是一个开端。

不同的人生有不同的追求目标，不同的目标会改变不同的人生。在人的一生中，取得最佳成就可能只有一次。如果目标客观而又现实，就会感到轻松愉快，就会富有创造性，工作效率就高，因而更会充满自信。

人生就是艺术作品，每个人都是艺术家。平庸与精彩之间往往只隔一步，坚守独特就会精彩，扔掉独特就是平庸。人生最佳的状态就是直面人世沧桑。当一个人悟出“沧桑”二字的真实含义时，心灵的果实就有了成熟的韵味。

人的一生，就是一个不断突围的过程。只有在不断突围的过程中才能呈现出它的灿烂与美丽，也只有在不断突围的过程中才能品尝到酸甜苦辣的滋味。没有突围的人生是黯淡的人生，没有突围的人生也是乏味的人生。

人生没有永恒的驿站，只能走走停停，每走一步，都是一种选择。每个人都有各自的选择，无论个体的最终选择结果如何，终将被自己的选择导引着去推开社会上那一扇属于自己的门。

人生在世，面对的是一座座高峰，观望永远是一种停滞，攀登就是一种前进。精神充实的人，不会仰人鼻息、乞官求荣，而是靠自身的能量发电，照亮行走的夜路。

“漫漫人生多问号，青山处处留疑叹。”事物是相对的，标准是游移的，绝对并不存在，真理亦非简明。人生的全部知识，主要不是来自学校教育，而是来自进入社会以后的自我学习。

人生是临时的，生命之后才是永恒。人生的谢幕，是不以人的意志为转移的。尽管道德高尚或者精神萎靡都不会影响人生谢幕的实际进程，却会影响个体生命的质量。

人生既是留白的艺术，又是留白的智慧。人生大罪过，就在于懒惰。生活应避免走退步，沿着圈子走路的人，永远也找不到出口。

人生的许多境界，不在于跟随，而在于自我探究。生命是一个有限的载体，不要让它承载太多与生命意义无关的东西。

人生其实很痛苦，很多问题不能解决。很多时候，人们兜了一个圈，却又回到了原地。人生是不能被预设的——很多时候，一个偶然因素的出现，将会改变和打乱一个人一生的走向；人生不能被预设，还由于诸多的约束条件，很多时候我们只能选择默默地承受。

人生无常，世事难料，不为艰难困苦而却步，不为鲜花掌声而迷失。虚度人生的人，已经沦为时间的奴隶，只有听从命运的嘲弄了。面对人生我们没有任何借口，每一天都是一个新的开始。

人生之幸福莫过于崇尚简单并身体力行。简单的生活不但可以少给别人添负担，而且还可以使自己的心轻松下来。然而，现实中大多数人，自觉不自觉地成了物欲的奴隶。在拜物主义的大潮中，变成了忽视灵魂，忽视精神和道德，只顾吞噬物质的机器。

人生的路，时而在荆棘丛中穿行，时而在波谷浪尖上出没，时而在悬崖峭壁上延伸。艰难，成就了强者之路的雄奇壮丽；险阻，铸就了强者之路的伟岸辉煌。

人生没有自己的追求，是莫大的悲哀。然而，一辈子走着别人的老路，却是更大的悲哀。做人最悲哀的是找不到真正的目标。

人生是个不断学习的过程。然而，不确定学习的边界，漫无目的地学习，一生就会白白耗散，而无法做出大事业、大成就。因此，学习的目的性、边界性、领域性、方向性是十分重要的。

人生在世，常常面对的不是别人，而是自己。许多时候，战胜了自己的心魔，才会把握自己，把握一切。能够独立自主地面对和处理自己的事情，坚持自己的态度，不被别人影响甚至控制，是很不易的，这也是一种力量。

人生有精彩也有无奈——每个人都是自己生命的舞者与灵魂的歌者！

人生最缺少的是时间，是经验，是学问，更是一种比较纯净的心情；人生最多余的是恶性竞争，是瞎折腾，是浪费宝贵光阴，是强人所难，是蛮不讲理。

教育并不仅仅在学校，社会本身就是一所大学，并且包罗万象。生活和工作实践中都可触碰到许多新问题，通过精挑细选、深思熟虑、综合整理、上升到理性的高度，使之体系化，便是自己的东西了。

智慧的人生往往需要去掉那些多余的、超载的或没用的东西。个体感官的享受挤压着身心，因此，必须时时为得到的愉悦付出代价。

人生的痛苦层出不穷，痛苦分为生理的和精神的。有的人伤在肉体上，有的人伤在心灵上，心灵的创伤往往愈加痛苦，比肉体的创伤更难治疗。

美好的东西是短暂的。如果被挤到狭窄的生存领域，只要有宽阔的心灵空间在，人就不会感到绝望。

让我们珍惜人生吧，远离病态的时尚，把自己谱写成一首优美的旋律——在天空中飞翔，那么，又何须羡慕他人呢?

如果处于人生的黑夜，也别忘了给自己一缕光——一缕希望的光，一缕自信的光，一缕面对生活微笑的光……永远不要看别人的脸色活着，才能获得心灵的重生和事业的腾飞。

在人生事业攀爬的过程中，越是单纯专一的人，越容易在某一方面取得成功；而那些想法很多，在许多方面都行，都一试身手的人，则往往终其一生不会有大的建树。

人生沉浮不定，到处都是十字路口，未来的风景隐在迷雾中。人生路上，有坎坷的山路，也有阴晦的沼泽，深一脚浅一脚，只要一路前行，就能在磕磕碰碰中找到通往成功与幸福的捷径。

人生遇到的障碍各种各样，如何绕过它们就需要想象力，有的时候，非要绞尽脑汁才能奏效。模仿人家的做法，是浅层次的；吸纳榜样的灵魂精髓，才是高层次的。

每个人都是社会大舞台上的一个角色，都扮演着自己的角色，释放自身的能量，都有其无可替代的价值和作用。人生其实就是一个实现自身价值的过程。

人生是一部大书。目光决定不了位置，但位置却因目光而不同。学识修养的不足使一般人难以与思维超前者进行对话，价值取向的不同使人们分道扬镳——人总是有所追求的，也总是要有点精神的。

人生很多时候，都站在十字路口。人生的许多关头，不在于抗风雨，而在于补漏洞。危机，其实体现在两方面：一个是危险，另一个就是机会。

人生在世，虽然苦短，但一步步走下去却十分漫长。在人生的征途中要不停地汲取，吐故纳新，永不自满、永不懈怠、永不停步。

人的一生无一例外都是由一个个曲折零碎的生活片段组成，而美好的事物就是生活中的一个个亮点。美因其短暂而成为永恒。

人生难活一份“静”，谁守住了心中的那份宁静，谁就处世坦然；人生有些错误是无法纠正的，此时必须付出代价，这个代价就是放弃，我们要有壮士断腕的决心。

人生短短几十年，总有一天连生命都得消逝，还有什么看不开的呢？民有民的乐，官有官的忧；穷有穷的喜，富有富的悲。皆随个人与环境的不同而变化，没有必要处心积虑地去追求不属于自己的东西。

人生在世，想要图舒坦，对身体不见得有好处；对健康真有好处，就不会太舒坦。事情往往就是这样。

人生经历是无法复制的，刻骨铭心的体验，如若要当事人经历第二遍，估计绝大多数人都很难过心理关了，那将会成为无法承受之重。

人的一生，是开始，也是结束；是句号，也是逗号。

一个人一生中遇到孤立无援背水一战的境地，咬牙挺了过来，那么对一生而言，就是一笔巨大的精神财富，这种境遇中产生的感悟或灵思，胜过精神教父十麻袋的说教。

在别人的标准和眼光之中活着，是一种痛苦，更是一种悲哀。人生本来就很短暂，真正属于自己的快乐并不多，应该为自己完完全全、真真实实地活一次。

每个人本质上都是他自己，与身份和光环没有关系。人的本领是由实力决定的，不是靠作秀取得的；许多人在得到地位或桂冠的同时，也把枷锁套在了自己的脖子上。正如冰心所说，冠冕是暂时的光辉，是永久的束缚。

人的一生面临许多关系，许多事情都是难以预料的。不管是名分地位还是财富，都不是自己所能完全决定的。

人一旦被贴上某种标签，就会按照标签所标示的去塑造自己。在人生的道路上，应该为自己的理想贴上光明的标签，因为只需给心灵洒一点光，就会照亮前行的道路。

从卑微到伟大只有两个字：奋斗！没有人生来就站在社会的巅峰。站在社会和生活巅峰的人，都是一步步从山脚走上去的。

物质的贫穷并不可怕，可怕的是心灵之园的荒芜，人生的艰辛有利于个人的成长和发展。缺少了信念和精神的支撑，人生大厦很容易坍塌。面对世俗，不随波逐流；面对权贵，坚守自己的高洁，这是勇敢，也是骨气。

力量只要与快乐同在，就会充满希望，绝望会使积极的力量丧失掉。一个人应该努力让生活变得更加美好，否则，就会荒废一生。

一个人只要努力，就可以预见未来的路。所以，真正值得关心的是现在。人的一生一定要努力避开一种人，即那种时常泼你冷水的人。

不论你的生存条件如何，都不要磨灭自身潜藏的智能，不要自贬可能达到的人生高度，要锲而不舍、韧性地钻进去，发掘自身才能的最佳生长点，扬长避短、踏踏实实地朝着最高目标坚定地前进！

一个人一旦失去了对自然和人生的好奇，失去了超越自我的勇气，拒绝新事物、新经验、新思想、新方法，那么也就宣告了精神上的死亡。

四、人生目标

没有目标的人生、没有规划的人生不值得过。目标就是信念，是一种强大的精神寄托，是托起人生大厦的支柱。在奋斗和创造中，生命会向你展现出另外一番截然不同的景致。

一些人只是在一味地追求新的目标，不管它是否适合自己，把很多宝贵的时间浪费了。选择最适合自己的目标并全力以赴，直到成功，这实际上等于延长了自己的生命。

人生追求的目标越高，才力发展就越快。

对人生有远大抱负的人，从不把未来放在别人的肩膀上。

为了实现奋斗的目标，我们希望走一条快捷的直线，而实现目标的过程，却令我们不得不走绕来绕去的曲线。

目标是人生的指南针，指引着人们前进的脚步。然而，很多人没有目标，他们总是活在混沌和盲目之中，纵使耗尽精力，也跟成功无缘。渴望成功的人应当养成确立目标的习惯，调整自己的步伐，向成功冲刺。

有些人不是为自己活着，为实现自己的核心价值奋斗，而是为了向人家证明什么——不管是否是自己内心真正的需求。千万不要做一些不值得我们付出的事，那样会拖累自己，影响事业，殃及家人。

为了追求人生大目标，就应放弃某些无关痛痒的小目标，以便使有限的生命时间获得最佳的效益，此时，纵然在某些方面有些短板也无妨。

对目标的选择，决定人生发展的方向、道路以及人生价值。正确的目标，使我们以积极的态度去面对各种各样的矛盾；错误的、低下的目标会导致悲观、消极的态度，使人步入歧途。

确定目标，就是定位人生；实现目标，就是升华人生。任何目标都必须是实际的、可衡量的，不能只是停留在思想上或口号中。必须把抽象的、无法实施的、不可衡量的大目标简化成为实际的、可衡量的小目标。并制订具体的阶段性目标，一步步向自己的理想迈进。

目标是生命的灯塔，有了灯塔，人就不会迷失方向，目标就会越来越近，人的一生就变得有意义了。人的本质属性，决定了其只要一解决温饱，精神需要就会上升到第一位，而最重要的精神需要之一就是自我实现。

目标发散有利于产生互补效应，促进个体潜能得到综合开发，使价值实现由单一化转为多渠道化。但个体必须根据自身条件，确定科学和切实可行的目标，避免好高骛远、随心所欲地选择目标。目标发散要充分考虑个体诸方面条件和氛围因素，不能超越个体实现的客观可能性。

对目标的期望值要适当，如果不考虑兴趣志向，忽视自身特点，重脸面，爱攀比，期望越高，与现实的落差愈大，就会形成巨大的心理压力，久而久之导致人格扭曲、心理变态及行为反常等。

目标应尽量与他人不雷同，最好能具有独特性，这样在目标的实施过程中，由于没有可比性，竞争对手就会大为减少，成功的可能性相应增大，这不仅是跨越自卑心理的一种有效方式，同时也是促进个体早日成功的一种竞争手段。

个体目标越远大，所应做的努力也就越多，即使碰到障碍，也不会有挫折感，为突破逆境所做的努力必能使其产生新能力。为了达成目标，必须找出某种使自己不懒惰的动机，作为驱动力来鞭策自己。

目标能引导我们不断前进，不沉迷现状；目标能激发我们的潜能，从而获得丰厚的回报。追求目标的过程，就是耕耘自己心灵园地的过程。

当目标无法实现时，某些人就会用物质来置换，或用时尚和炫耀性消费来填补目标的缺失，掩盖精神的焦虑，获得一种虚拟的成功模式。

在人生的旅程上毫无目标的人，很容易成为担忧、恐惧、麻烦、自怜的猎物。

目标的作用不仅是界定追求的最终结果，它在整个人生旅途中都起着重要作用。哪怕我们一生只有一个目标，只要我们能为之奋斗，不管结果如何，我们都不枉此生了。

目标必须是具体的，如果目标不具体，就会失去明确的指向性。要把注意力始终盯在目标上，而不是在细枝末节问题上纠缠不休——现实中许多人就这样迷失在思维的黑洞里，消耗在鸡毛蒜皮的斤斤计较中。他们聪明、活泛、会来事，却失去了人生的大目标！

目标必须是富有挑战性、切合实际的。富有挑战性，才能改善个体的情绪和行为；切合实际，才不会因失败导致沮丧。

只有盯住远方的目标，才会淡化苦难的现实和脚下的坎坷。

目标越远大，意志才会越坚强。没有远大的目标，一生只能是别人的陪衬和附庸。成功者都经历过不少艰苦的磨炼，他们都是抓紧时间，能做的事情赶紧做，绝不拖延和推诿。

对目标的把握应适度。太现实的目标能满足许多世俗需求，但往往欠缺对未来命运的关注；不太现实的目标，固然不失为一种深远的追求，但终究会在虚无缥缈的世界中遁入空门。

许多人一生都在游移不定中徘徊，没有任何可以把控的目标可言，到头来虚度年华。他们把自己投入自设的心理牢笼之中，一辈子都在做自己的囚徒而浑然不觉。

路是一步一步地走出来的，再近的目标，如果停止了跋涉的脚步，也只会到此止步。与其花费时间和精力考虑距离的长短，不如让奋然前行的身影给出一个实实在在的答案。目标和方向选择正确了，接下来的就只需加倍努力地前行。

只有行动为最高目标所引导时，才能从最高的高处、最远的远方看问题，并保证在抵达某个具体的目标时不陷入荒谬和偏离航向。

为了避免嘲讽与调侃，为了自身的尊严，为了减少思维资源无效耗损，某些人将目标深埋在心中，谨言慎行，低调做人，这无疑是一种生存智慧的表现。

选准目标，就要锲而不舍。但若目标不适，或主客观条件不允许，与其蹉跎岁月，徒劳无功，还不如学会放弃。如此，才有可能柳暗花明，再展宏图。

五、人生激励

要让事情改变，先改变自己；要让事情变得更好，先让自己变得更好。只有你内心树立的理想，才能用来构筑自己人生的大厦。才华、知识、力量、财富及精神收获，都是努力的成果。

激励不是空穴来风，它往往存在着一个心理参照物，甚至源于童年的深层记忆：当个体遭遇冷漠、白眼、社会歧视、不公正待遇时，这种记忆伴随着岁月的流逝而转化为个体的人生体验。如果个体陷入人生低谷或逆境之中，激励将会自发地撞击人们的心灵，从而发挥出巨大的作用，个体的潜能被激活了，潜藏的才能就会被充分挖掘出来。

自我激励对于奋斗者或攀登者来说，是必不可少的。激励能使人找出最有价值的东西，并综合分析，形成自己的核心竞争力，从而形成科研成果。

有些人取得一丁点成绩就沾沾自喜，把自己放在一个与众不同的位置，整日陶醉在过分良好的自我感觉中。结果，他们常常因为承受不了“高度”带来的晕眩而重重地摔下来。殊不知，对于更大的成绩来说，现有的成绩只是一个起点。

绝对的公平并不存在，这个世界也不是根据公平的原理而创造的。强者发展，弱者出局，优胜劣汰，没有公平可言。一味地追求绝对的公平，只会导致心理严重失衡，使自己变得浮躁不安。

唯有平静下来，才能真正地面对难题，这才是理性的思考。生命行进的过程中，或许会遭遇一些起起落落，但要用平常心看待人生一时的喜与忧，在不同的激流中发现人生的契机。

每个人都是宇宙中的唯一。不要拿自己的缺点对比别人的长处。人无完人，金无足赤。

在我们成长的环境中，有许多无形的绳索紧紧地捆住我们，使我们动弹不得，久而久之也就习惯成自然，并视为理所当然。就这样，我们独特的创意被自己抹杀，面对一切困难，畏畏缩缩，不敢向前，无法逾越，在心理上就败局已定。

人生之所以有逆境，是因为你要突破、要挑战。人生的坎坷与不幸，是生命积淀的纹理或年轮，从而使个体的人生有深度，有意境，有故事。

只有出神入化才能超越对手。付出自己的劳动摘到的果子，才是自己真正想要的果子。

别人与你无法竞争的东西就在于你有独一无二的特性。凡是常识、技艺、操作、记忆等方面，都是可以竞争的，可以决出高下的，唯有独一无二的精神创作、独特的艺术品是无法竞争的，它的前提就已经排除了一切竞争对手。

没有目标是平庸人的悲哀，而没有挑战的人生是最大的不幸。在创新思维中，遵循独一无二的原则，实际上就排除了一切竞争对手。

正确认识自己，是成就事业的基础。唯有充分利用自己的长处，才能让自己的人生增值；相反，总是呈现自己的短处，人生就只能贬值了。

人生规划应自己制订并全身心去践行，不应由别人为你打理，别人没有义务为你的人生买单。

事业是人生的理想和目标，是对职业的升华和超越。

用自己的行动，尽量把不可能变成可能。活过，做了，尽力了，无愧了——这就够了！这是睿智的人生，也是经历了曲折人生，看透世事之人的共同彻悟。

某些人天生就是麻烦的制造者——以制造麻烦为乐趣，搞得干实事的人无法适从。但这类人也很难占到什么便宜，他们的人生岁月会统统坠入停滞的谷底，被滚滚的浊流所吞噬。

人是需要坚持底线的，无原则的畏缩与放弃，只会丧失生命的尊严。

别再浪费生命的每一分每一秒，做无谓的惋惜了。因为还有许多的包围等待我们去突破。

内心丰富才能感知世界的丰富，在短若朝露的人生里，只有把真实的自我释放出来，才不会白白地辜负自己。

有远见的人，能够把握人生的转折点和关键时刻，智慧和情感高度融合；缺乏远见的人，以一时一事的利益定取舍，常常是因小失大，捉襟见肘，理智和情感相互冲突。

人生的智慧是开发，也是限制（开发此思维，就会限制彼思维）。开发，意味着一个人的潜能素质最大限度地发挥；限制，意味着存大放小。

偶然中隐藏着必然，机遇中蕴含着命运。然而，只有独立自主、自强不息，才能真正地改变人生，也才是积极向上的人生。

人生终极的定力来自敬畏感，对生命的敬畏，人权的敬畏，法治的敬畏，特别是对人民的敬畏感。这种敬畏感使人做人做事都有一个不可触碰的底线。

人生有伟大与平庸的双重性。伟大与平庸取决于自己，取决于勇气、力量、智慧和对苦难的承受力。

人生的缰绳掌握在自己的手中，生命的纤绳也背负在自己的肩上，应该把生命推向极致，尽力展现生命的辉煌。

自己脚下的泡都是自己磨出来的。荣誉属于过去，开拓才能赢得未来。

生前为使命而活，死后为使命而安！

人生苦辣酸甜麻五味俱全，值得品味的往往只是几个瞬间。瞬间展示了人生的意志、理想的追求和顽强的奋斗。

过去永远流逝，未来遥不可及，真正能触摸的只是当下——此时此地，此情此景。

习惯于无人欣赏，不在意权势的脸色，生命更有趣味。人生没有固定的模式，为达到某种目的而迎合他人，只会留下笑柄。

人生的许多寻找，不在于千山万水，而在于咫尺之间；人生的许多辉煌，不在于狂热的宣泄，而在于冷静的凝结。

前人走过的路，不一定就是一条正确的、通往成功的路；要想挖掘到人生的宝藏，就得勇敢地去探索，去开辟一条属于自己的新路。万不可过于迷信前人，迷信既得的经验。

要居安思危，强化忧患意识，时时扪心自问。谁能心存危机，自找压力，把每一个黎明看作生命的开始，每天将人生的标杆提高那么一点，谁就能登上人生的巅峰。

人生短暂，与浩瀚的历史长河相比，世间一切恩恩怨怨、功名利禄皆为过眼云烟，得意与失意，在人的一生中只是短短的一瞬。人生就像是一块肥沃的土地，要播撒希望和成功，不要栽培仇恨的种子。

人生的复杂性使人不可能在有限的时间里领悟出人生的全部内涵，人们对人生的理解和感悟被局限在一个有限的区域。

脚步伴随人走过一生，见证成功与失败，喜悦和忧愁，脚步永远伴随你，不离不弃。

给自己一个心理支点，面对高官、权威、富豪，不自卑、不媚俗，我行我素，特立独行。

把小事做出特色、做出亮点，一招鲜吃遍天，想不成功都难。怕就怕大事做不来小事又不做的一类谦谦君子，纸上谈兵，空有一张嘴，与废人相距不远了。

只有适应才能生存，因为不同的适应，人们才有了千姿百态的生活与处世方式。

要直面现实，谁都有走错路做错事的时候。错了总有错的原因，也许是条件还不具备，也许是我们的疏忽大意。只有找出错误的原因，并及时纠错，才能使我们大踏步向前并最终获得成功！

无论是哪一种生存方式，只要胸中有一个大我，其生命都会绽放出美丽的花朵。要感谢贵人，在特定的情况下也要感谢小人。

口碑是人家给的，不是自我吹嘘、喋喋不休换来的。

再长的阴影，对于整个人生来说也是短暂的！穿越一个又一个的人生隧道，就是战胜一次又一次的失败。

当个体遭遇到工作和生活中种种不愉快或某些暂时的黑暗时，在尚未找到穿越黑暗的方向和途径时，先屏住呼吸在黑暗中打个盹也许是一种更有效的进取。此时，等待大于盲动！

要善于开发信息的时间价值。在信息时代，一个聪明的人不但会利用信息而且会抵制信息。不会选择信息不如远离它，甚至不接触它。

人生的路走过、路过，但最好不要错过。有的人活着的时候不受重视，甚至饱受欺凌和苦难，然而，死后却成为旷世之才，成为一座永远无法媲美与超越的丰碑——并由此构成了经典。

生活可以很简单也可以弄得花里胡哨。时间有限，不要被教条所限，不要活在别人的观念里，不要让社会的浮躁风气掩盖你内心真正的声音。人生的方向盘应该牢牢地掌握在自己手里。

起点并不能决定终点，人生的形式，关键在于完成。人生的成就，大多不取决于起点，而是取决于终点。

人生的许多档次，不在于外在的包装，而在于内心的品质。只要有挑战精神，谁都可以有所作为。

成长是需要坎坷与碰撞相随的。跌倒了，爬起来，继续往前走，是每个人成长的必由之路。离开了这一点，成长的阶段被省略，或由其父母或其他人全程打理、替代，那么，可以肯定地说，这样的人就是一个幼稚的成人、高大的侏儒、活着的僵尸、社会的废物，最终会被社会所淘汰。这样的人将是社会的包袱，国家的灾难。

人生应该为理想而奋斗。人，只不过是一个有限的存在。从自然属性而言，与其他动物无异。人类的杰出之处，在于人类的社会性和创造性。

人生有一种高处，一旦上去就无法下来。进不是，退不是，无处突围。风光处即风险处。如果说高处不胜寒是一种难以言说的寒凉，那么，冷清和落寞将是另一场看不到尽头的凄风冷雨。

每个人都是时代和历史的产物，都不可避免地带有个人色彩的局限性。

唯有自由和快乐的人生，才是真正的人生，才是最有意义的人生。

做最坏的打算，就是做最好的准备。摆脱平庸，走向高雅，迈向卓越，是每个成功者的共同特征。

一定要清楚自己的优势和潜能，也要真正明白自己的劣势和局限性。向命运做出必要的妥协才是明智之举。

人生就是自画像，千万不要被别人涂抹。

一个经过独立思考而坚持错误的人，比一个不假思索而接受“正确”观点的人更值得肯定。因为他具有独立人格和独立精神，没有媚俗和跟风的习气。

每个人的人生之路都是自己走出来的——路是竖起的碑，碑是走过的路!

人生的全部阶段，不是任意超越得了的。人的整个生命过程，就是一个不停磨砺，趋向沉稳成熟的过程。只有奋力拼搏才有收获，埋怨命运不公，往往是怯懦者的抱怨。

人生道路上，栽跟头的地方，往往是坦途；走稳走好的地方，往往是险境。其原因在于，险境令人集中精力，坦途令人麻痹大意。

人的一生，往往为别人活多过为自己而活，到了生死存亡的时候却发现自己还有许许多多的心愿未完成，空留遗憾。

人生是不能速成的，否则就像是对不成熟的果实喷洒催熟剂，如此结出的果实虽外表光鲜，却华而不实，生涩难咽。

某些错误是一次性的，意味着永久，连改正的机会也没有，甚至会造成灾难乃至搭上性命。

没有自知之明的人大都底气十足，是真正的无知无畏者。有所仰视，会看到自己的不足；有所平视，才能友好地与人交流；有所俯视，则要警惕自己是不是已经犯糊涂。

对自己有明晰的了解，才会多几分谦和，少几分轻狂；就会添一些深刻，减一些浅薄。

不要做那些无效劳动或搬起石头砸自己脚的事。有时候需要跳出来看自己，清晰地正视自己，展示一个迷失和回归的过程。

也许，我们每个人都难有大贡献、大创造、大智慧，但至少可以尽量少做那种连常识都违背了的坏事与蠢事。

一个人如果总是待在舒适的环境里，就不会有前进的动力。强者给自己找挑战，弱者给自己找安逸。只有跨出安逸的环境，才能接触到以前不知道的东西，增加自己的见识与阅历，才能把自己塑造成一个优秀的人。

辉煌的人生不一定是在惊天动地的所谓大事件中铸就而成，平凡的生活和工作一样可以踩出精彩的足迹。

不要仅从外表上去装饰自己，而是要让精神的骨骼站立起来，才不至于在这个世界摔倒。

不要总是和别人比。只要将自己的强项或兴趣发挥到极致，做自己的唯一，形成自己的品牌，这就不是你愿不愿意和人家比的问题，而是他人无法与你比——事情就是如此简单，又是如此复杂——但许多人不明白这个道理。

在现实中受到的不公正待遇愈多，心中的沉淀物就愈厚重。

当一个人无缘无故地被诋毁，从某种程度上说，其实是好事，说明他卓越的成就和傲然屹立的姿态，已经引起了众多平庸之辈的不安。

从来不被人嫉妒的人，大多是平庸的，这样的人是悲哀的。

绝大多数人在鸡毛蒜皮的一类事务上忙忙碌碌了大半辈子，幡然醒悟时，却来日无多，只得发出空悲切的叹息。

人生其实就是：如人饮水，冷暖自知。许多人终生都在小事上瞎折腾，导致一辈子平平庸庸，这似乎是先天注定的。

人生需要后悔的事情太多了，然而，无端的悔恨不断将现在的时间流逝，未来的希望也愈来愈渺茫。总是把今日的事情推到明天才做的人会为懒惰而后悔，然而，未来没有后悔的位置。

人生的路千条万条，坎坷不平，但最难走的恐怕只有一条，那就是每个人的心路——这是一条看不见摸不着的路，是世界上最漫长、最曲折、最精彩的一条路。

人生中常有一些让人心烦的琐事。我们必须善于调整心态，这样才有助于心理健康，抛弃怨恨，学会原谅。

每个人都是世界上的唯一，天生都应该是自信的，自信的权利是谁也无法剥夺的。只要坚信自己能行，就会获得独有的成功。

大道至简，健康的人生一定是一个删繁就简的人生。要想有所作为，不断前进，就不能背负太多无用的东西，要学会清理和放弃。

很多时候，我们往往不能真正体会到人生本身的内涵，对许多事情大多抱着一种不以为然的态度；有许多东西，对于我们只有一次，失去了再也不会回来；有许多路，我们走过以后，永远没有回头的机会。

随着年龄的增长，人们越来越容易因流俗而趋同。沿着别人的脚印走，不仅走不出新意，有时还会跌入陷阱。一个有个性的人，会在没路的地方走出一条路来。一味地模仿别人，只会失去自己。

人生有许多困惑、许多悖论，许多一时看不清说不明左右为难进退失据之处。然而，思想却能抚慰你的焦虑，缓解你的痛苦，启迪你的智慧，寻找你的答案；它能使你避免冲动、极端、刚愎自用、出尔反尔、无所事事、精神空虚、消极悲观、暴跳如雷和怨天尤人。

没经历过风雨的果实不会甜美，没经历过坎坷的人不配谈人生。思想的影响力比生命长久。

一个人的生命不能维系在单一的事情上，应该有质疑精神，带着质疑上路才不至于走入自我封闭的境地，人生才能进入畅达自由的境界。

人生的过程，时常面临着选择，一些人在顾及眼前名利地位的同时，丧失了许多精神的价值；得到了名誉的桂冠，却折断了自由思想的翅膀。

对于任何人而言，人生都不是一条直线。因此，在面临选择的十字路口或拐弯处，不要忘了精神的指向标。保持精神的独立和自由，是一个伟大的思想者的根本所在。

人生不过几十年，有些人却轻易地将一生的幸福全押在一个不可能有结果的追求上，一个没有必要夺取的胜利上，给自己制造了一个又一个精神枷锁。

工作的最高境界就是诗的境界、艺术的境界。工作的异化已经使多数人感到厌倦、烦恼，他们仅仅把工作视为一种养家糊口的手段，一种必不可少的苦役。如果把工作看作内在的需要，就会发现工作的更大价值：工作能使我们充分体验生命的快乐，为我们构筑丰富而美妙的人生。

当断不断，必有后患。在岔路口久久地徘徊，迟迟拿不定主意，一生的大好时光就白白地浪费掉了。人生就是一次次的判断选择，久思不决，必有苦果。

人人都不希望做一个平庸的人。是选择深刻的人生还是浅薄的人生，因人而异。然而，只有极少数人才能成为杰出的人。

人生是被意义界定的，因此应该选择有意义的事做。人生是具体的，真理也总是具体的。只有热爱真理，才能更好地认识真理。

人生在世，有得有失，不涉足社会，又懒于做事的人是无法学到经验的。失败并不可耻，只要个体征服自卑，增强自信，失败一定能够被跨越，成功便指日可待。

面对人生危机时，你仍要坚信自己能挣脱羁绊，能在不幸或逆境中反败为胜。

突破逆境，将之作为迈向成功的踏脚石。无论在何种情况下，尽最大的努力是最重要的。在自信中产生新的适应性及潜能，并热衷于处理难办的事就是对自己将来的最佳投资。

人的价值观不同、学识不同、成长环境不同，这些都足以在人与人之间形成屏障、误解，有时无法避免且难以消除。如果再遇上好嫉妒、为人刻薄、心理阴暗或不按常理出牌的人，你出色一点儿或仅与别人有一点儿不一样，就都有可能遭受非议或受到排挤。

任何有价值的东西，都是靠坚持到底、努力不懈争取来的。无论处于何种状况，只要意志坚定，就能操纵情势，泰然自处；陷于困境，只要持有积极的信念，就能奋战到底、勇往直前，个体的潜能就能发挥，状况也会因此得以好转。

不管你为自己的人生设定了多少目标，决定你自己能否成功的永远是行动。只有行动才能赋予生命以力量，只有行动才能让目标得以实现。

第三辑　生活的舞台，戏中的我们

情绪化会遮掩理性的光芒。被情绪遮蔽目标的人，往往找不到北；感性替代了理性，就会造成被动的局面甚至致命的结局。

一、心态与心情

许多时候，我们最初想要坚守完美，最后却只剩下残缺。

凡是降低个体生命能量与活力的事，都不应该做。

俗话说：愤怒出诗人。但在现实生活中，愤怒的人，往往是莽汉和笨蛋。

俗话说：那些总是抱怨和愤愤不平的人，多数是被时代淘汰的人。没有理由把自己不成功的过错推诿出去，也不必把所有的垃圾情绪都倾泻于社会和家庭中。

要有理性，要冷静。越是不明白的人越容易火冒三丈，越是糊涂的人越喜欢不可一世。他们对于明白人、能够做到了悟的人有一种本能的仇视。

许多人之所以没有实现自己所希望的成功，原因就在于他们是自己情绪的牺牲品，让沮丧、低落的情绪拖了后腿，阻碍了他们事业的发展。

某些人一旦犯错或失败，总习惯在他人身上找到推卸自身责任的理由，这是一种负面思维推动的作用。长此下去，这些负面因素就会在他们的心里烙上印痕。

怨恨是精神的烈性毒药，使奋进的力量逐渐消耗殆尽。没有多大本领而又非常怨恨别人的人，几乎不可能和同事相处好，对他们而言，社会或现实世界永远一无是处。

只有丧失理智的人，才会站在步行街破口大骂。

人有时候并不了解自己，永远活在自己设置的阴影里。因此，要发现自己生命中优质的潜能。不要用无谓的懊悔给自己制造困难，不要用烦恼和遗憾消耗宝贵的生命。

现代社会充满了焦虑，社会和家庭往往成了垃圾情绪的回收站。如果始终不能正视或纠正自己的问题，那么，你可能会永远丧失成长的机会，甚至会成为社会矛盾和麻烦的制造者。

不要让气恼和愤懑耗空自己的时间和精力，不要让斤斤计较阻碍人生的大目标。

焦虑、怀疑或沮丧时，不可能做出正确判断，合理的判断来源于有效运转的头脑。智慧源自清醒的头脑和冷静、清晰的思维。

态度决定一切。生活中很多问题是无解的。“熬”是解决问题的无奈选择。

世间万物繁杂，诱惑良多。如果终日抱着怀才不遇之心愤愤不平，如果常常抱着一腔委屈怨天尤人，就会使自己的心态扭曲，心力交瘁。

沮丧和忧虑往往会钳制人的正向思维，阻挠人们逻辑清晰地思考问题，以致无法产生有价值的思维成果。

情绪化会遮掩理性的光芒。被情绪遮蔽了目标的人，往往找不到北；感性替代了理性，就会造成被动甚至是致命的结局。

一个人过分情绪化，就不能做出正确的判断，极易干出各种各样的蠢事，很难成就自己的事业。

给心情洗洗澡，其实就是洗涤精神的污泥浊水。平和的心态是一种包容。我们不要因境遇不好而消极伤心。

微笑是心灵绽放的花朵，快乐是一种最好的活法。有些快乐对自己来说是幸福的天堂，而对他人来说却像是地狱。

不要让负面情绪影响自己的创造力，否则就会无端耗损自己的生命能量。不平等是客观存在的，淡化它、漠视它、忘记它，就可以减少它的杀伤力。

心态是我们真正的主人，它能促使我们成功，也能让我们失败。同一件事由不同心态的人去做，其结果必然相反。心态决定人的命运。成功永远属于那些有积极心态并付诸行动的人。

心态和观念决定人的思想和行为，也决定人的自我形象。只要立足于自己的特长去发展事业，做自己感兴趣的而非被迫的工作，就容易获得成功。

嫉妒是一种难以公开的阴暗心理，它是一种严重的心理疾病，对人对己都百害无一利。嫉妒常发生在一些与自己旗鼓相当、能够形成竞争的人身上。嫉妒心理是一种痛苦的心理，当它还没有发展到严重程度时，它会用各种感情的宣泄来舒缓内心的郁闷。

许多人生活在“比”的烦恼和痛苦之中，难以自拔。其实真正的思想者都能从“比”的状态中抽身出来，他们要做独特的自我，超越“比”的怪圈或循环圈，从而实现自己的唯一。

知多知少难知足。有些人的内心充满了“羡慕嫉妒恨”的混合情愫，他们的心跳和血压无时无刻不在与这类情绪做殊死的对抗。

豁达的人心胸开朗，心理承受力强，他们一般不会文过饰非。

自卑似乎源于天性，是一种说不清道不明的深层次心理结构或精神困惑。有自卑情结不一定是一件坏事，相比自负的人而言，自卑者有时确实有一种天然的优势。

在人的一生中，懊悔就像慢性毒药，在无休无止中磨灭你的意志，在不知不觉中消耗你的快乐，降低你成功的概率。它又像一些蛰伏在我们生命长堤上看似渺小的蚁群，总有一天，你会发现原来弄垮我们的是它们。

怀有怨恨心理的人情绪波动较大。不是抱怨，就是后悔；不是对人怀有敌意，就是自暴自弃。这样的人存在心理障碍。

忧虑是精神的雾霾。消除忧虑的最好办法是让自己没有时间忧虑。把所有的时间都花在学习和科研上，忧虑就会消失得无影无踪。

长期处于消极负面情绪中，对身心会造成极大的伤害。面对愈来愈多的挑战和工作情境下的压力，自己应有一定的休闲时间，来缓解自己紧绷的情绪。

心若经常满载着自私、贪婪、嗔怒等负面情绪，就会凡事看不顺眼，事事焦躁难安，也就难以轻松快乐起来。

抱怨是弱者的天性，炫富是思想贫乏的外衣，谄媚是奴才的本性，低调是自信的神器，高调是无知的伪饰。

习惯于抱怨的人，长期生活在负面情绪中不能自拔，而这是一种失败者的心态。在应承担的责任面前往往作无辜状，千方百计寻找各种借口推诿责任，这样的人要做出真正有价值的事是相当困难的。

喜欢抱怨的人，大多注定了终生一事无成，注定了要永远蜷缩在别人的影子里，他们在无尽的抱怨中将短暂的生命放逐掉了；只有那些终生都在为自己的终极目标而努力的人，才是最伟大的前行者，才是生活中最美丽的花朵。

喜欢抱怨的人大多是那些将自己的责任、错误推卸给外界和他人的人，这类人一生都在为失败买单，所以事业无成平庸终生。

自我容纳的人，能够实事求是地看自己，也能正确理解和看待别人的两重性，这样就可冷静处理问题。

将自我肯定、自我容纳的观念意识付诸行动，就能从自身的条件不足和所处的不利环境中解脱出来，果敢行动。

人的烦恼往往源于放不下，想不开，忘不了。有时放下就是超越。拿得起是一种能力，放得下是一种智慧。

任何事，都可能会遇到一些人的不赞同。有了这个心理准备，就不必选择生气，世界就是如此，别人不可能赞同你所说、所想和所做的每一件事。

自信爆棚的人，往往不知天高地厚；没有多少人愿意与一个言过其实、夸夸其谈、张扬炫耀的人交往。

生活中，失败平庸者多，主要是心态问题。遇到困难，平庸者总是挑选容易的倒退之路，结果陷入失败的深渊。成功者遇到困难，仍然有积极的心态，想尽办法，不断前进，直至抵达成功的彼岸。

我们生活在现实之中。适度的忍让对我们保持愉快心情大有好处，适度的忍让是善让；但无限度、无原则的忍让却是懦弱。忍让是一种境界，是一种艺术，是一门人生的学问。

怀旧是一种对现实不满的隐退心理的折射反映方式。是一种扑朔迷离的思维现象。怀旧的人沉湎于过去，他们要在怀旧中寻找失落的“精神家园”，掩饰在竞争中处于不利地位的现实尴尬和情感落差——而不是面向未来，迎接下一个机遇和挑战。

怀旧已经成为一种情结，一种情调，一种品位，一种包装，一种超越个人心理调节的情绪宣泄的流行色。有时候我们缅怀过去，其实就是留恋那段时光的美丽。但过去是不可重温的，很多重温旧梦的人，最终都是以失落告终。

怀旧，实质上是检视自己的生命中时光走过的痕迹。然而，时间是记忆的天敌，有足够的耐心洗刷人心中血色的哀痛。怀旧维护着内心的一份柔情，生活总是拒绝阴影。

真正的快乐，不依附于外在的事物。快乐是从内在的思想和情感中泉涌而出的。如果希望获得永恒的快乐，必须培养思想，以有趣的思想和点子装满你的心。用空虚的心寻找快乐，所找到的只是快乐的替代品。

真正的快乐是与地位没有关系的。追逐名利、陷入繁杂的事务当中，即使地位显赫，也很难得到真正的快乐。

快乐的标准是一根可以无限拉伸的橡皮筋，欲望越大，它拉得就越长。太过清醒和精明的人，很少会得到快乐。

不懂得欢乐的人也必然不懂得痛苦。那些精神消沉抑郁的人们不懂得欢乐，亦如他们不懂得悲伤。

心态成就一切。把握自己的心态，就能塑造自己的未来。应该把卑微的地位与身份化为向上的力量。能够产生热烈的愿望以达到崇高目标的人，才能走向伟大。

二、真面目示人

丧失诚信的人是可怕的，丧失诚信的世界是悲哀的、不堪设想的。尔虞我诈、阴谋诡计只能换取暂时的成功，因为，时光老人最爱的是诚信。丧失诚信的成功不会长久。

人们往往把成败等同于自我价值，因此，容易形成一种极度自卑、寻求他人认可的习惯，给自己造成重负而寸步难行。

自尊是自我概念、自我认识中一个非常重要的成分，是积极行为和事业发展的出发点和取得成功的前提条件。

把别人当成自己的偶像，无异于让自己的身心充当他人的奴隶。圣人都是因为我们对他们缺乏足够的了解，只能远远地看着他们，从而在心里为他们涂抹各种色彩，最后跪下自己的灵魂，虚增了他们的高度。

人生太短，搞那些钩心斗角无异于生命时间的无效耗损和浪费，何不把更多的时间用在技术创新和艺术创作上，这样会更有利于为社会做贡献。

有文化的野蛮人，骂起人来比泼妇有过之而无不及。

面对社会上的一切变化，如果我们不能与时俱进，就会被现实社会“踢”出“人群”。在能工巧匠面前，我们应时时感到自己的无力和无能。

低调者大多高雅有内涵。然而，习惯性的低调往往会错失许多良机，这就会给那些平庸的“半吊子”出风头乃至脱颖而出的机会。

无聊是有层次的：有深刻与浅薄的无聊之分。坐而论道，牢骚满腹，激情澎湃，是话语的巨人，行动的矮子……理性地思考人生、感性地体味人生，就是生活的最高智慧。

纯净简单之间，生活的馨香深蕴其中。只有把自己看得很轻，才会低调做人。

平平淡淡的人往往没有什么豪言壮语，像一头不知疲倦的老黄牛，吃着粗劣的食物，拉着最重的车，默默地行进在崎岖的道路上。

在人鬼混杂的地方，最容易产生人不人鬼不鬼的变种。

只有从绝望无助的处境中突围出来的人，才是一个有望成才的人。

你我虽然渺小，却可以摆脱平庸。那种靠温室效应、“爹”的背景或潜规则运作而成功的人，注定只能收获浅层次的胜利。况且，拼“爹”的成功注满了水分，这种胜利难以带来成就感，不但不能赢得众人的信服，还会令人嗤之以鼻，非议不断。

在通用性的事务上，你可能获得社会和他人的许多帮助。然而，在极具个性化事业的追求上，你往往需要独自前行和奋斗。他人是很难给你提供实质性帮助的，甚至还会起到严重的阻碍作用。

过分重视别人的评价，博得他人好评，而不重视自身真实价值的人，容易走上虚荣的斜坡；在非议面前坚强的人，必定是一个以事业为重的人，这样的人才能义无反顾地奋然前行。

学会自己承担生活中不期而至的种种痛苦，亲人不是你的垃圾情绪的回收站，朋友更不是你廉价眼泪的污水池。你不能指望别人为你的人生埋单，也不要用“亲情绑架”的方式来获取自己的幸福——要想获得成功，就得自己努力！

生活中习惯于被别人宠着的人不计其数。但是，有人帮你是你的幸运，无人帮你是公正的命运。没有人该为你做什么，生命是你自己的，你得为自己负责。

付出是没有存折的储蓄，只要你能踏踏实实地走稳每一步，就一定有回报的那一天。

在人生关头，人的本性会呈现出来。

三、生活是实际的

生活是一条曲折、漫长的征途，它不可能处处阳光灿烂，一帆风顺；有时出现在你面前的可能是丛生的荆棘、泥泞的沼泽。关键在于以什么样的心情去接受煎熬，默然面对。

一个在蜜罐中泡大的人，和一个在苦水中度日的人，必定有截然不同的生存体验。

世俗的生活并不能限制人类对精神和理想的追求。

生活是一锅滚烫的水，它煎熬着每一个人；苦，是一种过程，是一种理解，是一种感受，是一丝艰涩，是一种期望……经历之后，才觉苦尽甘来。

把生活弄得很精致很复杂的人，大多是一些言过其实的平庸之辈。与这种人交往，开始人家还会相信他，但时间一久，人们对他所说的每一句话都会打个大大的问号。

有的人连原生态的脸皮也不要了，硬要复制粘贴“韩版”的标签——呜呼！美的同一性成了丑的升级版，怎么看都像活脱脱的丑八怪。

对一个长期勤奋工作、呕心沥血探索科技的人员和对从事艺术创作的人员而言，生活的简化和家务劳动的适度懒惰，不仅仅是一种智慧，从某种意义讲，还是一种美德。

生活在幻想中的人，是谈不上生命美丽的，现实的铁锤足以击碎他们的灵魂。

人活一世，得意与沉沦都在所难免，也是必然经历。生活，有时像密封的茧一样，你要是突破不了这层层的束缚，就会永远待在蛹中。

我们要不断寻找生活的寄托点和支撑点。一个人只有在最困厄的境遇中才能发现自己，认识自己，提高自己。

每一个人在他所生活的时代，都扮演着许多的角色。然而，生活无须过得那么精致，舒心就好；房子不必太大，住着安心就好。生活简单就是美。

生活是一条江河，它不舍昼夜地往前奔涌，我们被生活的峰谷浪尖摔打得鼻青脸肿后，才慢慢品过味来：无论你多么自大自狂，最终的那一刻都会明白自己的渺小。

生活之路上，任何停滞与迟疑的念头都会让人忘记前进，甚至失去了起步时勇往直前的冲劲儿。如果能做到抛弃浮躁，安定自己的内心世界，锤炼自己，让自己发光，就不怕没有人发现。

现实逻辑比抽象推理更有说服力。生活像把刀，蛮不讲理地在原有的生活轨道上切下去，不由你抗辩。生活永远比电影更戏剧，有更多的意想不到。而真正让人痛定思痛的是思想上的痛苦。

生命对于我们只有一次，在生存线上挣扎过的人与饱食终日无所用心的人，是截然不同的生存体验。然而，后者却常常具有教导前者的天然优势和良好感觉。

对于大多数人来说，生活永远是一张无法修改的草图。

要想成长和突破，就必须脱离舒适的环境，不要给自己太多借口。脱离舒适环境后，可能会受到挫折，会犯错，但经过学习后，获得的东西绝对更多。

面对困难的时候，只要默默坚守，困难就不会成为你前进路上的障碍，不知不觉中，就会被一点一点化解。

一块地，总会有一粒种子适合它，也总会有属于它的一片收成。

很多时候，我们在生活的路上走得不好，不是路太狭窄了，而是我们的眼光太狭隘了，所以最后堵死了我们的不是脚下的路，而是自己的思路。

从某种意义而言，沧桑也是一种财富。

因自己角色的卑微而否定自己的智慧，因自己地位的低下而放弃儿时的梦想，因被人歧视而消沉，因不被人赏识而苦恼，这是一个很大的错误！应该明白：生活常把卓越的灵感赋予卑贱的肉体。

有时候，简单的课程最难教，耳熟能详的道理最难学，最基本的道德规范最容易被无视。

不会拒绝就不会有真正的收获。一个什么都想要的贪婪之辈，到头来只能一无所有。

病在自己的身上，别人是无法替代的。

很多时候，冷静、从容、勇敢、机智，往往可以成为弱者战胜强者的有力武器；而怯懦、慌乱、偏听偏信、自作聪明，往往会使人失去优势，导致惨痛的失败。

每一样东西都可能是养分，包括徒劳。如果把所有事情的取舍都看得那么功利、直接，这样的人和人生就太寡淡无味了！

某些特定的时候，我们要在心中亮起红灯。人无压力轻飘飘，猪无压力长肥膘！

有这样三种人：一种人离生活太近，不免陷入利害的冲突；一种人离生活太远，往往又成了不食人间烟火的隐士；还有一种人与生活保持恰当的距离，这种人也就是豁达的人。豁达是人生的一种艺术。

不满是永远的动力，唯有不满才有追求，才会不断地进步，其中最为重要的一点就是不要一味地去瞻望远方模糊的风景，而忽略了做手边的小事。

有两种生活：一种是燃烧，另一种是腐烂。一个人应该尽自己最大的努力，挖掘自己所有的潜力来实现自己的梦想。

社会永远是世俗的，人世间自古到今，高低有别、错落有致、各不相同，这才是真实的生活。

大势是挡不住的。当一条河流奔腾向前的时候，任何人不管有多大的力量，都不可能阻挡整个历史潮流往前发展。

博学的人，眼中透出了悟；无知的人，眼中散发着迷茫之光；自信者，眼神坚而毅；自堕者，眼神晦而衰。

积极地追求不应以自污、自轻、自贱为代价，尤其对创造精神产品的知识分子而言，否则势必带来人格的沦丧。

一劳一逸，生命的节奏；一张一弛，文武之道也。科学地安排工作和休息，是一门高明的艺术。更有高明者可以忙里偷闲，既日理万机，又潇洒吟唱，享受闲情。

人是矛盾的集合体，高尚与卑鄙、美丽与丑恶、坚强与软弱、豪爽与粗俗、聪明与愚蠢常常交融在一起。在紧要的关键点，要善于自控和把握适度，面对富于诱惑力的事物，要勇于“到此止步”。

不要囿于既成的局面，要有突围意识。没有勇气不行。面对任何艰难险阻，要用气吞山河的豪迈精神来应对，而不是被种种困难所威慑住。

不攀不比——这是弱者的最后心理底牌。有时需要安贫乐道，因为你只能遥望永远够不着的一切。

个人的行为与意志要受周围无数有关或无关、有形或无形因素的制约。许多人将时间和精力花费在无聊的闲聊和无谓的争斗上，其个性和活力很难得到发展。而每个人对周围事物过多地关注和干扰，就形成了滋生谗言和嫉妒的温床，小道消息就会飞短流长。

人是有缺点的，而且多数是平庸的。平庸并不可怕，可怕的是用平庸剪裁一切，排斥一切高尚高雅，甚至大步向恶俗方面靠拢。

摆脱世俗的偏见后，往往就会获得一种全新的认识，就会有一种超凡脱俗的人生境界和认知高度。

我们都是空手来到人世，又空手而去。虽然开头都是生，结尾都是死，但生的过程却是千姿百态、各不相同的。

一个人只有真正知道自己需要什么，知道自己干什么的时候，他才获得了新生，才是生命觉醒的开始。

善良的动机不一定得到正面的反馈。很多时候，我们的眼睛会欺骗自己——亲眼所见也不一定是事实。

完美，不过是善于遮蔽短处，善于把优势运用得出神入化而已。没有什么东西是完美无缺的，某些缺点我们也不可能完全克服，但可以努力避开。因此，不必事事都用完美主义的标准来苛求。

咀嚼杂草苦艾之后，挤出的才是甘甜的奶汁；享受，是要付出代价的，这代价，可能是痛苦，可能是岁月，可能是心血的流淌。

一切都在变化，而变化中的许多重要又有意义的事都会成为一座座里程碑，竖立在你的人生旅途上，成为耀眼的标志，证明着你存在的价值。

低调做人，使自己站得更稳；低头做事，使自己做事做得更好。山不言其高，照样耸立。有大才学和真本事而不张扬，更显示其做人的高境界。

远离生活的是是非非，倾听内心才是对自己真正负责的态度。

生活中很多事情都很简单，往往是我们自己把原本简单的事情复杂化，所以，聪明人应该学会舍弃那些无关紧要的念头，只做重要的事情。

金钱债务是可以清偿的，感情债却无法用金钱结算；用任何方式清偿感情债，都无法消除嗔恨情绪。因此，千万不要捆绑感情、透支信用，一旦透支，就会重新上演流传千古的“狼来了”的故事。

许多人把条条框框放到了至高无上的地位，常常沿着一条线走下去，直到实在走不通了，最后碰得头破血流了才开始转弯，循环往复无有止时。

某些人忙碌在世俗的表面，反复咀嚼着浅层的痛苦，破口大骂与功利失之交臂的不幸，从而放纵自己的生活方式。

所有的支离破碎，有可能拼凑成一个圆满；所有的逆境、侮辱和伤害，也可能是收获和补偿的序曲。

放低了身段，乃是跃起的前奏；有兼容并蓄的胸怀，才能有海纳百川的容量。

定力是一种专注力，对于自己不感兴趣的事，是“定力”不起来的。真正的定力只能来自吸引力和专注力。具有专注力的人，生活的体验就会更加本色，生命的追求就会更加执着，就不会自甘平庸。

现实中，庸俗的价值评价比比皆是：意义是人赋予的，或者说是人造的，离开了人——也就无所谓意义不意义了。

很多时候，体面其实是为了脸面。因为人不是简单地活给自己看，更多的时候是活给别人看。其实，做真实的自己，大可不必过于计较面子。

每个人从走入社会开始，就成为角色。现实中的角色，反映了个人的身份和责任，也是对个人权利和义务的规定。

“世故”是一种处世的经验，是一种虚伪的、玩世不恭的处世态度。世故的人可能会在一定范围内吃得开，并获得某些小恩小惠，但不可能永奏胜利的凯歌。

一个人只要有事业追求，不管是成功或是挫折，都会活得充实，就不会靠捧名人来填补精神空虚。一个不断进取的人，根本无暇回头去欣赏过去的辉煌，而总是激励自己去寻觅未来的希望。

有人总是按照社会或偶像的标准改造自己，结果放弃了自己的优点和特点，最终成为一个平庸的人。

在大规模模仿和复制的时代，所有的走路姿势都相似，所有的歌声都雷同，社会给我们的生活设置了那么多标准，树立了那么多榜样，使你不由自主地跟着走。

千头万绪而方寸有定，八方告急而不疲于应付，当你的人生走入低谷时，要坚定信念，千万不要轻易放弃自己。

弱者对于强者，难免有一种本能上的敬畏。

一个成熟和老到的人，会坚定不移而又从容地应对各种琐事，化被动为主动，从恶的挑战中寻找善的契机。

一个不干事的人永远都不会出错，但他会指责、教导、教训那些勤勤恳恳干事却偶尔犯错的人。

四、路是走出来的

最初的足迹，总是被追随者层层叠叠的脚印所覆盖。

很多人都安于走现成的路。然而，走的人多了，就成了一条拥堵之路，一条失去个性更无法通向新境界的路。

再长的路，一步步也能走完；再短的路，不迈开双脚也无法到达目的地。不要让太多的昨天占据你的今天。生命有限，如果把精力投错了地方，一旦醒悟，就会来不及做自己真正想做的事情。

在攀登者的心目中，下一座山才是最有魅力的；攀越的过程最让人沉醉，因为这个过程充满了新奇和挑战，自己的潜能也得到了最大限度的发挥，还有比这更有诱惑力的吗？因此，攀登的人是最值得敬佩的。

某些人对自己的认知需要与别人来做比较，实际上，他们无非是想从别人比自己更差的境遇中获得某种快感和成就感。

一个成熟的人会适度忍耐自己，正如他适度忍耐他人一样。

忍耐，是意志坚强者动人的风采，它昭示的是气度的豪迈；忍耐，是仁厚的等待：让良知感化愚顽，成熟导引轻率；忍耐，让生命负担起格外的重载，它造就的是坚韧不拔的将帅。

忍耐不是消极颓废，忍耐把难熬的寂寞、忧愤、艰辛强压在心头，不使它偷偷钻出来，使心灵倾斜。忍耐是意志的磨炼，爆发力的积蓄，用无声的奋斗冲破罗网，用无形的烈焰融化坚冰。

信任不需要大声疾呼，尊重不需要做作表现，只要我们献出一点真情，心中就不会再有冰山存在。

没有现在的压力感、紧迫感，将来就会一事难成。解决远虑，一定要从化解近忧开始。

摒弃矫揉造作与哗众取宠，用智慧的内涵让自己的生命卓尔不群、超凡脱俗。

一代人有一代人的事业，一代人又有一代人的桎梏，而且，这事业与桎梏往往难以分解。越是倾心于自己的事业，就越容易铸成自己难以挣脱的桎梏。

有时撤退是进攻的前奏，放弃是另一种固守。

跃跃欲试是一个人生命力还没有衰退的标志。太稳重了往往意味着心态与思维已经老化。

拔苗助长的人，只会让仅有的一点点能力过早显露，遭到他人不屑乃至鄙夷的目光；好高骛远的人，大多是绣花枕头一个，看似有一个崇高的目标，其实他们极少脚踏实地做实事，结果只能是失败。

急功近利的人，往往会因为得不到短平快的回报而轻易放弃，成功之门永远不会向他敞开。如果能坚持不懈，在不知不觉间，一点一滴地长期积累，就会有令人惊异的成果出现。

有的人，特别热衷于贬低别人拔高自己，然而这是没有用的，因为时间自会做出公正的裁决。

将时间和精力花在评头论足上，花在攀比和嫉恨上，这种痛苦只能折磨自己，却丝毫不会阻止别人前进的步伐——一个有价值的生命绝不应承载这种生命的负能量。

真正的尊严不是用武力换来的，而是用文明的方式赢得的。

心智正常的人，既是理性的也是感性的，他们在两极之间奔跑，直至力竭而死。

风度是内涵的外化，是自然而然流露出来的，而不是装出来的。

生活是实际的，不是用来作秀的，不是样板工程，也不需要什么应急预案，否则每天都会被弄得神经兮兮的。

成长的路上只要一停步，时间就会从脚下滑落。

生活中最难做到的不是寻找最后的结果，而是在寻找的路途上摆脱诱惑并奋力不懈地直达目标。

只有告别庸俗和浅薄，才能走向高雅与深沉。

为了实现人生的目标，无须赶时髦、无须凑热闹、无须严丝合缝、无须迎来送往、无须跟风、无须讲究。生活应尽量简化，否则活着就是负担，就是遭罪，精神就会萎缩，思想就会干瘪！

现实世界是多层次的，无穷的，不可分割的。如果没有航离海岸线的勇气，就永远不可能发现新的海岸。

随着年龄的增长，生活渐渐被各种东西填得满满的；城市的人口密度越来越大了，城市的自由空间越来越狭小了。

生活就是舞台，每个人都是其中的角色，并成为自己的主演；生活是一种耐人寻味的艺术，生活简单的人，往往目标更明确，志向更坚定，从而使思绪获得延伸。

努力用乐观的态度对待任何事，哪怕是最棘手的事。努力向前方的目标迈进，才能让自己不成为庸碌无为的人。

不管你为自己的人生设定了多少目标，决定你能否成功的永远是行动。只有行动赋予生命以力量，只有行动，才能决定实现价值的转化形态。

许多事情没有干好，不是道理不明，不是招法不对，而是缺乏实干苦干的精神。世上的事，纸上谈兵坐而论道是不可能完成的。

从稀少的选择到无数个选择，领地日益拓宽。生活是如此左右为难，对于那些总是将生存责任推卸于他人的人来说，生活是一场接着一场的失败。

生活中的等待，无端耗去了我们太多的宝贵时间。焦急是没有用的，谩骂也是没有用的。

不同的人，有不同的等待方式。

生活中，辉煌的人往往显得更辉煌，灰溜溜的人会落得更加灰溜溜。这种习惯视觉和“内在图式”一旦陷入盲目，就会形成生存智慧的陷阱。

生活可以剥夺我们的一切，但绝不会剥夺我们做梦的权利。有效的时间管理，能浓缩出人生的精华，并能收获微薄的希望——当然，幸福在自己心里。

生活中之所以有很多看似无法逾越、不可想象的东西，其实就是因为我们缺少一种去尝试、去创造的勇气。虽然成功带有一定程度的偶然性，但只要我们凝聚起智慧，用勇气铺路，那么，这路一定能把我们带向成功的彼岸。

一些人逃避生活，另一些人则全心全意地献身于它。前一种人到了晚年精神贫乏而且缺少值得回忆的往事，后一种人的精神世界和人生感悟都是富有的。

不要用煽情博取同情。某些人总认为社会“欠”了他什么，而不考虑自己为社会贡献什么；还有一些人只知道拼命干是为了什么，根本无暇考虑将来会得到什么！对他们而言，一切都存在着不确定性。

跟风往往是对某种结果的一种期待，而对某种结果的期待往往又导致了轻易受他人欺骗的倾向。

许多风景，的确经不起生活的一次次验证，它的美好，只容许我们浅尝辄止或远距离眺望，这就是距离产生美的真谛。

名利是诱人的，它可能成为个人发展的动力，但这种动力毕竟是暂时的、有限的。一旦被名利的缰索缠绕，就会陷入泥潭，变得愚蠢起来，从而泯灭智慧和才能的火花。

有些人能在艰难的生活中品出好滋味，这既是生活的基础，也是生活的韵味所在，但生活到底是何种滋味，是由我们自己选择和感知的。

要生存，承受煎熬是一种必要的心理素质。弱者常常为生计所迫，做些迫不得已的事，甚至把伤残的肢体强制性地抵押给了劳役。

社会可以同情身体的残疾者，但一定会鄙视心灵的残疾者，一个无力参与社会竞争的人，一个只希望得到现成幸福的人终究会被社会所淘汰。

五、需求的层次

需求是客观的，又被主观所反映。不同的需求导致不同的行为，不同的人通过各种各样的行为来满足自己多种多样的需求和利益。

在这个世界上，有人紧紧依附于世俗的舞台，有人则驱驰于思想的层面。世俗的人，难以与思想者对话，精神高雅的人不屑与庸俗透顶的人为伍。

千差万别的需求是由社会决定的，不是由个体呈现的。个体的需求对象是客观的、复杂的、广泛的，包括物质对象及精神对象。总之，需求的种类也是多种多样的。

个体的需求是一个不断超越的过程，物质需求满足了，又会有精神需求。需求的水平越来越高，种类也越来越多。

需求的内在必然性推动行为的发展，成为个体行为的原动力。个体需求在质与量上都是无限的。需求层次不是一成不变的，在一定时期、一定工作环境或条件下，需求则可能发生转换。

需求层次是丰富多彩的，且个体之间在层次高度上难以一致。这除了受个体自信心、意志、能力等因素影响外，还受到外界环境的诸多制约，使高层次的需求难以实现，故不得不退而求其次。因此，对目标层次的追求是无止境的，且需求层次也是变动不大的。

需求强度越大，动力作用越大，个体所体验到的需求越强烈。需求强度会随着需求感满足程度的增大而减少。由此，新的需求又将产生，并形成新的动机，导向新的目标，发生新的行为。

激励机制与多样化的需求是分不开的。需求的满足就是主体对客体的依赖关系的实现，或者说是主体对客体的欠缺状态在一定时限内的消除。

不同个体的需求是千差万别的，不仅处在不同关系中的个体有着不同的需求，而且同一个体在不同的发展阶段也有不同的需求，个体需求和社会需求是一个复杂又矛盾的统一体。

需求调节，是针对个体需求层次的合理性所做的一种客观性的选择。个体需求尽管各式各样，但不能脱离自身实际和客观环境的诸多制约因素，因此，对需求就有一个调节问题，使个体将自身实际情况与外部联系起来。

在人的最低限度需求面前，一切完美的说教和故作清高，只能是自说自话——每天饥肠辘辘，更别谈什么“诗和远方”！

六、爱情与婚姻

爱情是流动的素材，横移腾挪随心所欲；婚姻则是浇铸的结构，难以迁徙和随意腾挪。

层次是无尽的，爱情却有尽时。初恋之所以令人难忘，皆因纯情障目也！

恋爱中的女人总喜欢在煽情的故事里，流着自己的泪。

有一些爱的呵护会催生不良的习惯，有一些爱的庇护会助长错误的繁衍，有一些好心常常会吞食苦果。爱，需要掌握分寸，需要掌握技巧，拔苗助长的悲剧，源于不懂爱的艺术。

在爱的情绪旋涡之中，逻辑学乃至道德规范、五讲四美、遵纪守法、生活宝典、人生指南、伟人语录是不起作用的。

婚姻不是表演，不是过给人家看的，只要自己随意舒适就行。结婚后还一直鼓吹浪漫的话，就会形成婚姻的肠梗阻，离婚的概率也会非常高。

没有空间和距离的婚姻是不幸的，没有自由的婚姻是痛苦的。失去了距离的婚姻，就丧失了朦胧的美丽。

永远不要把自己的婚姻幸福建立在限制对方的自由上，不要把婚姻捆绑在自己控制的“战车”上。

思想家的婚姻家庭一定存在着某种程度的缺陷甚至是极为严重的缺陷，这是思想家的天性使然，是无法避免的，也是无法改造的，因为对于天才的思想家而言，如若违背了自己的天性，就很有可能被改造成一个俗人或庸人，也就不能称其为思想家了。

每个人都只能试图改造自己，不可能去改造别人，不管他和你处于一种什么关系，你可能会影响他人，但你改造不了他人！

女性的“雄化”和男性的“雌化”，是一个值得注意的社会现实问题。在某些方面，男女的角色似乎发生了错位。这种错位一方面使得男人失去了雄性气质，一方面也使得女人失去了柔性美。男人的雄性之美得不到体现就只能转向阴柔，一个社会缺少阳刚之气是十分可怕的。

爱情是浪漫的，婚姻是现实的。在现实的婚姻面前，任何教义和法则都是不起作用的，一切小清新爱情导师的标榜和鼓噪注定是徒劳无益的。

婚姻的实质就是柴米油盐、争争吵吵。一方对另一方不满时，一定会放大对方的弱点，并且无所顾忌、毫不讲理、毫不留情。

优秀男人和优秀女人“强强联合”的婚姻似乎不多，如果有此婚姻绝配，很可能是一场婚姻悲剧。

婚姻的妥协是共同向平庸看齐，精神过于高洁往往会使婚姻伤痕累累——恰如一个把洁癖当卫生标准的老婆，只可能使丈夫的精神布满雾霾。

怨妇加洁癖，除了弄得家人不得安生外，估计宠物也会跟着一起遭殃。此时，给怨妇喝什么样的心灵鸡汤都是难以奏效的。

庸妇把思想者逼成凡夫，你与之结婚了，就会沉没于俗务之中，浪漫的情思几近枯竭。二人世界中，有些事你不能问，问是一种冒犯；你又不能不问，不问那更是一种冷漠。

婚姻的经验只能靠自己去感悟、去获取。婚姻的质量不适用于道德评价标准。两个非常杰出的男女组成的婚姻，不一定就是幸福的，“臭味相投”、道德欠自律的男女组成的婚姻，也不一定不幸福，个性对撞型的男女组成的婚姻多半不幸福，而性格互补的婚姻则大多是幸福的。

在现实中，婚姻是无法完美的。完美主义的理想只能是婚姻的陷阱。在任何情形下，都不存在万无一失的办法以确保一个婚姻的绝对安全。

相爱的人即使结了婚，两个人之间也应保持一个必要的距离。唯有亲密有间，家庭才能成为一个自由发展的个性场所。

不要指望通过婚姻找到一个完美的人，而要学会如何看待一个不完美的人。美满婚姻的秘诀只有两点：要是你错了，就承认；要是你对了，就闭嘴！不要严格区分双方的对错，糊涂一点好。

婚姻，是一种真正意义上的资源重组——这是一种广义的重组，既包括物质上的，又包括精神上的；从某种意义而言，精神上的重组与契合程度的高低对婚姻质量的影响更是不容忽视的。

不少女人走入婚姻后，往往俗的会变得更俗，不俗的也会渐渐变俗，高雅的也慢慢向“俗”的中心靠拢，整天关注的不是家务就是金钱，而且由于生活空间的狭窄会使人变得目光短浅，蛮不讲理，既不思进取，也不再注重自己的外表。

一个优秀脱俗者与一个平庸低俗者的婚姻组合是可悲的，因为在这样的家庭里生活，想不平庸很难，走向深刻更难！此时，爱有多深，恨就有多切。然而，圆润不是妥协，所以，从这个意义上讲，某些独身主义者绝对是真正的智者。

某些爱已变成一种枷锁和囚牢——传递爱的方式严重错位。婚前没有隐瞒，没有虚伪，必有助于婚后家庭生活的美满。

无论夫妻哪一方，都不应充当生活的洁癖者、精神的洁癖者、伟大的教导者，否则就会令对方无所适从、左右为难。对方无论怎么做都是错——不做是错，主动做了更是错上加错，反正一切都是对方的错……这样的婚姻无疑是一种悲剧。

婚姻的和谐是黑发到白头，最重要的是能相互给予，它是通过幸福之门的钥匙，不能相互给予的夫妇是不能维系长久婚姻的。到手的不珍惜，失去了才珍贵。

爱情是纯洁的，容不得掺入太多的元素；而婚姻是复杂的，无可避免会融入太多的色素。这就是爱情与婚姻的本质区别。

婚姻是一种资源组合和配置，更是两个人的修行。错误的结合是因为看错了人，这是婚姻不幸的最主要原因。家往往成了垃圾情绪宣泄的场所。

女人讲究细节，男人忽视细节；事物的本质往往隐藏在细节中，然而，抽象舍弃的正是具象和细节。

母爱最能体现亲情的内涵，在关键的时候，它能起到友情和其他形式的亲情都无法替代的作用——这就是母爱的力量！母爱是普世的，它可以复制、下载和粘贴，因为，几乎所有的雌性动物都具有。

母爱是一种本能，那是“打断骨头连着筋”的一种血缘性情感。相比较而言，行孝则是一种美德，不是所有具有母爱的人都能做得到的。母爱是向下的，行孝是向上的，从这个角度讲，唯有向上的才是最难的。

一般而言，父爱是内敛和理性的，母爱是奔放和感性的；父爱是沉闷或深沉的，母爱是外显或张扬的。许多为人父母者在儿女的责怪面前，尽管十分委屈，却成了一个完全没有脾气的人。他们没有自己的意志，而是以儿女的意志为意志。想想这确实是一种循环式的悲哀！

第四辑　艺术是生活的滋养剂

平凡的生命，应极致绽放。尽管精彩只是瞬间，落寞才是永远，依然要活出真我。拒绝重复，拒绝模仿。不要时时忙着亮相，永恒无限的东西，最值得我们心无旁骛地去追求。

一、生活是无字书

生活是无字书，也是一部社会字典。生活是一种实践，只有在经历之后才明白。

不懂得人生艰辛的人容易傲慢和骄横；遇到逆境就一味消沉的人，是浅薄的；一有不顺心的事就惶惶不可终日的人，是脆弱的。最美好的品质也正是在厄运中显示出来的。

每个人都应该是人生的主角，而不是旁观者。要成为真正做事的人，而不是添堵的人。

我们应找到属于自己的坐标，发出自己的光、自己的呐喊，让生命的激情在行进中勃发，从而收获无悔的人生。

我们总是以为眼前看到的这一点点就是生活的全部了，其实不然，只要稍稍偏一下脑袋，就会发现另一番风景。

当你极度忧伤时，当你的人生道路漆黑一团时，请看看前方——天总会亮的！看看前方，就会领悟前半生的流逝，将会带来硕果累累的后半生，人生的喜悦正在前方恭候着我们。

有的人一生都在起着努力帮倒忙的作用——并且越帮越忙，给社会和他人造成了无尽的伤害。

有人嫉妒你的才华，却没有人嫉妒你的诚信。

最高层次的感悟在心灵的最深处，最高层次的抽象，在于语言无一个冗字。

感悟也有主观、片面、肤浅直至歪曲的可能，但是观察、了解、听取、阅读与感悟的手段都可以采用，也都可以参考。

痛苦让个体触摸到心理承受的极限或临界点。

只要将时空放大，痛苦和烦恼就会减轻或很快消失。

二、风景在彼岸

我们总是羡慕别人，因为自己的路是此岸，脚下的坎坷和艰难只有自知；别人的路是彼岸，只看到远方的朦胧和诗情画意。

晕轮的边缘往往会浸润并扰乱心灵的理性边界，使人视虚幻的表象为某种真实与必然，理性的光辉与晕轮的炫光从而发生交叉与混叠。

追求绝对完美，是人生痛苦的根源之一。完美是一朵绚丽的彼岸花，而我们永远在路上，不断接近它，却无法触摸。因此，我们要说自己想说的话，做自己想做的事，不必藏拙，不怕露怯。

过于追求完美，或者凡事都想万无一失，反而会和预期的结果越来越远。渴望过度的完美，其实就是和自己过不去，就会增加不必要的别扭和麻烦，取舍有度，方是做人的最高境界。

不必为完美所累。人生的确有许多不完美之处，每个人都有这样或那样的缺憾。其实，没有缺憾我们便无法去衡量完美。不完美是客观存在的，无须怨天尤人，在羡慕别人的同时，面对自己的不足，坦然面对，奋起直追。

人活着，不一定要处处张狂与争强好胜，那样活着太累，也不可能久远。

永恒无限的东西，最值得我们心无旁骛地去追求。那些纷纷忙着亮相的人，如果真正洞穿了他们的灵魂，他们所谓的盖世功勋很可能会令人不屑一顾。

真正行之有效的办法往往是独特的，独特的就要标新立异，就要出人其右，就难免出现疏漏、授人以柄。

把“术”视为“道”，把“道”撇在一边。这就是某些人总是在人生和思想的浅层次区徘徊或驻足不前的深层次原因！

“最短路径最大流”，是科学规划运输路径、降低运输成本的有效方式。没有人喜欢走曲线，都希望花最少的时间走最短的路径到达目的地。而现实是，生活中是没有捷径可走的。没有捷径时，非走曲线不可。有时捷径往往就是艺术地走弯路。

望九天，道无边；看尘世，磕磕绊绊。有时，学会走弯路，是一种大智慧。

一个人首先要思考自己的问题，应该按照自己的心性去寻找与创造相匹配的资源，通过那些资源能够对自己的生活起到一个很好的校正作用，进而完善我们的人生。

幸运之中并非没有烦恼，而厄运之中也绝非没有希望。只要有坚定的信念，把信念作为一面旗帜，厄运与困难就会迎刃而解，烦恼和痛苦也会烟消云散。

无论是物质生产还是精神创造，不是每种投入都有收获，有时虽然耗费了无数心血和高昂费用，也可能颗粒无收。

有的人最大的优点是能吃不能做，而有的人最大的缺点是能做不能吃；某些人的唯一特点是浑身上下很难找到优点；有的人唯一的优点是浑身上下很难发现明显的缺点。

每个人的身上难免存在这样或那样的缺点，但这并不可怕，因为在这个世界上，真正完美的人是不存在的。但是，有了缺点却百般掩饰是可怕的，它最终只能毁了自己！

有些人看似对异乎寻常的事过于热情，只不过是为了满足自己窥视他人苦难的心理，然而并不是每个人都会失去良知地面对好奇心的非人性的一面。

“从现在开始”就是最好的捷径。极度怯懦和自卑会淹没本身所具备的活力和天赋。因此，要以拼着失败也要去做的精神去践行，千里之行，始于足下。许多鸿篇巨制由逆境而生，许多伟人由磨砺而出。

想让心中的蓝图变成现实的图景，没有信念是不行的。信念是一笔很大的财富，是一笔极大的资本。信念能迅速地使你鼓起勇气，坚定地朝着目标前行。

应该摒弃矫揉造作与哗众取宠，用智慧的内涵让自己的生命卓尔不群、超凡脱俗。没有现在的压力感、紧迫感，那么将来就会一事难成。解决远虑，一定要从化解近忧开始。

尺有所短，寸有所长，每个人也都如此。然而，人一旦喜好争强好胜就容易失去做人的乐趣。千万不要因嫉妒他人，而失去属于自己的快乐人生。

人生一世，错误是不可避免的。生活中，有点小错误也并不可怕，怕就怕知错不改，错了也不悔过。敢于承认自己错误的人，才能获得他人的尊重，而且会给人一种高贵诚信的感觉。

如果我们明白了哪些事可以不认真，可以敷衍了事（例如应付那类八股文章），我们就能腾出时间和精力，全力以赴地去做该做的事，成功的机会和希望就会大大增加。

有什么样的眼睛，才能发现什么样的世界。困难再多，但没有到达不了的明天。

失意时谈失意事，只会越谈越泄气；得意时谈失意事，才是自信的表现。

有的人自卑，但并不缺乏真正的才干和成果，也不缺乏自信；有的人很自负，却没有什么真正的本事和成果。

做人做事最可怕的是："一村人都认得疯子，疯子却认不得一村人。"

在这个世界上，最好的演员，应该是在戏里扮演的人。但在生活中，我们要做真实的自己。

多一些真诚，少一些套路。

触摸人生的真谛是一回事，坚持理念而不堕落，则是另一回事。

三、远离八卦

说得越是悬乎的东西，越要保持距离和警惕，要分析它是否真有道理，从而避免跟风。这是看一个人是否具有健全的科学素质的反映。

说话靠内容支撑，而内容源于生活。你说什么话，就预示着你将来或现在会过着什么样的生活。

天天八卦别人的人，大多没有追求，没有生活目标，需要用八卦填满自己的空虚。

喜欢八卦的人，大多是人生没有追求、做事没有主次的人。他们效率低下，时间都浪费在了小事上；他们思想没有层次，时间都浪费在了浅薄上。

一个人说太多无用的废话，只能证明他品味低下。没有思考能力和反思能力，这样的人没有思想深度。

说话是一种输出行为，也是一种表达自我的行为。然而，总在说话的人，因急于表达自我，很难接受别人的意见，反思能力差，思想也没有什么深度。

说话是需要耗费时间和精力的，而一个人的时间和精力是有限的；把时间精力都耗费在说话上，是很难做出什么真正有价值的事来的。

人在江湖，风起云涌。在人鬼混杂的地方，是说人话，还是说鬼话？抑或说人不人鬼不鬼的话，各人自有各人的标准和选择。

有些人什么也不懂，但就是特别喜欢不懂装懂。其心态也特别好，胆子也特别大，不怯不惧，敢于在大庭广众之下对一知半解的问题侃侃而谈，胡诌一气。

我们应该把有限的时间和精力放在重要的事情上。话，可以等事情做完了再说。事，却不能等到说完话再做。

总是不停说话的人，往往分不清说和做孰轻孰重。这样的人，生活没有主次，思想也上不了更高的档次。

喋喋不休的人，很难深入思考一些问题，貌似能言善辩，却说不出有思想、有深度的话。

一个人应该做真正的自己，遵循自己内心的呼唤，没有必要为了迎合别人的掌声和认可而改变自己的初衷，更没有必要为了迎合他人的需求而刻意改变自己的行事风格。

真诚的人让人放心，因为他的心扉是敞开的，交往起来让人心里有底。虽然诚实的话不一定正确，但即使是诚实的错话，也比虚伪的好话让人放心。

谩骂是某些失败者惯用的发泄方式。是一个人为了挽回“面子”，自我认为的一种有力武器。然而，他们的精神耗费却远远大于其他人。

一切空谈都是误国误民的，空谈会造成思想的僵化和社会的停滞不前。但这样的坏习惯似乎还在不断地循环上演。

四、生活不是诗

生活不是诗，不可能是浪漫抒情的；现实是严酷的，经常把人弄得头破血流遍体鳞伤。美好的开头，不一定有美好的结局。

生活是实实在在的，不是虚构的；值得做的事一般都是难做的事，也是许多人不愿做的事。

简单生活，是因为简单可以平息一切无谓的喧嚣，从而保持尽可能真实的自我。简单生活所追求的目标是：多一份舒畅，少一分焦虑；多一分真实，少一分虚假；多一份快乐，少一分忧愁。

生活是一种耐人寻味的艺术，时而顺利幸福，时而困惑惆怅。但无论何时，要学会换一个角度，给自己一个新的希望，让美好永远在心灵深处不断滋长。

弯曲的艺术不是倒下和毁灭，它是人类生存的一门谋略。

再贫瘠的土地，只要勤于耕耘，来年春天，定会郁郁葱葱、百鸟啁啾。

要活得精彩，就需要有宽广的胸怀、百折不挠的意志和化解痛苦的智慧。

在面临生活窘境时，在应对巨大压力时，坚持微笑着朝前走，不做毫无意义的哭泣和抱怨，让心情轻松愉快，如此才能扭转不利，逐步实现自己的目标。

卑微者，任何时候都必须自珍自爱，要勇于战胜人生路上的最大敌人——自我；自暴自弃，不思进取，甘于平庸只能是虚掷一生。每个人都没有理由妄自菲薄，要自信、自强，做生活的强者。

亦步亦趋，不敢越雷池一步，注定不会取得大的成就。有个性的人活得才有意义。一句抚慰人心的话，能够照亮人的心灵，甚至会影响人一辈子的生活态度。只要不轻易放弃，凡事都有转机。

任何宣传都应该尊重客观事实，不要随性而为，或将宣传的事物抬高到无法进行比较的地步，使得众人对其正确性、唯一性的质疑成为对被质疑者自身极为危险的挑战。

光评判，不实践、不发展、不走创新之路，是不会有什么意义和出路的。否则社会上就会充斥着光说不练的“精神导师”；就会到处飞扬着毫无思想因子和精神含量的语言垃圾，就会严重污染人们的耳目，毒害人们的心灵！

人的真实价值，只有去掉包装，展示内核，才能真正判断；那些附着在身上的花里胡哨的东西以及种种名不副实的头衔，除了遮人耳目外，于自身的真实价值是没有丝毫助益的。

找一个层次相同的朋友并不容易，所以大部分人都是寂寞的。找一个层次相当的伴侣，那就更困难了。

斤斤计较于蝇头小利的小聪明，是不适合于从事科学探索和学术研究的，因为谁也无法断言，自己所从事的思想、科技和文化研究的项目能否成功，能否获益……

从某种意义上说，乐于吃亏是一种境界，是一种自律和大度，是一种人格上的升华。任何一个有作为的人，都是在不断的吃亏中成熟和成长起来的，并变得更加聪慧和睿智。一旦吃亏便愁肠百结、郁郁寡欢，甚至捶胸顿足、一蹶不振，那样受伤的只能是自己。

某些头脑灵活的人，几乎被现实生活进化成了人精，而其中的某些人精与生活中的一些人渣却默契为彼此的背景墙。

一个人，可以自尊，但不要专横；可以自豪，但不要自封；可以自信，但不要自以为是。

一颗晶莹的水滴，它在溪流时虽然渺小，但一旦融入江海就永不干涸；水珠始终晶莹剔透，它可以映出太阳，也可能会映出一束星光。

活出真我来，拒绝重复，拒绝模仿。重复之荒谬就在于它是赤裸裸的无意义。对于那些锐意创新的人来说，重复是不堪忍受的。

自己对自己的放纵，实质上是对自我的抹杀和不负责任，这是一种极大的罪过。

生活中，我们与其贬低他人，不如提升自己；与其诅咒黑暗，不如寻找光明。

进入现实，或许能够真正与生活达到某种默契，求得在现实中的一个恰当、合理的位置。这是一种处世方式，也是一种生存智慧。

在乐观者眼里，每一次挫折或忧虑，都潜藏着一个机会；而在悲观者眼里，每一次机会，都会被看成某种危机或忧患。一个人在不如意的时候，是最容易沮丧、失望以致绝望的。

有一种生活叫无奈。生活本身就是一个出色的法官，它让不守规则的人碰得头破血流，对一切有悖生活本身逻辑法则的人，实施严苛的教诲或铁律般的惩处。

生活无需作秀。

在特定的条件下，嘲笑是一种最好的驱动力。在工作和生活中，我们不知要遭遇多少讥讽和嘲笑，我们何不把别人的讥讽、嘲笑化作对自己有利的鞭策呢？对待嘲笑采取的是反击，但反击的不是别人，而是自己的缺点。

底线必须坚守。自己的名誉掌握在自己手中。一个人追求的目标越高，他的事业就会发展得越快。

没有在深夜辗转反侧、痛彻心扉的人，不配谈人生。

现实是一个充分展示自我的平台，什么话都说的人，大多是什么事都不会做。

一个人炫耀什么，往往在现实生活中，他就缺少什么。

一件事，有时放弃很简单，而坚持却十分困难；有时坚持很简单，放弃反而难上加难！

远见是成就价值、实现梦想的一个秘密通道。

勇气是飞翔的羽翼，怯弱是地狱的阶梯。

只有不断提升自己的高度，才有可能刷新生活的高度。

人都是有两副面孔的：一副是真，一副是假；一副是善，一副是恶；一副是美，一副是丑。两副面孔其实随处可见。

善于战胜自身弱点的残疾人，往往胜过身体健康而无追求的人，也强过只知坐而论道的人。

很多事情，大家心知肚明。然而，某些事情谁先捅破谁就要承受因这件事而带来的一切后果。

商品可以打折，但做人的良心不能打折。

在自己不自认为是弱者的情况下，不要轻易接受别人的同情。不管是为了弱者而落泪，还是为了强者而欢喜，都应从相互尊重开始。

同情是廉价的，激励是无价的；乞怜是可悲的，尊严是可贵的。

聪明人把希望寄托在事业上，糊涂人把事业建立在沙滩上。

国人在吃的方面十分讲究，常常津津乐道于荤素搭配，海阔天空于天上飞的、地上爬的五味俱全，真是毫不含糊。许多人肚皮愈来愈膨胀，大脑愈来愈萎缩；舌尖愈来愈“艺术”，思想愈来愈干瘪。

招摇者心必不诚。真正的理由往往是无须直说的！

勤奋是时间的主人，壮志与毅力是事业的双翼。

怠惰者思想贫血，精神缺钙，是时间的奴隶。

追求过度完美会活得很累。如果为了提升一点点完美程度导致成本大幅上升，造成功能与成本的严重偏离，其实是一件得不偿失的事。

有些人总是热衷于评判别人的想法和做法，而自己又不敢去创新。评判人家总是轻而易举的。但是，对于他人的新想法，不分青红皂白，过早地下结论是有害无益的，将会埋没一些有价值的新创意。这些属于不当的价值判断。

拜佛就是拜自己的过程！山村出奇士，乡野出高人。做真实的自己吧！

社会的背影往往构成了一个时代的正面。

只有永远向比自己优秀的人看齐，我们的生存质量与生命价值才能不断提升。要发挥自己所有的潜力，追逐最感兴趣和最有激情的事情。

偶像会沿着崇拜者的想象成长并形成晕轮效应，因此，我们应保持心灵的清醒和高度的警惕才是上策。

当杰出的成就，惊人的美丽，使其晕轮效应覆盖心灵深处的每个角落，就会造成莫名的神化。到了这时，晕轮作用也就转化为晕轮转向作用，由其导致或强化的魅力也会随之殉葬！

我们所有的付出，不一定都是最有价值的牺牲，不要将其统统描述成英雄落难的悲剧——这虽是英雄的悲壮美，然而，这何尝不是一种智慧的迷失？

如果是喜欢的事，那么如何做，自然不需要别人指手画脚，只要一路狂奔就行了。此时就不应该放慢自己的节奏，也不要把别人的赞扬或贬低太当回事。

要越过障碍不需要有超常的水平，只要把握实际问题准确一点，处理临时困难机敏一些，应变能力再多一点就够了。

聪明人无须得意，逆水行舟不进则退；笨拙者不必自卑，找准方向奋起直追，只要心怀信念，坚持不懈，一样可以成功。

漠视自己的错误，是一种不负责的态度。犯了错误，应立即改正，而不是放大痛苦，博人同情。

发现别人的错误很容易，认识自己的错误很难。

在特定的时期，向生活乃至命运做出适当的妥协是必要的，也是智者的生存方式之一；否则，一根弦绷久了，往往容易折断。

做事、做人，没有风险承受力和行动力就无法创造出更多的价值。冒险的精神，是人类智慧精华中最引以为傲的成分，冒险者的成就是人类文明发展史上最宏伟的丰碑。

五、智慧的营养素

痛苦是我们终生的良师。有过炼狱般经历的人，才能深切审视人性的弱点和阴暗面。若想成功，有时必须忍受一时的痛苦，甚至是漫长的痛苦。

一个人追求越多，希望越多，痛苦也就越多。痛苦让人思想深刻，它是我们向生活交的学费。从痛苦中获得的思想，才是真正的生活感悟。

在人的一生中，一切痛苦和欢乐，失望或悲哀，当它成为回忆时，就有了雾里看花的朦胧之美，当时种种的心情，也都具有了欣赏的价值。

痛苦会让一个人提前感知这个世界中不易感知到的东西。甚至一个年轻人在病痛中可能会体会到人到老年时才会感悟到的东西。

越是痛苦，人的心灵世界的体验就越丰富和细腻。人常常会在遇到重大挫折与深深痛苦的时候，才会拾起信仰的问题，才会考虑生死的问题。

没有经历过痛苦的人生不会完整。快乐不会让一个人的思想深刻，唯有痛苦会让人思想深刻。柏拉图说，唯大智慧者大痛苦。只有接受痛苦的锻打，才会变得坚韧、锋利，成为璀璨的真金，只有勇敢而自觉地挑战磨难，生命的宝刀才会熠熠生辉！

生命只有一次，做人的痛苦莫过于深切地知道自己的渺小，百年之后的一缕青烟，诠释了生命的自然规律——从此进入虚无，像从未出现过一般。

要想活得深刻些，就必定活得痛苦些；思想深刻的人，注定会比一般人承受更多的苦难和折磨；但会在痛苦中学会有尊严地活着。

善于思考，是人精神痛苦的标志。巨大的失落使一个人的心灵感到痛楚的同时，也会使心灵因痛苦的锻造而富有韧性，这韧性将会使他可以负载更多的苦难，而苦难每每是成功的孪生兄弟。

痛苦是人生存的基本事实，任何个体生命的成长都伴随着痛苦。接受生命其实就是接受痛苦。一个人的痛苦远比一个人的思考，更能体现一个人意识到自己的存在。

世界上过着俭朴生活的人很多，但是，要找到一个自觉地过着俭朴生活的人却是困难的，而要找到一个自觉地放弃富贵的物质生活，去追求丰富的精神生活的人无异于凤毛麟角了。历史上那些高贵而伟大的灵魂，几乎都是蔑视物质生活、蔑视权势，而追求精神生活的人。

安乐生活可以让你获得感觉上的舒适，却不会使你在能力、才华、品德等方面有任何收获。

生活是一门加工的艺术，只有懂得把多种内容适当取舍，合理镶嵌，有机组合，才能进行创造。

现实生活就像一堆散乱的音符，在情感的变奏和命运的交响中，我们的生存状态能否成为一支优美的乐曲，而不是节奏紊乱、不成曲调的杂声噪音，就完全取决于个体是否有个好心情。

女人注重细节，男人忽略细节，真相往往隐匿在细节中。

做自己的事，不要轻易羡慕别人。

一个从来都没有从心底发出呐喊的人，是不会有什么真正的成就的。

有些事情，只有经历过才有发言权。

干传奇色彩的事，做低调简朴的人。

从长远看，无用功并非真的无用，在无用功的积淀下，在徒劳的日积月累下，也许在不经意间就发挥出了巨大的合成效应。

以欣赏的眼光看世界，世界每天都是新的；以阴暗的眼光看世界，世界则漆黑一团。

真正的财富创造者，大多是社会底层人士，他们意志坚强，目的单纯而简单，决定了的事情就会义无反顾地坚守。

执着不要走向极端，不要成为一种偏执。

永远不要做违心的事，不要为违心付出悲惨的代价。

某些看似太复杂的事情，是源于深深浅浅的欲望。生活中很多事情都很简单，往往是我们自己把原本简单的事情复杂化。所以，聪明人应该学会舍弃那些无关紧要的念头，只做重要的事情。

没有一条河流是直的，每一条河流都要拐这样那样的弯。其实，笨拙的坚持就是最好的开始。

某些看似的无用功其实并不是真正的无用，在适当的时空条件下，一定有一条隐形的逻辑线条将它们串联在一起，从而产生连创造者本人都难以预料的结果或奇迹，甚至使全社会乃至全世界为之改观。

卑微、弱小，并不等于无能，可能还是一种优势。对自我感觉良好的人，适当地培养他们的自卑感未必是坏事。

只要你对周围的人和事有足够的热情与好奇，就能发现，每个人身上都有能帮助你成长的闪光点。

应该化自卑为向上的动力。自卑感是优越感的反面。有些人自卑感强烈，这表明他的内心非常希望能超过他人。自卑的人应抛掉自卑感，转而奋起，才能迅速成长。

彼时的中心是此时的边缘，此时的中心是彼时的边缘。

很多时候，人在社会上，抵挡压力最厉害的招数，不是正面以对，而是侧过身子，把强劲的来势悄悄容纳或消化掉。

很多问题看似复杂无比，但解决的方法常常十分简单。别让复杂迷惑了眼睛，别让复杂遮蔽了心灵，多一些从容，多一些果断，多一些睿智，就会在复杂的迷宫中，找到捷径。

高傲，是掩盖无能的外壳。

生活中充满了太多的欲望，而人的精力是有限的，如果什么都想拥有，便会导致心浮气躁心灵堵塞。适时放弃、勇于放弃、善于放弃的人，才能使自己的生命轻装上阵，勇往直前。

生活越简单，生命越丰富。对于生活中的许多问题，当我们无所适从时，可以换一种思维。

任何存在的事物甚至困境，都有可能是一个潜在的机遇，只是我们未曾想过，更不敢去尝试。

不要左顾右盼，只要我们用心朝前走，只要每一个脚印都浸透着汗水，这就够了。

勇敢者的道路，在没有路的地方。他们负重前行，把所有的磨难当成生命的背景。

没有一个人的生活道路是笔直的、没有岔道的。有些岔道口，你走错一步，就无法回头，它会影响人生的一个时期，甚至一生。

社会是个万花筒，在欢呼雀跃的场面里，也会有呆滞茫然的目光。

不要把面子、权力、利益看得太重。过于计较得失，就会自寻烦恼，浪费精力。追求淡泊恬静，就能笑看输赢得失。

是金子总会发光，然而，鼻涕也会在阳光下闪闪发亮。再秀丽的景色都代替不了你的本色，都掩饰不了你的真情。与缺点对比，优点才会像金子一样闪闪发光。

粗鲁是愚人的特征，自相矛盾总是他们的表现。

许多人喜欢活在昨天的回忆中，活在昨天的荣誉和地位中。这好似会计账户中的备抵科目，只具有象征意义，最终是要被用作抵销的。

要认识自己的长处和不足，扬长避短，不刻意去模仿别人，而是保持自己的特色。

陶醉封闭了自我的清醒，便会丧失辨别是非真伪的敏锐。

人太清醒了，就会缺乏一种朦胧的意趣；而太糊涂了，又会丧失一种感知的欣悦。陶醉，应是那种似真似幻的境界。

某些边缘人往往磕磕绊绊举步维艰。然而，其中也不乏真正有本事的人，他们不显山不露水，却是一身绝活。真是应了那句话：高手在民间！

一般而言，社会边缘人的创新欲望、驱动力和创造力比体制内的人要强大得多。他们大多具有野性的思维，不按常理出牌，不遵守游戏规则。其创造力是无法想象的，如艺术家、作家、思想家、非主流学者等。

在时光的隧道里，大多数的人和事转眼间消失得干干净净。只有极少数人，他们的名字和精神凝聚成了一个个闪光的里程碑，成为人类历史的重要节点，升华了整个人类文明。

再小的岗位也有精彩。转换一下思维角度，很可能会获得一种全新的视野和观念。

抱有平常心，才能透视事理。不抱功利目的去做事，往往能够成功。当我们自身的价值发挥出来时，该有的位置总会有的——当然，这样的位置是泛指的。

第五辑　平衡相处的逻辑

每个人都有自己的生活逻辑，你无须用自己的生活逻辑作为标准来评价、界定或裁剪别人的生活逻辑。

一、宽容与大度

世界是五彩缤纷的。什么样的人都有，什么样的思想也都存在，如果事事与人计较，只会堵住自己的路。

在日常生活中，谁都不可能是一座孤岛。一个人要取得成功，必须学会与别人一道工作，并得到别人的帮助。

有些时候，我们帮助别人，无形中也得到了别人的帮助。助人其实就是帮助自己。

我们生活在各种各样的人际关系中。和快乐的人在一起，我们就会感到快乐；和智者在一起，我们就会受到影响并愿意去思考；和艺术家在一起，就会受到熏陶，体验到艺术的崇高。

真诚呼唤真诚，赞美是人际沟通的润滑剂。

成大事者大都具有容人所不容、忍人所不忍的心胸，善于求大同存小异，团结大多数人。他们不斤斤计较，不纠缠于非原则性的琐事，所以才能成大事，立伟业。

一个人获得成功之前，必须得到人们的尊敬，否则就无法赢得别人的合作。锋利的言辞，冷漠地对待他人的权利和感情，有意无意的怪癖——所有这些，都将使这个人很难得到他人的尊敬。

对于自己不喜欢的人可以宽容一些。宽容不是退让，而是一种力量，是一种促使别人成长的因子。有宽容之心，就容易发现别人的长处。条件成熟时，就可取别人之所长，补自己之所短。

人们彼此之间存在差异，看问题的角度也不相同。如果一个人说他绝对正确，那么他与别人的交流，唯一一个可以预测的结果就是不欢而散。

凡是善于解除精神压力，将自己的角色扮演得很好的个体，都不会引起心理矛盾和不安；反之，在十分恶劣的人际氛围中工作，患神经衰弱的可能性则会大大增加。不管怎么说，神经衰弱总是人生的失败体验之一。

微笑，没有成本，却是无价的。它不需要耗费些什么，却能收获许多便捷。微笑只有一刹那，给人甜美的回忆却永在。微笑，使疲惫者获得休息，使失望者获得光明，使悲哀者迎向阳光。

微笑，是交往的名片。微笑无须成本，却能创造出许多价值。微笑使得到它的人富有，却并不使献出它的人变穷。微笑着面对危险，微笑着面对坎坷崎岖的人生，用微笑去照亮生命的隧道，就会看见人生的奇迹和宝藏。

带着“微笑”上路，它是融入人际社会的黏合剂，是比语言更甜蜜更重要的声音，是一种灵魂的旋律。微笑是一张绿色名片，微笑是和谐的通行证，它帮助你畅行于人生大道的方方面面。

微笑，常常是良好人际关系的引发因素，它有助于友谊的建立，有助于彼此之间的互相帮助、互相谅解和互相信赖。

良好的性格是我们本身所具有的财富，让我们在错综复杂的人际关系中游刃有余；良好的性格是我们内在散发出的魅力，让我们在坎坷的成功路上战无不胜。

豁达，其实很简单：遇事拿得起，放得下，想得开，不计较；遇人能宽容，平等待人。因而，豁达的人少有烦恼，心态健康，长寿者多。

豁达是一种博大的胸怀。超然洒脱的态度，是个性最高的境界之一。一般说来，豁达开朗的人比较宽容，能够对别人不同的看法、思想、言论、行为等加以理解和尊重。不轻易把自己认为正确或者错误的东西强加于别人。

一个人只要不亏自己的良心底线，不亏自己的职业道德，其他的一切亏损都可转化为精神的收益——赢得别人的信任，并获得诚信的桂冠——那是一生中拥有的最大财富。

自如地适应身处的环境，又能够善于改造环境，而不是一味地被所处的环境左右。如此，才能够既很好地融入社会，又保持自己的个性，实现自我的价值。

一般来讲，具有真诚、理智、可靠、热情、友善、乐观、幽默、无私等优良性格的人，容易在社会集体中与他人建立良好的人际关系。

为了拓展工作视野，人们有必要了解不同部门在日常工作中所遇到的挑战及困境，体验他人的工作情境：可主动参加针对其他部门所设的训练活动，以明白其工作内容；也可参与需与其他部门合作的方案或计划。

人际交往是人们互相做出反应的过程，尽管人际交往非常复杂，但也要遵循一定的行为模式。在现实生活中，有些人平易近人，有些人则给人冷冰冰、硬邦邦的感觉。人们总是很自然地愿意同那些好接近的人打交道。

对于疑虑和批评，一挡了之的做法，实际上最后伤害的还是自己。一次遭愚弄，久久存戒心，这是难以治愈的心理创伤，也是人际沟通和人际交往的障碍。

成天抱怨，做事推诿，只知谈论明天的人，可以基本断定就是一个空想的人，这类人几乎是不靠谱的，是不值得交往的，是离开了大锅饭就无法生存的人。因此，千万不要将这类人列为创业的伙伴。

不斤斤计较鸡毛蒜皮之事，人与人之间就会多一分和谐。

不要刻意炫耀自己，也不要轻易否定他人。在你看不见的地方，人家也许有他独有的价值。

事业的成功，与良好的人际关系有一定关联。来自同事的支持与友谊不但对工作大有助益，而且有助于形成个人生活的精神支柱。

每个人都有自己的生活逻辑，你无须用自己的生活逻辑作为标准来评价、界定或裁剪别人的生活逻辑。

承受别人的嘲笑，这是一种雅量。一个真正有气度的人，在有理可争的情况下，仍能够善待对方，而不是只求自己痛快而口无遮拦。

有了全局观念，就会把自己当成江湖，而不是细流，就会容纳同事的毛病，宽容下属，体谅上司的难处，就会站得高，看得远。有了这种全局意识，就容易和竞争对手处理好关系。

刻薄是一把双刃剑。一个心胸狭窄、没有度量的人，他的刻薄在伤害别人的同时，也将伤害到自己。

人生短暂，不要浪费时间去为小事烦恼。应心存美好的向往，从身边的点滴中寻找生活的机遇。

每个人都有一道最后的心理防线。因此，当我们遇事待人时，应谨记：别让人下不了台。否则，他就只得使出最后的一招——和你对着干。如果你是一个干事业的人，你的时间和精力就有可能统统消耗为沉没成本。

当你给别人一个微笑时，世界回应你的是一片灿烂。留一道缝隙，其实就是一种乐观的生活态度。既然世界本非为了人类而创造，那么我们又何必用心中的完美，来定义这个世界？

二、规避无意义的争论

应尽量避免不必要的争论。不争辩和放弃无谓的辩解，有时却能给你带来意想不到的结果。其实合理的退让是一种洒脱，也是一门学问；适当的放弃是一种豁达，更是一种人生的领悟。

人际关系中，人为的紧张，是十分可怕的：明枪暗箭、钩心斗角、两败俱伤、同归于尽。在那些自以为是的争论中，人的固执性会将双方越拉越远，一场毫无必要的争论造成了双方可怕的对立。

规避那些毫无意义的口水性争论，用实干、实际效果来解答那些复杂的言语分歧。应该有自己的主心骨和真正的价值追求，千万不要被那些形形色色的纠纷捆绑了自己的手脚。

任何自作聪明的批评都会招致别人的厌烦，而缺少感情的责怪和抱怨更有损于人际关系的发展。自以为是的、一切动辄责备他人的人，往往会让人生厌。

许多人习惯先入为主、以偏概全、一竿子打翻一船人，掉进主观偏颇的视野中却浑然不觉。他们的人际关系之所以恶化，追根究底，往往源于上述陋习的扩张、刺激和反复作用。

当我们评说别人的时候，实际上就是塑造自身形象的时候。常常讽刺别人的人，即使巧舌如簧，也不过是在暴露他的小肚鸡肠。当面说批评的话，背后说赞美的话，这是做人的一种美德。

单纯是灵魂中一种正直无私的品质。我们应该更多地同那些没有虚情矫饰的人结交相处。

只有盯住远方的目标，才会漠视脚下的坎坷。低姿态处世，不仅仅保存了有效的生命能量，防止思维潜能的跑、冒、滴、漏，而且体现了超凡的智慧、高贵的境界。

不要参与别人的人际纠纷。一个正派的人会像躲避瘟疫一样躲避人际纠纷的网罩，躲避与任何人陷入无聊的个人纠纷。搞拉拉扯扯的人，随着时过境迁，多半会栽在拉拉扯扯上。

人际纠纷问题常常是一笔糊涂账，没有几个干正事的人有兴趣有闲情逸致去听取各方的倾诉。更何况，这种倾诉充满了添油加醋、强词夺理和任意涂抹。

做人应该谦逊、和蔼，这样人家才愿意亲近你，你做事才有人际基础；反之，若高傲自大，人皆远之，你就会成为孤家寡人。

人的时间有限，精力智慧也有限，不要与蛮不讲理的人纠缠，否则就会成为事业的最大干扰。

灵活性并不是放弃原则，而是个体坦荡胸怀和豁达心理度量的体现，是处理棘手人际关系的一种谋略。

在非原则问题上不要斤斤计较，而是应该谦让与体谅，从而为人际关系的融洽注入润滑剂。这既可净化自身心境，又可减少精力、时间和智力的无谓损耗，使个体避免陷入耿耿于怀的精神折磨中，在愉悦的心理状态下，有利于顺利地开展工作。

灵活性之所以必要，是因为在某些情况下，人际交往的沟通受到时间和条件的限制，有的沟通障碍是难以逾越的。与其面临诸多不利或不确定性因素，空耗时间和精力，倒不如采取一些灵活的做法，以换取工作的顺利开展和融洽的人际关系。

人际关系是一种无形而巨大的能量。我行我素，一意孤行，使自己的人际资源日渐匮乏，再加上对交际技巧的漠视，无异于给自家门前垒砖；为人拘谨，不善于跟人打交道，老困在自己的“围墙”之内，造成了交际圈的闭塞，这不利于个人的发展。

话语能安慰人，而沉默则是对别人最大的安慰。

当一个人心中只有自己时，其实也把麻烦留给了自己；当心中想着他人的时候，其实也在不知不觉中方便了自己。

一个人不可能完全了解另一个人。你日常接触到的仅仅是这个人的表象，而表象不过是实质的部分反映，有时表象是实质的反向体现。

涉世未深的年轻人，往往个性张扬，率意而为，结果处处碰壁。而涉世渐深后，就知道问题的轻重。当分清了主次，学会了内敛，便会沉下心来，专心做事。

一个人要想在工作上获得较大成就，一般应拥有和谐的人际关系，以及他人的支持与协作才行。以某种关系为联系纽带的人际交往的发散性，有利于打破交往的闭锁性、单调性和狭隘性。

人际关系的处理是一门艺术。与人交往时，应有一定的宽容度。要充分了解交往对象的心理状况，以增强交往的针对性；要考虑对方的面子，给对方以台阶；要增加一点人情味，做到以情感人。这就能有效地防止冲突，即使遇到某些交往障碍，也易于沟通。

三、情绪自控

在人际关系中，某些人处于矛盾的交织点上。各种复杂人际关系的反复刺激，对个体情绪的影响十分明显，也是诱发一系列心理问题的重要因素之一。

面对错综复杂的人际关系，如何才能镇定自若，处理得游刃有余，尤其是在人际关系发生障碍、个体处于左右为难的情况下，怎样才能尽快跨出尴尬处境是值得我们研究的。人际关系的和谐，在一定程度上表明了个体交往的能力和应变的水平。

人是高度情绪化的。然而，过度的情绪化，实际上是动物性的本能反应，而非思索的产物。一个理性的人，每逢大事应静气，将忧愁抛在脑后，将愤怒压在心头。有时不表态就是最好的表态。

怨恨不会伤害被怨恨的人，而只会伤害自己。仇恨的种子一旦种下，就会结出疯狂的果实。当愤怒的情绪沉淀并回归理性时，对不理性的冲动往往会令人生出一种懊悔的心情。

很多时候，一声斥责可能会毁灭一个人，而一句赞扬却可能会成就一个人。渴求他人的肯定，是人性的一大特征，也正是这种需求产生了丰富的人类文化。

过多地指责他人是不对的，对别人指手画脚惯了，容易造成对立和沟通的障碍。

当别人的失误给你带来的损失已经成为事实，一切争执、责罚都无济于事的时候，用宽容来安慰别人因失误而愧痛的心，让别人心存感激，是最容易得到别人的信任和尊重的。

和谐总是建立在相互了解、彼此互助的基础上。一个性格开朗的人往往可以感染周围的人，因而容易与人建立良好的人际关系，这种密切的关系又反过来给自己带来轻松愉快的感受。

摩擦和碰撞，往往是由于不同的观察视角、不同的价值观念、不同的行为准则造成的。我们日常生活中的大部分摩擦和碰撞，都是属于“无是非”

型的，过分苛求别人是不应该的。

情绪自我控制的能力十分重要。一个人越是文明，越有修养和教养，就越能够控制好自己的情绪。情绪活动具有冲动性，只有意志坚强、对自己行为表现具有社会责任感的人，才能用理智的力量去抑制情绪的冲动，不做情绪的俘虏，而做情绪的主人。

情绪的激动度往往与意外程度相联系，也与自我控制的能力有关。越是出人意料之外的刺激，越是违反本来愿望的事件，越超出人的自我控制能力，引起情绪的激烈程度就越大。过度的激动不利于智力活动的进行，平静的情绪则有利于智力活动的持续进行。

增强个体内在的自尊、自信与自我肯定，是维系内在情绪及心理健康的基石；如若单调重复的工作无法满足此类需求，个体自然会另起炉灶，从生活的其他层面中获取，以资弥补。

厌倦常令人烦躁不已。当一个人对工作提不起兴致时，工作效率就会大大降低，厌倦常会影响注意力，造成拖延、延误以及迟做决定等现象。工作中种种屡见不鲜的托词，大多是因为厌倦。

有些难题深具积极意义，能为一成不变的工作平添几许趣味与活力。往往会激发个体的思考力，由此使厌倦的阴影一扫而空。与其一味地抱怨与逃避，不如迎向前去，将一些具有正面功效的难题当成工作生涯中的挑战与训练。

人很容易怠惰，一旦朝一个方向前进，就很难改变方向了。所以，必须适时打住，确定一下自己的定位及周围情况；仔细想想是否必须改变一下进展的方向或速度，是否在无聊的事物上白费了心机，是否从失败中吸取了教训，等等。

以威压的态度来掩饰自己的自卑感，就大错特错了。因为只要揭开那副假面具，你就会更为脆弱，对周围的事物就会丧失任何抵抗力。

可以说个体是由情感组合而成的，若无情感就无法思考。不过，如果随意放纵情感的话，内蕴的创造力便无法作用于正途，个体的心中往往纠缠着各种各样的情感，必须尽力压抑该种情感的波动，适度地予以控制，才是上策。一旦随一时的情感好恶而起伏，将使内蕴的创造力朝坏的一面发展而招致负面的结果。

在付诸行动时要分清什么是认真而积极的态度，什么是一时的冲动行事。当你感到勉强和吃力时，则要赶紧悬崖勒马，方为明智之举，因为在这种状态下，潜力是无法顺利发挥的。

任何个体都有自卑的一面，只是程度不同而已。自卑导致目光短浅，并在心理上为积极行为设置了防线，从而在本应实现的目标前徘徊，并以种种借口或托词求得内心平衡。当个体落入自卑的陷阱时，即使周围充满了机遇，也会失之交臂。

我们经常摇摆于情感与理性之间，有时情感战胜理智，有时理智支配情感。当我们的情绪走向极端的时候，理智往往无法控制它；当我们的情绪比较平和的时候，理智却很容易驾驭它。要调节行为，就必须从控制情绪开始。理智可以战胜情感，按照自己本身的价值观对事物进行有意识地选择，而不是根据对外界环境的感觉来行事。

情绪的自制力通常是指个体适当控制自己的情绪，避免任何过度的情绪反应。自制往往与谨慎、均衡而智慧的生活态度联系在一起。自制的关键是情绪上的均衡而不是压抑，适度、适时的情绪，有时会获得很好的效果。

个体的乐观在一定程度上受其先天因素的影响，但这种天性是可以变化的。乐观和自信可以锻炼出来，同时，悲观和失望也可以在恶劣的环境中产生。学会调节自己的情绪，使自己变得轻松愉快起来是心理健康的一个标准。化烦恼为欢乐，从沮丧中超脱出来，本身就反映了一个人的情绪调控能力。

一个人的个性往往会影响到他对环境的反应方式或对人际关系的调节方式，而这些方式主要通过情绪的外部特征表现出来。因此，个性实质是人们表现情绪的综合方式。

冷处理是克服个体易冲动、发怒等不良情绪的一种方法。当个体受到外界误解时，应寻找适当的办法妥善地加以解决。当然，要做到这一点是不太容易的，这就需要加强情绪修养，保持良好的心理状态，防止情绪波动，逐步达到情绪控制自如的目的。

要防止易怒、冲动情绪，首先应注意说话的语气和声调，避免用刺激性语言指责他人。否则，容易伤害别人的自尊心，很可能造成对立状态；同时，其反作用力也会给个体自身带来情绪上的波动。因此，个体遇事应保持冷静、清醒的头脑，这有利于克服冲动和偏激情绪，同时还应发挥自我暗示的积极作用。

我们的思维方式似乎很难摆脱情绪化。我们似乎总是把自己的情绪放在最高的位置上，要学会驾驭感情这匹桀骜不驯的野马，用积极健康向上的方式舒缓心中的压力。

快乐的心，就是一颗平常心、包容心。平常心让我们能够本真地活着，包容之心让我们能够坦然豁达地活着。

四、友谊

一切好的友谊都是自然而然形成的，不是刻意求得的。真正的朋友，应该是心灵伴侣，能互相尊重，亲疏随缘。再好的朋友也应该保持距离。

友谊是沉默的。友谊永远是双向的、自然而然的，不需要表白也不需要证明。

忠实的朋友是无价之宝，在人生的腥风急雨来临时，能为你遮风挡雨。没有友情的社会只是一片荒芜的沙漠；没有朋友的人，心灵难以得到友情的滋润，其灵魂将会被逐出心灵的家园而沦为无家可归的孤家寡人。

除了知心挚友以外，没有任何一种药物可以有效地治疗心病。一个人尽管能够结交到很多朋友，然而并不一定能够得到理想的知己。

一般而言，友情和爱情是互相排斥的。时光的流逝加强了友谊，却削弱了爱情。

人与人之间如果没有了距离，也会相互伤害，而且靠得越近伤害越大。所以，在朋友之间、亲人之间，要留一点儿回旋的余地，留一条可以进退的路，这是明智之举。

友谊使欢乐加倍，痛苦减半。它是对付不幸的良方，也是滋润心灵的空气。当我们离去时，如果没有朋友，天堂里也可能是一片荒原。

友谊是买不到的，却能够丢失。用心结交一个朋友，便增加了一份生命的丰饶与价值。友谊是通过接触和长期的交往逐渐形成的。

作为朋友的双方，如果层次不同，是很难进行深度沟通的；如果一方可以偶尔降低自己的层次去迁就另一方，就可以越交往情感越深，但如果常常这样，那倒不如及早远离。

一个无言的起点，指向一个无言的结局，这是真正的友谊。在这样的友谊里，朋友之间不管距离多远，友谊都会继续存在。

五、幽默与自嘲

幽默是机智人生的呈现，更是一种心智成熟的最佳表现。有幽默感的人，凡事喜欢思考。然而现实是：幽默不够，滑稽来凑。

幽默，是人类精神园林里的奇葩，它植根于不同民族特定的历史时期，又受风土人情和民俗乡习的滋养和孕育，因而流溢出不同的色泽和芬芳。

幽默是一个人心理健康的标志，它可以起到缓解人与人之间紧张关系的作用，可以冰释误会，活跃气氛，减轻焦躁。在适当的场合，使用合适的幽默语言，可以摆脱难堪的处境，缓解尴尬。在无伤大雅的情况下，表达意思，处理问题，化干戈为玉帛，这样就能增强人际关系的浓密度。

自嘲是一种高层次的幽默，是自尊自强的体现，也是一种效果极好的心理保健按摩。自嘲体现了一种心灵的厚道，厚道的人才会拥有真正的快乐，才会拥有广阔的胸怀。

自嘲是一种心理平衡法。人的一生，难免会有失误。有的人喜欢遮遮掩掩，有的人喜欢辩解。其实越是遮遮掩掩，心理越是失衡；越是辩解，越是出丑，结果越描越黑，最佳的办法是学会嘲笑自己。

自嘲是一种特殊的人生态度，它带有强烈的个性化色彩。自嘲作为生活的一种艺术，有干预生活和调整自己心态的功能。它不但能给人增添快乐，减少烦恼，还能帮助人更清楚地认识真实的自己，战胜自卑心态，缓解周围七嘴八舌的评价带来的压力，从而获得精神上的满足和成功。

人们从心灵深处呼唤着幽默活动，然而，面部笑神经的牵强运动却构成了一种毫无灵性的搞笑或小丑般的滑稽活动——美是不能错位的。

六、心理调适

某些职业的特定性，使从业者形成了诸多的人际关系，其融洽程度对个体心理的影响作用很大。某些个体由于长期在封闭式环境中工作，缺乏与外部沟通的能力，在与人交往中表现出的呆滞木讷状与拙劣言行令人不快，给工作造成被动局面。

某些人由于性情孤僻或言语偏激武断及意气用事等，造成在性格上难以与外界合拍，甚至也难以与同事相处，这样容易与他人产生较大的心理距离，使人际关系紧张。这类人应进行适当的心理调适。

一个人的内心愈具排他性，也就愈易成为众矢之的，从而陷于十分被动的境地。因此，一个人能否适应环境，能否与人心灵沟通，与同事融洽相处，对心理平衡有极为重要的影响。

一个人的言行是他的第二身份。在同事中间，最忌以自我为中心。有理也要让三分，宽容不是服输，而是理性的赢。有了虚怀若谷的胸襟，就会赢得别人的尊敬，这就是谦和的感染力。当然，宽容不是一味地妥协，更不是纵容。

对某些不招人待见的人，相见不如不见，再见不如拒见。和“一根筋”的人打交道，是件令人十分头痛的事，此时，就需要比对方多“几根筋”。如果以“一根筋”对“一根筋”，就会出现愚蠢的角力或搞怪的争斗场面。

理解本来就是一种默契，无须刻意寻求。人海茫茫，心各有属，又何必为那份不存在的东西而遗憾。因此，不需要辛辛苦苦去理解，重要的是谅解，是容忍。人往往苛求自己去追求一些虚无缥缈的东西，然而生活中本无须太多的刻意。

当赞赏成为刻意的交际手段，成为获取利益的工具，人们就会为了赞赏而赞赏。当赞赏不再发自内心，它就失去了本来的光芒，散发出功利的味道。

人都是有自尊心的。有尊严的人，一定也尊重他人。越是层次高的人自尊心越强。当我们批评一个人的时候，千万不要挫伤其自尊心。

留一条可以进退的路，留一块独立的空间（包括物质的和精神的），这是明智之举，也是思想者在建造自己精神世界的后花园。

社会是个动态系统，人的社会交往也是动态的。因此，每个人在社会中的位置根据其交往的变化而变化。

增强角色置换意识，对提高适应能力和应变能力是十分必要的。它有利于克服封闭守旧观念，培养发散性思维，保持角色形象与行为的一致性，从而达到约束自身言行、增强职业道德、改善人际关系的目的。

心理意识的隐蔽性，使个体的表现呈现出千差万别的形态。一个人在遇到挫折、事事不顺、屡遭失败的时候，容易发怒，到处抱怨。经常发怒和怨恨他人的人往往会有阴暗的心理，常常自怨自艾，苦不堪言。

面对种种外部环境和复杂的人际关系，为了顺利地开展工作，有必要及时调整性格角色，以增强性格的豁达性，避免因枝微末节的小事而产生一些不必要的矛盾。

要想获得事业的发展，就必须学会为自己创造一个良好的外部人际环境。这是事业成败的一个重要环节。好的人际关系可以使个体获得更多的帮助；而恶劣的人际关系，却使个体如履薄冰，丧失了许多发展的机遇。

大凡人际关系处理得好的人，其工作开展是比较顺利的，少了许多人为掣肘的因素；而人际关系处理不好的个体，在人为的障碍面前，步履维艰、一筹莫展，对个体潜能发掘和充分施展才华带来了许多负面影响。

在一个机构内，分工愈来愈细化，单凭个体的力量，往往无法取得突破性的成就。只有借助于众人之力，上下一心，才能完成目标任务。因此，人际关系的好坏，对工作的影响是十分明显的，良好的人际关系有利于形成互补性。

人际关系是以人的情感为联系纽带的，不同的人际关系会引起人们不同的情感体验。人与人之间的心理距离越小，双方越会感到心情舒畅；而疏远对抗的人际关系，会引起彼此之间的烦恼和不良情绪的泛滥。

在空间因素上，我们不仅要看到距离的远近，还要看到空间的封闭和开放。封闭的空间距离即使近在咫尺，也不利于人际交往，而开放的空间有利于人与人之间敞开心扉去交流。

人性的真善美与假恶丑是复杂而奇妙地并存着、冲突着的。这些不同的情感体验反过来又会影响人际关系的远近亲疏。

在影响人际关系的各种因素中，人的个性品质是最重要的一种。有些人的个性品质会减少对他人的吸引，不利于形成协调融洽的人际关系。

人际关系包含众多的纵横关系。一个人同时存在着同事之间的关系、上下级之间的关系、亲属之间的关系等，这些重重叠叠的关系，杂而不乱，都是按照一定的发展轨迹去运转，都在遵循着社会的控制机制。

自信信人、自尊尊人、自助助人，能使个体感情具有归属感，有助于心理平衡，使个体多了一条有效获取信息的途径，能在竞争中处于领先地位。而过分强调自己的立场、互不相容，由此产生种种的人际冲突，会耗费个体的时间和精力，制约其事业的发展。

第六辑　心灵超然的旋律

真正的心累，来自内心的恐惧与迷茫。你应该听从直觉的指示，因为只有直觉才能反映你内心的真实想法。

一、超脱与喧嚣

超脱不是消极躲避，而是一种大境界。没有超脱就难免偏狭，就会丧失理智和自我调节的功能，也就没有长足的发展和进步。

超脱就是从一时一地的热闹中跳出来，尤其是从个人的利害中跳出来，保持冷静，保持思考和选择，保持分寸感。

超脱是一种永恒的流动，是对精神家园的瞭望和守候，是一种平淡之后的韵致；超脱者的心灵是透亮的，不为世事所搅扰，不为他人所左右。超脱是一种品行，是一种素养，是一种精神力量的支撑。

超脱，并不是什么事也不想，什么事也不做，而是把价值目标放到脑中，心系一念，将个人的得失丢在一边。智者的超脱是积极的超脱。缺乏灵性的人无法做到真正的超脱。

“一根筋”思维的人，是无法超脱的。常人不易超脱，政客更不易超脱，否则就不会有那么多的钩心斗角、尔虞我诈、口蜜腹剑、兵戎相见……

成大事者，大多是超脱琐碎事务和矛盾纠缠的高手。奥秘何在？除了其伟大的人格、博大的胸怀和杰出的才华之外，与他们巧于超脱是分不开的。

在人生的宏大画卷上，超脱是一朵小小的莲花，是一种思想上的轻装，是一种目光朝前的丈量，是一种驱除“心累”的良方。超脱者不会郁郁寡欢，不会求全责备，也没有受挫之后的失意彷徨。

真正的超脱能够以幽默的方式化痛苦为欢乐，不是逃避痛苦而是直面痛苦、体验痛苦，以一种超然的心态化解一切人生悲剧。

把名利看得很重，就会得陇望蜀，欲壑难填，财迷心窍；一旦个人目的没达到，就会耿耿于怀，心事重重，一蹶不振，导致心理失衡，这样的人是没有超脱可言的。

喧嚣过后，一切都将归于平静，被吹大的肥皂泡一阵风就会令它消失得无影无踪，被神话的东西最终一定会复归原处，因为没有人能靠包装长期欺世盗名！

面对喧嚣的世界，我们应让心灵在寂寞中洗涤，洗去浮躁和精神污垢，使生命之树回归自然，生命之花才会别样开放。

很多时候，人们会陷入一种盲目的追逐之中而不知醒悟，如果懂得退一步海阔天空的道理，则会发现别处的风景依然很美。

不要任意拔高偶像，无论怎么吹嘘，都是无济于事的，在水面上泼洒油彩是屏蔽不了什么的。

宁可多做事少胡侃，也不可不做事瞎神侃。一个人满嘴跑火车是没有用的。因为“批判的武器”毕竟不能代替“武器的批判”，真枪实弹的武器是不会悲悯于怀柔之情的！

理智，使人们厌倦了华丽的矫情，渴望回归简单和朴素，以抚平心灵的皱褶。

多元化的社会，每个人都应在忙碌之余停下脚步，多听听内心的声音，该拒绝的拒绝，该说不的说不，不要榨干了自己，还恶心了别人。

即使尘世喧嚣，我们也要学会回归自己的内心深处，过清新安宁的生活。

只有远离喧嚣，回归自我，才能寻觅到生命的价值。要有所成就，就必须有远离热闹的清醒和定力，有摆脱庸俗无聊的气魄和境界。

要把光环抛在脑后。同知识、道德和精神上的追求相比，一切功名带来的荣耀和喧嚣都是转瞬即逝的，一切感官上的愉悦和快乐都是短暂的。

内心的强大，才是真正的强大。内心真正强大的人，不需要靠嘈杂的声音向外界虚张声势，以显示自己的存在。

内心强大的大众，外表是宁静、坦然自信的；社会外在的嘈杂，其实很大程度上只不过是大众内心浮躁的外化。

有时感觉很寂寞，说出的话很喧哗；有时心里很茫然，说出的话却斩钉截铁。

二、信仰与希望

信仰是人类灵魂寄托的场所，也是抚慰心灵的驿站。

信仰是伴随着对人类痛苦的思考而诞生的。

信仰建立在思想大厦最底端的基石上，只有在这样的思想根基上构建的信仰才是坚实的。

信仰止于怀疑。人类的进步往往都始于怀疑。因怀疑始，而往往以信仰终；以信仰始，却往往以怀疑终。而开始的怀疑者后来却可能是坚定的信仰者。

流俗的社会，信仰日益被边缘化。无信仰是非常可怕的，丧失敬畏之心的人，活着与动物无异，这样的人组成的社会只会进入“比坏”的下行轨道，且没有下限。

信仰是心中的神。信仰一经播种在心灵的原野，就能生长成信念的参天大树。人永远不能丢失信仰，否则就失去了存在的价值。

信仰需要用一生去供奉，但信仰的坍塌却可以是一瞬间的事。不丢失信仰，不丢失生命中美好的品质，人生的画卷会因此历久弥新。

信仰是没有功利性的，不是做给别人看的，不是用来祈求天上掉馅儿饼的，而是帮助自己内省、自尊自爱的。千万不要丢了信仰，因为信仰是我们的灵魂。

信仰的缺失，是人的悲哀。一个有坚定信仰的人，一个有明确目标的人，他会心无旁骛、义无反顾地将障碍搬开，不让它阻挡自己前进的步伐。

信仰是一个人天生的情结、与生俱来的本能和精神的最终归宿。现如今，信仰的缺失已经到了非常严重的地步，重建信仰是非常重要的，是一种责任心，也是一种大情怀。

某些人的信仰，已快速向金钱和权力归集。如果一种信仰没有实用价值，就会被他们所嘲弄。然而，在真正的信仰者面前，这样的人是“空心”的，也是灵魂的残疾者。

要摆脱物欲横流的危险漩涡，就必须填补信仰的缺位。

在信仰缺失的氛围下，某些人不断降低自己的道德水准。当然，这丝毫不影响他们侃侃而谈：用道德标准武装他人的头脑，评价他人的言行。

信仰是永远的一盏灯。一旦失去这盏灯，灵魂就黯淡无光，找不到北，不知道干什么。真信仰能使人进入无限、无穷的境界。

信仰的明灯永远照着，无信仰者犹如行尸走肉。只有把信仰立起来，人才有精气神。

信仰是人生命的灵魂——我们的生活和事业都得靠信仰。一个没有信仰的人，做人就会失去力度，精神就会萎靡颓废！

一定要找到自己心中的神。这个神，就是赋予你生命终极意义的东西。

信仰可以改变人的一生。有信仰，才会有尊严，才不会迷失在世俗的、功利的、低俗的思维浅层区。有追求和精神信仰的人是高尚的，因为能够抵挡庸俗世界对他的干扰。

在生命的旅途中，一定会遇到各种挫折和困境。这时，只要心头有一个坚定的信仰，努力去实践这个信仰，就一定会渡过难关的。

无信仰的人是非常可怕的，因为他们没有底线，没有约束，没有自我管控能力，这样的人，什么样的坏事都敢干。

信仰是灵魂的栖息地，精神的避难所。

希望是精神的导引，是前行的路标。每个人都肩负着美好的希望，踏上这生命之旅。

一个人最大的资产是希望，最大的破产是绝望。大凡能坚守住希望的人，往往对不同生活环境的承受能力也比较强。

希望包含着不确定性、风险性，如果人生的旅途一眼能望到头，那么人生的意义和乐趣将大为逊色。人们正是在希望的奋斗和前行中，才能领悟人生的真谛，才能感受思维旅途的乐趣。

一个人有希望，再加上坚韧不拔的决心，就会产生创造的能力；一个人有希望，再加上持之以恒的努力，就会达到目的。

希望是前行者探索的动力，希望虽能指出方向，但选择方向的还是自己。

人活在希望中。如果希望破灭了，生与死的边界就模糊了——生的意义就淡薄了，死就不再是令人畏惧的事了。

要在生活的大熔炉中锻造自己，彰显自己，升华自己，努力接近自己所希望的追求。固守一份执着，生活总是在人们困顿无聊的时候不经意地现出希望的曙光。

一个地位卑微的人，只要有自尊心，就决不会卑躬屈膝奴颜媚骨；面对任何不公，也不会只是抱怨，而放弃自己的努力。

贫穷不是用来嘲笑和污辱的。内心强大的人，面对挫折则会从自身找原因；夸夸其谈的人，遇到挫折则会归罪于外部和他人。

在岁月的长河里，每天都可捕捞快乐。

拥有归零的心态，才会不断吸收各种新的营养去滋养生命。独立思考、不断实践才是获得真知的重要途径。

不愿冒任何风险的人，只能什么也不做；到头来，什么也没有，什么也不是。他们回避苦难和悲伤，但也失去了感受、学习、成长和改变的机会。

有的人把得意写在脸上，有的人把辛酸刻在心头。

真正的强者，绝非仅仅追求外在的强大，而是修炼自己内在的定力，增加自己的包容力，调整自己的忍耐力，建立积极的人生态度。

错误的活法导致了痛苦的人生，许多人由此活得可怜。

三、幸福

幸福的生活往往很简单。幸福是廉价的，不是豪华的；幸福是简装版，不是精装版；幸福是无价的，不是财富可以替代和购买的。

很多时候，人的幸福感在于成就感，哪怕这成就在别人看来微不足道。

幸福在适度之间，过犹不及，也可能造成不幸。

穷人有穷人的幸福，富人有富人的烦恼。绝不会因为是富人，快乐和幸福就会比穷人多。给鸟儿系上黄金只会损伤它飞翔的翅膀。

真正最高层次的幸福，是经痛苦酿制而成的——大思想家是大痛苦者，也是最高层次的幸福者。

幸福不需要那么多的心眼儿，有时需要缺一点心眼儿。

在某种情况下，缺心眼儿也是一种幸福，尽管这种幸福的层次较低，不太符合马斯洛的需求层次理论。然而，它毕竟是一种残缺的完美，缺陷中的幸福。

幸福是一种内心的感受，幸福就在我们身边，知足常乐就是天堂；而内心充满精神雾霾的人，天堂也是地狱。

幸福发自内心。任何幸福最终都会归于平淡。知足的人，虽然身处困境，亦会感觉快乐；不知足的人，即使身在天堂，亦会牢骚满腹。

幸福很大程度上是自身的一种修养，一种感觉。那些智慧的人，心灵平静的人，对人生感悟至深的人，往往能轻轻松松地最先抵达幸福的原野。

幸福是一种感觉，一种理解，是心理上的满足感。当我们幸福到感受不到幸福时，当我们满足到感觉不到满足时，就到了应该重新激活我们心灵味蕾的时候了。

幸福取决于幸福感，即幸福指数，因而只具有相对意义，而非用物质占有的绝对数来衡量。

幸福感是内在的，是我们自身的感受。而那种建立在物质上的幸福是脆弱的，因为外在条件的失去会削弱甚至摧毁这种幸福。

不同的主体对幸福的内涵有不同的认识和理解。幸福的路上，即便是风情万种姹紫嫣红，在麻木者的心中，也无法产生任何诗意和美感。

人们的收入一旦超过贫困线，那么对于日常的幸福感来说，金钱便不再扮演重要的角色。用钱换来的东西并不能解决我们在日常生活中遇到的烦恼。

奋斗的过程是个非常幸福的过程。科研活动中，快乐被相互传递。劝人不工作，无异于是对他人幸福的剥夺。

当我们对幸福的寻觅精疲力竭、大失所望时，竟然发现那么多点点滴滴的幸福正在岁月之河的波光中熠熠生辉。

所需越少，得到的自由就越多。认清生活中哪些是必需的，哪些是无所谓的，实际上就成了一个真正的明白人。

幸福是廉价的，不是奢侈品；幸福又是无价的，不是金钱可以置换的。

有的人的心灵是一座大花园，里边开满了绚丽多彩的鲜花，能幸福许多人。那些真正找到人生幸福的人，不是因为做了大官，发了大财，而是因为他们拥有一颗健康乐观的心，他们会用这样的心去体验幸福。

幸福渗透在我们生活中的细微之处，想到别人是一种温馨，被人牵挂是一种幸福。幸福是在共同分享的基础上获得的，许多时候，多给予一点，多付出一点，多理解一点，多让步一点，你会在心灵上获得无限的幸福。

幸福是用自己的心血和汗水换回来的一枚枚果实；幸福是用自己的真情和执着赢来的一片片温馨；幸福更多的时候是一份心静神怡的感觉。用心生活是累人的，但唯此才心安理得，才是一种真正的心灵幸福。

小事不计较，心情无烦恼；大事不糊涂，幸福乐融融。幸福其实很简单：人家曾经在乎过你，或在你困难时资助过你，或在你遭受欺负时挺身而出仗义执言、帮助过你——这些小事中都浓缩着幸福。

你可能贫穷也可能富有，你可能失败也可能成功，但这些都不是幸福的真正源泉。只要你找准了自己的位置，只要你所做的是你喜欢的，你就会全身心地投入，你就会体悟到其中的乐趣，这样不仅会使你走向成功，还会使你获得幸福。

要想活得幸福些，就只能活得简单些。越是单纯的人，越容易幸福。

很多人都处于一种烦躁不安的焦虑状态，无法从心底感受到幸福。很多时候不是生活中的幸福少了，而是人们身心俱疲，丧失了感受幸福的能力或体验幸福的神经已严重损坏。

岁月无情地流逝，直到健壮的体魄逐渐老去，才明白健康是幸福；直到爱你的人离去，才知道相守是幸福；直到失去一切，才知道拥有是幸福。因此，应把幸福紧紧握在手心，留住幸福的每一个片段。

失去了童真和童趣的记忆，就会找不到幸福的进口与出口，幸福的边界就会一塌糊涂，令人叹息岁月的沧桑、人情的冷暖与世态的炎凉。

用自以为是的眼光看待别人的幸福是错误的。如果说，痛苦是欲望的产物，那么，幸福就是比较的产物。追求越高，痛苦越深；痛苦总是伴随着追求而来。

很多人追求的往往不是幸福，而是让自己在别人看来很幸福。人的烦恼与痛苦，很多都来自对一个无法企及的目标的盲目追求。

幸福更多是一种心理体验——有些人表面上很风光，内心其实很悲苦；有些人外表上看起来很落魄，但内心很充实、幸福。

真正的幸福都是通过劳动创造的，世上没有无代价的收成。因此，与其被人选择，不如自己选择。一个卓越的人总是善于化偶然之害为有益。有时，小事物带来的小快乐，会胜过一种大安慰！

幸福是要付出代价的。从本质上而言，这个代价是需要自己付出的，即“羊毛出在羊身上”，而不是出在猪身上！你的幸福应该是自己辛勤劳动的回报，而不是他人为你付出代价！也就是说某些人的幸福不应该是由另一部分人的幸福的让渡而来。

行走于不确定性之间，有时是一种幸福。

四、孤独与寂寞

孤独给予人思索的空间、时间以及反省的机会。

智者的孤独，是伟大的孤独。

在孤独中有时饱含着屈辱和忍耐，又酝酿着愤怒和抗争。此时的沉寂往往蕴藏着强大的爆发力。生命中最孤独的时刻，往往会成为人生的催化剂。

孤独可分为两类，即自主孤独与客体孤独。自主孤独，即主动式孤独；客体孤独，即外部实施的孤独，也就是被动式孤独。自主式孤独是具有独立思想的个体的特性，是精神升华的必然要求，是思维价值实现的前奏，是精神成果诞生前的独舞。

孤独是一种能力，孤独者锁定目标、一意前行，类似“在屋出家、带发修行”。能够在孤独中发现生命乐趣的人，就会远离平庸、世俗化的社会。

大孤独者，往往不是艺术家、文学家就是音乐家、科学家、思想家……他们的作品包含着常人无法想象、无法领悟的孤独的个性，否则就是庸人之作了。

境界的高度，决定了孤独的深度。

对于一个思考者而言，孤独是一种精神状态；对特立独行的人而言，孤独的确是一种至高的享受。

一个只习惯与别人共处而与自己的心灵无法对话的人，终究是肤浅的。

特立独行的作家、思想家和艺术家，他们都有孤独的傲骨。孤独是一种无人相伴的境遇，它使空虚的人孤苦，使浅薄的人浮躁，使睿智的人深沉。

孤独永远是人类精神生活的一部分，深沉与高远的孤独，情感积淀至深、思维力透苍穹。它连接着生命更广阔的领域。思想丰富的人，可以凭借孤独的沉思与历史对话，携精神遨游。

孤独是思考的开始。一个人越是不同凡响就越孤独。大智者的孤独具有超越时空的力度和意义，有着难觅知音的一面。

孤独孕育着深刻。在孤独和安静的时候能体验到生存的滋味。艺术是孤独的产物，因为孤独比快乐更能丰富人的情感。

耐得住孤独，需要有韧性。实际上，精神上的孤独并没有什么不好，思想者都难免有孤独和痛苦的时刻。

孤独留给人思考的时间。某些人永远都在凑热闹，到处都想混个脸熟，他们害怕片刻的孤独；然而，等到“懂事”时，才发现光阴易逝生命苦短，从此懊恼人生的碌碌无为。

孤独，并不单纯是独自生活，也不意味着就是独来独往，而是懂得充分地享受孤独提供的闲暇时光，能够领略其美妙之处。一个人独处，可能并不感到孤独；而置身于大庭广众之间，未必就没有孤独。

唯有在孤独中，才能与自己的灵魂相遇。离群索居者不是神灵，便是怪杰。壮丽事业的背后躲着一个孤独的灵魂，更需要一个独立的精神世界。

进入孤独境界，免于繁华和闹市的喧嚣，沉潜思考，成就事业。能忍受寂寞的人，才有无限辽阔的精神空间。孤独给予内心独处的权利，是一个人从事精神探索的最好时机。

思想家的孤独在于他的思想不被世人所理解。然而，也只有在孤独时，他的思想才可能真正激活在他的精神世界里。

在孤独中修养自己的心灵，如蚌之含砂，孕育着璀璨的明珠，这就是最大的收获。

外表的孤独并不一定是真正的孤独，外表的热闹也可能隐匿着内心的凄凉。一般人不喜欢孤独，而有独立思想的人才喜欢拥孤独入怀。真正意义上的大孤独者往往是思想者、创造者。

真正的孤独是一种深层次的境界。一个能忍受孤独和承受挫折的人，必是人生的强者。某些时候，当孤独和热闹同时拥你入怀，便会有一种莫名的惆怅涌上心头，让你莫衷一是。

从某种意义上讲，孤独本身就是一种力量，也是一种高度。孤独往往孕育着低调与深刻。

做个孤独的普通人，往往会被视为异类。因此，更多人喜欢拉帮结伙，往人多热闹处凑，最终形成一个属于他们的小圈子。

一个孤独者在沉思时，心灵充满活力，常常产生各种各样的情感和思想。孤独中的深思绝对是有用的。很多令人神往的沉思默想会在独处时涌上心头，丰富的想象力会把这些点点滴滴的灵感结合起来，反复推敲，并让它们扩充、升华。

任何一个真正成熟的、有思想、有灵魂的人，都会有孤独感。孤独给人一种独立、自由的感觉。一个内心强大的人一定是孤独的，一定是不怕孤独的，也是喜欢孤独的。

无论是自然科学研究，还是人文探索，抑或文学和艺术创作，真正能传世的，堪称经典的一流精神产品，几乎都是靠当事人“一个人”独自苦熬出来的。这就是孤独的力量。

人生会有无数个孤独穿插于生命中。比如失意时有失意的孤独，成功时又会有另一种孤独。消极的孤独是人的社交动机得不到满足的一种内心体验；而积极的孤独所表现的是对环境的创造性适应。当个体进入高超的科学创造和艺术境界的时候，又会滋生出一些“孤独”的感觉，这种感觉往往预示着你可能又迈进了一个前人未曾涉足的新境界。

只有在孤独的时候才能认识自我。高远的人生，无论在哪种生活领域，都会创造出一个脱俗的世界。因为脱俗，所以成就高远；因为高远，所以产生孤独。

寂寞中往往孕育着高贵。当心灵备感寂寞之时，或许命运正在给你恩赐。只有拥有耐得住寂寞的毅力和挑战一切的勇气，才能找到生命中的另一个美丽的出口。

寂寞中的灵感最为活跃，寂寞中的心灵最为纯净，寂寞中的境界最为高远，甘于寂寞才能成就学术的辉煌。耐得住寂寞是做学问、成大事者都必须达到的境界。

寂寞是创造的伴侣，有利于打开心灵之窗和思维的闸门。在远离喧闹与躁动的静穆中酝酿、积累、沉淀，才有可能获得丰硕的成果。

寂寞不是空虚，不是沉默，更不是孤独。寂寞是一种修养。在宁静中思考，在幽静中探索，在寂静中收获。守住寂寞，也就守住了自己的心灵。

独处不是孤独，不是寂寞，而是在寂寥与沉默中品味丰富与深邃，静静地待一会儿，让眼睛窥视内心，让思绪追逐情感。

生命是速朽的，穿越时空的只能是思想。人孤独地来到人世，最终孤独地离世，这一无可置疑的事实既现实、无奈，又令人不得不接受。

思想的胚芽孕育于寂寞的母腹之中，追求时髦和喜欢热闹的人是无缘与思想联姻的。

真正的寂寞，不是任何人都能承受得了的！爱热闹、贪图享受、一天不赌就手痒痒、两天不聚会就失魂落魄、成天聊微信还自以为新潮的人，一旦遭遇冷落，便摆出一副可怜状……这些人，其品格距离寂寞十万八千里，是根本无法触摸寂寞的。

寂寞可以使人远离尘嚣，摆脱干扰，想自己所想的事，做自己想做的事。寂寞是一种意境，一种氛围，一种情调，一种特有的调味品，一种高档的享受。经受得住寂寞也是一种能耐，一种修养，一种品质。

寂寞对创作来说是一种价值，对作者来说是一种享受，也是一种收获：导致了灵感的萌发，于是下笔千言，笔下生辉。寂寞让思想者感受到思索的无穷魅力，这种内心的感受也只有他自己才能说得清楚。当然，这种孤独和寂寞，也是只能意会不能言传的。

寂寞需要一把只有自己才能开启的钥匙。一个越热闹越感到寂寞的人，就会在沉思中品味丰富与深邃，就会让眼睛窥视内心，让精神在时间和空间里自由来去。

寂寞无须语言，它是某些思潮爆发前，在一个人体内的潜行活动。

沉默是体验，是神经向脑的言说，是肉体向内心的倾诉。其实，一处仅仅属于自己的空间，与其说是遮风挡雨、驱寒避暑的场所，不如说是精神的庇护所。

五、无言的心声

沉默是一种声音——一种无声的声音；沉默是一种心声，心声是没有语言的声音，但是它有时胜过了有声的语言。沉默有时就是最好的回答！

沉默有时是一种力量。凡尘俗世，在沉默中面对。只有沉默才有无限，只有沉默才有历史和人文的厚度；沉默慎言往往胜过慷慨陈词，沉默有时是睿智的至高无上的回答。沉默是准备语言的时间，沉默也是休息的时间；当然，也是愚笨的人掩盖愚蠢、维持体面的时间。

沉默的底气往往源于自信。沉默不是死寂，无言不是无心。沉默有时是最有力的语言、最有力的回答、最有力的反驳和最艺术的表态。

沉默是对语言垃圾、语言暴力无声而最极致的抵抗。

沉默，在特定条件下要分别看待，不可一概而论：有时表明智者的愚蠢，有时表明愚者的无语。

一语定千钧，说话越简洁越有力量。而沉默则是语言的另类色彩，是内容的特殊表达，也是交流技巧的延伸。

沉默是灵魂的语言，只可意会的内容从来都是不可言传的，正所谓妙不可言。

假如沉默将成为屈辱，就必须奋起呐喊。

沉默对应于社会或群体，确切地说是对应于人；而永寂则只能是对应于无机体或大自然。

有时，沉默是最后的底线，是无言的心声，是心中的呐喊，是轻蔑最完美的表达方式。沉静酝酿深刻。深刻是入木三分，是对事实的穿透，对本质的凝视，对表层和伪装的解剖。深刻多是深沉而平静的；深刻又往往朴素而直白；深刻崇尚简洁而厚重，不愿意拖泥带水，也不肯模棱两可。偏见往往源于无知。

在信仰的静谧中，方能冷静思考。沉默可以调整人的心灵，使得犀利睿智的见识浮现出来。

沉默是崛起前的积淀，是腾飞前的蹲势，是演出前还未奏响的序曲或前奏。

沉默给人以缜密的思考、清醒的意识、安定的内心，能培养一种自省的气质。不事张扬、踏实做事少说话，这种沉默是一种迅速成长着的修炼。一个多思少说又比较深沉的人，往往比喋喋不休的人更容易获得成功。

沉默是一种心灵空间，也是一种语言，它比话语更接近本质，有时还是超越语言力量的一种高明的交往方式。沉默也是一种忠诚。其实，有时不表态就是最好的表态——沉默有时胜过语言百倍。

智者用沉默维持智慧的纯洁，庸者用噪音掩盖无声的恐惧。

沉默的思想者犹如在幽暗中前行的探路者，他的足音极有可能化为一个时代的天籁之音。

沉默是每个人的权利。沉默，也是特定个体的一个鲜明特色。保持沉默就是对自己诚实，违背意愿地附和就是出卖自己。

沉思是心灵的抚慰剂。夜是启智的大师，有利于倾听那些属于心灵深处的声音；夜是神秘的滤器，能帮助沉思的心境过滤出智慧的精华。

世俗的热闹已经娇惯了看客，多少现代人丢失了宁静，造成心灵的扭曲。只有宁静，才能营造沉思的氛围；走进宁静，心的恬淡才能与多彩的世界交会。

宁静让人变得朴素。能独自枯坐的人，才能有宁静的心灵。平实的人，铅华洗尽，只注重生命的厚实和平淡。真正的宁静是心灵的歇息，真正的豁达是清空心灵。

静静独处，沐浴宁静，就能酿造出心灵的美酒。以内心静谧对抗滚滚红尘，就会成为一个精神的朝圣者。

沉静是一种伟大的孕育，它把人生中痛苦的本质，消解为令人销魂的生命盛宴；沉静是灵魂快乐的原野，在这片肥沃的原野上，灵魂携手沉静并与生命的年轮共舞。

如果你认为自己是一棵树苗，那就要屏住气息，努力把根扎入泥土，努力长高，再长高，终有一天，你会傲然挺立。

在众声喧哗中，尽可能打捞那些沉没的声音，当“沉没的声音”得不到倾听和回应时，就有可能导致矛盾的激化，甚至演变成“爆炸的声音”。

六、复杂与简单

要敢于向复杂的事物挑战，再复杂的东西也是由简单的元素构成的。要善于把复杂剖析得简单，以便抓住本质；把复杂的系统简单化，从中找到关键点，善于破解复杂，使其合理地简单化，则事半功倍。

要把复杂的问题分解成简单的要素，从而抓住要害，揭示规律，破解复杂。而绝不应把简单的问题复杂化，再故弄玄虚地在人前卖弄。其实，简单就是高效。学会把问题简化，也是一种大智慧。

现实中，有些事看起来很复杂，其实很简单；有些看似很简单的事，做起来却很复杂；把复杂的事做好就是不简单，把简单的事弄复杂很可能是能力低下。

把复杂问题简化是智慧，把简单问题复杂化有两种可能：一是智商低，二是玩弄权术、制造事端。把简单问题变复杂是简单的，而把复杂的事情变简单却要做许多烦琐的工作。

简单，是最高贵的风雅。

时光会解开缠绕人们疑虑的绳索。

有些人喜欢把简单问题复杂化，节外生枝，把原本简单的问题复杂化，增添不少“工作”；不过细细思之，我们不但喜欢把简单问题复杂化，还习惯把复杂问题简单化，常常是一推了之或不了了之。

一些人最善于把小事变大、把大事化小。因为只有把小事变大，才能显示出他的重要；只有把大事化小，才能看到他的能力。因此，这类人管了许多不该管、也根本不可能管好的事情。

任何事情一旦形式化，便有两种结果：一是令人麻木，默认了既定的现实，丧失对它的批判性；二是否认它的严肃性，因而采取敷衍应付的态度。

世界很复杂，但其实十分简单；很多问题看似复杂无比，但解决的方法常常十分简单。别让复杂迷惑了眼睛，别让烦琐遮住了心灵，多一些从容，多一些果断，多一些睿智，就会在复杂的迷宫中，找到最简单的捷径。

第七辑　穿透牵绊的超越

强者不是永远胜过他人，而是不断超越自我。

一、跨越羁绊

在一切超越的行为中，最难超越的乃是自行设置的羁绊。要有选择地把探索的触角伸向比主攻方向更为广阔的领域。

伟大的自我超越，是站在时代与人相结合、相呼唤的高度审时度势，为了以最理想的方式实现人生价值，不惜牺牲个人的喜好和初衷，另辟人生的起跑线，开拓全新的领域，实现对研究前提和主攻目标的理性扬弃。

真正的超越自我，是发现自己的潜能素质、个性品质及创新能力，驱使思维不断运转，并找到与世界相联系的国际化“元素”。

不能任由环境支配。为了获得一个灵感而绞尽脑汁，搜肠刮肚，奇迹总是会降临到那些信仰虔诚的人身上。一些行业中的领军式人物——他们影响了我们的想象力。他们并不在乎那些具体的东西。他们揭示了人类的精神事业，他们的声音可以穿透悠远的时空。

当一个人对某种事物怀有浓厚的兴趣时，就会以极大的、非功利性的热情去追求，而且不会轻易放弃。只有这样，他才会从庸常的群体中脱颖而出，这是所有为人类社会做出特殊贡献的智慧者之所以卓尔不群的成功秘诀。

超越是追求进步的最大动力。超越不是一种偶然，而是一种必然。只要人类存在，超越将是一个永续的发展过程，并在任何领域都将不断趋近完美的形态。

将超越的心态贯穿始终，以自我肯定、自我容纳的观念意识付诸行动，说自己想说的话，做自己想做的事，不藏拙，不露怯，果敢行动，我行我素，终有所获。

有些专业人士乃至某些所谓的“应用大师”，他们手中所掌握的知识只不过是传承性的，而非原创性。因此，这类人并非超越性人才，只有原创性人才才能称为超越性人才。

应不断攀登心中的山，因为这世间没有比人心更高的山！每个人都应该成为一个无法模仿的奇迹。

超越是人生境界的追求。该做的事情赶紧去做。珍惜时间，不应挂在口头上。学会让行动去讲话，让成果去证明。只有不断超越的人，才能用奋斗改变命运，不思进取的人则只能被淘汰出局。

二、创造非凡

超越自己，创造出非凡的价值。超越是一种精神境界。超越能使有限达到无限，即超越个人的局限与世界融为一体。人类的精神具有超越的潜能，从而呈现出不同的精神层次。

超越自我，就必须突破现状。突破的过程是个艰难的过程，是自我斗争并战胜自我的过程。人总是在不断超越中逐渐成熟。

有些事，只能一个人做；有些关，只能独自去闯；有些路，注定只能独自前行。

不要找借口，不要再拖延。等待越久，就越容易流于平庸——要勇敢地与平庸决裂，要立志成为不同凡响的人！

要了解自己、肯定自己、掌握自己，追求智慧人生，把自己的生命状态调整在一个最佳位置上，把自己的才情尽量发挥到极致。

只要你超群出众，就一定会受到别人的批评或攻击。社会就是这样，一个人走得比别人快些，准会招致有些人的评头论足甚至恶毒攻击。因此，要学会抵挡外界舆论对你的袭击，并化解其对你创造性潜能的不良影响。

超越应找准契机和突破口，并将兴趣逐步转化为自己的强项或优势。

改变自己的看法很不容易，若要超越自我改变某种观念，无疑会更难；若要突破一种被诸多量化实验检验过的普遍经验的因袭，更是难上加难。

专著一定要有独到的见解。专著的价值高低，取决于能否对某一类问题进行系统的、深入的、有创见的阐述。真正写出一本理论专著是不容易的。因为这意味着你已经站在前辈巨人的肩膀上有了新的进展。

人生真正的超越过程，往往是从零开始的。前行者风雨兼程朝着目标奔去，绝不会时时停下来丈量自己走了多少路。

如果我们只做那些能力范围以内的事，就难以避免陷入平庸。发现极限的方法只有一个，就是不断超越自己！

哲人最大的特点在于超越，他们在思想上会超越很多凡俗的人，跨越一些难以逾越的思想障碍，达到物我两忘的状态，在这种非人非物的状态下思考他人难以想象的问题。

未来在每个人自己手中——他人的承诺都是无效的！社会中，能人奇士并不稀缺，他们并不一定都在象牙塔中。

展示自己独一无二的方面，收缩战线，回归心灵，把自己的特点和亮点不断放大，约定今生，并坚定不移地沿着自己的目标前行，至于结果怎样，由它去吧！

自我超越者总是在不断前进中求得自己内心的平衡而无暇他顾，他们生活在未来美好的理想蓝图里。

人们在孜孜不倦的追求中，创造了超越生命的东西。创造的过程虽艰苦，但只有在经历了磨难之后，才能更透彻地领悟人生的真谛。

一个人如果没有超越自我的崇高理想，没有认真观察、体会、捕捉机会的眼光与本领，也没有勇气与魄力去对抗和角逐，是不会取得最终成功的。

超越自我，从平庸与琐事中摆脱出来。充分发掘自身的各种潜能，不断超越自我，而不是仅仅考虑超越别人，一个人绝不可能同时在各方面超越所有的人，也无须和别人去较量长短。

超越，是漫长而又不能计较成本的投入，我们应该执着地向前、坚定地赶路，不断追求卓越，一步步地接近心中的神坛。超越者，就是一个为了心灵深处的理想而默默前进的朝圣者！

一旦义无反顾地选择了奋斗之路，那么，你就会像一个朝圣者一样向着自己心中的圣地无所畏惧地向前、向前。只要努力追求真正的智慧，至少在科研成果方面还是能得到回报的。

凡是奋斗者，绝不是一个游戏人生和自甘平庸的人，他们都是通过奋斗这把刻刀，不断地雕琢出一个最优秀的自我的人，都是通过奋斗一次次超越自我的人。

无论做什么事，态度决定高度。以事业的态度来对待你工作中的每一件事，并把它当成使命，就能发掘出自己特有的能力。在完成使命的同时，你的工作也会真正变成一项事业。

超越自我，就要提高挫折耐受力，当个体感到失望沮丧而想放弃一切时，要从坎坷中发现前途，要幽默地看待自身的弱点。

超越自我，还要有对权威不迷信、不盲从的精神，要有与各种逆境抗争、与命运搏斗的勇气。一个有理想的人，不能只等待机遇的到来，要懂得制造机遇，然后果断地行动。如果只是站在希望之舟上远眺，那么永远也不会到达成功的彼岸。

三、挖掘潜能

人的潜能就像火花，它既可以熄灭，也可以燃烧，迫使它燃起熊熊大火的方法只有一个，那就是艰苦的劳动加上永无止境的不懈追求。

激发一个人潜能的事情往往是微不足道的，也许是一句格言，也许是一次演讲，也许是一则故事，也许是一本书，也许是一句鼓励的话语。

每个人都是一座有待开发的“金矿”，都有巨大的潜能等待开发。这些潜能不仅表现在人的大脑和感官上，而且还表现在人的精神力量上。

蕴藏于人身上的潜能是无尽的，许多人对此却一直蒙昧不知。

人的潜能无限，而忍耐力却是有限的。因此，必须用灵活的头脑做抵押，去创造一个非凡的奇迹，活出一个全新的自我。

人体实在是世间超级的奇迹、超级的秘密，它所蕴含的功能是我们人类远没开发的，它所拥有的功能潜力是我们人类远未认识的。应该千方百计释放出更多的“智慧能”。

人的潜能并不限于人类目前所表现出来的状态。大脑具有互相补偿的功能，即一方受到伤害时，他方会取而代之。因此，应将尚在沉睡着的潜能唤醒，使它成为不断活化或强化自身的能源，借各种思维的撞击，迸发出智慧的火花。

人的灵悟、智慧、情感蕴藏愈丰，质量越大，往往也越是需要较强大的、较猛烈的合力才能引爆，才能在瞬时爆发出无比强大的能力，才能突破常规的激励，发出巨大的能量！

潜能素质是一个我们人类大脑永无止境地扩展着的领域。它促使我们的神经因遭遇刺激而努力奋斗，也可以将我们的潜能唤醒并激活。因此，挖掘自身巨大的潜能库的动力，往往源于与不幸环境的激战。

许多人不去发掘自己独有的潜能，而一心想成为“另一个人”。潜能人人都有，不应该去模仿他人，更不应该因为自己不像某人就感到忧虑，而是应该积极地去塑造自己的新生。

不论是过去或将来，通过模仿别人取得的成功不过是“二手”的成功。有什么意思？何不打造真正的自己！

那些极难发现的真正潜力，隐伏在生命的最内层，普通的刺激是不能把它们唤出来的。但是在遭受嘲笑、揶揄、欺凌、侮辱的时候，就会有一种新的力量从生命的最内层迸发出来。从而可能将在平常的情形下几乎不可能成就的事业创造出来。

人最关键的是要学会发现自己身上的潜能，特别是内心最深层次的潜能。遗憾的是许许多多的人至死也没有发现和发展自己的潜能。所以，世界上的成功者和优秀者少之又少。

要发掘潜能，突破自我极限，就必须用生命去做。把自己喜欢的事当成使命来做，这样才能发掘出自己特有的能力。否则，即使机会自动送上门，也抓不住，只能受所谓运气、命运的摆布。

大脑的潜能是无穷无尽的，是思维密码不断解密的一座思维巨矿。潜能一般可分为如下几种：创造性潜能、艺术性潜能、管理性潜能、军事性潜能、公关性潜能、学习性潜能及其他潜能。

人类大量的潜能是沉睡着的，为了更好地挖掘潜能，应对脑力资源进行科学合理的发掘和利用。应该永远带着问题垂首思索，始终怀着虔诚之心上下求索、苦苦追寻。

潜能的发掘，取决于我们自身的努力和强烈的自我价值实现的欲求。只有不断挖掘潜能，才能接受挑战，把握机遇，走向成功。

潜能是巨大的无形资源，它既能因开发产生物质或精神的财富，也能因某些因素影响而白白耗散和流失。这一特性在很大程度上取决于个体所处环境的开放度及其潜能开发的力度。

人的精神就像一个园子，如果不长鲜花，就会长杂草。要超越极限，必须将个体置于逆境。

通过聚焦，使潜能发掘集中在特定的目标或目标层次上，就能跨越某些知识储备的不足，让潜能得到经济有效的开发，并将创新才能迅速提升到一个崭新的高度。

物质资源长期开采必定会有枯竭的一天，而思维资源却永远不会透支和枯竭。问题产生目标，目标产生动力，动力激活潜能，潜能就是资源。潜能的发掘是没有穷尽的。

每个人都有不同的潜能，很多人都在犯这样一个错误：他们自己把这一矿藏的大门紧紧关闭，从没想过从矿藏中挖掘出名贵的矿产，导致矿藏慢慢荒废。

人在绝境或遇险的时候，会展示出非凡的爆发力，这种爆发力会开发出无穷无尽的潜能，思维力与行动力会越来越强，从而产生有效行动，渡过难关。

人生在世，应充分挖掘自己的潜能，开辟自己生命的绿洲，为社会留下自己独具的个性和才华。

许多人的潜能在长期酣睡或隐性流失，只有极小部分的能力在发挥作用。只有遇到一些大的刺激或面临生死攸关的危机的时候，才能将这种潜能唤醒，使这种力量爆发出来，进而干出一番惊天动地的伟业。

潜在的要素包括创新、热情以及永不怕错的精神，这种精神将带给创新者永无止境的活力。然而，大部分的人一生都在随波逐流，因此，也没有什么成功可言。

价值定位目标应建立在优势潜能的基础上。价值目标应是多元的，不同的个体有不同的价值或目标层次；不同的个体也有不同的潜能优势。在价值目标的确立上应充分考虑个体自身潜能的开发价值，以便明确目标，激励个体并极大限度地调动其积极性和创造性。

现实中某些个体的社会定位较高却并不具备此方面的才能，另一类个体贡献较大、业绩较高而社会定位却较低。因此，人才潜能开发的评价标准就不能只涉及职务高低、官阶大小。价值取向的多元化必然会导致目标选择的多样化。

潜能开发具有节律性，即潜能释放的最佳时机和条件。把握节律，就能提高潜能开发的时效和质量。应充分利用外部环境和条件，如政策、地域对人才导向的辐射作用，促进潜能开发的谐振，形成思维的变通性，激活潜能。

某些个体难以一次性准确判断自身具有何种潜能，只有当兴趣、职业转换，时间推移，才能逐渐使潜能显现。因此，潜能有个逐步筛选的过程。这就意味着个体原来确认的潜能会在筛选中淘汰、扬弃或让位于真正的潜能（或优势潜能），这要求个体具有敏锐独到的眼光，捕捉并筛选出最具发展前景或个体真正具备的优势潜能。

人才潜能的激活受制于错综复杂的环境因素：人际关系的羁绊、错位性工作（职务）安排、不同的社会背景、诸多的人为障碍……稍有不慎，就可能使个体的发展陷入瓶颈或误入歧途。

在良好的外部环境下，个体思维敏捷、创意不断；在恶劣的外部环境中，个体的大脑犹如一堆乱麻，理不出头绪。同一人才在不同环境中，潜能释放会呈现出显著的差异，体现了不同的自身价值，同时也折射出人才生存和发展环境的优劣。

潜能开发必须纠正“全面发展”的认识误区，从潜能开发的角度来看，如果不加选择、过分地强调全面发展，就有可能丧失潜能释放的节律。因而，大量消耗或分散个体的时间和精力，会使个体不能及时进入创造性领域。

潜能开发具有节律性，我们要把握潜能释放的最佳时机和条件。把握节律，就能提高潜能开发的时效和质量；促进潜能开发节律的谐振，就能使潜能被激活，并得到有效开发。

通过聚焦，使潜能发掘集中在特定的目标或目标层次上，进而可以弥补某些知识储备的不足，让潜能得到经济有效的开发，将创造才能迅速提升到一个崭新的高度。

潜能开发要力争在独创性上着眼，独创性是潜能开发的高层次目标。只有牢牢把握这一目标，不被其他表面现象迷惑，才有可能取得较大的突破和获得丰硕的创新成果。

如果你是独创性人才，千万不要成为明星版的“文化奶妈”。

懂得开发自己所蕴藏的丰富潜能，并成为会运用这种潜能的人，就必将站在成功者的行列。

每个人的生命都潜藏着许多自己也不知道的能量，如果不去尝试，这些能量永远也没有机会大放异彩。很多时候，需要自己去挖掘自己，学会做自己的伯乐。

人才潜能是巨大的无形资源，它既能因开发产生物质和精神的财富，也会因某些因素影响而白白耗散和流失，这一特性在很大程度上取决于个体所处环境的开放程度及潜能开发的力度。

潜能开发时间的先后、节奏的快慢，是由制约因素的多少及每一因素影响程度的差异决定的。

由于潜能若隐若现、似有似无，不像有形的东西给人以真实感，因此人才潜能的耗散和流失不容易引起社会的重视，从而使某些具有独特潜能的个体失去了施展才能的机会，这也是造成人才积压与人才短缺并存现象的一个重要原因。

某些人潜藏着巨大的创新和创业潜能，其中一些人是精神上的先行者，有独特的思想和信念，有特立独行、桀骜不驯的个性，这样的人，当属生活中的另类。

四、恒心与毅力

并非红颜易老，而是流汗太少——工作着的你才是美丽的。年轻时多吃一点苦，年老时才会少遭一份罪。

一些平庸的人，从一走上社会就一直处于下风。然而，他们却不停地给自己的平庸找一个能让自己心安理得的借口。

一个人只要不马马虎虎，时时保持与自己“过不去”的严谨态度，那么，面对艰难险阻或坎坷命运时，才能跨越障碍而“过得去”。

每个人都面临着诸多的约束条件。一个人奋斗的终点也许只是另一个人的起点，但也无须自卑，只要不断突破自我，尽全力做到最好就行了。

一个人没有必要事事都能干，只要将自己的兴趣与特长发扬光大就行了，就会成为社会的有用之才。没有必要强迫自己去查漏补缺，短的就让它短下去，缺的就让它缺下去，天绝不会塌下来！一个人只需要将自己的兴趣与特长充分地发挥就够了。

在一个变幻莫测的时代，一切的优势都是相对而言的，如果不能及时更新自我，做好应变的准备，就很可能会在突如其来的危机面前一败涂地。

人有追求个性与创新的天性。如果一个人想要把损失最小化，就得选择从众，因为从众损失最小；如果一个人想要成功，就得选择独特，因为独特会让你鹤立鸡群、力压群雄。此时，独特就会特别吸引人们的眼球，成为一种稀缺资源。

成长的道路，永远都会留下我们走过的足迹！过去的事已经一去不复返。成熟的人只考虑现在和未来，根本无暇去想过去的事。

要想成就一番事业，就必须心无旁骛，全神贯注地追逐既定的目标。在进退维谷之时，逼着自己全力以赴地寻找出路，往往只有背水一战，才能赢得出路。

勇于切断退路，使自己心无旁骛地专注于已经选定的目标，专注于眼前正做着的事情，往往就会迸发出巨大的热情和力量，有助于在困境中找到一条光明的出路。

恒久的毅力，来自一个人的自我努力。在有限的生命中，我们应该有一份坚守，有一份特立独行，打造自己的独一无二，使渺小的自我逐渐变得有尊严和强大起来。

不要一味地去和别人比较，太注意和别人比较，往往会增加目标的盲目性。崇高的目标和明确的目的，可以对潜力的发掘起到掌舵的作用。挫折与失败的出现，很可能是目标发生了偏离。

恒心是实现目标过程中不可缺少的条件，恒心是发挥潜能的必要条件。恒心与追求相结合之后，就会形成百折不挠的巨大力量。此时，就应向着已选定的目标义无反顾、永不退缩地前行。

有了自己的真正追求，才会确立好人生的目标，矢志不移，奋力前行。如此努力，再坎坷的道路，前面也一定有鲜花盛开。

实现目标的过程总是漫长而痛苦的，而过程中出现的任何非理性偏差都可能导致目标的重大偏移，使“美好的明天”化为泡影。因此，在绝大多数情况下，我们都应咬紧牙关坚持到底。而在某些特定的情况下，我们需要选择的却是理性撤退。

人生的意义取决于灵魂。凡是有所成就的人都有一个共同的特点：对人生目标和事业的不懈追求。缺乏目标意识的人是不可能成功的。尽管目标提供了导向，然而，在前进的征程中却必须攀登一座座高山。

追求完美让人不断进步。但完美是一朵绚烂的彼岸花，而我们永远在路上，不断接近它，却不易触摸它。

个性及才能往往是在逆境中锻造出来的。将过去的失败与挫折转化成正面的价值，朝着目标前进，即使花费极大的努力到达了目的地，也不要就此止步，应以该处为出发点，再设立一个新目标。从而进一步引出自己内部潜藏的能力，以突破障碍，达到人生目标的新高度。

第八辑　不是谁都能洒脱

大境界才能成就大事业。人前的潇洒是以人后的艰辛换来的。蓄养得愈久，积聚得愈深，成就愈伟大，迸发出来的光彩就愈耀眼。

一、人才层次

真正的才华如火焰般难以收藏，总会燎原的。然而，人才是有不同层级的：一流人才创造知识，二流人才裂变知识，三流人才拾人牙慧。非凡之士必有非凡之力。

人才总是坚持走自己的路，庸人总是踩着人家的脚印走；人才总是相互仰慕，庸才总是极力贬低人才，并拼命将人才拉回庸众的轨道。

大境界才能成就大事业。人前的潇洒是以人后的艰辛换来的。蓄养得愈久，积聚得愈深，成就愈伟大，迸发出来的光彩就愈耀眼。

位高权重并不代表品质优秀，高贵不代表高尚，富裕不代表幸福和内心的充实。也许坎坷的人生就是为了使人“苦其心志，劳其筋骨，饿其体肤，空乏其身”，从而为有志者铸就成功的阶梯。

成就是如何来的？大体有三个来源：一是“考”出来的；二是晋升来的；三是思想成果（广义的）换来的。只有第三种成就，才是精神领域中最高的成就。

从某种意义讲，成就感纯粹体现在个体的内心体验上，与外界的评价没有多少关联。它显现出来的仅仅是一种喜悦、充实和幸福感，而没有其他任何功利性成分！

别混淆运气和能力的界限——不要将能力差转换成运气不好。瞎子和傻子不是一个概念。

有时候，怀才不遇是因为用错了专长。有的人确实有才，但用得不对，或者用得不是时候，如果你有第二专长，不妨寻找机会试试，说不定会为你开辟一条全新的发展之路。

人才首先是精神的。如果只看到一个人的缺点，并因此对其不断地加以批评，就会扼杀他的潜能。如果总能发现一个人的优点，并因此不断地加以鼓励，则会激发他的潜能，有助于他逐步走向成功。

天才辈出的时代也是思想自由的时代。新思想只是一种精神标志，也是一个富有朝气的时代不可缺少的标志。

不同的遗传基因构成的生命密码及独有的经历，决定了每个人都是世界的唯一。只要每个人都牢牢把握自身的独特性，并加以发掘与发展，那么人人都将成为独一无二的人才。这在理论上是成立的。

卓越的人敢于引领变化，规避恶性竞争和无谓竞争，在变化中化被动为主动。在冷静思考中，被动常是启迪反思、触发多思的推进剂，以“被动”作为腾飞的始端，以绝境作为创造奇迹的契机。

二、人才评价

大器晚成的人才，在起跑线上往往不占优势，而是靠后天的努力成功。尖子人才则具有不可替代性，重大科技项目及其产业化的成功关键取决于尖子人才的选拔和使用。

人才评价标准对个性化思维走向有很强的诱导作用，是使思维耗散具有正反两方面效应的一把双刃剑。因此，不宜采用一种固化的标准或模式对不同类型的人才进行评价，更不能以挣钱多少作为评价人才的标准。同样的，如果以浅层（表层）人才的熟练操作技能作为标准，是绝对不能得出一个思想者水平高低的结论的。

人才的评价，应按其内在的标准来划分层次。一流人才创造知识；二流人才裂变知识；三流人才传承知识。用知识型人才标准衡量创造型人才是人才评价标准的误用或错位，用标准答案来评价人才则更为荒谬。

学历型人才与创新型人才在知识区是交叉的，由此形成重合区；在创新区是分叉的，即形成非交叉区。

遗传和环境相同而成就高下悬殊，这完全取决于个人的努力与否。人生的际遇一半是外力造成的，一半是自己创造的。

在封闭的地方，做人比做事更重要。一个只知埋头苦干而不知人情世故、手腕变通的人，不管你有多大的才干，被人赏识升迁的机会几乎为零。

在职场能够混得风生水起的人，一半靠能力，一半靠交际。一个不合时宜的人，又或者多少有些清高，不屑于搞各种潜规则手段的人，很多时候都在为他人作嫁衣，这早已司空见惯、屡见不鲜了。

人们的智力发育有前有后，智能环境变化神速。一个人有无创造性能力，是无法从年龄上判断的。英华早发与大器晚成，皆为珍才。某些不可能在于人的惰性心理——办法是人想出来的！

世界上的某些人才，包括杰出人才、卓越人才，不是靠读书“读”出来的，也不是靠博导“导”出来的，而是从坎坎坷坷的苦难中反复磨炼出来的，从而拔得头筹。正如经典一样，不是轰轰烈烈运作出来的，而是作家以他独特而智慧的文笔，将其对生活的感悟，通过文字呈现出来，这种被呈现出来的“智慧”，是不可模仿和复制的。

人才的评价是分层次的：有原创人才、应用人才、一般人才等。某些天才人物缺失，世界的面貌就会改写，某些人才链条环节的断裂，影响的不仅仅是一代人，甚至是数十代人。

创新思维能力的大小、强弱，是衡量或评价人才质量的主要指标，也是区别于一般人的本质所在。创新人才大多是知识合成、知识杂交与混成的高手。只知循环单一知识、复制陈旧知识的学者，即使著作等身，即使名列学问家前茅，也不能称之为创新人才，更不能等同于思想家。

现实中，人才评价欠缺科学的界定和可操作性，存在较多的缺陷。主要表现在：一是人才界定的某些定性评价方法具有较大的随意性；二是人才评价的滞后性，由于长期得不到相应的认定，使得个体自我价值的实现与社会功利性评价（或社会定位）之间形成尴尬对峙；三是人才评价的机遇性，如政策文件界定的结果，使某些个体往往在学术成果、业绩（政绩）评价标准之外的因素作用下，丧失了本应是内在的、实质性的公平竞争条件；四是人才评价的平庸化，过分强调知识的记忆功能，忽略了创新才能的评价。

别人身上的不足，正是你存在的价值。一个人此方面的缺点，有可能是彼方面的长处。能够知人并善用其一技之长，就不会有人才被埋没。在用人问题上，不仅要善于用人之长，也要学会用人之“短”。

人才开发分为家庭开发、自我开发和社会开发，关键是自我开发。要有自我开发的意愿、热情、方法并形成自我开发的习惯，这是造成人才成长重大差异的根本原因。有才穷不久，作为想成功的人仅仅有公德是远远不够的，还必须有才能。

人才评价的社会整体性偏差和位移，导致了我国创新人才（原创意义上）的严重不足。虽然我们的思维在总体上超越了前人，但对古代伟人和哲人的超越却十分有限——现代人更多的是享受现代文明的成果，而在思维上却难以真正地超越前人。所以许多人，包括一些学者和教授还在替古人做诠释，很难有真正意义上的超越。

世俗生活评判一个人的成功与否，主要是看他与社会的融合程度、地位与财富情况。如果个体与社会没有融合度，就很难得到社会的承认，至少在活着的时候，会活得很尴尬，甚至一贫如洗。

才干越高的人，其缺点往往也最明显，这应了那句俗语：有高峰必有深谷。某些真正的奇才，其人生价值的体现，往往是以生命为代价的——活着时潦倒不堪，备受欺凌与歧视，而死后却身价百倍。

人无完人，谁也不可能十全十美。与人类现有的博大的知识、经验、能力的总和相比，任何伟大的天才都是不及格的。如果只能见人之所短而不能见人之所长，从而刻意挑其短而不看其长，这样的人本身就是弱者。

天才是人类思想的基石与标杆，常常行走于疯癫与病态的夹缝中。正因为这样，他们才能够发现别人不能发现的奥秘。天才的存在，让人类有生存下去的底气，让人类不至于娱乐至死。

那些改变世界的天才人物，他们表面上各有特色，但都有一个共同点——他们在幼年时期都是自由的儿童，天性没有被压抑，他们充分施展着自己的个性和才能，都不愿意重复其他人的道路。

卓越的人才一般都具有野性思维，一生始终伴随着各种争议，甚至亲人和朋友都不理解他们，而且这种争议并未随着他们的离去而结束。庸才们也都具有相似的特征，他们很听话，唯命是从。

一个人光有才能是不够的。要想登上事业的平台，必须经过漫长的摸爬滚打，从而产生自己真正的心灵感悟。然而，做到这一点实在是太难了，许多人终其一生都没有迈出这一步。

真正优秀的人，首先应该有想象力。有想象力，才会创新；其次应该有很强的洞察力，能够发现事物的规律。

真正的人才是绝不会巴结权势者的，这是他们的天性使然。他们要将宝贵的思维资源和时间资源放在最具创造性的事业上，根本就不会去做那些有损他们人格尊严的事。

要想使自己脱颖而出，就必须付出更多的努力，拥有积极进取、勤奋向上的精神。否则，你就只能由平凡转为平庸，最后变成一个毫无价值和没有出路的人。

人才结构要合理。既要有开拓型的，也要有稳健型的；既要有技术型的，也要有创新型的。开拓型人才与稳健型人才要合理搭配。

通用型人才、知识型人才、实用型人才是可以批量复制的，思想家却不能也无法复制。因为他们本身就是一种独特的资源，这样的人才是不能被“教”出来的。

在人生际遇中，存在或衍生出种种难以预测的因素，这些因素的相互依存和排列的不同顺序，又相应带来其他诸种因素的交错，从而形成不同的结果。这种偶发性因素往往改变或决定了个体的命运，这就会使一部分确有才华的个体在诸如政策界定、内部规定（某些是特定的使一些个体失去公平竞争条件的人为障碍）、领导好恶、社会背景等一系列非自身可控因素的作用下与机遇失之交臂。

个体知识结构的组成，除了受不同教育程度的影响外，还有其自身独有的不同经历的特点，这是个体对事物认识的独特体验，是书本上难以提供的，往往是其他个体难以替代或无法企及的，也是个体产生创意的一个重要源泉。

不同地域人才政策的差异对人才导向具有重要的影响作用，使得同一人才在不同地方呈现出悬殊的前途和命运，导致了人才流动或转移。

一个国家的一流人才，应该更多地去做实业、搞创新、搞科学、做学问。只有尊重知识、尊重人才、尊重劳动、尊重创造，才能真正地调动全民的创新热情，最大限度地促使每个人都实现自己的人生价值。

向上是因为有梦。成长是由内驱力与外部压力的交互作用而形成的。在强大的外部压力下，真正的思想者只能寻找自身精神的“出海口”，将外部压力转化为自省的方式，从而获得人生体验和精神腾飞。

不管是岔路还是阳关道，认认真真走下去固然重要，但首先必须要分辨方向，不能一味瞎起哄，瞎跟风。

三、痴迷

痴迷是一道精神盛宴。它是幸福的另类表达式，对急功近利、追求立竿见影式实惠的人而言，是无法享用的。

痴迷是思维嬗变的开始，一旦踏上科学研究的征程，痴迷就会伴随在我们的身边。研究学问就必须要有这种“痴迷”的精神。否则，钻得不深，求得不彻，对你所研究的学问，只能收获皮毛。

痴迷，是创造力爆发的前奏。研究任何学问，欲求造诣深邃者，不可能没有几分痴迷。痴迷是一种精神的陶醉，尘封的思绪在不经意间被轻轻唤醒，灵感的闸门在这里一次次被打开。高度思维状态下的痴迷，是催生创新成果的前奏。

痴迷有可能会导致你的投入变成徒劳，因为没有人知道这条路是如何打造铸成的！但，探索者的脚步一直没有停顿过，他们一直在创新的道路上奋勇进行。

天下之事，常起于甚微。只有坚持不懈地朝着一个方向努力，才会聚沙成塔、集腋成裘，走向辉煌。千万不要轻视和嘲笑你身边那些敢于幻想的人，说不定哪一天，他的异想天开会变成现实，让我们所有的人目瞪口呆、瞠目结舌。

四、成才靠本事

成才靠本事，可以一个阶梯一个阶梯地攀爬。大器晚成者犹如“国之重器，不可轻易示人”一般，他们谨守自己心中的一份秘密约定，总是低调地做人，从不宣扬。他们注重自我生命的厚度和张力，这就有别于少年得志的爆发力和短暂性。

由于个体差异，不同的人成名的时间段各不相同——无论是少年得志，还是大器晚成。值得注意的是，大器晚成者不一定比少年得志者的成果少，相反，还有可能会更为丰厚、厚重和深沉。

在一个小圈子里面瞎折腾，人才就会被埋没，就只能造就一个个平庸之才。一个进步与文明的社会，只有将精英与人才的聪明才智投入发明创造与劳动生产，才是价值实现的正向选择，才能真正造福于社会、造福于人民。

是金子总会发光——但首先必须是金子，而不是一块砖头或者一坨泥巴！更不能将泥巴和砖头等同于金子还自我感觉良好。现实中，很多自以为是“金子”的人，其实只是一坨泥巴；而某些自认为是砖头的人，其实是真正的“金子”！

有的人似乎轻而易举就能提出创意，其实是经过殚精竭虑以后才想出来的。每个人都是一颗宝石，关键在于如何发掘。

无论多么有才华，都不要满足现状。安于现状是前进的绊脚石。没有思想的人、无知的人、懒惰的人，只会看到事情的表面，不会看到事情的内在本质。但他们又总是谈论着运气、天命及机遇。

一切天才都是与勤奋分不开的，他们由自己原初的精神之乡出发，创造了大浪漫、大境界。

在盛产天才、圣人和大师的国度——大凡有人与众不同，必定是与天才、圣人、大师相连，以致在这种精神光罩下和神秘的吹捧中，徒增了他们的高度，从而制造出一些假天才、假圣人及假大师等怪胎。

创新人才常常处于传统与叛逆之间的紧张关系中。创造性需要丰富的想象力和不合逻辑的跃进，创新人才用反叛精神、残缺的教育甚至不完整的生命，弹奏出了完美的人生和弦。

第九辑　磨难之后一定非凡

逆境使人成熟，绝境使人醒悟。苦到极点、痛到极点，心理的韧度和耐受力就一定会大大超越普通人。逆境是一个契机，使人进入新的更成熟、更有尊严的精神境界。

一、逆境

逆境，是灵感光顾的绿洲，是智慧滋养的沃土，是理性升华的过滤池，是思想家诞生的母腹。只有跨越了逆境的沼泽，才能拥有精神的财富；在逆境的泥沼中束手待毙，就只能收获可悲的结局。

逆境给人宝贵的磨炼机会，经得起逆境考验的人，才是真正的强者。自古以来的伟人，大多是凭着不屈不挠的精神，从逆境中挣扎着奋斗过来的。一个人只有经历过逆境，才能体会出平淡的意味。

逆境使人成熟，绝境使人醒悟。苦到极点、痛到极点，心理的韧度和耐受力就一定会大大超越一般人。逆境能磨炼意志，只有经历过风雨的人，才能锻造出坚毅的性格。身处逆境时，懂得苦中求乐，才是人生的真谛。

身处黑暗的人，在摸索中寻找光明，磕磕绊绊地最终走向了成功；而另一些人往往被眼前的光明迷惑了前进的方向，甚至走向成功反面。

“坎坷”是一笔无形和不可估量的精神财富。历经坎坷者，在磨难中不断升华意志、毅力、阅历、能力、个性、修养，并结晶为一个人的综合素质，显示出与众不同的人格优势和独特品质。

身陷逆境的时候，智者一定会有解决的办法。苦难是拓宽生命疆域的不二法门或秘密通道。绝境面前，最容易锻炼一个人的创造力及刚强品质。

逆境仅仅是一段距离、一个门槛和一次洗礼，同样也是一次转折、一次醒悟和升华。

逆境是人生的摇篮，磨炼是成功的良伴；在逆境中突围的人生，是值得庆幸的人生。被逆境和挫折打击得最猛烈的人，是最有能量的。

逆境虽然一点也不温馨，却是人生最真实的组成部分，往往促人奋斗，也引人彻悟。如果否认了苦难的价值，就不会有壮丽的人生。

境遇变化循环往复无止境时：逆境是顺境的准备，顺境是逆境的铺垫，顺境隐藏着逆境的因素，逆境张开双臂迎接顺境的到来。

长期处在逆境中的人，有着极强的生存能力，一切困苦在他们看来，都是一笔笔丰厚的财富。对长期处于顺境中的人而言，逆境就是灾难，就是一座座不可逾越的高山。

逆境与厄运无疑是我们人生道路上的绊脚石，但在一定条件下，它又是好事。优越的条件容易消磨人的意志，腐蚀人的肌体，使人丧失上进心。而艰苦的环境，坎坷的道路，却能磨炼人的意志，增长人的才干，激发人的进取心。

逆境容易产生冒险精神。理性的冒险心理，源于自我实现的需求。逆境常会产生独创性的努力。有时我们即使身处逆境，也有着属于自己的精神绿洲。

顺境之中，潜能处于一种压抑状态，身处逆境则更能勃发自己的生命活力。在困境中不向困难屈服，不因嘲笑动摇，且更加奋发图强，矢志不移。凡具有这种魄力和胆识的人，定能成为历史上的佼佼者和时代的风云人物。

危机蕴含着可能，这种可能往往又是无穷的可能。切切不可因为一时的磨难，一时的心力不足而放弃对成功的追求。应咬紧牙关，直到难关突破，成功在望，最终迎来雨后的彩虹。

逆境使生活变得曲折和艰难。逆境这种特有的压力、阻力和摧毁力，恰恰就是造就人才的推动力。面对逆境，只有善于开动脑筋，让智慧转动起来，才能找到破解难题的钥匙。

逆境中的磨难是人生的幸运，而舒适则是扼杀意志的温床。把自己的根扎深，在磨难中历练自己，不慕舒适，只求锤炼。能笑对逆境的人，要大大强于那些一旦身处逆境便一蹶不振的人。

二、苦难

人生因苦难而升华。每一场苦难都是人生中的一次挑战，而每一次挑战都会激发出我们巨大的潜能。苦难在智者的眼中变成了一种美好，他们俯瞰这个世界，痛苦也可转化为收益。如果没有那份来自贫寒的压力，很多杰出人才恐怕早就湮没了。

岁月的土壤里，苦难是最肥沃的养料，生命之树因之郁郁葱葱。只有空白的人生才没有苦难。

每个人的苦难只能独自品尝，无人可以替代。

人生充满苦难，如果不能战胜苦难，就会被它们所吞没；苦难以它的冷酷与无情，使强者的人生获得升华。

苦难是心灵的结石，我们必须在痛苦中感悟，在痛苦中成熟。苦难的人生经历是最宝贵的财富——思想在那里萌发、成长、壮大。

苦难转化为前进的动力是有条件的。其首要的条件就是苦难的承担者必须具有非凡的毅力、超人的心智，以及对自己牺牲较低价值而换取更高价值的坚定不移。

苦难使人早熟。直视苦难，是制服苦难的最好办法。苦难是成长的代价，生活的压力是不屈的理由。

一个人对苦难的耐受力与成长环境有关。特殊的环境，特殊的经历，给了人向上的动力。

一个经历了千难万苦的人，没有什么困难能使他低头，没有什么迈不过的坎。一个长期处于社会底层的人，几乎可以说，从什么方向起步，都能把未来的人生之路走出一条康庄大道。

有一类苦难，注定会成为思想的奠基石。独立的思想者，他们把苦难变成一种唯有自己才能享用的精神盛宴。这样的人，虽然多数仍会消失在历史烟尘中，但其中的卓越者却以文字为载体而穿越时空，光耀历史的星空。

苦难是最好的大学。首先，你必须不被其击倒；然后，才能成就自己。只有征服苦难，才能用苦难磨砺意志，超乎寻常地创造出另一种完美。

贫穷和困苦，对于有志者来说，都是一笔意外的心灵财富。一个人如果没有经历过苦难，他的生活是不完整的。

向苦难挑战，这是从普通到出色的唯一路径。面对困苦和压力，不应该退缩和回避；只有经过苦难熔炉的淬炼，才能成就智慧的一生。

我们有将苦难讴歌为盛世、化腐朽为神奇的传统。现实成了最大的舞台，演绎着人生的起起落落与悲欢离合。

人生就是磨难。幸福或心情愉快的时候并不太多——更何况还有一些人为造成的伤害。

人生路上磨难无穷，高度的挫折耐受力是一个人实现自我的必备条件。人生的某种经历和体验，以及升华的理性感悟就是我们的收获。使我们沿路学会了为自己不断缝补思维的方法，从而在夹缝逼仄中，又不失道德底线和傲岸的精神风貌。

人生最多余的是恶性竞争，是私利计较，是锱铢必较，是鼠目寸光，是浪费宝贵光阴，是强人所难，是蛮不讲理。

人生旅途并不是一帆风顺的。逆境、失意会经常伴随着我们，但人性的光辉往往在不如意中才显现出来。

第十辑　一路走来不容易

洞穿波澜，不要跟风。青云直上可能蕴藏着跌落的危险，上百次的失败可能通向光辉的顶点；吹吹打打的红火也许掩盖着空虚的底牌，长期的蹲式未必不是跃起前的积淀。

一、成功没有捷径

成功且卓越者少，失败且平庸者多。成功者与失败者的心态，会导致人生惊人的不同。

再贫瘠的山地，只要勤于耕耘，来年春天，定会盛开漫山的花朵。

事业成功的人，几乎都是忽略生活中残酷的一面，放大人生美好的一面。

在人生的跑道上，先做一个乐观的人，才能成为一个成功的人。

对于渴望成功的人来说，成功似乎永远都在未来；对于害怕失败的人来说，失败却好像近在咫尺。

成功缘于一次偶然，失败则带有一定的必然。人的一生似乎只能干成一件事，而且还需要机遇；失败则可能成百上千次地出现，而且“顺理成章”。

成功如果来得太容易了，难免让人担心它的真实性。想收获成功的人，在当初就要预留一方心田给失败！

一个人遇到的失败总是与他想获得的成功成正比。伟大的人即使遭遇失败也是伟大的，平庸的人则只会遭遇平庸的失败，但那些浅薄的人获取的胜利大多是低层次的胜利。

真正想成功的人，不会只是坐下来怨人尤天，埋怨运气不佳。他会检讨自己，再接再厉，在绝境中清理命运的残局，以图东山再起。只有不可救药的庸人才需要时时寻找替罪羊和出气筒。

成功绝非偶然。坐等运气的人，往往以空虚或灾难临头收场。他们也许会在偶然的一个机会里暴富，但这种繁华很容易变成过眼云烟。大起大落的人，通常是最相信运气的人。许多人庸庸碌碌，默默以终，是因为他们认为人生自有天定，从没想过可以创造人生。

成功的人生，是由很多细碎的机会组成的，而赋予你机遇者都是你的贵人。机会的本质是抓住给你机会的那些人，但机遇女神常常是不引人注意的。因此，请礼遇你生命里的每一个人，每一个人都有可能是迈向成功的一次机会。

拥有大量金钱的成功者，如果他身上没有社会认可的所谓成功的标签，即便他每天辛勤劳作，也不能算是一个成功者。因为历史是无情的，在岁月的长河中，有无数创造者的名字被浓缩成了一串串数字或省略号。

追求是牵引成功的线索，困境仅仅是一个起点，只要不懈地追求，执着地向前走，就会发现目标越来越近。成功的可能性，就在你自己的生命中。因为成功就是自我的演进、展开与实现。

大事业要从小处着手。大多数机会总是隐藏在周围琐碎的小事里，也许这些小事就决定了一个人的命运。

善于借助一定的事物去干某一事情，往往事半功倍。敢于承担额外的责任，才能获得额外的成功。

在柔弱中看到力量，每个人心中都蕴藏着巨大能量。许多人之所以失败，是因为未能竭尽所能去尝试，而这些努力又是成功的必备条件。

没有机会成功，那是弱者的推托之词。改变命运的技巧是，把困难视作机遇。

出路在自己身上，大凡在事业上做出成绩的人，都是自己命运的主导者。

在面对各种挑战时，把困难看得太清楚、分析得太透彻、考虑得太详尽，往往会被困难吓倒，而丧失了前进的勇气和信心。只有面对险恶和挑战保持平静心态的人，才能勇往直前，最终抵达成功的彼岸。

在通过人生的独木桥时，能够忘记背景，忽略险恶，专心走好自己脚下的路，才能更快地抵达目的地。

成功的人从不抱怨。抱怨的人是很难成功的。在特定的苦难年代，有志者将生命的时光酿制成精神的佳酿，甚至打造为旷世之作。

没有经历磨难、没有经过风风雨雨就得到的成功是没有根基的，也是不可靠的；靠自己的真才实学得到的成果才是扎实的。

真正的成功者，都珍惜宝贵的时间，用有限的时间去思考有意义的事，将可支配的时间投入有价值的事上。

很多时候，成功者与普通人的区别就在于比别人多想一步。多想一步，就会有创意，就会有意想不到的发现，就会有天壤之别的收获。

要引发深藏在心灵深处的仅属于自己的原始创意。一旦时机成熟，这些创意就很可能成为创新的媒介。

一个人的成功，来自对自己优势的发现，来自对自己所从事的事业的专注和投入，来自对自己事业的无怨无悔！当我们发现了自己优势的时候，等待我们去采摘的，都是人生甘甜的果实。

最艰难的时候，往往是离成功最近的时候。此时保持清醒的头脑，就不会迷失方向，就不会盲目地随波逐流，就不会预支或陶醉于尚未到来的成功的喜悦。

有些人永远在自己的生命漩涡中旋转，他们只知道浏览别人的成功，却无法知道自己未成功的真正原因。因为他们没有信心，也不相信自己会成功。

每个人的成功看起来是偶然的，但都是由很多必然因素促成的。一个成功者，懂得在现有条件下充分展示自己，而不是祈盼奇迹的发生。

一切成功者都永不止步地追求卓越。没有什么习惯比拖沓更为有害，更能使人懈怠、减弱做事的能力。一个人想要成功，就必须摆脱懒散拖沓的工作和生活习惯，培养积极守时的工作习惯，这样才能使自己不断地走向成功。

野草只是暂时还没被人发现价值的植物。只要善于整合自己的能力和资源，总有成功的机会在前方等待。

只有缜密思考、理性判断所选择的道路，才是通向成功的路。

成功者往往在不断地设计自己、规划自己，给自己一生寻找创意，使自己变得越来越具有创造力；而平庸者却永远随波逐流。

理性与智性的人类，在很多时候需要把“副产品”发扬光大，因为它们往往才是真正的“主角”。很多时候，成功之箭射中的却是另外的靶心。

成功首先是一种心理模式。在成功前的漫长岁月里，成功的彩旗早已在前行者的心灵深处飘扬！

不要把尚未实现的成功整天挂在嘴边，那是毫无意义的，成功不能被预支！然而，某些人的心态真是好得不得了——眉飞色舞侃侃而谈，总是喜欢将成功的理想与成功的现实混为一谈。

任何成功首先都是思维蓝图的实现。想法不对，做法就不对，结果也就不对。行走在成功之路上，永远不会拥挤。只有抵挡诱惑，做自己该做的，做自己核心价值的事，才能享受成功的盛宴。

一个能力非凡的人，往往会因为早年的挫折而更容易在今后的人生中取得成功。每个人都可以创造奇迹。成功没有捷径，只能不动声色地提升自己，超越别人！

努力未必成功，但放弃不应该放弃的一定会失败。成功者的匍匐，都是高高跃起前的热身；他们宁可接受深层的痛苦，也不愿享受浅薄的快乐；遗珠之憾与灵性之光在他们身上交替闪烁。

面对生活中的“不可能”之事尽管会困难重重，但只要我们下功夫去做，还是有成功的可能。正如今天的“因”是明天的“果”一样。一个人无论做什么事都应当全力以赴。

自身的特色对一个人的成功起着关键作用。每个人身上都有与众不同的地方，这就是每个人独具的特点。模仿别人，把自己的特色丢掉，是不明智的行为。

晕轮效应即放大效应。某些成功人士对成功极力夸耀，对失败只字不提——屏蔽种种劣行，这无疑放大了光环。他们在荧光屏上以完美者自居，把自己当作天才的化身，其回忆录、自传，是当不得真的。

成功的创业家，绝不会坐等幸运之神赐予他们“良好的机遇”；相反，他们会打破束缚，跳出传统的框框，即使冒着毁灭的危险，也要独辟蹊径，开拓新领域。

把自己喜欢的事做到极致，就能从中感受到价值的存在。在完成使命的同时，会发现成功之芽正在萌发。无论做什么事，必须竭尽全力，这种精神的有无，决定一个人日后事业上的成功与失败。

面对自我，突破自我。成功和失败对于我们来说并不是最重要的，关键是没有人这样做过，我们做了，这才是最重要的。

每一个人的成功都是一本酸甜苦辣史，我们要学会欣赏成功者的背影，不要过分关注他们的表面。

人活在世上，应该具有奋斗精神。不甘人下，敢于直面人生并努力拼搏的人，才能登上成功的顶峰。否则，只能像水一样流入低谷，使自己的生命被时间一点点埋没。

伟人改变环境，凡人适应环境。成功者不是比正常人聪明多少，而是在与常人相当的智力基础之上更好地处理了自己和条件之间的关系。

任何成功之路都没有金科玉律可言，全凭你机智敏锐地探知变化，灵活地改变方法。否则，是注定要栽跟头的。

很多道理其实很简单，知道得再多，想得再好，如果迈不出行动的第一步，现状都永远不会有改变，更不会有超越。

不要相信轻易的胜利。我们常常不愿做细小的事情，自然也就无法构筑起事业成功的高塔。我们缺乏心系一处的定力，常常三心二意，左顾右盼，结果总是在半途而废中与成功失之交臂。

成就是汗水的浇灌，是恒心与毅力的回眸，是人生规划的反馈。不要被一时的挫折、失败彻底击倒，只要自己的心中还有希望，就一定还有未来。

在当今这个自由选择又百花齐放的时代，我们要不断拿出新的构想，追求独一无二的个性和创意，获得更好的竞争优势，这样才能提高核心竞争力。

自信是成功的基石，自助者天助之。相信自己的人，才能战胜挑战；相信自己的人，才能在生命的沼泽中发现机遇之路。

只有想不到，没有做不到。心到不了的地方，脚就永远不会到。成功在许多人来看是奇迹，其实对成功者而言，只不过是水到渠成之事。

成功绝不会无缘无故地降临到我们头上，任何事业的成功在于积累，在于坚持，在于正确的思想。

决定难免失误，行动难免犯错，但绝不要因此放弃追求的目标，或待在原地左顾右盼守株待兔。

成功的关键在于坚持不断的探索，以全部精力不避艰苦地去拼搏。只要专注于某一项事业，就一定会做出自己都感到吃惊的成绩来。

许多人最终没有获得成功，不是因为能力不足，而是缺乏足够的坚忍。这样的人做事往往虎头蛇尾，有始无终。

在迈向成功的大道上，不走或少走弯路，当然好。然而，要想完全不走弯路，那是痴人说梦。成功路上荆棘遍布，没有一颗不怕险阻、勇于攀登的心，是很难到达峰顶、一览众山小的。

那些在自己的“一亩三分地”不断扬起“胜利彩旗”的所谓成功者，收获的大多是浅薄的胜利。

不要用华丽的包装将成功者塑造成完美的化身，那既是欺骗也是误导。成功人士的背后都有一部自己书写的辛酸史，因此，千万不能被假象或荧光屏上的光环所迷惑。

挫折是构筑人生最重要的部分，没有挫折的人生，是残缺的人生，因为失去了从挫折中感受悲伤、总结教训和反省并不断完善自我的机会。在每个成功者的脚下，都有挫折为他们奠基。

许多人表面上看来终生勤奋工作，但在个人事业上成效甚微。主要原因在于，他们锱铢必较，在鸡毛蒜皮的事上耗费了太多的时间和精力，无法使自己积累广博的知识和专业技能。

一个人的本领只有从艰苦奋斗中才能锻炼出来。在各行各业里成功的大多数人，起先往往是生活贫苦的孩子。

把不可能变成可能，这需要勇气，也需要智慧。成功也许会有许多的偶然性，但一个充满自信勇于去尝试的人，他的成功是迟早的——只是时间问题。

把路走绝是一种精神，急流勇退是一种境界。专注于脚下的路，才不至于误入歧途。培养脚踏实地的习惯，人生就会少些失败，多些成功。

勇气往往能力挽狂澜，学会忍耐，学会坚毅，坚持十几年、几十年，坚持到生命最后的分分秒秒，就一定会取得最终的胜利。

必须将自己磨砺成一支锋利无比的箭，磨砺成一支自信十足的箭，呼啸在自己拉开的人生强弓上。

做人，特别是做“凤毛麟角”的成功者，就一定懂得洞穿波澜，不去跟风。青云直上可能蕴藏着跌落的危险，上百次的失败才有可能通向光辉的顶点；吹吹打打的红火也许掩盖着空虚的底牌，长期的蹲式未必不是跃起前的积淀。

无论是何种成就，都是对努力的回报，都是对思想的奖赏。

一个人有可能获得极大的成功，甚至在精神王国中达到高尚的境界。然而一旦用自私的思想支配自己的活动，就会跌入为人不齿的境地。

乐观，在人生之路上作用极大，是面临挫折时的自信，是成功的动力。乐观者可以把兴趣、热情、自信和其他能量调动起来，形成整体效应，使行动的效果达到最佳。

成功也有冒牌现象：某些人靠裙带关系、家庭背景或其他非正常手段获得“成功”，实质上是一种成功的冒牌现象。这种人虽已跻身“成功”之林，表面上很风光，但他们的内心忐忑不安，担心假面具迟早会被揭穿。

成功的评价尺度具有外在性和内在性双重标准。成功的外在表现为地位、名声、荣誉、职称、学历等，还包括各种人造“光环”、晕轮效应以及精心包装的轰动效应等，由于成功的外在表象往往鱼目混珠，呈良莠参差状况，客观来讲，是具有一定“水分”的。而成功的内在性评价，则完全是个体内心认同的成就感，它甚至与外界评价标准毫无交集。

不要轻易让别人替你设立评价的标准。只有你最清楚哪些事适合你，只有你自己决定该干什么，该相信什么，应该考虑自己个人标准的来源和基础。

判断一个人是否有出息，不用看别的，只要看看他做事的态度便可得知：倘若他是一个当机立断做事果决的人，今后想不成功都难。

在成功的过程中，个体必须承受常人难以忍受之痛，经常牺牲与家人相处的机会，既能理性地应对失败和挫折，又能有效处理各类突发情况，他们的智商高于普通人，并拥有高度的自我认同感。

要想成就事业，就必须充分利用时间，将工作进行到底。

永远不满足于已有的成就，以更大的热情去换取更大的成功。不断给自己加压，不断给自己创造成功的机会，永远不让发动机熄火，才能使自己的生命之车驶至尽可能远的地方。

想要有所作为，就应具有积极的挑战精神。挑战催人奋进，促人成长；挑战带来痛苦，也带来欢乐。成功在于不断地挑战：挑战自然，挑战他人，也要挑战自我。

面对挑战，强者会迎难而上，并在挑战中激发自己的潜能，创造发展的机会；弱者则会选择逃避，安于现状，自甘平庸。

幸运与时机固然重要，却绝非造就成功的主要因素。没有人仅凭侥幸就能获得成就，而是需运用智慧与能力，努力发挥天赋并把握机缘。

环境是一切事物的土壤，只有闯入竞争的环境中，才能激发人的竞争意识，才能调动人的生理和心理潜能。

若要获得成功，忍耐和毅力是不可或缺的。一定要有绝不认输的毅力，在人生漫长的征途上，毅力比任何才能都更为重要。因为即使拥有再多的才能，若受挫于逆境，它仍旧无法发挥。

二、失败不等于无能

失败，是攀登事业之梯，是行进中的必然体验，是通向成功的必经之路，可借此训练自我强度，使之愈挫愈坚韧。

在失败中学会争取胜利，在柔弱中看到力量。你今天所站的高度，你昨天所付出的努力，一切都与对手有关。战胜自己靠的是意志，人有了坚强的意志就会产生无穷的力量。

只有为人生奋力拼搏过的人，才有资格拥有失败。失败是需要准入证的，不是随随便便的人都能跨入失败的门槛。

唯一能从中有所收获的事情便是失败。失败能给人以启迪，它促使人们思考。如果失败给人指出了一条通往新发现的道路，那这种失败就可以被视作是成功。

每个人都难免失败，失败并不表示你一无是处，它很可能是走向成功的转折点。

害怕犯错、不愿冒险、画地为牢、不愿发挥创意，就会给潜在的发展能力画上句号，其心态就如同运作失灵的钟摆。

奇迹和运气不可能眷顾那些三天打鱼两天晒网的人。很多人不是失败在成功的起点，而是失败在成功的路上。

检验一个人的品格，最好是在他失败的时候，看他失败了以后将要怎样。只传授成功的经验不传授错误的教训是不全面的。才能的培养，从概率论的角度而言，经验和教训各占一半！

失败不是平庸。相反，最平庸的人总是保持着一种成功者的姿态，因为他的目标不是生活，而是逃避生活。

在失败面前，人才能展现出他的一切优良品性。一个接一个的失败，很可能会铺出一条通往成功的道路；一个接一个的成功，未必能开出一剂对付失败的良方。

屡屡失败的人，再大的成功都不会冲昏他的头脑；频频成功的人，却很可能经受不住一次稍有分量的失败。

不要为自己的失败找借口，应该拒绝借口。看准了的事就要大胆去干，不要害怕犯错！只有不怕失败，勇于探索和创新，才是迈向成功的第一步。

失败其实是一种特殊的教育，一种宝贵的经验。换个念头去面对它，可能会取得一个更圆满的成功。

过去的经验中，烙上了许多挫折、错误、失败和成功的印痕。任何事首先都要去经历一番，才会从失败和挫折中找到解决问题的线索。

不少人都羞于承认失败，总是把自己打扮成“永远正确”的完美者姿态。在他们看来，承认失败意味着自己无能。殊不知，世上绝没有不遭遇失败的人生。成功的关键，就在于如何使失败成为日后成功人生的踏板。

个体的内心埋藏着极重要的资源——过去的经验。即使它可能代表着不幸，也一定是最宝贵的资源。没有人能不费吹灰之力而获得成功。

不承认失败的人虽然具备评价他人的“资格”，然而，终究难入成功人士之列，其致命的弱点就是害怕失败。

害怕失败是创造力的最大杀手，任何创新都可能失败或无效。是否有勇气去冒险便成了能否创新的关键。要创新，就必须正视失败的可能性。

厄运虽是人生之不幸，可也是机会和挑战。更多的时候，人们不是败给外界，而是败给自己；只有挑战自我、永不言败者才是人生最大的赢家。

一个经受不住失败考验的人是不可能干出一番大事业的。因为失败和挫折无法激发其挑战命运的勇气和决心。古今中外的成功者无不是凭借自己的努力奋斗，掌握命运之舟，在波峰浪谷中破浪扬帆的。

以抱怨释放生活压力的人，总是感到困难重重、劳碌辛苦、没有任何趣味，最终也绝不会做出像样的事儿。终其一生，绝不会有真正的成功。抱怨和推诿，其实是懦弱的表现。

有些人一方面展望美好的人生目标，另一方面却不断抱怨自身的处境，将所有原因全部归咎于他人。只有真正懂得思想的巨大作用，环境才不会成为失败的借口。

失败者，大多会在年轻时自我放纵，浑浑噩噩，浪费时间。一生，就这样稀里糊涂地到岸了。

在追求成功的攀岩中，无须害怕犯错，因为错误往往是学习新知识的开始。世界上的任何科学难题，都是在经过一次次失败的尝试之后，才最终求解的。

三、缺陷的利用

某些性格缺陷是天才的催化剂或助产士。

世界上的许多创意和发明都同缺陷有关。缺陷往往出自我们操作的意外，对付这些意外，如果别出心裁地充分利用，往往可以得到令人欣喜的意外收获。

缺陷不是最终的结果。面对缺陷，只要我们能变换一下自己的思维角度，那么缺陷就可能会成为一次意外成功的机遇。

人有一方面缺陷，往往就会有另一方面的成就；一个残缺的背影，可能会映衬出一个美丽的世界。

缺陷可以激发有志者的潜能，缺陷铸就了那些最优秀的人。人只要能够行使他的意志，那么任何事情都是能够办得到的——这就是走向成功的唯一法则。

世间美好的东西大都转瞬即逝。缺陷永远是美的一种伴生物。不圆满是自然界乃至人类社会的常态。正因为有缺陷的存在，才会有不断追求美好生活的动力。

某些自强不息的残疾人，在韧性和耐力以及思想层次方面，胜过了许多四肢发达但精神颓废的人。

生命有着太多的缺陷，但某些缺陷也可能会成为个体的优势，因此不要一味地掩饰自己的缺陷，也不要去迎合世俗。积极面对自己的缺陷，只要放对地方，缺陷也就变成了优势。

弯曲，不是摇尾乞怜、妥协退让，它是在生命不堪重荷时的一种适度收缩，在遭遇障碍时的一种适时迂回。适度地收缩，便能抖落多余的沉重，让人以轻松的姿态走出矮檐，避开逼仄，步入华堂。

适时迂回，能够让人绕开两败俱伤的争执，以游刃有余的方式，以退为进地实现伸缩自如，把人际的不快融入温情脉脉之中。

成败的关键往往在于选择，要在困境中振作精神，从中寻找成功的萌芽。

将失误转化为成功很难。有时失误距成功只有一步之遥，关键在于是否具有智慧的眼光。

错误和成功一样重要，都是我们人生宝贵的经验——如果只是一味抱怨，或迁怒于他人，而不善于利用错误，就会白白浪费了错误资源。

突破想象创造的能力往往与冒险是同胞兄弟，抱残守缺、故步自封的结果只有一种，就是提早把自己变成有行无市的“老古董”。

四、经验与能力

经验是我们创新的一个潜在条件。严格地说，有经验而不受经验制约时，经验才是创新的一个条件，否则，经验就会成为阻碍创新的障碍。

经验是有不同层次的。为了升华智慧，应尽可能借鉴高层次的经验——这不仅为我们提供了前进的方向，还提供了选择的思路，使之成为触发新成功的起点。

经验的弊端在于，当我们面临新情况、新问题而需要开拓创新的时候，它往往会成为思维的枷锁，阻碍新观念、新点子的出现。经验的局限性，常常会妨碍对问题的创造性解决。不少人受制于自己的经验，在面对一种新生事物时，除了嘲笑、怀疑之外，便是无动于衷、无能为力。

不要把过去的成功经验当作灵丹妙药，到处套用。经验只能说明过去，不能完全适用现在与未来。

复杂多变的社会中，过去的经验正在加速老化。死守过去经验的人，难免会碰大钉子。

应注重过程性经验，而不是着眼于经验的结果，这是一种理性态度。因为从中能学到方法和思路，而不是僵化的“经验模式”。

以经验判断是非，以教训决定取舍，因为害怕走错路，便沿着原来的脚印亦步亦趋，往往会摔在熟悉的路上。

能力的个别差异表现在质和量两个方面。质的差异除了表现在每个人具有的特殊能力外，还表现在完成同一种活动，不同的人可能采取不同途径或能力的不同结合，这是能力的类型差异；量的差异表现在能力发展水平和表现的早晚上。

能力的提高离不开人的勤奋，勤奋是能力发展的重要条件。勤奋的人不懈地从事活动，他们刚毅顽强、百折不挠，促进了能力的发展和提高。

能力与知识、技能是密切联系的。知识、技能是能力形成的基础，并能促进能力的发展。能力制约着掌握知识技能的快慢、深浅、难易和巩固程度，知识、技能的掌握又会导致能力的提高。

能力是一种魅力和力量。注重才能的积累远比注重薪水的多少更重要，因为它是每个人最厚重的生存资本。

自学能力在能力体系中占有重要的地位，是创造者的有力武器。努力培养和强化自学能力，才能使我们走上创造之路。

第十一辑　体验有诗意，实践出真知

从亲身经验所得到的知识往往是独有的，这种知识一般也很难用语言表达清楚。如果试图用语言完整表达，则一定会导致微妙体验的旁逸斜出，从而造成某些真知的跑冒滴漏。

一、体验

经历是一种财富。许多事只有自己亲身经历后才会明白。诸事万物，只要经历了，必有感悟和收获。有些道理需经波折才会明白，有些人需经磨难才会长大。

体验是一种资本，舍弃了，就丢掉了一笔财富。没有体验，成就不了完整的人格。亲身体验并掌握的东西，比从教科书里学到的强得多。

世间很多东西，只有体验了才会真正领悟。有了足够的体验和思考，才会变得成熟老练、无坚不摧。

世上很多事情，在结束后会觉得没什么，但在经历的过程中，种种的酸甜苦辣、喜怒哀乐和怨恨情仇，本身就是很有意义的。如果缺少这个过程，就如同一出没有高潮的戏。

思想因碰撞而深邃，心灵因生活的砥砺而净化。人，往往越是身处逆境、遭受痛苦和不幸时，越能激发激情与斗志。事业有成者几乎无不经历过痛苦的历练和折磨。

最远的路都是从脚下起步的。人都是由无数次经历的积累而逐步走向成熟的。只有不断经历，不断尝试，才能不断成熟，不断完善。

一些有益的体验可以增加我们生命的分量，也可以成为生活智慧的一部分，巧妙地运用这些体验可以帮助我们解决不少问题。

单一即意味着平庸、意味着幼稚。多一份经历就会多一次磨炼，多一次展示自己、积累经验的机会。一次经历就是一份财富，它会让你受益终生。

没人搞过的新领域，对每一个人来说都是新的、不熟悉的。所有的人都站在同一起跑线上，没有权威、泰斗、大师在那儿压着，没有论资排辈。只要你真的下功夫去体验、去研究，真的研究出了什么，就容易出成果，就会得到社会的承认。

特定年代必定遭遇特定的事，由此产生特定的体验。过了这个时空点，就再也无法在特定时空体验了。由此可以推知：就精神层面的体验和思想的感悟而言，我们大多数人不一定比古人在心灵感悟的微妙性把握上更为深刻和贴切。

许多事情必须经历了才能明白——靠读书或听别人的教导终究像隔着一张皮。只有阅历、经验和感悟，这些来自你心灵深处的喷涌，才能把你思想的起点不断垫高。

每个片刻的真实融入人生的洪流后，会逐渐远逝，你甚至会怀疑它们是否真实地出现过。而某些曾经刻骨铭心的痛苦、挫折或打击，尽管现在可能已经看得越来越清晰，但因为价值观的调整，早已在心中轻轻放下。

在体验的同时，还应善于观察、认识和概括，捕捉事物的本质，摄取精髓，并把这一切提升为理性的结论。经历越丰富，想象就越广阔，激情就越饱满，思想就越敏锐，偶然得之的机会也就会越多。

一代人有一代人的感受，年龄层不同、知识层不同、经历不同，这些都会形成不同的体验和感受的差异。

处于底层社会的人，生存体验毕竟不同于主流的群体，他们有着更为刻骨铭心的生存体验和人生感悟。

一个人一生总得历经几次大喜大悲的时刻，否则人生体验就会逊色不少；凡提前经历过这种体验的年轻人，其对社会的认识和生命感悟的深度，一定会超越一辈子风平浪静的老年人。

自己的眼睛，无法看见自己的全身。

悟性一部分与先天相连，后天是难以磨出来的。悟性低的人，只适合干一些简单的事，很难产生独特的创意。

人人都经历过失败或挫折，但一切迂回的路绝不是白走的。其中蕴含着失败的教训和经验。无论绕了多远，无论被阻挡得多严密，只要不忘记方向，终会走到实现目标的那一天。

个体的挫折耐性有很大的不同。这同个人的生活经历、知识经验、文化修养、身体状况，特别是同理想、信念和世界观密切相关。挫折耐性也与挫折本身的轻重程度和受挫的累积分不开。

一个人缺乏必要的实践经验，自幼又很少受过挫折的打击，其挫折耐受力必然很差。相反，一个人曾经受过种种挫折，并且有正确对待和妥善处理挫折的能力，那他在挫折面前一定是一个意志坚强者。

即使遇到失败和挫折，也要忍受各种痛苦和折磨，冷静地分析挫折原因并坚强地对待挫折。

体验是人对自己和周围环境的一种认识，它制约着人的情绪和行为，能否正确认识自己是心理健康的一个重要标志。不良的自我体验难以产生愉快的心情，而长期痛苦的心情又会加重自卑感，从而形成恶性循环。

感受是属于心灵的，享受是现实主义的。

思之沉重，痛心之极。作为自己耕耘的收获者，人们通过遭受苦难和挫折的体验而获得真知。

五彩缤纷、光怪陆离的社会生活是最好的课堂，丰富的阅历和经验从那里获得。对于生活，体验它的丰富与乏味；对于世界，体验它的精彩与无奈；而对于自我，体验是一种资本。

有时候，在极端的生命体验中，能够发现一般人在通常的情况下所不能发现的东西。如果一个人能够善于开发的话，灾难对于个体来说确实是一笔财富。但是，只有极少数充满灵性头脑的人，才会将这些财富变成文字，化成思想。

学会适应痛苦。一旦迷恋某件事物时，往往连痛苦都会忘记，甚至抛到九霄云外。情绪低落时，工作是最辛苦的了；一旦心情开朗，即会逐渐发现工作中有许多乐趣，身体的不适也会云消雾散。只要个体心情开朗，就能使气氛融洽，周围人的心情自然也随之轻松起来。

一些被认为是不幸或悲剧性的体验，到最后往往是有益于己的经验。个体所有的体验都深烙于潜意识中，对事物所持的观感将影响个体的创新能力；愿望愈强，创新的作用则愈强；个体的愿望若是积极向上的，结果必佳，但只要害怕引起不好之事的恐惧感一强烈，往往会使自己与不幸相遇。

如何才能使自己从痛苦的体验中解放出来呢？方法只有一个，那就是将该种体验赶出意识外，以心灵的眼睛，冷静而又仔细地重新估量它。如果是自己的过错，则必须勇于认错；是他人的原因，应以宽恕为怀。

二、实践

实践是创造的天地。要想创造，就得投身于实践。到实践中寻找、观察和思考。扩展观察与思考的广度，推进观察与思考的深度。勇于实践，注重研究社会的需要，寻找问题，思考问题，创造的课题就会接连不断地涌现。

很多实践的感悟，和那些只读书、轻实践的人是没法说清楚的。况且其中的一些人已丧失了倾听的功能：不懂装懂，还要摆出一副随时给你指点迷津的架势，滔滔不绝、喋喋不休，与你所提的问题隔空打拳，弄得你一下子失去了交流的兴趣，这就是读书太多不求甚解的人的通病。

只有社会实践才能形成个体的差异性，才能产生各具特色的人——以自己无可替代的独特生活阅历、入骨透髓的人生感悟，还有叩问心灵的生命情怀一路呐喊，用灵魂的血、情感的泪在呼唤——呼唤一种激情与诗情。

有的课题，需要观察与思考到一定广度才可以发现；灵感也只有在观察与思考到一定程度才会出现。偶尔发现的创造目标，实际上是长期观察与思考的结果。问题是创造的始发点，也是创新的源头。

要善于从实践中发现问题。实际中存在许多需要解决的问题，没有人探索和解决过，你去面对并解决这个问题，就会有创新。研究成果要做到理论上有创新，实践中有用，这是评价研究成果的两个标准。

深入实践，才能近距离触摸社会的脉搏。要讲究叠加效应，以缩短初始状态的胶着期，尽快从思维的浑浊中走出来。

设想要由实践来解决，当设想与实践发生分歧时，就可以确定作为根据的感觉和想法是否正确、是否客观。实践从根本上说就带有对设想进行验证的性质。

为最坏的情况做准备，最好的情况就会来临。实践中提升的敏锐性，给个体带来的将不只是聪颖睿智，还将带来赢得领先地位的优势，出类拔萃的契机。

要有凝神定气的忍耐，必要时可以全身心投入，但不能指望孤注一掷和一劳永逸。挖掘跨越时代的精神金矿，喧嚣过后，挤尽泡沫，才能沉淀精品，构筑经典。

为了寻找，往往需要付出。寻找是不需要他人证实的，正如很多东西是无法证实的一样，但只要寻找就必定有回报——哪怕是物质或财富的损失，也能转化为精神的收益。

人的成熟是一个自然的过程。没有足够的时间，没有足够的世事磨难，没有品尝足够的痛苦滋味，那个成熟的时空是无法穿越的。没有在深夜痛彻心扉彻夜难眠的经历，何以谈人生？无法收获丰富的痛苦，就只能获得廉价的名利、肤浅的自我满足或怨天尤人。

要善于在生活实践中觉悟，既学书本知识，又学另类知识，不断地从实践中获得真知和灵感。

实践是认识的前奏，也是认识过程中一个不可或缺的部分。从实践中获得认识和真知，并将直观而零散的感悟升华为思想层面的人就是思想者。当然，能够从实践中汲取思想、观点、原则和方法的人，能够从人生的沧桑中获得光明和智慧的人也是思想者。

一个拓荒者，完全凭着自己的力量开辟新途，而不会在某个地方停滞不前。从经验中所得到的知识往往是独有的，这种知识一般很难用语言表达清楚。如果试图用语言完整表达，则一定会导致微妙体验的旁逸斜出，从而造成某些真知的跑冒滴漏。

冒险精神是生命中一项重要的元素，不要将之埋没，要适当地运用它，因为它是一项前进的推动力。具备冒险精神，实际上是一个人思考能力和人格魅力的体现。

我们不能逃避不确定性和变化，能把握的风险就不是风险。既然风险是不可避免的，就要尽量控制它，通过战略的风险控制体系，做到对风险的预测及防范。

第三部分
随想录

第一辑　唇齿开出的花朵

艺术家创造的美，是一种差异化的美。一样的体验，共同的感受，往往构成了不一样的经典。这是思想独特性的奇妙，这是万物之灵的巧夺天工！

一、艺术篇

艺术创造

美几乎都是单纯的——唯有单纯，才能唯美。热爱艺术的人，实际上是在为自己的灵魂寻找一个出口，以便让心灵飞舞。

一切真正的作品归根结底是靠其自身的实力说话的。那种在一个圈子里靠几个人相互吹捧造成一时的喧嚣，终不会持久，只会回归其本来面目。

制造的轰动效应往往与平庸联系在一起，这样轰动一时的作品往往是没有很高的艺术价值的。

艺术贵在无中生有。作品打动人的决定性因素还是独特的形式感，形式中蕴藏的意境是作者苦心孤诣、着意经营的成果。

栩栩如生，几乎成了美术作品的至高标准。但这不是造型艺术的最高标准，更不是唯一标准。

艺术要感染人，必须具有冲突的效果。艺术的成功在于使冲突不断处于激发与化解的过程。

艺术创作不靠人力叠加，而是靠新颖别致、独树一帜。不同作者的生活感受、创作设想、艺术风格、趣味爱好是不尽相同的。某些集体创作的作品往往是妥协后的产物，因此，很可能是最一般化、最无特色乃至最平庸的东西。

有时高手在民间。某些天才的创作，你是不能用“人”的标准来衡量的，那简直是“神”的杰作。

所有的艺术经典都有一个共同的特性，那就是让所有的人都能够理解和接受，使我们的思想恢复到最单纯的状态，直到虔诚。

激发创作活动的不是一时的艺术冲动，而是一种持久的内驱力，一个伟大而神圣的目标。创作不是安于一隅地等待机会，而是一种采取前倾式的进取姿态，作者往往是主动寻找机会，并运用自己被激发出的技巧去作用于环境。

就艺术而言，仅有虚无是创作不出新东西的。作品是作家心中的情人，创作是受隐蔽性情感或强烈的欲求所驱动，经过无数次的思想交锋，对命运的深层思考，对时代的本质探究，而产生的内容扎实、逻辑严谨且真切的心灵独白。

如果作者不愿深入生活，只是浮光掠影、蜻蜓点水般地“体验生活”，那么所谓的创作，就只能是凭空杜撰，或完全模仿，而毫无独创性可言。

艺术构思不单纯是艺术技巧问题，更重要的是作者的思路深度和生活积累问题，因此应下苦功夫加强艺术方面的实践和磨炼。讲究艺术构思，才能有效防止出现结构雷同、语言干瘪的问题。

艺术的形式是内容的容器，是思想的外壳。因此，形式应当细加琢磨和适应它所包括的内容。创造表现思想感情的形式并恰到好处地运用它，这就是艺术。

基础越宽厚，越容易创新；基础太单薄，就难以创新。因袭现象，主要就是继承得不够造成的。即使搜索枯肠，也难以写出好的作品来。

搞艺术没什么捷径可走，只能老老实实一步一个脚印，一个台阶一个台阶地向上攀登。

灵感迸发时的艺术创作，是不可逆的，创作者本人重新做都是做不出来的。这样的作品艺术价值往往很高。

艺术是人性中一种最原始、最普遍、最自然的需要。凡是艺术都有创造性、理想性和表现性。

艺术的创造源于想象，艺术是将平常的素材进行不平常地组合，创作的想象就是这种组合作用所必需的心灵动力。

开阔艺术思想，借鉴传统的东西，并引发艺术的想象。日积月累之下，手上的功夫也就越来越好，就会无师自通。

许多伟大的艺术作品，都是创作者在极度悲伤时，把痛苦升华为创造力的结晶。在极度的悲伤中，更能激发出创新的欲求和信心。

民间艺术，是劳动人民创造的东西。精雕细刻、呕心沥血是非常艰巨的，也是非常重要的。艺术不经过艰苦努力是不能产生的。

艺术创作需要有殉道者的精神。要想写出千姿万态、妙趣横生的华彩文章，非得挖空心思、千锤百炼不可。

艺术构思应灵巧，创作素材应机动把握，对零星素材的镶嵌、连缀与拓展要下功夫，以便形成素材的交集、并集与叠置。

艺术上的成就，无非是执着追求的结果。创作只不过是一门技术，而真正的导演和艺术总指挥是人生！

艺术需要灵感，有时苦心搜索却不能获得灵感，有时在无意中却会得到，那种如获至宝的感觉便涌上心头。艺术作品大多是旧材料的新综合，我们从中便可以窥见艺术家的创造功底。

艺术不能脱离情感。艺术尽管和实用世界隔着一定距离，可是，从来没有一个真正的大艺术作品不是人生的返照。

艺术创作应避免雷同。艺术需要创新，要独具风格，过于模式化就会如同京剧的命运一般，靠“输血”保护“国粹”。这类违反艺术自身规律的方式是难以奏效的。

时间往往会给那些不能理解的作品改换名称。如果未来承认它的必然性，人们就会看见它那稀有的、可贵的、无从仿效的才能。正是由于这种才能，艺术家的每一个笔触都体现出他自成一派的风格。

一切艺术都是知识之树上的鲜艳花朵，而这棵知识之树的根是深不可测的。无论什么样的艺术，内容都是通过形式才得到表现，音乐更是如此。

只有亲身从事创作的人，才能更深刻感受心灵的产物。但有一类人，虽没有创作的才能，但具有一双慧眼，能发现艺术的美和作者所要表现的思想与情怀。这样的人，不仅是作者的知己，更是艺术作品的知音。

过分雕琢和文字修饰，往往会弄巧成拙。艺术达到最高境界，形式的美就入了画境。

对素材进行斟酌和取舍，从生活中提炼出典型意义，往往能收获自己的观点和思想。

艺术是一种精神的活动，和实际有一段距离，且带有几分理想性。因此，凡是艺术都要在情理之中，又要在情理之外。

技巧的进步和艺术的进步是两件事。不要用技巧代替艺术。技巧上的进步可以帮助艺术的进步，但是无技巧的艺术终会胜过非艺术的技巧。

艺术的成就在于创造，而创造却需要从模仿入手，创造并不都是无中生有的，大都是基于模仿，以及旧经验的新综合。

艺术不能无情感，但是情感不是做作，不是卖萌，不是搞笑，不是浅薄和庸俗。作者在表现情感时，要将自己置于观赏者的位置，把自己的情感当作一幅图画去看。

没有幻想就没有艺术。原创是作品的精髓和灵魂，抽出了灵魂，其作品的生命力也就不复存在了！艺术是美的，美因其短暂而成为永恒。

创作会掀起情感的波澜，泛起思维的涟漪。创作实践对思维层次的提升表现为：有利于思维的立体性、发散性、交叉性和想象性。

成熟的作品大半是水到渠成，不显露出雕琢的痕迹。

文学不是技术性的写作，而是创造性地捕捉灵感。创作能力依靠创作实践、学习、悟性来提升，它是不能靠读书“读”出来的，也不是靠拿个职称证书或博士学位就能实现的。

单纯的模仿没有创造性，但模仿也是创作灵感的来源之一。模仿是迈向创新的第一步，作曲中的重复法就是有力的证明。实际上是一种思维模拟变化展示出来的一种艺术的画面。

艺术创作必须是丰富多彩、不拘一格的。民族的东西，必须强调和保持它的个性，因为这是它存在的理由。

勤于思考，敢于创新，把思维的触角深入他人未想到或不敢想的境地，才可能形成自己独特的艺术结晶。

有分寸就是恰到好处，恰当准确。过了分寸，必然会矫揉造作，装腔作势。要做到恰到好处不是容易的事，因为稍微过了就会失之毫厘，谬之千里。

有了间隙，有了留白，才有进退自如的从容，才有缓冲的余地和收放的空间，创作才有弹性，才有活力，才有灵性。

艺术创作的艰难与否，在很大程度上取决于恰到好处的把握与处理上。凡是成功的艺术作品都十分讲究艺术的分寸。托尔斯泰说：“没有分寸就没有艺术家。”

在艺术创作上，随着时代走的往往是通用型人才，天才们则会走在时代前沿。

真正的艺术品是独一无二、无可替代的。

艺术的生命力在于创新，艺术需要爆发力，更需要耐力。真正的艺术是不能速成的。僵化的大脑、呆滞的神情，永远捕捉不到艺术的灵感。

艺术家

伟大的艺术家超越了历史传统和本土文化对艺术的羁绊，超越了规范和风格对自身的约束，其想象的空间，自由驰骋、天马行空。随着作品的日臻纯熟，终成一代大师。

艺术家不可能在创作个性和艺术风格上结成联盟，因为他们骨子里都是崇尚自由和精神独立的。

对于艺术家来说，最可贵的就是在艺术上不断地创造、提高和发展，没有什么比艺术上的停滞更可怕了。

艺术家除了有诗人的心灵，还有动手的能力；不但熬心血，还得流汗水。

真正的艺术创造和艺术经典，是那些不甘平庸的人下苦功滚钉板干出来的。

急功近利的作者只可能收获浅薄的胜利，绝不可能创作出经典。

对于艺术家来说，只有掌握了剖析人的生命和思想的本领时，才能够真正获得提炼“美”的能力。

为形式而制造形式是对艺术的亵渎。因为这不是艺术创作，而是手工作坊里的行为。

当一位艺术家不得不为谋生而浪费自己的创作精力时，就会把自己的艺术糟蹋成为手工制品。

艺术家的内心永远是平静的、宽容的。他们苦心思索、鞭辟入里、不落俗套、意象精妙深刻，具有独特的创造性。

艺术家都有其鲜明的创作个性。对生活的观察、对思想感情的体验、对客观事物的认识总有其感受最深的方面，具有自己的创作经验和独到的构思。

简易是艺术最后的成就。伟大的艺术作品都是简单而深刻的。但是要达到简易，必先从难处入手。入手便简易，最容易流于肤浅俗滥。

艺术家不仅有深厚的情感，而且能把情感表现出来。他的创造要根据情感，并把它加以客观化，使它成为一种意象。

艺术家心中都有不得不说的苦楚。艺术创作是一件煞费苦心的事，却是一种情感的需要。如果没有情感的需求和支撑，那么任何艺术创作对于艺术家而言都无异于苦役。

艺术和梦唤起的都是储存在我们肌体中的记忆元素。艺术家不过是喜欢根据观察和感觉进行造型活动的人，他们吸收现成的素材，然后根据自己的理解重新创作。

艺术家有一种持久的创作冲动，造就了他们工作狂般的执着。灵感之于他们无异于伴随左右的情侣，也是他们获取的丰厚报酬。

对艺术家而言，物质匮乏的时代，却不一定是艺术的荒年。

市场在千方百计地把艺术家从具有个性、创作自由和自尊自爱的创造者，变成为市场提供娱乐消费品的人和满足大众欲望者。

优秀的艺术作品总是给人耳目一新的感觉和遐想的空间。艺术家不仅用手写作，而且用灵魂写作。某些微妙的体验、感悟、心灵感应，无法用语言全面和精确地描述，这就需要读者在心灵上延伸和补充。

艺术家的心灵是简单的、空灵的，纯净如处子；艺术家有自己的精神追求，对生活有自己独到的见解，于是，他们创作出来的作品有灵性，而不是僵硬的标本和复制的灵魂。

真正的艺术家，视艺术为生命的一部分，他们宁吃仙桃一口，不吃烂杏一筐。而对于普通的艺匠而言，艺术充其量只是一种谋生的手段。

大师创作艺术，匠人复制艺术。大师是鲜花，点缀生活；匠人是绿叶，荫翳大地。匠人构成了艺术基脚的底层，没有他们做衬托，大师无以彰显，只能孤芳自赏。

艺术家往往是对时代的特征最敏感的一群人。他们不断挖掘新的精神资源，重塑艺术形象。他们一旦进入艺术的境界，风停了、雨住了、世界静止了。

艺术家在艺术创作中往往是坚持己见、一意孤行的人。他们经历过最大的悲剧和逆境，创作出抚慰人类心灵创痛的杰作，有的作品随着时间的考验变成了经典。

艺术家能够将深刻的道理寓于华彩的文字或桥段之中，从而刻下了不可磨灭的印记。

只要时代的精神被艺术家所掌握，而且在作品中得到了充分表达，那么这样的作品很可能是一部巨作。

艺术家在苦难中触摸到了生命和艺术的真谛，他们愈善于深思，愈有修养，知识愈渊博，用艺术形式所体现的思想感情也就愈加细致深刻。

艺术家的痴迷与执着，使其作品凝聚着心灵的琼浆，流淌出轻柔、飘逸的空灵美，这也是抚慰人们疲惫的身躯和伤痕最好的良药。

真正的艺术家，是掌握了正确的艺术思维方式的。对他们而言，创作是愉悦的。他们除了从创作中可以得到享受外，创作实践活动本身就已经是一种使他们愉快和满足的活动，而不是劳役。

创造了伟大艺术的匠人，连个名字都未能留下来。具备大师的风骨，却保持匠人的本色，那是一座格外炫目的丰碑。

艺术家创造的美，是一种差异化的美。一样的体验，共同的感受，往往构成了不一样的经典。这是思想独特性的奇妙，这是万物之灵的巧夺天工！

艺术家和诗人善于把事物摆在“距离”以外去观照，将外部世界在意念中进行重新审视、排列、重组，从而变成另一种美。

艺术家的地位是由作品决定的。他们敢于突破，在创作中融入了自己的思想和独有的艺术价值。

艺术家的骨子里有着强烈的自恋情结，且有一种不可克服的自我中心意识。

艺术家在情感的驱动下，不断产生创作激情。灵感来了，即使是半夜也要爬起来伏案疾书。只要创作的激情不衰减，他们就能长久地保持艺术的青春。

艺术追求的是个性化、差异化，而职业追求的往往是共性化和重复性的东西。真正伟大的艺术家不会过多在意人们的眼光。

艺术家的人生第一目标一定是自己的创造，他只坚持自己所认为必须坚持的东西，而不会去讨好任何人。

不管是电影还是文学，不管是散文还是小说，透过艺术的视窗，艺术家所要呈现的是一种最真挚诚恳而又气象万千的格局，不仅有滚烫的热情，还有微妙的体验、感悟、心灵感应，甚至无法用语言精确地描述，这样的艺术作品才不会被磨灭。

从模仿到创新，由形似到神似，是艺术成长的规律。艺术切忌循规蹈矩，从丑恶中发现美，是艺术家的要素。艺术上的“乱纪”可能会成为大手笔。

艺术家不是自封的。真正永恒的名誉，必是德艺俱兼、使人心服口服的贤者。

大师往往具有开拓的意义。一个大师就是一个时代的高峰，而一个又一个的大师，构成了连绵不断、颇为壮观的艺术峰峦。

古今中外，许多有成就的艺术家在开始时都是从模仿起步的，然后，再在前人的基础上加以创新，走出自己的路来，这就是从模仿到创新的想象力发展的结果。

伟大的科学家和伟大的艺术家的目标是相同的，都是寻找一种永恒的美。

朦胧美

不确定性是一种朦胧美。一切都确定了、精确了，美感就会大为褪色，甚至会呈现出一种缺陷。

有时，诗意的朦胧语言，往往能屏蔽理性的缺失和逻辑的悖论，使其具有一种抽象的美感。这种美似乎是不容置疑的，质疑者大多被认为是不懂欣赏艺术的人。

朦胧彰显出原汁原味的美感。而腼腆则是朦胧的另一种情状，是一个人在自然状态下流露出的不自然的神情，而艺术家却能将这腼腆化为一种特殊的美感。

生活在喧嚣尘世的人们，把性情中许多纯美的东西包括腼腆随手扔掉了。他们以为丢掉腼腆就走向了成熟，其实腼腆虽泛着草根气息，却凸显出了一颗朴素灵魂的心灵美。

艺术品都是有缺陷的，没有真正完美的艺术品。有时，艺术上的残缺（包括形式上的不完美和内容上的残缺），竟会构成一种独特的美——如缺胳膊的维纳斯女神像和舒伯特的《未完成交响曲》（只有两个乐章）。缺失的美能引起人们心灵的某种共鸣，这种空灵美能自动填补缺失的空间。因此，艺术创作不拘泥于形式和内容就显得十分必要。

艺术鉴赏

艺术鉴赏是一种形象思维的活动，是一种特殊的认识。鉴赏者神游于形象之中，做出理性的判断。

鉴赏的差异性是一种客观存在，提高艺术的鉴赏力，才能感受作品的艺术魅力，从而获得准确、精美的艺术享受。

音乐和美术是世界语，即使不懂内容，人们亦能欣赏。节奏感、韵律感、丰富的抽象美并不是凭空想象出来的。

要提高艺术鉴赏力，就必须成为一个在思想上、艺术上有修养的人。画家要丰富形式积累，正如作家要丰富语言积累一样。画家和作家的构思方式是不同的，后者在时空中耕耘，前者在平面上推敲。

音乐能提高人们的综合素质，陶冶高尚情操，培养健康向上的审美情趣，因此，提高音乐的鉴赏能力具有十分重要的意义。

美的组合是一种独一无二、别出心裁的创造。组合的探索是迷人的，只要心中拥有真，拥有善，无论何种组合都会有一种至情至性的大美！组合能给人一种匀称的美，一种平衡的美，一种统一的美，一种和谐的美。美的组合是个人素质的长期积累和精神的升华。

应以美丽的思想震慑人，而不是以美的外壳取悦人，当美已变成一种技术展示，而不再是美的本身的时候，追求美、崇拜美也就不再是一种质朴的感情，而只能沦为一种“做戏”式的行为模式。

没有艺术的经验，不了解创作的甘苦，只根据几条死板的规律来说是非，就像隔靴搔痒。创造和欣赏其实是一回事，不能领略美的人谈不上鉴赏，不能创造美的人也谈不到领略。

没有审美标准，就会以流俗或离奇为美。评价标准的异化，会导致规范的破坏，上演着种种“乱拳打死老师傅”的闹剧！

鉴赏者的经验各有不同，了解的能力也不一致，艺术趣味的分歧也是由此产生的。

评判艺术作品的价值，应该纯粹地从文艺观点着眼。评判价值的标准应该完全看艺术本身，道德的标准是外来的，艺术作品的价值是新颖性和独创性。

艺术不是“搞笑”。艺途没有捷径，唯一的正道是创新。历来真正有创新贡献者，全来自实践，且大都付出了极大的心血。

经典作品的艺术魅力永远不会被磨灭。美不能错位。美是激起艺术家审美兴奋的东西。

艺术是人生缺少不了的学科，艺术也让科学获得了灵感的滋润。

美感似梦境，似幻境。在美的欣赏中，我们忘记了自己的存在，达到了物我两忘的境界，似人非人，似仙非仙。

美感经验就是形象的直觉，它是观赏者的性格和情趣的返照。直觉就是突然间从心里涌出的一个形象或意象，其实，这就是创造。形象便是创造生成的艺术。

巧夺天工，就是既要重视现实性，又要重视创造性。中国画不是手艺，要写意，要有灵魂，它是通过笔墨来传达一个画家的人格、美术修养、人生观和世界观。

艺术是把最不相同的、互相对立的东西，联系起来、统一起来，构成一个总的体系。

原始的趣味比一切装潢艺术更为深刻。对一个人而言，生命之初的简单和赤诚也许是最美丽的。

在大自然中，在人的心灵中，在艺术中，相异的、对立的和突出的东西总是由一些不同形式的存在贯通起来的。

艺术能把互相接近的和互相对立的形式同化或搅拌，从而引起情感的涟漪，使心灵产生某种舒适度。

不同情调的结合构成了一种综合的情调，一种独特的音色，或者不同的艺术品种。它本身就具有特性，因之也与一切其他艺术判然有别。

真正的艺术，能够反映心灵的刹那，能够给人以情感的寄托，能够表现大自然的丰富多彩，这样的艺术才堪称上乘的艺术。

艺术包含着很多不同的要素，也包含着许多相近的要素，是由无穷多样的形式构成的。

艺术的真谛

艺术无止境，唯求索者有收获，唯创造者有所得；真正的艺术家，他们置市场于不顾，潜心于自己的艺术追求，是真正超越时代的人。

一切艺术都是向着更高的层次不断演进的。艺术通过混合产生了前所未闻的新载体，而这些体裁经过发展，又与别的体裁混合，甚至将自己的精华和盘托出融入对方，来促进自己的衰落，新的艺术品种继而诞生，并取代了原先的艺术品种。

艺术的变化、进步、成长和发展并不遵循某种刻板的方式。艺术只有不断创新，才能产生新的表达形式，同时又能反映思想和感情的特点与内容。

不要轻视艺术的功能和作用，对艺术爱好的丧失会引起心灵的另一部分能力——能够产生更高级意识状态的那一部分能力的衰退。

艺术需要创新。绘画和雕塑是形式的艺术，但真正的艺术从来都不是固定的，而是流动的。最美妙的音乐来自生活的温柔、理性或充满勇气的语调。艺术肯定不是一种肤浅的才能，而是一种高层次的东西。

艺术既表现感情，也表现思想，但是并非抽象地表现，而是用生动的形象来表现。艺术最主要的特点就在于此。

艺术家抓住稍纵即逝的灵感，将瞬间化为永恒。

艺术是对蒙昧野蛮的摆脱，是走向人类未来的流动思想。艺术作品中传达或者唤起的感觉，来自我们的日常生活经验；艺术作品的最终完成，是在欣赏者的脑海里。

艺术素养的背后，其实是独立人格和自由思想。判断学术上的是非得失和艺术的优劣高下，最终是由实践、历史和人民来检验和评判的——而不是由嘉宾、媒体主持人、所谓的明星大腕投票来决定的，也不是由“电视收视率”“图书排行榜”决定的。

艺术是心灵的事业，而不是纯技巧的事业。一个极具视觉冲击力和思维悬念的题目，达到先声夺人的艺术功效的前提，是由于心灵已占据了制高点。

艺术除了要求在形式上新颖、思想上丰厚外，还需要一双善于在平凡中找出“亮点”的眼睛。

艺术以生活本身的形象来表现生活，具有生动性的特点。艺术创作和艺术欣赏的整个过程都伴随着鲜明可感的形象。离开了形象，艺术便失去了它的存在形态，成为干瘪、空洞、刻板、抽象的说教。

创作的真实，是一种生活逻辑的真实，即事物的本质，而不是繁杂凌乱生活的原样显示。

艺术家的价值，经常体现在一种创作的激情中。艺术作品如果缺乏新意，就失去了使人眼前一亮的艺术魅力。

艺术的直觉表达了难以用语言描绘的优美，直觉是建立在普遍的修养基础之上的。

在艺术的高峰之间，没有不可逾越的鸿沟。尽管艺术的门类层峦叠嶂，但它们的精神内涵又彼此相连。

悲剧作家们描写的都是生活中能产生的最离奇、最可怕的事件，通过这些描写，使我们得到了一种情绪上的享受、思想上的震撼。

悲剧所展现的痛苦越大，情节越可怕，观赏者的情绪波动就越强烈。

悲剧是超越了痛苦的东西，能引起我们的同情。悲剧面对的感受力是对读者大众心灵的洗礼。对于冷若冰霜的灵魂，则无所谓悲剧不悲剧。

任何灾难都可能变成一部悲剧。但感受悲剧却要有向善的灵魂，只要有卑贱和肤浅掺杂进来，悲剧也就不能成为悲剧了。

悲剧是通过痛苦给人们带来快乐，悲剧的快感自成一类。它将生活中产生的不和谐融入了永恒的和谐之中。

人生短暂，艺术永恒。

知识靠慢慢积累，艺术靠慢慢修炼。艺术工作者如果能独自守住心灵，便会有独到的风采。

社会需要艺术，但这艺术必须是健康的。当今的艺术，有从一个极端跳到另一个极端的倾向。

艺术是无价的。然而特定时期真正的艺术家却常常是贫困的，这一强烈的悖论，凸显出原创价值和应用价值、精神价值与物质价值的巨大冲突，折射出社会文明程度的差异。

艺术的灵性是精神的内涵，是情趣和意象融合而成的境界。但这种精神不一定每个人都能领会，而且每个人所领会到的精神也很难一致。

艺术思维的核心是求新求异，是灵性，是不竭的创新精神。假如一个人能持续开垦自己心中的园地，理解任何艺术品都不应该有问题。

从某种意义而言，重复也是一种创造，因为它是根源于某种运行规则变化之中的，而非严格意义上的一成不变。例如，作曲方法中的变化与重复就是如此，这已成为屡试不爽、卓有成效的创作手法之一。

只有真正纯洁的心灵才能保证艺术的纯洁。民间艺术家创造的“真民俗”，不会批量生产，往往是孤件，也没有复制性可言。民俗艺术一旦离开原生态，就是矫饰。

专门批量生产民俗饰品的民间艺人，他们追求市场效益，投其所好。他们和艺术家的区别，就是匠人和大师的区别。

任何艺术的创造，从来都不是一蹴而就的，特别是将一种有着悠久传统的艺术形式和方法，缔造成为一种全新的东西。

艺术的发展包括思想内容的发展与艺术形式的发展两个方面。艺术有着无穷无尽的形式，思想内容的变革必然引起艺术形式的变革，从而也相应引起艺术思考方法的变化。

艺术思想是在寂寞中孕育的，真正的艺术是由于内在的生命力而流传于世的。

艺术的成长需要过程，一种新的艺术实践，既要有经得起失败的决心和勇气，又要有细心维护原来特点和耐心琢磨的态度。

真正的艺术境界永远是个别的、新鲜的，艺术创造永远不会是复演。

每个人的天性都有艺术的直觉，即骨子里都有艺术的色彩。因此，艺术的活动并不限于艺术家们在创作时才进行。每个人在日常生活中都多少有审美的活动，这就是艺术的活动。

任何艺术和人生，都不免因缺乏营养而枯死腐朽；艺术的动机自然需从内心出发，但是外力可以刺激它、鼓励它，也可以钳制它、压抑它。

美是艺术追求的目的。凡是艺术都是美的。艺术的最高理想是情。新的风格的形成，无不是艺术家创造出来的。

艺术像语言一样，是传达信息的工具。语言传达思想，艺术则传达情感。艺术有消除隔阂、把人类的情感融为一体的功效。

感染力愈强，艺术的价值就愈大。

艺术需有价值。通过艺术所传达的情感，可以判定艺术的价值。艺术的目的不在设立界限，而在融合情感。

艺术的想象愈丰富、意义愈深广，作品就愈伟大。

没有经过情感滋润的人就没有艺术创造力，没有天马行空特立独行的精神，就不可能有经典艺术的产生。

艺术是情感自由发展的区域。情感的势力实在比理智更强大，所以艺术对人的影响非常深广。

作品是时代的产物，任何人都无法脱离他所处的时代。然而，真正的艺术，却具有穿透时空的魅力。

艺术不是“搞笑”。不要把滑稽当幽默，不要把“搞笑”当艺术，不要把肤浅当深刻，不要把长发披肩不修边幅的人等同于艺术家。

生活中不能没有艺术，但艺术不是万能的，不能摆在一切事物之上。

艺术创新人才一定是对传统观念发起挑战之人，甚至是带来颠覆性的变革之人，而不是应声虫。既然选择了艺术创新这条路，就注定了坎坷。默默无闻却生机盎然，名声显赫却枯燥无味，不同的人有不同的选择——酿造的时间愈长，导致失败的元素愈多。

缺乏艺术灵感的智慧，是不完善的智慧，是灰色的智慧，甚至是残缺的智慧。艺术灵感的失去，不但损害创新能力，还会损害情感因素。没有艺术细胞的生命，将会失去智慧的光泽。

艺术上的遗产应选择性继承，继承是为了创新，使它更丰富，更往前发展；而不是死守教条，停滞不前。

任何创新，必须根植于人类优秀文化传统之中，只有忠实的传统继承者，才能做真正的创新者。艺术离开了生活与传统，在创作上必定没有大的作为。

变化，就是创新，就是力量，就是美。文学艺术的创新证明：所谓纯种，所谓正宗，是一种退化的先兆，而杂交才有进化的优势。

没有创新就没有艺术。在艺术创新的崎岖道路上，应睁开“第三只眼”：即心理的眼睛，情感的眼睛，审美的眼睛。

艺术创新的实质是创作的另辟蹊径，是生活的浓缩、思想的升华、智慧火花的集结。新鲜的角度来自生活的深处，来自感情的深处。没有宽广深厚的生活基础，极难写出新颖别致的作品。

许多人对他周围的诗情画意是茫然无知的。文学艺术对培养想象力具有重要价值。诗人和画家常被认为是最富有想象力的人。向文学家、艺术家学习想象力是非常有益的。

艺术的最大魅力就在于它的不确定性，一旦艺术从形式或内容上被框死了，艺术也就走向了死亡。伟大的艺术家都是在传统的基石上大胆突破和创新的。

建筑是凝固的艺术，艺术作品亦如此。艺术品需要精致的内核，更需要自然天成的品格。巧夺天工是艺术品的最高境界，刻意雕琢的痕迹越重，离这种境界也就越远。

时光流逝，经典永存。世俗的社会为世俗的人提供了舞台。因此，真正的艺术在市场化社会中的尴尬处境就不难理解。然而，真正的艺术家却不为积习所蔽，不为时尚所惑，有着艺术的定力和良知的坚守。

文学作品与哲学著作具有天壤之别。哲学往往呈现出一堆堆概念的积木，作者将自己的个性、动机和情感隐匿了，只剩下一张冷冰冰的面孔；而诗人和散文家则袒露出自己心灵里的每一阵战栗、每一朵浪花和每一滴心酸的眼泪。

美感是人产生的一种情感。美感不仅取决于事物本身，还取决于人的审美能力。人们总是根据自己心中美的标准来评价自然、社会以及文学艺术作品的美丑。

艺术是人类心灵世界的外化，凝结着人类的情感，在时间的无尽流逝中，不断散发出美的芬芳，丰富了人类的记忆。

艺术思考方法，即把思维用于艺术中最具价值的方面，动态地筛选思维对象，而不是像无头苍蝇一样瞎碰乱撞，无目标思维。

经典之所以一直被诠释而从未被超越，是因为每个创造经典的人都有他自己的特殊天职和使命，是不可替代的。谁也无法重复他具体实践的每一个细节，而这些细节乃至各个细节的勾连关系更是无法一一还原的，因为受到特定的时空条件约束，离开特定的时空条件，一切将不复存在。因此，经典只能创造而无法超越。

二、语言篇

语言的产生及发展，不断地书写人类的历史。与人类的认识和行为密切相关的就是语言，语言并不仅仅是传达信息的工具，它蕴含着一个民族的文化。

语言既是思维外壳，又是思维的脉络和心灵的流露（包括真实和虚假的二重性——经过伪装后的一种语言外化）。

语言多样性的减少，八股语言的盛行，会造成思想表达的单一或枯竭，并导致人类的知识环境及其创新力受到威胁。

语言展现了知识的深或浅、趣味的雅或俗、思维的文或野、动机的纯或杂……一个敏锐的作家和艺术家，总是善于捕捉到生活中瞬息万变的那双眼和因人而异的语言，离开了这两件事，恐怕形象思维就会贫乏得多了。

现代语言被涂抹上五光十色的油彩，在亦真亦幻光怪陆离的海市蜃楼中，在牛皮哄哄的一片嘈杂声中，如果不能有一个准确的判断，我们的思想就一定会出现精神的雾霾。

语言是思想的载体，也是思维的物化形态。喜好甜言蜜语的人，品行好不到哪里去；社会上煽情的人多了，理性就会被蒙上精神的雾霾。然而，真正的思想者绝不会在口号下忘乎所以地自我煽情、自我麻醉。

一个善于聆听的人，往往比滔滔不绝的语言斗士更有影响力。会说话的人，其妙处在于化无用为有用，利用一些闲话去达到他的目的，正如会下棋的人没有闲着，会说话的人没有闲话。

忽视语言文字的净化和规范，就会致使文字垃圾不断。语言文字的乱用是一种精神的缺钙、思维的萎缩和灵魂的窒息；这类文字不仅令人越来越看不懂、听不懂，而且搞乱了人的思想，必然会祸及下一代。

语言之树在生长的过程中发生了变异，公式化、模式化语句味同嚼蜡，已经失去了语言的灵性和思想的内核，语言与思想分道扬镳——使我们接收不到真实的信息。

冷酷的语言比拳脚对人的心灵伤害更重。一个人的语言越霸气，证明他的内心越脆弱。很多时候，口若悬河其实只是在增加语言垃圾的排放量。

夸夸其谈的人应该有一点最低限度的自卑情结，应该学一点沉默的艺术，以便减少语言噪音对他人的干扰，从而净化环境。

独处不需要语言，自言自语是灵思的浮现；鼠标无法抵达心灵的深处，只能借助沉默来体验。其实，一处属于自己的空间，与其说是遮风挡雨、驱暑避寒，不如说是精神的伊甸园。

语言是思想的外衣，真理有时就隐藏在智慧的言语中。然而，语言常常是真知与谬误同在。因此，语言表象所遮蔽的真实性，总是不断地被呈现出来。

语言是真理的载体，因为真理要靠语言来表达。没有语言，真理就说不出来；言辞不准确，真理也无法表述清楚。

粗俗的语言讲不出超越的真理。

语言表达有一定的局限性：很多精彩画面，往往无法用语言精确地描述出来，即使用尽气力，也于事无补。

正确的废话说得越多，智慧的果实结得越小。

有些语言整齐划一，反映出一种僵化的思维和模式化的腔调，仿佛不如此说话就没有安全感，表现出来的是一个极度贫乏的精神世界。

语言是一把双刃剑，对别人说三道四，自己也会受到伤害。管好自己的舌头吧，不要让它成为抽水马桶，时时倾泻污秽之物。

多一点语言的丰富和美感，少一点千篇一律和干巴巴。一个人发表言论的时候，实际上也就是塑造自身形象的时候。

某些时候，一句话具有神奇的效果，它可以创造奇迹，也可以结下仇怨。因此，要学会使用幽默语言，因为幽默历来是最妙的语言艺术。

语言的独特魅力给人留下极其深刻的印象。在人际关系更为复杂的今天，良好的口才更是一种交际的工具，是事业成功的催化剂。

未经思考就脱口而出的话，会成为我们路上的绊脚石。有时候，同样的意思和同样的词，由于讲法不同会产生不同的效果。

语言的表达能力是构成个人魅力的重要组成部分，若想在紧张激烈的人生竞技场上脱颖而出，非常有必要培养机智幽默的语言能力。

霸气的语言或独断性话语浸满了精神病毒，会严重地污染人们的心灵。

言为心声，语言是反映一个人精神风貌的一面镜子。

妙语者不在言多。语言真正的用处在于提示和说明，而不在于过分地表露。

喋喋不休的人，思想没有深度；语言表达不清，大多源于思维不够清晰。

会说话的人，不说废话，每一个词都蕴含着他自己的意思；不会说话的人，张嘴闭口都是陈腔滥调。

语言是思维的外壳，沉默是语言的休止符和思维的驿站——让思维碎片和灵感花絮暂时寄存，以备语言的再次出发。

磅秤可以量轻重，语言可以量人品。

出自肺腑的语言，才能触动别人的心弦。

格言，是一种言简意赅的警语。然而，世界上虽有许多智慧的格言，但仍不能阻止人们去做傻事。

暗示是语言的浓缩物，是情智的高级表现力，它可以扩展智慧的通道。

只有心灵空虚、情感枯竭的人，才会声色俱厉、粗声大气地对他人大声呵斥，以此来表现自己的地位和威严。

人很多时候是需要直抒胸臆的。然而，更多的时候是需要免开尊口的，要将语言沉潜于思维的深处，酿造成纯净的甘露！

空谈，耗费的是当下时光，失去的却是未来美景。

语言解不开的就应该让事实说话。语言过于发达的人，往往显示出了思想的浅薄或精神的贫乏。

语言是表达和传递思想的媒介，也是思维的物化或外在表现形式。为了使思想的表述清晰，就必须使语言的表述准确明白，这就需要把飘浮的思绪因子用正确的语言固定下来。

你也许能从他人那里获得灵感，但你的思考方式、思想框架、语言结构和表达方式却必须是自己的。

少说废话。既然事情是可以说清楚的，就不应废话太多。

琐碎而漫无目的的交谈会淹没真正有价值的想法，言谈轻率是有害的。如果总是话痨般地谈论琐屑之事，我们就会成为低层次的无聊的人，看一看我们的周围，这样的人还少吗？

经常过度谈论自己的成就，有意无意彰显自己的身份和地位的人是令人生厌的，没有人愿意与自夸者为伍。当然，面对权势者，小人是个例外！

语言是工具。运用语言是技巧，活用技巧是艺术。

没有实质内容的语言，装点得再好也只是外衣；好的内容披上美丽的语言外衣，就会好上加好。

语言是交流的符号，一个符号对你可能意味着无数的观念、思想和经验的综合。

语言愈夸张，真理愈稀薄。真正有思想的人，并不需要用那些华丽的辞藻来包装；只有平庸者，才需要用晦涩的表达方式掩盖干瘪的思想。

语言基本上是社会性的。话不在多，而在于揭示真谛，点拨心灵。

一般人都存在两套话语系统：一套是用于各种场合的，一套是私下说话时使用的。

在人性的丛林里，直言直语是一把双刃剑。

打岔和兜圈子都是说话的艺术。打岔是躲避，兜圈子是摆阵。打岔往往是变相的拒绝。兜圈子是使言语变得委婉，但有时候也可以以此教育人。

个性化的表达已成为时代的稀缺资源。现实中很多时候是无话找话、自说自话、套话废话、大话假话、昏话胡话、言不由衷的话……此时，语言的表达纯属多余——即使不吐不快，那一串不着边际的话也是苍白的。

毫无逻辑联系的喋喋不休和孤芳自赏式的自言自语，不是好口才的标志。然而，现实中的一类浅薄者却常常将它们视为神圣的标准，甚至将其等同于自己的智慧。

一个人对客观事物应该具有高度的敏锐性和很强的观察力。因此，悟性和心灵感应是十分重要的。一个人首先得有话说，然后才是如何说。

聚光灯下有些人的言行难免失真。

说教者，大多是患有精神洁癖者。他们活在精神恋爱的状态中，心醉神迷，丧失了方向感和使命感。

某些人总是顽固地坚守那些早已失去灵魂、没有生机活力的语言，说着一些毫无逻辑又无法证实的结论性语言或陈腔滥调。他们沉醉在心灵空虚的世界中，煞有介事地制造文字垃圾，且自我感觉良好，颇有成就感。

谎言是不用面对现实的。说谎很容易，但要记住自己每次说过的谎，并要做得没有前后逻辑矛盾、更无内容上的时序矛盾等，却并不容易。

谣言止于智者。然而，芸芸众生中，智者毕竟太少了！现实中一个不容忽视的现象是：谣言也可能源于智者！这或许是谣言四处传播的深层次的原因或根源所在。

讲真话的人，从不担心会说出不同版本的谎言；说谎者往往会用不同版本的谎言不断补充和修订最初的谎言，从而忘掉了谎言的原初。

靠谎言与欺骗是不能持久的。世界上许多事情随着时间的推移，终归有真相大白的一天，尽管政客可以依靠权柄掩盖真相、压制言论，但谎言犹如浮在水面上的油彩，是遮掩不了的。

第二辑　旋律是抒情的告白

音乐是上苍的旋舞——欣赏音乐，实际上是让灵魂在接受音乐的淘洗和净化；音乐也是上苍的语言，是上苍诉说给下界的一种遥远的心声；真正的音乐，是人和人之间的一种传媒，是传递生命之光的一种密码。

一、音乐是天语

音乐是天语。陶醉在抒情、怀旧的经典音乐中，让各种曼妙、舒缓、轻柔、庄重、激昂的旋律流淌于全身，使人心灵震颤，精神也会徜徉于兴奋、沉思和遐想中。

音乐是人类的万能语言。这种浓郁的、充满了感情色彩的语言，能够向任何心灵倾诉，使一切人理解并得到音乐的滋养。

音乐让人沉浸，让人着迷。走进音乐的世界里，在与音乐的对话和交融中，可以激活心灵的能量——使思维得到活化。

音乐是上苍的语言——欣赏音乐，实际上是让灵魂在接受音乐的淘洗和净化。音乐，是上苍诉说给下界的一种遥远的语言。真正的音乐，是人和人之间的一种传媒，是传递生命之光的一种密码。

音乐是所有艺术中最抽象的，或者说它是最难以解析的，所以当你被音乐感动的时候，灵魂便得到了净化，这是一种抵达心灵最深层次的感动。

音乐关乎着人类的精神面貌。好的音乐有着动人心魄的力量。音乐能够飞越时空，有时一段动人的旋律，能抵得上千言万语，常常能让人感到内心的激荡……唱歌就是用音符说话，说出精神情感和内在的心情，而不是扭捏作态、嗲声嗲气。

音乐是一种真正的融合、真正的超越——当文字难以诉说情感时，音乐出现了。音乐用它特有的、无可替代的方式阐述作品的内涵。

音乐的才能，往往与心灵的某种潜能相对应。个性是音乐的灵魂，对音乐的认同，每个人都带着自己的感情色彩。

音乐艺术的表现形式多种多样，西方有舞蹈、歌剧、交响曲等形式；我国有民歌、戏曲、说唱等形式。在艺术发展的历史长河中，不同国家、地区、民族的音乐风格又常常有着较为明显的区别。在我国，各民族的音乐也有着各自不同的特点。

音乐是发自内心的艺术，让人感受到很多丰富的东西，从而转化为一种内在的力量。任何一个时期的音乐家可能都不会很富有，但是，他们流传下来的作品在精神上是非常丰富的。

二、心灵的歌声

音乐艺术首先是心灵的艺术。音乐是一种语言，音乐语言是很抽象的，作曲家能够运用音乐去表达语言所不能表达的感受。

音乐是用不着解说的，只有心灵纯净的人，才能真正理解音乐的真谛。

只有纯净的心灵，才能欣赏美好的音乐。如果是乱糟糟的心情，即使是上苍的天籁之音，听上去也像是地狱的敲门之声。

音乐能够让人去追求美、格调和趣味，高雅的音乐有利于培育人的心灵。

音乐是从心灵活动汲取营养的，是心灵情感的流淌，一切音乐上的变革都会引起人们的兴趣。

好的音乐不一定产生在喧嚣的环境里，艺术的情操也不一定蕴含在繁华的生活中。其实音乐应该完全成为一个人生活的一部分。

作曲家的价值除了原创艺术价值外，还有社会价值；而歌唱家的艺术价值表现为二度创新（或应用价值），而非原创价值。

艺术本身就是变化，变化就是艺术。音乐家是从音符与音符之间获得艺术生命的。

音乐让人沉浸，让人着迷。柏拉图认为，音乐是连接灵肉之间的桥梁。

与音乐相伴终生的人是幸福的。

当扣人心弦的音乐响起来时，使人潸然泪下的音乐，那是一种触碰心灵的情感共鸣。

音乐是最情真意切的艺术，给心灵以强大的穿透力。让音乐“炮击”大脑，让思绪涌上心头，就会产生丰富的想象力、创造力和强烈的内驱力。

歌唱是心灵的欢笑！音乐有放大快乐与缩小痛苦的功效，某些歌可以疗伤——疗心灵或精神的创伤。

音乐的作用是奇妙的：令人或热血沸腾，或潸然泪下，可将“心灵病毒”迅速排出体外，使人精神焕发。

音乐是一种有规律的声波振动，可以调控人的情绪，激发人体内的能力，调剂人的生活。那些典雅、庄重、平和的音乐可以让人全身放松，使身体本身的节奏与音乐同步协调。

音乐的重量，不在于音乐的响度。一个优秀的音乐家，不是在制造声音，而是在制造思想。音乐也不是只属于豪华的剧院，任何一个地方，都可能是音乐的家园。

民间音乐，是一切音乐的母语。沿着这一出发地，人们从音乐的路途上，经过部落，经过村镇，超越国界，融入世界。

音乐的震撼作用往往能使人鼻子一阵阵发酸，从而激发思维的灵感。音乐的灵感是奇妙的，往往能唤起童年美好的回忆，能碰撞出青少年时期的一段独特的感悟，也可以使思维在时空隧道中穿行和驰骋。音乐对创新思维具有催化力、牵引力、内驱力。

音乐可以净化人的心灵，过滤精神的浮尘，引起心灵的震颤，与心灵的旋律合拍、交融——那是心的感动和灵感到来的前奏，那是一种呐喊、一种心灵的呼唤！

音乐对于思维、行为具有强大的激励作用，它对心灵的穿透力以及对思维的渗透力是妙不可言的。优美的音乐使人如沐春风、如饮甘露。

音乐对灵感律动的作用是巨大的，某些独特的论点和华彩的片段往往与某句优美的旋律和某首圆舞曲的节奏刺激有关；有时，灵感的产生也可能与音乐处于一种泛对应关系（非严格对应），它们潜藏在灵感密码的序列里。

在音乐中寻找灵感，这是悟性高的人的意愿：用美妙的旋律沐浴我们的全身；在音乐中散步，使灵魂升华。在优美的旋律中，就会不时获得灵感的震颤，有时甚至热血沸腾、舞之蹈之，这种激荡的结果，就会使个体不时捕捉到一些独具色彩的闪光点。

音乐是最善于表达情感的艺术。声情并茂，这是我国传统声乐美学的基本原则之一，不仅是用声音在歌唱，更重要的是用心灵在歌唱。只知唱声，不知或不善唱情，不能算是优秀的歌唱家。

人的内心活动的特点，首先是由社会因素决定的。因而，人的音乐领悟以及艺术趣味和美学观点，主要都是由社会因素决定的。

音乐是精神食粮，音乐是一种美育，接触一些好的音乐，有助于开阔视野，增长见识，丰富我们的精神生活。

神奇、无影无踪、瞬间即逝的音乐，显示出了强大的吸引力和无穷的魅力。人们在生产、生活的漫长旅途中和音乐结成了亲密的伴侣：或引吭高歌，婉转低吟；或一唱众和，长歌当哭；或手舞足蹈，品竹弹丝。

优美动人的歌声，鲜明感人的音乐形象，在人们大脑皮层留下了不可磨灭的痕迹。通过对音乐的赏析，可以启迪智慧，开阔视野，陶冶高尚情操，提高民族文化素质和对音乐的审美能力。

音乐表现感情比其他任何艺术方式都优越，通过音乐也可以传达自己心灵的体验。音乐是情感的表达、灵魂的体现。通过对音乐的感受，可以使个体的情感得到宣泄，灵魂得到升华，从而达到养情益性的效果。

三、音乐创作

真正有成就的作曲家，都有独创性的风格。他们的创作不模仿前人，而是走一条自己独特的成长之路。

作曲家通过某种形式表现自己的个性，而且在没有任何形式能够符合它的要求时，就会创造出新的形式，并在这个形式中表现自己。

作曲家从立意、选材及音乐形象塑造上都努力在探索和突出自己的独创性，不落前人窠臼，经过反复琢磨，力求新颖有特色，构成与众不同的意趣和风格。

在音乐创作中，变化重复是常见的创作方式之一，这样才能便于传唱和记忆。可以说，旋律（或节奏）中没有重复（当然是变化重复而不是简单的原样重复）就没有创作，也就不可能产生优秀的音乐作品。

音乐创作必须运用求异思维与求同思维的结合——创新与模仿、重复（变化重复、移位重复）的结合。模仿是细腻的发展乐思的一种最丰富的形式，但创作中也不可一味地采用被动模仿的方法，而是要创造性地运用重复的方法。

艺术上的雷同化、一般化，会导致音乐创作的僵化和形而上学，就会用概念代替形象思维，公式化代替艺术技巧，雷同代替个性特点，这样的作品是没有什么艺术价值可言的。

一个民族的音乐，往往是不断地吸收和消化外族的音乐，将自己壮大起来，并创造出新的东西，成为一种新的声音。新的音乐民族风格的创造，必须经过非常复杂、艰巨和长期的努力。

任何一位作曲家，都有自己独特的生活经历，由此形成其独特的气质、思考方式和流露感情的特性等，这些都会体现在作品里，从而汇合为他们的风格特点。

某些不能被理解的音乐现象，是由于越出了常规，被人视为另类，但这往往是作曲家独出心裁特立独行的杰作。

新颖别致的曲调都是人们辛勤劳动的结晶。也只有风格、体裁手法的多样化，才能淋漓尽致地表现多方面的生活，使音乐艺术给人以多姿多彩的感受，更好地发挥潜移默化的功能。

作者在创作中应摆脱方法和形式的束缚，创作出富有民族性格、独创性格的新作，这也是丰富世界音乐艺术宝库中一项极有意义的实践。

在形式、风格上要防止雷同和模式化，否则就会抹杀了风格、色彩的多样性；同时，模式化也会妨碍各种不同流派的风格和独创性的发展，削弱多种多样风格和色彩的表现功能。

一个音乐作品立意再好，如果找不到相应的艺术手段来表达，也就失去了它的作用。内容只有通过完美的艺术形式才能更好地体现。

起承转合是一条艺术创作规律，是艺术实践中行之有效的方法，它适用于一切艺术领域，更适用于与诗歌血肉相连的音乐领域。

音乐形式的创造是有一般规律可循的。但是，真正的作曲家总是按照内容表现的需要来突破形式，其结果是创造出更为完美的形式。

优秀的音乐作品一定含有某种美的属性，并散发出一种独特的美，要理解它就必须深入钻研这个作品，钻研它的风格特点以及组成美的诸多要素。

音乐创作来自生活，但绝不是生活现象的翻版和堆砌。它要求把生活中发掘到的素材，通过恰当的音乐语言，把作品的立意深刻地表达出来。

音乐创作，是一项极其艰苦的劳动，没有长期的积累和酝酿过程是很难进行创作的。音乐作品是一种特殊的精神成果，它较之于其他物质生产来说，是有其自身的特殊规律的。

民歌对于创作的影响，主要是通过直接的感受从中获得美感，并从中吸取营养。因此在创作时，必须将它“化”为自己的创作素材，自然地（而非生硬地）融入创作的过程中。

民间音调的保存，最有效的方式是保存在音乐创作中，好的素材融化到作品中去，听起来是民族的，又是创新的，这样的音乐语言就更便于传播。

优秀的民歌，形象生动，意境鲜明，是用形象去感动人的。民歌的主要特点是它的音乐语言、艺术形式及表现手法的简明和洗练，音乐形象准确而生动。

学习民歌，应该挖掘其中新颖的东西。以有特性的素材刻画音乐形象，大胆突破，从而创作出一些不同凡响的旋律来。

旋律是音乐的灵魂，古往今来的作曲家在创作音乐时，对主题旋律的不断修改、加工，使之尽可能完美地表达创作意图和艺术风格，往往要付出十分艰巨而紧张的劳动。

优秀的音乐作品是美学思想的艺术表现，真正的音乐创作只是为了心中那份热爱，而不是为了功利。

音乐技能的仓库，是一点一滴积攒起来的，在一定条件下，它积累了无限的宝藏，无穷的手法。

音乐的社会功能不是提供抽象的理性认识，而是通过音乐作品反映作者的感情和情绪，丰富人们的精神生活，从而陶冶大众的情操。

优秀的作曲家，为音乐创造新的形式，不循规蹈矩，敢于打破传统标准，自由表达自己的感情，多方面地揭示自我的内心世界。

音乐作品之所以具有强烈的艺术魅力，能打动听众的心弦，一个重要的因素就是新和美。不注意音乐的抒情作用，不讲究歌曲的艺术特色，只是干巴巴、硬邦邦、口号连篇、满曲说教，这样的作品是难以产生新和美的。

歌曲创作拒绝克隆。歌词东拼西凑，旋律似曾相识，这样的作品是没有艺术价值的。成功的歌曲作品是作者心血的结晶，只有不断地探索才能创作出来。没有个性和独特风格的作品是很难立起来的。

作曲家在作品中完美地表现了自己的性格、气质和独创性。他们在独立思考、独具匠心中逐步成熟，风格的形成是水到渠成的。

那些最朴实、最优美的音乐素材都散落在民间，像金子藏于沙堆之中，要得到它，就必须付出相应的代价，才能撷取到有价值的艺术元素。

我国的民间音乐中，有着丰富多彩、生动活泼的音乐语言。各民族、各地区的民歌风格，各有差异，各有优势，这些不同的原生态民歌艺术，是作者在创作时可以取之不尽、用之不竭的参考资料。大量吸收并运用民歌音调素材，加以适当的发挥，是许多歌曲创作者经常采用的方法。

运用民间音乐素材创作歌曲的首要条件，就是要积累比较丰富的音乐语言，让民间音调成为自己音调财富的重要部分。对民间音乐的学习，不能仅仅满足于熟读和背诵，更重要的是学习它如何运用音乐语言塑造鲜明、生动的音乐形象。

民歌在历史上曾经哺育过一代代职业艺人的创作和文人创作，今天仍然是我们时代作曲家不可缺少的创作养料。创作是不能凭空产生的，在音乐艺术中，更要以传统和前人的成果为基础。

不具备当代典型性的音调，可能具有不同的命运——或被承认，或被遗忘。创造这种音调的作曲家，不愧是真正的革新者。

音乐的作用力决定于许多因素，其中最主要的是音调的优劣。只有当音调创新真正植根于生活，能进行简洁、洗练的概括时，才能使音乐创作更富有魅力。

音乐事业的发展，关键在于创作。如果音乐的主题格式化、脸谱化，就会削弱事物的多样性、具象性，就会使得千变万化的社会生活、人物性格和情感类型化、单一化了。

有益的借鉴与生搬硬套大不一样，歌曲创作应不囿于某类地道的民间音乐风格，如果采用“四不像”创作手法，若能被听众所接受，也能够成为一种新的风格，对丰富音乐作品的花色品种是有益处的。

音乐创作中的胚芽是很微小的，即使是能长出思想大树或能结出丰硕音乐之果的根苗，也只是源于一粒音乐创新的思维种子。

四、情感的表达

音乐是精神和灵魂的沉淀，借声音抒发自身深邃的喜悦或悲哀；音乐能把内心深处感情世界所特有的激动化为自我倾听的、自由自在的、心灵震撼的旋律流，使灵魂得到慰藉，使精神得以升华。

音乐能同时既表达了感情的内容，又表达了感情的强度；它是具体的，可以感觉得到的，是不借助于任何外力而直接沁人心脾的最纯的感情火焰。不具有神奇灵感的火花，不具有盎然的诗意，仅仅是创作技巧华美的音乐作品，终究是不会迈进艺术王国的门槛的。

真正的音乐艺术作品，永远保持着旺盛的生命力，能够世世代代地流传下去。由于这些作品里灌注着人类心灵的重要本质，它们能经受住时间的考验。

只着意于音乐的形式或结构的灵巧，音乐作品很可能就会变成一种毫无思想感情之物，变成肤浅的、纷乱的、无意义的东西。

音乐这门艺术往往超过了别的艺术。这是因为，音乐本身没有提供那么具体的、那么富于认知性、那么富于理性的东西，而是要求听众在反复不断的鉴赏中，加深对作品的情感内涵的审美体验。

音乐是人类情感的一种独特表达形式，音乐里所体验的那种情感，不是日常生活中的一般的喜怒哀乐，而是更深层次的、更具有社会性内涵的东西。

真正的音乐艺术，要求把一种深刻的内心体验通过声音形式，非常艺术化地转换成乐音结构，给人以艺术享受和审美愉悦。音乐中的美，在顷刻间就会潜移默化地使听众的精神世界、情感世界得到净化和升华。这就是音乐所特有的力量，它是任何其他艺术所不能替代的。

音乐是反映人类内心情感世界的艺术。音乐艺术契合了人类心灵的流动，它反映着人类丰富深刻的内心世界。心灵世界是多层次的，因而音乐也就折射出人们多姿多彩的内心世界。

当我们用心去听音乐时，思绪会连绵起伏，仿佛走进了音乐刻画的殿堂。音乐对消除忧郁、恐惧和愤怒是有好处的。在音乐的作用下，血液循环、内脏和分泌腺的工作都会发生积极变化，心电图和脑电图可以记录这些变化。情绪消沉时，一般来说低声悦耳的音乐有效果；相反，情绪激奋时，高声强节奏的音乐才有效。

第三辑　相信日积月累的力量

问题是创造的母腹，创造是生活的第一原则。探索未知是从无字处觅真经，发明创造是无中生有圆美梦，科学思维是用睿智的慧眼探新途。

一、科学篇

科学从某种意义上说，是教人本分的学问。因此，科学不应也绝不屈服于一种权威的教义。自从有了科学，真正的科学家表现得非常本分。

问题是创造的母腹，几乎所有的创造者都有着鲜明的个性。经验愈多，联想也就愈丰富。凡是客观的东西都有其内在的规律性。因此，科学必须遵循客观规律，一般不会使用艺术的夸张。

一个科学家，运用他对宇宙的无穷好奇心去不断发现和创造，他的科学研究就构成了一种科学艺术。

预测往往是科学发现和创造性活动成功的前提，科学的预测能使人们朝着目标逼近。

科学的预测要靠科学的反思。在对过去的反思中得到启迪，从启迪中掌握一定的变化规律，从而达到科学地预测未来事物的状态，这就是反思的创造性活动的开始。反思是以知识和经验的积累为基础，反思与预测、反思与决策有着极为重要的联系。

科研要靠一个“熬”字。“熬”是一种信念，是一种坚韧，也是一种无坚不摧的力量。善于“熬”的创新者才有成功的希望。“熬”不全是痛苦，

"熬"也可以是一个美丽的过程，有时就是一种幸福。这种"熬"不是消极懈怠，而是积攒力量；不是徘徊犹豫，而是韬光养晦。一旦时机成熟，便把积蓄的全部力量释放出来，此时的人生，定会如花儿般绚丽夺目，芳香四溢。

科研过程中，时时刻刻处于"熬"的心理状态，往复循环，无有止时。科研成果的最终诞生，除了"熬"，别无他法。科研过程中的"熬"是很有意义的——它不是退却，不是观望，不是无奈，不是无望。科研工作者在煎熬中寻找时机，创造奇迹；而消极观望者，会在等待中错失良机，虚度时光。

受尽煎熬不一定能成功，可成功必须经过煎熬。"熬"并不等于不快乐。有时"熬"甚至会成为一个时代的记忆！某些科研人员在煎熬的过程中，浑身充满干劲，不服输不服老，还要更上一层楼。

以研究为目标的读书，应讲究素材收集的方法，捕捉具有启迪意义的论点，或激发萌生新论点的思维火花……这对形成创新能力具有重要的基石作用，进而才能集中全部的思维精华，凝结全部的心灵之力，浇灌思维之树，结出智慧之果。

探索未知世界需要的是新鲜的思想，个体目标是运用崭新的思维方式去发现更多选择的机会。然而，过多的知识会让一些人失去在科学上探索的兴趣和热情。

任何真正的科研成果，都需要一个艰巨的创造过程，需要一定的积累。缺少积累的速成，内容空乏，常常缺少最本质的东西。从事一项创造活动，很多时候都不可避免地会陷入一种憨态状、痴迷状、不食人间烟火状。过程本身就是一种意义，也是一种幸福。因为其中蕴含着精神上的成就感。

创造是生活的第一原则，仅凭诺言是经受不起现实的碰撞的。发明创造是从无字处觅真经，是打开心灵的慧眼去发现，从而找到现象背后的真谛。在缺乏批判与怀疑精神的国家，创新意识和创新动力弱，原创性（发明创造）能力低。多数人只知道模仿，极少创新，且具有批判精神与怀疑精神的人会更少。

在宁静、安详的气氛中，专心地进行独创性的思考或研究，会使一个人的想象力和独创力变得更强、更锐利。

现代科学尽管分科越来越多，但综合的趋势占了科学发展的主流，这也是未来科学发展的方向。

科学、理性和自由才是人们前进和获得幸福的源泉。科学的精神其实就是将复杂的问题表述得更简单易懂。

科学成果是不能不劳而获的，除了潜心钻研外，没有其他可以获取的便捷方法。

科学要探究的是未知领域，只能够在资料的基础上去假设、想象，然后去求证。判断一项科学研究的价值，当然要从最后的结果来判断，但是科学研究是一种持续的事业，光是奠基往往都要很多年，甚至每个阶段都有可能一直处于未完成状态。

从事科学研究需要废寝忘食、甘之如饴的精神，看起来虽有些呆傻，但没有这种精神，几乎没有成功的可能。许多科研成果都是老实人（绝不是小聪明）下笨功夫做出来的，没有痴迷的精神是根本完成不了的。

从事科学研究的人，一定要有刨根问底的精神。不刨根问底，就不可能水落石出。

某些半路出家的非专业人士，往往能取得突破性的科研成果，原因就在于他们在精神思想上不受条条框框的束缚，对问题的理解透彻，视野比较开阔，能包容各家之说，融会各家之长。

科学研究与发明创造最大的特点，就是永无止境地学习和探索。真正有科学精神的科学家，不会对自己不懂的领域胡说八道，这是最基本的科学素养，也是创新人才的特质。

科学是社会进步的推动力。人类历史上的伟大创造并不是那些很好地适应于环境的人所创造的，而是那些孜孜不倦的思想家和有叛逆精神的人所创造的。因此，人类伟大的创造常常来源于叛逆。

科学的抽象更深刻、更忠实、更充分地反映着自然。科学的解释是对现实世界事物之间、事实之间联系的说明，揭示这种联系，讲清它们所从属的规律或者确定被研究对象间的因果关系。

独创性的科研人才都是“宁吃鲜桃一口，不吃烂杏一筐”的人。真正的、重大的创新，一定要有质的突破——炫技性的展示只具有表演功能，而不能算创新或在“质”的突破意义上的创新。

科学的理性既是创造性的呈现，又富含人文精神的内涵。当人们的个性和创造性通过全社会的科学理性充分表现出来时，当愚昧、无知、野蛮等远离人们时，社会的人文精神便会得到发扬光大。

探索是科学家和艺术家的生命所在。在艺术上不安分是一件好事，在科研上不安分更是一件大好事！在人类历史上，应留下属于我们的脚印，创造属于我们这一代的东西，而不是蜷缩在前人的胳肢窝里思考。

创造性劳动是单调、乏味的，更多的情形是与孤独、痛苦为伍。然而，创造的过程对精神独舞者和如痴如醉者而言，是一幅美妙至极的图画。

欲在某一学科或领域获得真知，有所拓展，不仅要在主攻目标上下功夫，力求精进，还要围绕科研的内容或主题，有目的地积累素材，并博采智慧的精华。

科学研究不是一个直线式的过程，走回头路是经常的，也是无法回避的，这也符合人类的认识发展规律。“功夫在诗外”——即从边缘学科或学科交叉处“围攻”研究的核心问题，这是取得突破的一种策略或战术。

“异想天开”是创新的另类表达式，是科学幻想的摇篮。异想天开作为一种极为重要的创意催生术是有一定的作用的。

在科学研究领域，自吹自擂是不起任何作用的。科学研究的使命就在于创造。搞科研必须专心，多一分投入，就多一分收获。科学创新并不一定都是在工作时间里想出来的。因此，应随时随地利用脑子想问题，当想到什么新东西时，要随时记下来。这是科学研究工作最大的特点。

进行学科交叉综合研究是自主创新的一个重要途径。科学的发展规律，一方面科学发展越来越专门化，分工越来越细；另一方面科学发展越来越交叉、综合。客观事物往往是复杂的，需要进行跨学科交叉综合研究，从中可以获得许多原创性的科研成果。

搞科研的人，前方没有路要走出一条路（穿越时空隧道），没有桥的地方，要架一座桥（思维的立交桥）。科学需要创新，创新才能发展，凡是科学上的新发现、新发明、新创造，都是有重大科学价值的，必将对科学技术的发展起到推动作用。

科学探索的过程是获得精神满足的过程，只有勇敢者才有可能达到或接近真理的彼岸，科学的伟大发现都是沿着坎坷道路而到达的。科研人员心态不要太浮躁，必须能够抵御周围的种种诱惑，在浮躁的环境中耐得住寂寞，保持清醒的头脑和冷静的目光。只有这样，才能使自己在变幻的社会中不至于迷失方向。

科学的独创性（或独一无二）并不等于狂妄性。现实中，那些宣称能“包治百病”的“祖传秘方”，几乎都是经不起验证的“伪科学”或骗术的产物。

科学研究需要灵光一现，但更多时候，需要漫长的等待。在一些领域，研究成果需要很长时间才能被接受。

科学最大的特点，就是探索永无止境。科学家、发明家无不具有很强的独立思考能力，他们在学习前人知识的基础上，通过独立思考，产生出别具一格的思想，并把这些思想变成行动，创造出崭新的成果，推动人类社会进一步发展。

科研人才不是一种模式能够培养出来的，而是多种因素交错、各种机遇碰撞后的结果。他们的头脑充满着各种各样的问题——有别人觉得屡见不鲜的平凡问题，有令人百思不得其解的疑惑问题，有让人感到神秘莫测的奇怪问题，还有现实中还不存在的未来问题……

科学精神是一种稀缺资源。科学的态度就是求真务实。要追求真理，实现学术创新，一定要能够打破成见和门户之见。

做出巨大成就的科学家有一个共同的特点：他们都具有高层次的哲学素养、高屋建瓴的研究方法、十分敏锐的科学审美情趣、深厚的人文底蕴等构成的立体型的全面的素质结构。

创造，就是创造性地提出问题和创造性地解决问题。然而，在没有多少科学精神的时候，最容易在浅薄的层次上理解科学，从而把科学变成迷信。某些人总是高谈创新，高谈科技进步，然而没有行动力创造不了价值。

评价科学家水平不是依据职称高低、头衔多少，不是挂个副部级院士的名就能“验明正身”或等同于权威的，我们应该看一个科学家是否具有持久的科学影响，看他的科研成果对科学的贡献。一项科研成果或一件作品本身的内涵和价值，远比一个桂冠或奖杯更有意义，更能说明问题。

科研探索和艺术创新之路永无止境，个体在任何一处都可以起步，踏上征程；变的是思路、创新与创造，不变的是对科学和艺术的信念和坚守。

创造力并不一定与拥有的知识成正比，也并非科学家所专有。任何人，只要在一定知识基础上具有创新精神，有创新思维的能力，就可以创造。很多富有创造性的设想都源于广泛涉猎多个领域，并将这些领域的某些材料应用于自己的问题领域。

科学发现并无一定之规，常常需要另辟蹊径。科研人员应该在没有路的地方找路，永葆一颗求异的进取心，对一个科研工作者来讲，是十分可贵的。但真正能从“敢想”的思想王国跳到“敢干”的实践王国的人，实在是凤毛麟角。

敢于向规则挑战，敢于探索和确立新规则是成为创造发明者的有效战略之一。很多科学家常常是自觉采用与传统方法相悖逆的方法而获得成功的。因为科学是一种自由的实践，主张按秩序办事的刻板性、僵化性和同步性会严重损害科学的批判力和个人的自由发展。

新发现、新设想、新信息一旦出现，就要把它们随时记录下来，因为这些东西可能会转瞬即逝，一定要养成随手记录的习惯。做笔记的习惯常常会带来一些意外的收获。随手记录是一个非常简单、不需要加以任何解释的寻求资料的方法。某些创新，只不过就是重新排列组合而已。

创造既需要异想天开的思维，又需要脚踏实地、不失严谨的作风。要善于把自己异想天开的想法付诸实践，用辛勤的汗水创造出惊世杰作。

没有严谨性，任何创造活动最终都不会得以成功。严谨性就是一种深入探索、锲而不舍、努力创造的行为方式。在把思想转化为实际创造成果的过程中，严谨性具有突出的重要作用。严谨性是创造性的另一只翅膀，只有拥有它，个体的创造活动才能展翅高飞！

经过呕心沥血的辛勤探索，才获得的科研成果，其内心一定会充满巨大的成就感和幸福感，这是最好的回报，也会是至高无上的荣誉或桂冠，完全不需要用形形色色的头衔来抬高自己的身份。

科研人员应把成果放在首位。职称是外表的，水平是内在的。一个真正的科研人员不应把关注的重点放在获奖上，而是拿出真正有价值的作品或科研成果。一个痴迷于科学的人把自己的事业看得比生命还重要。

科学是没有尽头的探索。在科学研究中，切忌侥幸。任何科研成果都不是偶然出现的，科学的灵感绝不是坐等来的。

创造发明的偶然机遇，只能给那些长期探索、独立思考的人和具有锲而不舍精神的人，而不会给那些投机取巧的人。

创造之美就美在富于个性，没有标准相，没有可比性。创造者既要经得起攻击、污蔑，又要对他人的创造、探索持宽宏大量的容纳态度，唯如此，才不致失了创造的个性，丢失了为人的品行。

没有幻想就没有创造。艺术幻想和科学创造，艺术创造和科学幻想，从来都是相通的。打开心智的枷锁，才能洞开创造力的大门。

今天的创意，是明天的生活。科研人员应与科研成果挂钩，一切头上的光环其实只不过是衍生物，而非科研本身的目的。

用成果证明自己！成果是最有发言权的，正如作家是用作品说话，而非“作家”的头衔代言，也用不着媒体的鼓噪和粉丝的追捧。

人类文明其实只是将人从被当作工具使用的奴役状态中解放出来。人一旦变成工具本身，而不是会创造工具的人，那将是一个悲剧。

要提高创造力，就应每天练练思维操、精神操，强化精神风骨，增强思维钙质。只有具备思维合成眼光，调整思维聚焦，变换思维角度，才能促成思维灵感沉淀后的爆发反应及连锁效应。

独创能力不是课堂上教出来的。从中学到大学，学位越高越能长知识，但创造能力和独创能力则往往呈下降趋势。因此，必须千方百计地把我们所具有的潜在的创造能力挖掘出来。

科学研究是要付出大量精力和漫长时间的，不可能立竿见影。在创新的过程中，许多科研人员内心充满了焦虑、不安、紧迫感，理不出头绪，思维陷入彷徨和胶着状。其实，这正是创新思维胚芽成长的时期。胶着期、磨合期，正是催产创新思维的一片肥沃的土壤。

只有立足平凡，才能创造非凡！创造活动是一种特殊的思维活动。创造，是人的全部体力和智力都处在高度紧张状态下的一种活动。在创造过程中，人的心理活动会达到最高水平。创造，使思维在运行状态中迸发出灵感的火花，使人们能想出新办法，建立新理论，做出新成绩。

在平平常常之中，能发现不平常的因素，能创造出不平常的办法。通过对这些不平常的因素的开发和利用，能设想出异乎寻常的创意来，能体现出个体的思维能力和思维水平的卓越性。

创造活动是十分复杂的脑力和体力劳动，它不仅需要智能和专业知识，而且还需要正确的创造动机、健康的创造情感、坚强的创造意志、坚韧的创造毅力和良好的创造情商等许多非智力因素。

激发想象力的一种简单而有效的方法，就是做笔记。如果不做笔记，一切的观念与创意，都会从忘却的小洞中溜走。更重要的是，做笔记能激发一个人自我努力的意念。这样费尽心血提出的创意就会带来充满光辉的独创性成果。

独创性思考，可以和散步结合在一起。独自在宁静的地方散步，是非常好的方法。当然，夜深人静往往更适于独创性思考。一个人带着未成形的创意入梦，有时会孕育出更好的创意。睡梦中我们的心灵会得到释放，能进行更深一层的思考活动。

人类之未知领域和已知领域，都属于人类创造的天地。只有砸烂心智中禁锢创造力的种种枷锁，才能大胆幻想、勇敢探索、冷静思考，展开创造的羽翼。创造未来的人，他们怀揣理想，勃发想象力、创造力，创人类未创之业。

犯错是创造性成果的基石。然而，传统的思维模式因循守旧，无数人因害怕犯错而不愿尝试任何新事物。这早已构成了一种文化环境，融化在人们的血液和骨髓中。

大脑在松弛状态下易产生创造灵感，异趣横生的工作环境比乏味的工作环境更能带来思维活力。凡能享受到工作乐趣的人，最能产生创造性思考，必定能发挥更大的创造性。

没有思想，就没有创造，就没有未来。凡是对自己的创造力深怀信心的人，在创造的萌芽阶段就会有意识地运用创新素材，充分发挥自己的想象力。

开发创造力，是发掘个人潜能的需要，是实现自我、走向成功的阶梯。

创造思维常常以非逻辑、非常规的形式表现出来，即不同于传统的经验和方法，它能对已有的理论提出怀疑，并能大胆设想新的理论、新的方式。

创造是对重复的突破。一种创造被人们重复的时间越久，重复的范围越大，表明该创造的生命力越强，要突破这一创造也越难。创造是重复中的探索与攀登，经过创造之后的重复是更高一级的重复，经过重复之后的创造是更高一级的创造。

愈是具有高度创造力的人，愈是具有独立性格特征，有的甚至给人以孤僻的印象。他们在创造性工作中特立独行，拒绝从众，独立解决问题的能力很强。

创造的灵感，蕴含于鲜活的个体生命之中。发现新事物、新思路，动、静结合地梳理思维的情思，开发时起时伏的智慧喷泉，就会导引个体迈向创新之路。

任何一门科学都有自己特定的研究对象和所要探索的领域。在创造的生涯中，只要创造出世间没有的物质或精神财富，就是创造奇迹。世上一切被开发和创造出来的新事物，正是这众多创造成果的累积。

经过艰苦卓绝的奋斗，获得的成果是令人充满成就感的，这是科研成果在真正的创造者心中涌动起的幸福波澜，这虽不为局外人所感知，却是每个科研人员心中的自豪。

没有基础和前沿领域的原始创新，科技创新是没有根基的。原始创新是我国科技发展的灵魂。

崇尚理性、勇于探索、追求真理，是科学精神的实质。科学能教人明白道理，教人思路清晰。

在缺乏创新的土壤中，民众很难发展出创新的素质。在科技领域，敢于创造、敢冒风险、敢于怀疑批判和包容失败，才能鼓励自由探索，才能激发全社会的创新活力。

创造性思想一旦与特立独行的个性相结合，其创新能力就会令自己为之震惊。要取得创造性的成就，困难和障碍甚至挫折是不可避免的，但有创造性个性的人绝不会因此而丧失勇气。

独创性的前提是科学的怀疑精神，独创性也是创造性活动中不可缺少的一个个性品质。富有创造精神的人，永远不满足现有的知识，他们遇到问题总是追根究底，绝不牵强附会，绝不放过任何疑点和含糊不清的地方。

模糊不清、无法定性、无法归类的事物，往往潜藏着创新的巨大契机，千万不要轻易放过。我们不应在能否“归类”上彷徨或停滞不前，只要是创新，管它能否归类或归于何类，就算是一个“四不像”又怎样！因此，一定要坚持自己的价值评价标准，不要在他人的评头论足之下放弃初衷。

科学是最值得信赖的，它摒弃了一切因循守旧的框框。科学无世袭。在科学上坐享其成是行不通的。科学的立论只能来自无可辩驳的成功实验的支撑，科学的勋章只能用自己的艰苦劳动和才智去争取。

科学家推动和加速历史发展的进程，而顶尖的思想家们则改变历史发展的方向。时代的发展必然会出现越来越多的科学家。

搞创造发明，需要创造思维，需要各种创造技法和专业知识，但还需要各种基础能力和基本素质，其中包括注意力、观察力、记忆力、学习能力、理解能力、信息收集能力和动手操作能力等。它们与创造的关系如同万丈高楼与坚实的地基间的关系一样。

碰到新问题，应充分发挥独立思考的能力，灵活运用书本知识和实践经验去解决。科学研究的目的就是去发掘前人未发现的东西。任何一个重要的科学发明创造，大都是发明者独立地、深入地研究问题的结果。

科学家必须首先建立一种假设的真理，不是以事实为根据，而是以推理为根据。然后，才能知道该做什么实验，该从什么地方搜集事实，来证明或推翻他所假设的真理。

应把科学研究升华到艺术的境界，一个科学家一旦进入这个世界，就会获得一种无上的艺术享受，这种境界使他能够傲视人世间的一切艰难险阻。

一般而言，任何科技发展到一定阶段后，必然会面临自身无法跨越、无法克服的障碍或瓶颈。这就需要借助其他专业或相关学科的帮助，借助系统工程来共同完成，由此就产生了科技一体化。

知识杂交与专业融合、科技合流是发展的必然趋势。很多学科一旦上升到哲学层面，其道理都是相通的。在这里，它们能够找到共同的语言，都会在哲学层面上找到交会点、共同点，这就是精神的重叠、思维的交集，它有利于思维的律动，往往会产生不期而遇的共鸣、顿悟的效果。

原创意义或层面上的最高境界，莫过于“无中生有”。因此，对于某些著作等身的人而言，如果达不到此标准，那么其思想、学术或艺术价值就应打一个大大的折扣；反之，一个作者哪怕终生只出版了一本书或只发表了一篇论文，如若系最高层次的原创，那么其思想、学术或艺术价值就不可低估——哪怕他一生潦倒不堪、默默无闻，时间自会做出最公正的裁决。

二、创新篇

当一个人在做某种探索与创新的时候，如果遭受到众人的合力围剿，恰好证明他的真实价值，而且打击的力度越大，越说明了这种探索与创新的分量与价值。

创新无处不在，即使是重复，也包含着创新，例如音乐创作中的重复手法，也是一种包含创新的变化重复，是一种有新意的创新方法，而非僵化的重复与雷同。

小到个人，大到一个国家和民族，必须创新。因为，有自己的个性才能有发展。有了独特的标志，才能立于不败之地。

创造性观念才是推动文明前进的动力。世界上许多曾经无人探索的领域现在都已经被揭开了面纱，但仍然有许多的东西在等待着人们去发现，比如心理、精神方面的问题。

无法分类或无法归于适当的“类”，则有可能面临创新的契机和突破口。向前一步，极有可能闪现灵感的火花，预示着创新机遇的到来。因为，无法分类本身就存在着创新的空间或契机。

科学总是要追求确定性的真理，创新始于怀疑。创新就是要学会打破陈规。

以实践中的有关问题作为创新的契机和突破口，可运用不同专业或相邻学科的知识转换或互补进行探索。创新愈来愈具有专业融汇和学科交叉的特点，如果完全囿于某一专业领域，对相关学科一无所知，就难以突破知识结构的局限，难以产生思维的跳跃与振荡。

强化创新意识，充分展现自己的才能。为什么一些具有真才实学的人终其一生却少有成就，其原因在于他们总是害怕可能招致的失败，以至失败之后随之而来的羞辱，从而将创新精神和创新能力丢失得干干净净。

创新精神这个概念昭示着创新传统是不需要继承，只需要开创的。

并不是只有艺术家才具有创新性，其实每个人都是具有创新性的。对于学习技术而言，方法很重要，但对于创新和研究而言，思想性和个性化就比方法重要得多。创作，实际上就是创新的开始。

具备创造性才能的一个重要前提是具备产生思想的能力。要获得创造性的成就，就得学习、研究和探索，须具有形成新思想的能力。

在思维交叉区，思维的碰撞与交集，将成为孕育创新思维的集散地。创新是从无序到有序的跨越过程，完全囿于“程序”则会成为思维的桎梏和前进的羁绊。

任何创新成果和新思想都必须凭其自身的存在说话。

创新人才的头脑是创新的发动机，而不是储存的现有知识和权威结论的复印机。因此，其与“学习型人才”和“知识型人才”是迥然不同的。

创新在于想象、实践和悟性，它是不受约束的一种思维方式。创新也是一种个性化思维，无须太多的说教。创新性劳动是具有创新欲望和目的的个体的第一需要。如果一个人没有创造力，他的潜能就开发不出来，那么就只能是一块砖和一枚螺丝钉，其最后的结果也就只能听天由命。

创新是一项孤独的事业，要耐得住寂寞。在世俗功利面前，在世俗价值的评价面前，要始终如一，不要失去自我，更要以淡然之心处之。创新人才应该也只能用成果评价，由时间评价，由历史评价——最后让成果说话！

创新性劳动是个性化的，而群体性劳动大多是重复性和事务性的。真正的创造性劳动或独创成果是无法重复的。

创新永远是不断完善的过程。而思维过程的阶段性成果都是可以成立的。思维的朦胧期和胶着期又是一个必然的过程。追求极度完美既不现实，又有悖于思维认识和发展的规律。

创新是一个广泛的概念，它包括理论创新、制度创新和科学创新等多方面内容。创新思维的本质是个性化的，它讲究的是独创性，是不能批量生产或复制出来的，也不是一个模式下培养出来的。

创新意识包括问题意识、质疑意识、辨析意识、求异意识、角色转换意识、发散与收敛意识、聚焦意识等。创新是做前人未做的事，是对旧事物、旧观念的否定。许多领域的创新是相互关联的，因此创新也是一种系统行为。

创新思维是一种独特的不可替代、不可复制的稀缺性思维资源，无论多少常规思维的叠加和人海战术式的思维累加，也不可能置换成创新思维。对创新人才而言，重复别人是令他们难以忍受的，甚至会认为失去了自身存在的价值。求新、求异、求变是创新思维中永远不变的法则。

辉煌是短暂的超越，创新是稀缺的资源，在任何时代都是如此。而现实中绝大部分的人都是守成的人。

创新思维应遵循前瞻性和目的性原则，通过思维透视、思维聚焦、思维剖析、思维方式的交替转换，思维素材的交互分配，不断寻找创新的契机和突破口。

创新与学习是可以统一的，不应割裂或对立起来。创新中包括学习和研究过程，学习中也包含对问题的发现和研究，也可成为创新、发明的契机或触发灵感的引爆器。求新求变是创新思维永远不变的法则，从而让人生焕发出耀眼的光芒。

在创新过程中，有时会出现思维的朦胧状，陷入模棱两可理不出头绪的胶着阶段。要从以上状态中跨越出来就应进行必要的知识更新，吸收其他专业知识，适当进行岗位或职业转换，以便增强换位思考意识，拓宽思维视野，避免思维的单向性和闭锁性。

科学创新，首先要善于驾驭经验，并要有敢于突破传统和教条的自由心境。创新不是技能，也不是工具。创新思维是无须少数服从多数的，恰恰相反，独创性见解往往由极少数的人提出。

创新思维不是支离破碎的离散体，而是一个完整的开放系统，同时也是不断变化、发展和完善的。良好的创新思维往往会带来新颖丰硕的创新成果，反过来又会进一步丰富科学的思维方式，促进创新思维不断向纵深发展。

创新的首要原则，就是要着眼于自己怎么想、怎么做，而不是在意人家怎么想、怎么说。不要太在乎人家的价值判断和价值标准，也不要以他人的价值偏好作为自己的价值标准。

创新需要强烈的创新意识和创新欲求，需要强烈的内驱力，也是需要悟性和灵气的。而我国的应试教育，早已将这类灵气和悟性大部分剔除干净了，尚未剔除干净的大多是一些不愿受传统教育束缚的野性思维，这些不起眼的野性思维反倒成了创新的一片沃土！

创新需要知识的融合与杂交、思维的交集与碰撞，从而产生跳跃式思维。通过信息筛选、素材连缀、思维合成，将松散的毫无关联的素材进行强制联系、因果联系和逻辑联系等不同方式处理，从而形成创新成果。

创新思维一般经过思维原点（初始阶段）迈向边缘区（发散阶段），经过思维收敛使思维积淀定格，产生交互作用。即思维实现点面连缀，从而催生创新的胚芽。

创新提倡独创思维，它本身就没有现成的标准答案。而许多专业人士满嘴术语，充其量只不过是装了满脑子知识而已。

灵感的碎片，是创新思维中的闪闪珍珠，通过灵感碎片的扩展、镶嵌、连缀与整合，就可能形成思维的参天大树。具体可采用镶嵌法、嫁接法和粘连法，从而形成思维的逻辑主线，走入思维的极光地带。

长期的思维积淀，才能触发瞬间的灵感爆发，从而产生创新思维的火花。灵感的瞬时效应，决定了许多艺术和学术成果的唯一性或经典性，其中某些构成了一座座永远无法媲美与超越的丰碑。这就是瞬时性、偶发性构成的特质。其唯一性是不容复制也无法复制的，因为时空条件已变化，这就是为什么某些杰出艺术家、思想家在年轻时的创造却令后来者永远无法逾越的一个重要原因。

思维灵感的连缀是一片创新思维的绿草地或后花园。思维信息的储存以及外部事物对视觉的冲击力，形成感性的瞬间回应，这些都构成了思维的素材。灵感火花与智慧之光有可能产生新的思维成果。当然，这种成果只是一种不定值，它具有或然性。

超越思维具有思维深度、广度和前瞻性的特点，它包含传承思维与野性思维的超越。具有思维超越的人，有着超越前人、同时代人的强烈内驱力，通过不断提高思维整合力，思维量的延伸与思维聚焦，促使思维水平升华。

思维超越者始终追求卓越，不崇尚权势与金钱，不允许思维火花白白燃烧在无价值的事物上，也不让思维风暴无形消逝；在知识的横断面上，通过不同知识的嫁接与糅合产生创新的胚芽，在学科交叉处建立一个又一个根据地。

思维除了定位外，还需占位。光有定位没有占位，那属于空谈。占位体现了抢占先机。你的“占位”杜绝了别人的替代或复制。只有占位，人才有可能成为一个独立的自我，从而才有可能成就一个伟大的发明或创造。

创新的真正要义在于野性思维而非正统思维或常规思维，只有在野性思维时，才体现了创新的真正要素。野性思维是指在摆脱理性思维的前提下，随思维流任意发散的一种思维方式，它有利于形成创新思维。

敢于发出自己的声音，尽管这种声音是微弱的，或者比较刺耳，也要敢于自说自话，因为话语权归于自己。

思维的草根性是一种野性思维。草根性思维虽然比较粗糙，但由于它具有原初性，充满了理性之光，因此不能忽视它，应通过精心雕琢，修剪思维的杂草使它完善起来。思维的草根性虽然缘于平民的地位，但它却有着王者的风范——因为每个人都是各自思维王国里的首领。

思维超越首先要确立目标，然后对目标进行锁定，进而沿着分目标展开，逐渐在思维荒芜的平台上，建立一片精神的绿洲。要超越思维的习惯范围和有限的视野，不囿于现成的结论和答案，不受周围气氛和他人意见的影响，完全通过自己的思考而独立做出判断。

思维要超越，就应展开想象的翅膀放飞思绪，促使思维波澜的涌动，通过层层涌动的思维潮，形成思维的涟漪，掀起思维的浪花——灵感。通过思维的张弛、思维板块的互动，打破思维的束缚与禁锢。

思维的独舞，有望孕育出博大而静雅的魂灵。自我超越者总是在不断前进中求得自己内心平衡而无暇他顾，他们生活在一幅关于未来的美好完整的理想蓝图里。自我超越者很少有凡人的烦恼，却有凡人所没有的孤独和成就感。

要突破思维瓶颈，就应保持思维灵性的律动；不仅要依靠自身创造力，还要更多地把目标投向别人的好点子。

真正的创新人才，在知识上都是有缺失的，只不过是善于探索、善于补充和更新自己的知识而已。要超越就要敢于自我否定，现代人不理解你，那就让以后的人理解你吧！

思维碰撞中的交叉区域，易产生灵感火花，有利于构建边缘学科；思维碰撞中的非交叉区域，有利于吸纳创新思维的某些观点。

发明创造的能力并不完全与经验的多寡成正比。对于创造性思维而言，积累丰富的经验是重要和必须的，但过多地依赖经验却是有害无益的。半路出家的勇敢者和年轻人之所以更容易取得重大突破性的创新成果，其中一个重要原因是他们很少受传统经验的干扰，没有保守思想，因而能够推陈出新，独树一帜。

要创新，就必须同自身所处的染缸似的世俗生活和被惯性左右的肉体拉开距离，用一种超脱的观照全局的角度，让毫无意义的世俗生活获得新的意义。

任何方法只不过是提高效率、取得事半功倍效果的阶梯，在找到适合自己使用的好方法之前，某些看似很笨很土的“原生态”或“草根式”的方法，其实就是最好的方法。大胆去用，任由他人说三道四吧！

要想超越别人，首先得超越自己。连自己都不敢超越的人，永远不会迈入卓越的行列。如果一个人总是以他人的成绩来衡量自己，终其一生只不过是一个“追逐者”。因此，不要总是盯在别人的成绩上，而是要脚踏实地地超越自我，切忌一步三回头，这样最终才能成就非凡的业绩。

创新思维取决于思维元素的激活，它是复合思维因子综合运用的结果。

思维的碎片，很难绽放出智慧的花蕾；只有多元思想的碰撞、灵性的交融，才能酿出理性的琼浆，滋润人类干涸的心灵。

混沌是有序的前奏，思维流的汇聚，离不开逻辑的梳理与理性的升华。沿着公共的常规的思维大道前行，必定会穿行于思维的“水泥森林”，奔向共同思维的大一统目标。思维综合力来自思维成长要素，即实践、激励、教育、心灵感应和悟性等因素的综合影响。

独创性思维只能孤军奋战，绝不是“兵团作战”。炒作是思想领域、学术领域的毒瘤，因此思想和学术领域应与媒体和时尚天然地保持一定的距离。

“浮光掠影”通常被认为是贬义词，然而对创新而言，利用“浮光掠影”是大有好处的。它能使灵感瞬间触发，从而点燃创新思维的火花；同时也能节省时间，不在无价值或意义不大的事情上花费时间和思维资源。正确利用“浮光掠影”法，尤其是在资料的阅读和选择上是十分有益的。

痛彻心扉的感悟一定是深刻的，经过思维发酵，沉淀出来的一定是思想的珍品。这种深层次的顿悟，大多来自卑微与向善的心魂，那是一种发人深省的顿悟，尤其是那种经历了肉体与精神极端折磨后的彻悟更是如此。而这种深层次的顿悟却常常与强权、与霸道失之交臂。

许多伟大的发明都源于平凡的生活，日常生活里的许多麻烦都可能孕育着发明的契机。在细节处寻创意，在生活中事事留心，处处在意，勤于思考，大胆动手，也许一不留神就会成为发明家。

创新的要诀是寻找“相异点”，而不是寻找“相同点”或“复合点”。创新总是在边缘处和不争之处，当然也并不总是从零开始。做人家没做过的事，尽量减少争斗的时间。只有真正把创新放在首位，才能带来国家和民族的真正腾飞。

创意是无穷的。从创意的角度来研究思维对象，其根本的特点就是“无穷多”，包括无穷多的属性，无穷多的变化。创意的素材遍地都是，创新的机会是无穷多的，只要我们仔细观察，开动脑筋，思考任何一种事物或现象都能够产生创意。

任何创新活动，都有一定的风险和结果的不确定性。但正是无数带有冒险性的创新活动，为人类的发展带来了曙光。

独创必须有积极果断的韧性。专注于一件事，而且坚持到底的人，在我们的周围极为罕见。能够因独创式的韧性而写下历史的人，更是凤毛麟角。

创新能力是人的潜能。但发掘自身的潜能，不能单纯依靠辛勤的付出。创新的关键在于：坚定的自信、强烈的创新欲望、深厚的理论基础、广博的知识面、良好的分析能力、正确的研究方法、健全的体魄和坚强的心理承受能力。

创新就是做前人没有做过的工作。特别是重大科技项目的创新，它的选题、技术路线、切入点是否正确，技术目标能否实现，研究者事先是没有把握的。在经过反复思考之后，创新者必须对自己的选择和决定具有坚定的信心，才能开始进行研究工作。

在创新活动中，问题的发现具有极为重要的意义，且具有十分复杂的性质。能否成为善于发现问题的人，要看他能否沿着正确的途径进行预想和推论。

要想发现有创造性的问题，具有合理、完善的知识结构是前提，然而同时又不能害怕与之矛盾的信息。擅长于问题发现的优秀科学家，一般都是主动冒险。在他们身上，精细谨慎的保守性与不顾一切的急进性并存。

创新人才的特质，重心在创新、创造发明领域，而非知识领域！这类创新人才每天都在建设心灵的自治区。

不少创新人才有着特殊的人生经历，有的历经磨难和逆境，吃过数不清的苦，他们还惧怕困难吗?！他们的科研成果是从生命深处熬出来的化合物，是“血与火”喷涌的结晶!

炫技不等于创新。现实中，某些没有多少创新成分的“炫技”被误认为是创新的表演，这样的案例，生活中比比皆是，也因此扰乱了人们的视线。炫技者重形式轻内容，只具有漂亮的羽毛，没有什么内涵和独特的思想含量，往往沦为一类言之无物的跟风派；有的人甚至以模仿别人为终生追求，以模仿得惟妙惟肖为成功的标志，一辈子生活在偶像的阴影中，唯独失去了本真的自我!

创新不是知识导游。真正的创新者，总是想方设法使自己尽快进入创造期，而不是无休无止地在知识区徜徉，也无意在各类考场上撕拼，以获得令人称羡的种种桂冠。

创新人才不是考出来的，而是在摸爬滚打的实践中成长起来的。面对艰难险阻，他们不断激活自己的思维因子，义无反顾地朝着既定目标拼命地奔去。艺术家、科学家、思想家，总是处在不断赶路的过程中，永远行进在通往目标的征途上。

创新人才追求的是片面的深刻，而不是全面的发展。一个杰出的科研人员，一定有着深层的原因——成长（甚至是特殊的不可复制的）因素。一个“疯狂”的创新人才，往往会创造出一个“疯狂”的成果，并会让无数人为之“疯狂”。

创新思维是开放的思维，它与传统的狭隘封闭思维是根本不同的。传统思维者往往是用单一视角观察事物，不注意事物的立体和动态发展，由于视角的局限而失去许多创造发明的机遇和灵感。

创新面对的是未知世界，不犯错误、不经历失败是不可能的。我们既要尊重名人和权威，虚心学习他们的丰富经验，又要敢于超越他们，在他们已进行的创造性劳动的基础上，再进行新的创造。

创新的可贵之处在于独出心裁、创造奇迹。创新贵在新，不落窠臼，不鹦鹉学舌，重复别人的思想；独出心裁，需要我们另辟蹊径地经常离开人群拥挤的常规道路，到那些很少有人走的小路上探寻一番。在那里，也许能发现别人不能发现的东西。反其道而思之，就是一种独出心裁的思想方法。

创新人才不会安于书本上的答案，总是想发现与书本上不同的东西，这种素质比智力更重要。创新人才不在于知识量的广博，只知掌握死知识，不知活用的人是称不上创新人才的。

创新思维尽管有其社会基础，但最终都属于个体行为。也就是说，能不能产生创新思维，并不取决于集体的影响，而取决于个体的行为。相反，集体对个体影响越深，个体从众意识越强，创新思维越不容易产生。

创新成果体现了原创性思维的本质特性。创新之路是一条苦涩与艰辛之路，与现实中存在的急功近利往往会形成极为强烈的反差。以创新为核心价值，而不是地位；让成果说话，而不是职务说话。对科研成果的评价，应以滚动式评价为主，使科研人员永远处于前瞻性思维的行进之中，处于科研过程的不断行进中，真正做出一流的科研成果。

创新型人才是钻研派，他们宁可牺牲自己的健康，透支自己的生命，也要达到目的。他们将生命抵押给事业，努力创造奇迹；他们探索和追求真理的内在逻辑，使思维得以升华。

在自己最具创新力的地方和最擅长的地方发展，如果学外语影响了创新的时间和精力，就不必学——这是智慧和理性的扬弃。知识的“臃肿”，势必会挤占创新的时间、精力和潜能释放的时机——完全是得不偿失的。

创造性的可贵就在于它的唯一性、独创性和不可替代性，在尖端前沿阵地不断摸爬滚打，探索全新理论或提出独特的见解，杜绝重复和因袭。许多人只做价值判断，而不思索问题本身，没有使自己的想象力转变成价值思考，即没有将思考放在具有价值的问题及原理上，而是仅仅停留在说三道四上。

创意往往是稍纵即逝的，一个创意摆在脑子里，不付诸行动，它则永远只是个创意，无法产生具体的效果。独创思考的人，十分重视重新组合自己心中所存在的创意，并将其连缀与整合。具有独创力的人，就会将单纯的兴趣，化为一种冲动。许多不断产生创意的人，都喜欢借消遣来思考创意。

信息资料，是思索创意时最好的催化剂。有意识地去探求仿佛完全无关的资料也是必要的。获得新资料尤为重要，然而相关的资料，对创意的产生往往更有帮助。

只有高素质的思维，才能产生高素质的创意。创意思维所需要的素质主要包括：思维的广度、深度、速度、精度，以及思维潜能的开发。创意思维素质的提高是一个长期的过程，其中思维潜能的开发具有十分重要的意义，一旦发生突破性进展，将会对整个人类社会产生深远的影响。

创新不是线性延伸，也不是叠加的量——制作千米画卷、万米长龙……这无非是量的扩张，而非真正意义上的创新。创新的本质在于"质"的突破，而非量的扩张，这正如模仿秀不是艺术家一样。

现实中，把量的延伸置换为创新的愚蠢之举比比皆是，是"三个臭皮匠赛过诸葛亮"的现代升级版，这种人海战术式的"世界之最"，扰乱了人们创新思维的正常视野，混淆了科学价值评判的基本常识和价值标准。

创新是对原有知识的超越，而不是继承。创新是难以在现有知识仓库里找到现成答案的。一个人知识多，未必创新能力强，有时某些知识不仅不会增强创新能力，甚至还会阻碍或削弱创新能力。只有强化问题意识、创新意识和突破意识，才能始终站在创新的前沿。

创新不仅是天才们的专利，也不仅是学富五车的人才有（恰恰相反，某些"之乎者也"的饱学之士，创新能力近乎为零），创新并不与知识量成正比。创新的关键在于创新意识，并通过运用自己的创新思维找到新的解决问题的办法。

创新，既要懂规则，又要超越规则；既要遵守规则，又要打破规则。重要的是看到传统惯例之外的东西，并在自己判断的基础上，走一步富有想象力的险棋，至于结果如何则不那么重要。重要的是其精神总是立于敢想敢做的不败之地。

创意应具备挑战性、前沿性、前瞻性和新颖性的特点。创意能够改变世界，创意的新颖独特是一种挽住魅力的巧智。创意给世界带来无穷多的新东西，使得自然界、社会和思维领域不停地变动。创意的产生与实现是非常艰难的，每一个伟大的创意，都是花了一番心血而得来的。

创新无非是探索新思想、新事物、新价值，提供前沿性的文化思想资源，并使一项决策具有重大的价值。创新思维是从更高层次来考察世界的联系。

创新意识、创新精神可以传承。然而，创新能力却无法传承。除了通过摸索的道路，就不可能抵达创新的彼岸。创新人才的一个重要特征是处在价值创新与创造领域，而非价值分配与再分配领域。因此，从这个意义而言，绝大多数创新人才是民间人士。

创新人才不能用知识型人才标准来衡量，也不要把满嘴专业术语的人等同于创新人才。一个真正的创新人才，他们关注的重点始终在自己的目标上，干好自己的事。他们深知勤奋是创新之母，事业是自己干出来的，而颁不颁奖是别人的事。

任何一种创新，都是由人的智慧创造出来的。在创新问题上，从来不是人多力量大。相反，在一个市场分工过于简单，而思想和言论被严重管控的地方，人口越多，创新就越匮乏。

要敢于尝试那些看似荒唐可笑的或与传统相反的解决问题的途径；想象力是科学决策中的重要影响因素，丰富的想象力，对生成奇谋良策是极为重要的。

越单纯的人，往往越有创造性。一个善于学习的人，总是能发现人家的优点和长处，而不是拿着放大镜对人家的缺点和不足反复挑剔。更何况，更多的时候，那都是你的一孔之见，在其他人的眼中，被你所否定的恰恰是很有创意的闪光点。

对于各种活动，可以根据其所含重复性因素或创新性因素的相对优势，而将其分为重复性活动和创新性活动。但在它们之间存在着不可分离的相互联系、相互作用和相互交替：重复性活动是创新性活动的基础，没有重复性活动，就没有活动的继承性、规律性。所有的科学试验，都要求可以重复。

思维的创新才是真正的关键所在。一个人的一生应该有所创新，哪怕终生难遇知音，哪怕一辈子孤苦伶仃，哪怕独上高台，台下无人喝彩！要创新，就要使思路流畅灵活，既能聚合，又能发散；既能同向，又能逆向。还要善于对事物进行比较、综合、移植、转换、重组，形成一种动态的网络式的系统思维。

一个民族的振兴，一个国家的繁荣，都与这个民族所具有的创新精神分不开。创新精神常常更能充分地体现一个民族的创业精神。缩手缩脚，即使有比别人更新的思想，也只能错过机会，成为过时的东西。

人所具有的一切能力当中，创新的才能是最崇高的一种，它灌注在人的精神实质里。只有想不到的，没有做不到的，心都到不了的地方，脚就永远不会到。成功都是想象力促成的。

原创性是最重要的。探索的品质源于创新精神，每一代人都得有每一代人的独立精神。

最具时代价值的东西，主要表现在创新意志、创新能力以及超越性方面。为了目标的实现，必须讲究借脑工程，打破思维板块，建立鸟瞰思维、时空交错思维、时空回缩思维，从而不断刺激大脑、扩散思路，进而产生思维的涟漪作用。

凡是有价值的，一定是最有特色的。

作为人类，无论什么民族、什么种族，其本质都应该是有创造力的。不同的是，后来慢慢地，不同的民族走了不同的路子。而同样为人，不同的民族与文化环境中的人所具有的创造力又截然不同。

人（即使是“草根”）实践得愈多，创新能力就愈强。有些人魂牵梦绕着自己的目标，一路狂奔而无暇他顾。他们眼中只有梦想和真理，不会对各种各样、形形色色的桂冠感兴趣，也不会对一切权威和名人顶礼膜拜。

独创性思维成果是唯一的，只能掌握在个别人手中。在创新思维的过程中，不存在领导与被领导的关系，也不存在谁服从谁的问题。每个创新个体都是自己精神王国的国王，都是唯一的、自成一体的思维主宰。

人的想象力在小时候就有且发展很快。然而，当判断力逐渐形成时，想象力则逐渐减弱。当一个人想象力越来越弱时，即使这个人的智商很高，也不会成为具有独创力的人。

独创力是一株极为纤细的花朵，称赞、勉励的话能使其盛开，不当的批评亦能使其凋谢。任何人当自己的努力获得称赞时，便会提出更多更好的创意。可是恶意的中伤，常常会使一个人怠惰下来，为自己的创意画上休止符。

智商很高的人并不一定是拥有独创力的人，头脑很聪明的学生并不一定很富有创意。成绩很好往往是记忆力很好的证明，与独创力很强是不能画等号的。有许多未曾受过专门教育的人提出了许多伟大的创意，这可从历史上获得证明。

具有价值的新创意，并不是在偶然间碰巧想到的，而是经过不断尝试才得出的。创意的提出，并不是有意识地逐月累加——因为它不是时期数，而是时点数，是创意灵感的瞬间涌现。

人们常把“想入非非”“胡思乱想”作为贬义词用，其实创新往往离不开这些看似荒谬实则是天马行空的思维艺术。创造性想象，对于科学技术的发展、文学艺术的繁荣、社会生活的进步，都有其重要的作用。有些想象内容，在当时看起来似乎是天方夜谭、痴人说梦，但对后人有极大的启示。

想象是人的一种思维活动。任何创造发明，都离不开想象的参与。修炼我们的创新思维能力，就必须提升我们的想象能力。一个发明家的力量和多产，在很大程度上应归功于想象力给他的激励。

想象并不限于文艺作品的创作，科学研究的整体过程也离不开想象。提出科学假设，需要借助于创造性想象。假说是对某一发展过程的假定性解释，是科学发展到一定阶段的理论形式，也是科学发现的重要手段。人们在科学探索中，首先借助于想象，在思想中构造出一个假想过程以及对它的解释，这就是假说，也是想象的实际运用。

丰富的创造性想象是和饱满的情绪分不开的。人们往往在情绪激动时闪烁出智慧的火花，在情绪低落时的想象能力远远低于平常的水平。诗人只有在心潮汹涌、感情激烈时才最容易驰骋出想象，写出感人肺腑的诗篇。

想象的背后，必然有些深层的东西，只有敏锐的洞察力和充满悟性的头脑，才能把隐藏在现象后面的东西一层一层地剥开——当然，这需要的，不仅仅是智慧，还得有勇气。

想象虽然有时也是为了接近真实，但人们对想象的结果符合现实的期望并不那么严格。艺术家的想象可以超越现实，对无法验证的事物也可以由各种想象来做不同的比附。而推测则是人类扩充知识的一种有效手段。很多时候，科研创新中的“无中生有”只不过是深层次屏蔽下的精心提炼。

科研创新活动，有着想象施展绝技的地方：当我们缓缓漫步时，会任思绪如天马行空般漫游；一个人独处高地很好，在充满静谧的山谷也好，这样心境会清澈，独创性思考的能力会被大大唤醒。

要有所创新，懂得如何获取知识比拥有知识更为重要。要培养自学能力，养成反思书本知识和理论的习惯，这样可以刺激个体产生很有价值的思想，至少可以引出个体的观点来。

观察能力强弱直接影响想象力，观察是第一步，第二步才是想象。运用想象力去创造希望实现的一件事的清晰形象，把注意力集中在这个思想或画面上，寻找它们内在的相互联系，直到将其转化成为客观的现实。

视野决定建树。创新理论的构建，必须要有自己的独特见解和充分的令人信服的理由，才能证明该种理论的正确性，这个真理也会成为人类思想体系的一支。

可以运用想象超越时空，进入未来，体验未来生活的情景。创造性想象能消除自我实现道路上的内在障碍，使每个人的才能都能表现出来。

实际生活中，大多数人都从事着重复性劳动，只有少数人从事创新活动。从大的方面来看是社会分工造成的；从小的方面来说，重复性活动中并非完全没有创新性，只是这种创新性充其量是浅层次或低层次的。

重复性和创新性并不是截然分开的。创新性活动来自对重复性活动的突破，发展的过程就是创新性活动不断地突破重复性活动的过程。在重复性的活动中，实际上也面临着很多新的问题，需要逐步完善，只要去改变它，去完善它，就必须创新。

质疑是进行创新的前提。没有质疑就没有创新。应该大胆质疑，敢于提出自己的不同见解，敢于独辟蹊径、标新立异地发问。在细微之处找问题，在常规之中求突破。要随时记录思想火花。直觉和灵感一旦出现，要抓着不放，深入思考，借题发挥。尽量多掌握有效的知识信息，信息越是新鲜、强烈、异常，越容易产生新的创意。

有才华的个体，千万不要滞留于价值分配和再分配领域，而应奔赴价值创造或价值创新领域，使人生价值得以优化，使自身的潜能得以发掘。

知识型人才的培养重点解决的是通用性、应用性和操作性人才问题；而创新型人才的培养，才能解决个性化、独创性和科研型的人才问题。

没有特色，是平庸者的最大特色。

有知识未必能创造，但创造必须有知识。然而，这种知识往往是广义的知识，并非仅仅是书本知识，而且这种知识结构必须是针对创造的目标而形成的。

创新智慧深刻地包含着独创的灵魂。如果创新活动只允许集体意志的存在，就会扼杀丰富优美的个性。追求标新立异，不受制于旧观念，只有这样才能自由地去寻觅新的创新目标。

过分强调逻辑法则会阻碍探索和创新。在寻找创新的灵感时，要设法排除过分的逻辑思考造成的“短路”。不合逻辑以及非逻辑的软性思考，是创新过程中的初始状态，充满了类比、幻想及发散和模糊的思维，这正是创意萌芽的征兆。

对问题的敏感性是一个人富于创造力的重要特征之一。一旦发现了问题，就必须不断地采取质疑的态度，一定要找到新的解决方法。一个富有创造力的人对现存的答案、技术和方法应该持有健康的怀疑态度。如果盲目地接受现状，就不会有创新的动因，就不会看到需求和问题之所在。

工程中的创新大多属于移植，即是将其他领域中的技术引用到自己的工作中来，这是简捷和经济的途径。要取得新的突破，必须打破专业界限，因为不同学科之间是相互渗透的，过多强调专业特点和范围，是不利于学术进步的。

我国的当务之急，是应大量培养和激励创新型人才。儒家思想的长期影响，对创新具有巨大的阻碍作用。许多人之所以缺乏创新性，主要是因为日常生活的循规蹈矩，甚至不假思索就可以做出常规性的事情。此外，人们常受制于自己的思维方式，形成了封闭思维的心理障碍。因此只有清除这些心理枷锁，才能彻底驱逐头脑中阻碍创新的大敌。

生命不息，创新不已！只有不断创新才有生命的活力。如果对思想限制过多，则探索新奇、奥秘的路子就越少。一个社会只要给人们以创新的自由，让他去做自己感兴趣的事情，就可以大大地促进创新。

人的精力是有限的，大脑皮层的兴奋和抑制应交替进行。适时变换大脑所思内容，是使大脑得到积极休息的好方法。如果将阅读、运算、想象、构思等各种信息的处理形式交替安排，就会收到事半功倍的效果。

创新就是挑战，就是向陈腐僵化挑战，是一把刺向平庸的利剑。世界不只是一种色彩，一种声音，一种面孔。一个民族应该像一个人那样，要极富想象力和创新能力。否则，这个民族就不是一个创新的民族。

任何创新人才，都有着极强的意念。意念产生目标，并可聚焦注意力。任何发明、创新、创作首先都是意念的结果，但这种意念必须通过行动来实现，即除了动脑，还得动手或身体力行。

独创的过程也就是无中生有的过程。独创性思维实际上是建立在采集、加工基础之上的。像蜜蜂一样，先采花蜜，然后酿成蜂蜜，这种创新模样最为珍贵。

创新能力的大小，是由独特的个体差异造成的，其中最主要的是想象力，这与正统教育没有多少关联性。标新立异刺激了人们创造和探索的欲望，使人产生联想、疑问、思索和争论，从而才能成为一个有创见的人。只有创新的熏陶，才能培养创新的头脑；只有创造的实践，才能成就创造的伟业。创新人才绝不可能是“读”出来的。

学历的高低对创新并没有直接的影响，文凭高只能说明知识面广，并不能说明创新能力强。一个不容忽视的现象是：有时知识的增长，会导致创新意识和创新能力呈递减趋势。这是因为知识量的积累必然会耗费或挤占宝贵的思维和时间资源，而这些资源的使用或耗损，在传统教育方式下，仅仅是用于吸纳知识量或转化为知识的某种形态，而非直接作用于创新探索上，正是在这一点上，创新型人才与非创新型人才从此分道扬镳。

水的波纹是永不重复的图案，它启示我们：打乱既定秩序、打破陈腐规则，就孕育着创新的契机，甚至打破的本身就是创新的开始。循规蹈矩的生活，会凝固许多离奇动荡和冒险的因子。一个人很容易在忙碌的生活中，在强烈的物欲中湮没了自己。过时的规则有时会成为创新思维的无形束缚，当个体挑战规则时，可以想出更多的创意。

一个人在刻苦学习、精心创作、科研攻关时，如果做不到"目中无人"，常被人干扰，就很难聚精会神，自然也不会与成功结缘。

每一代人，都应该成为独特的创新者。创新者与创新者之间，才会有共同的语言——写作与阅读才可能是一件有意义、有趣味的事。对于思想者来说，提出问题常常比解析和回答问题更重要。提出问题本身，具有别开生面之效，破除旧套之功，解析问题和回答问题已经寓于其中了。

如果仅仅满足于掌握知识，最多使个体成为一名合格的知识占有者。而要出类拔萃、有所成就，就必须在创新上下苦功。创新就在于从竞争对手的缺陷中发现契机。一切墨守成规，只知按制度办事，毫无创新意识的人，都是对生命时间的无效耗损，长此下去，必定会故步自封停滞不前。

创新是打破事业停滞状态的一个重要突破口。创新能使个体形成独有的特色，从而使人脱颖而出。一味地模仿和重复，只能跟在别人后面亦步亦趋，终究不会有太大的发展。要使自己有所成就，就必须尽快摆脱模仿的阶段，突破自我，不断创新，探索和发展个体独特的潜质和风格，从而形成个体的独特魅力。

从创新的角度来看，有时是需要从无序到有序、有序后又要打破常规，逆程序或跨越程序的某些环节而行的，完全囿于程序则会成为思维的桎梏和前进的羁绊，成为社会发展的瓶颈，其危害性是不可低估的。

一种事物和另一种事物在属性上结合，就会在无数层面上展示各自的差异。

人的眼光容易受到现有事物的制约而失去明辨力。看问题时，不妨将眼光放开，也许会从中得出令人惊喜的结论。

三、学术篇

学者

真正的学者都是特立独行的人，敢于在没有前人足迹的地方闯出一条路来。心无旁骛、自尊自立，才能成为具有独立人格的学者。学者最重要、最根本的是学问，应先扎扎实实做学问。学术上的争辩，往往不过是心灵的交锋。

学者有两类：一类是知识型学者，就是继承了前人的知识，然后传播知识，他们虽步入了知识大厦，却并没有为知识大厦增添一砖一瓦；另一类学者系统性地提出了一种独特的、体系性的学说，因而被称为建构型的思想家。评论一个学者，主要看他在思想上对时代有没有做出独特的体系性的解释。

知识型学者绝大部分只是资料的搜集与占有者，一般没有创造。他们的东西主要是在知识层面，很少在这些资料中融入自己的思想，在这些学者的文字里，没有思想感情上的碰撞，没有精神价值的坚守。

某些所谓的学者善于把简单的问题弄复杂，把浅显的道理弄成一锅浆。有些饱学之士说过的话，只不过是陈词滥调的堆砌，毫无思想可言。这样的所谓的学者成功率往往比较高，而且是可以批量复制的，只要肯花时间，又能够长期专注于某一领域的资料收集和整理工作，就有可能成为某一方面的专家，但基本上不能进入思想家的行列。

真正的学者对新知识的追求和探索有着极为浓厚的兴趣，从未知到有知中，他们不断开拓学术的疆域，为人类的精神园地不断增添新的色彩。

自由思想，自由表达，是一个学者的价值所在。

独创性学者都是敢于将陈腐的学术天空搅得一片昏天黑地的狂人。他们里程碑式的成就和卓越的思维成果能带来增值效应和马太效应。

如果一个学者只能依靠古人安身立命，依靠复制、粘贴、下载、诠释、图解来完成学术的使命，那么这样的学者生涯是毫无价值的。

某些学者有着啃古人的癖好，似乎已经成瘾。将古人的那点东西不断拔高，翻来覆去地倒腾来倒腾去，真不知道他自己的创新在哪里。将自己的优势思维资源耗散在这一无底的黑洞中，这实在是浪费时间，浪费生命。

学者对于学问的痴迷和专注，似乎已到了无可救药的程度。真正的学者都深知自己的局限性和短板，他们谨言慎行，绝对不会胡言乱语。只有可怜虫才神神道道，嘴里永远盛产呻吟与叹息。

真正的学术人才不是一种模式能够培养出来的，而是在多种因素交错、各种思维碰撞中，在时光的海洋上载浮载沉后的结果；是在周围环境的孕育下和个性化思维的成长中，如文火般煎熬出来的。

做人可以低调，但应拒绝平庸；坚持独唱，尽可能减少合唱。学术就是学术，学术精神应该以一种严谨而充满怀疑、批判精神的形象出现，学术精神应该是一种怀疑、一种取舍、一种选择、一种比较、一种价值中立的冷静观察。如果把学术的追求与自身的功利欲求紧紧捆绑，就会使学术精神发生偏离，真理与纯真都将消失。

学者应有独立思考、独到见解和独立的人格，而不是喋喋不休、陈词滥调的自我循环。"一分耕耘一分收获"，然而对于真正的学者而言，可能是十分耕耘才会有一分收获。

真正的学者注重精神价值的追求，不断寻找突破口。通过价值判断、思维映射、思维二重奏或三重奏，扩大精神成果的产出量。现如今有不少浮躁的学者急功近利，丧失了原创精神，并把舶来品当原创，将诠释图解当作标新立异来炫耀。大师都生活在风云际会的大变革时代，生活在思想激烈交锋的年代，大师级人物都必须依赖思想的交流和碰撞才能诞生。

学者的好奇心是十分重要的。做学问、搞研究是一项非常艰苦的探索过程，需要排除外界的干扰和诱惑，需要全身心投入，更需要坚强的意志和百折不挠的努力，才有可能做出一点实实在在的成绩。

真正的学者应该是自由和有思想的人，没有什么清规戒律可以束缚他们，他们能够勇敢地面对精神探索中的难以预料的各种境遇。独立思考的学者，用理性表达自己的思想。他们可以改变别人的观念，因为他们能够用自己思想的五颜六色光照他人。

真正的学者，首先是自己生活与思想的记录者。虽然他们也吸收知识的五谷杂粮，但他们既钻得进去，又跳得出来。在长期苦心的钻研中，某些看似毫不相干的素材，却被他们神奇般地融合与贯通起来，丝毫没有"焊接"或生拉硬拽的痕迹。

学者常常是一个天然的批判者，他们用挑剔的眼光看待自己研究的对象。

浮躁是思维的大敌，是创新的瓶颈，是一切浅薄作品的思想基础与表现特征。浮躁者的心境来自对名利的比较，如此一比较，就可能躁动不安、蠢蠢欲动。浮躁的人，必定对事物没有深刻的见识，并因此而永远肤浅得可怜。

对实践经验没有深刻体悟、深刻经历的学者，尽管可能是一个著名的学问家，却难以成为一个卓越的思想家。对于一个学者来说，经常被人批评，其实说明他有独立的个性，有自己的思想，甚至是深刻的思想。他的思想触角延伸到了别人所无法延伸的地方，能够感受到一般人所无法感受的东西。

学者的使命就是追求真理，提出精彩的思想观点。他们的思想是独立的，一切思考都是自己的信念与信仰的结果。在事实真相面前，不带感情，不先入为主，并且借助逻辑的思维工具与实验工具将其弄清。

真正的学者只尊重事实真相和创新价值，并为这个世界留下一点属于自己特有的贡献，或是发明创造，或是发自自己生命深处的声音，这才能体现一个学者的真正价值。

真正的学者，对于批评与质疑都是欢迎的。坚持与他人讨论，从来不害怕别人对他的质疑。他们心中的标准就是纯真的学术思想标准，中间不掺杂任何其他关系。

学问和学问家

学问家大多是读人家的书，思想家大多是从无字处读书。成为一个学问家，并不是什么了不得的事，只要咬定青山不放松，水滴石穿，终会成功；然而，要成为一个思想家，却是极为困难的，除了有学问，还得有自己的思想和悟性的自我见解，并且还要将这种见解体系化。

学问家成功的概率比思想家大得多，但其思想和历史价值却比较小；思想家成功的概率极低，但其思想和历史价值是学问家难以望其项背的。学问家与思想家的区别类似于匠人与艺术家的区别：有些学问家只是书读得很多，即使是出色的学问家，无论其学术达到怎样的水平，影响一般只限于专业领域，而思想家的影响却惠及全人类、全世界。

如果不扩大自身的学术视野，忽视甚至放弃在不同学科之间的边缘和交叉点上寻找学术的生长点，真正意义上的创新是很难实现的。同时，理论思维的贫乏，使我们很难登上学科的高峰。

为文凭、学位、职称制造出来的论文，与那些从事实践活动、为追求真知而撰写的科研论文从心理体验上而言是迥然不同的——前者给人一种敷衍塞责、苦不堪言之感，后者则令人心中充满了巨大的愉悦。

学术人才应确立主体思维，在形成思维主导产品的同时，衍生思维的副产品，从而提高思维附加值，扩大精神投入的产出率。做学问遵循的是自我成就的需求观，而社会往往用单一的经济价值作为标准来评价学术人才，这是很不恰当的。

学识是一种美。学识是高山，是大海，是天空和大地，是包容；愚蠢永远仇视智慧，无知永远仇视有知；不学无术永远仇视学而有识，不明事理永远仇视读书明理。

门户之见表现为一种专业放大现象。专业人士很容易滋生以本专业为主的思想，而忽视或无视相关或其他专业。由于受其狭隘专业眼光的局限，容易造成思维短路，从而产生以自我为中心，否定或贬低他人的行为。

一个从事学术研究的人，要控制语言量。少说多做——少说废话，以便提高思维效率；减少语言垃圾，净化语言和学术环境；真正有价值的一本书乃至一篇论文，胜过平庸或毫无个人独立思想的几十本专著——其实，说穿了大多为汇编物。

某些所谓的学者为了显示自己的学问，把本可以用通俗易懂的语言表述得清清楚楚的问题，却弄得晦涩难懂，不把读者的头弄大、不把读者带进云里雾里，似乎就不能凸显出他的水平。

真正有思想有价值的好书，有时要用一辈子的心血来写，即使这样，也不一定能够写得尽善尽美。因此，从社会资源有效利用出发，多写一些注入了生命心血、有思想品味、启发人们心智的作品，对学术思想的繁荣能起到更积极的作用。

学问，是专注与痴迷，是一点一滴的积累。当今学术研究中的“二传手”实在是太多了。然而，思想家只说自己的话，学问家却大多说人家的话。一个人不论学问多少、缘何谋生，只要认真思考人生，并有所彻悟，就已经在精神世界里悠闲漫游了。

只言片语不是学问，无法与人交流的个人思想也不是学问。

从学问推广到艺术，许多艺术大师都认为艺术的最高境界是“无技巧”；再由此推及整个人生，生活的最高境界就是“无做作”。

大学应该具有前瞻性，应站在时代前面，引领文明进程。“近亲繁殖”现象一定会危及大学的创新功能。学术基因单一化，对于滋生新的思想是极为不利的，它会阻碍新价值、新思想、新方法的产生，也会造成思想僵化和学术的停滞。

一切刻板、僵化和单调的事物，与创新的灵巧是格格不入的。

学术研究，不要津津乐道地滞留于古人圈、死人堆中不能自拔。不要一门心思寻章摘句、考究诠释与图解。要说点带体温的人话，通过自己的语言把思想流畅地表达出来。思索是一道天梯，应尽量通向现实中没有的胜境，通往现在人类想不到的地方。

论文立意高深、见解独特，取决于作者的“识”，而识指的是见识、胆略、气魄等。有思想、有见解、言人不敢言、追求真理、勇于探索、有卓越的胆略和见识，才能写出卓越的文章。

只有宽容的环境，才能出真正的天才。特立独行的人，在现实中往往被称为“不会做人”，并被俗世视为另类而打入冷宫。

从读有形的书到读无形的书，是一个真正的学者必经的心路历程。做学问无捷径可走。学问是最能表明公平的衡量指标。不要把“桂冠”当护身符，不要把“正确的废话”当理论，不要把工具当创新，不要把职称和学位等同于能力和水平。

不同学派、不同学术观点的论争，是科学史上的常事。因为一个问题可以从多个方面展开争论，所以激烈而尖锐的论争是能够促进科学问题的解决的。

科学的发展呈现出既分化又综合的趋势，在科学中的交叉地带可以找到许多研究课题，并做出开拓性的贡献。因此，盯住不同知识领域的交叉地带并潜心钻研，是大有作为的。

要走出自己独特的人生路，就必须摆脱权威阴影的笼罩。如果在权威面前养成屈膝哈腰的习惯，就只能生活在人家的影子中，而且人家未必会正眼瞧你。

许多概念的内涵和外延，都是很难准确界定的，存在着一个模糊的渐变过程。然而，借助某些简约表达方式，常常能捕捉到精确的本质形象和内涵。

我们只有融入世界性的价值评价体系中，才能深切知道自己的价值坐标的参照系，才不会妄自尊大，才能避免“山中无老虎猴子称大王”“家门口玩玩”的自我狂欢！

科研人才须树立成果目的论和成果本体论。换言之，科研人员的终极目标就是追求成果，成果就是自身价值的实现方式，而不是借助其他的方式。

展望未来，多在无人走过、无路可走的地方看一看。科学界的知识分子很容易把自己的工作看作超越人类的事业，但人文知识分子就很难想到这一点。

不夯实基础，就会缺乏后劲，难出大成果；不把学习与研究结合起来，为了打基础而打基础的学习方法是不可取的。

急就章一类的东西，是很难成为经典的，大多只能成为过眼云烟，原创高于一切“二手经典”。真正的学问，是从社会生活中总结、提炼出来的人生智慧和事业经验。

不少知识分子失去了知识分子的本质，在政治上用力太多，在学术上用功太少。

一般而言，应用技术解决的是物质需求和生存的需要；而学术研究解决的是社会长远的利益并满足人类的精神追求，这是一种高品质的思维成果和卓越的终极追求。但二者在现实面前往往处于不等价的关系或呈现出一种尴尬的局面。

问题意识的长期积淀，有可能打磨出思维的“金粉”，或通过情感的累积，达到理性的升华。对事物保持足够的新奇感是发现问题的源泉。通过怀疑，从日常小事中发现大道理、大疑问、大智慧。

归根结底，一切成果都是老实人下“笨功夫”、用“土办法”干出来的，而不是仅仅凭技巧和方法取得的。世界上没有永远有效的方法和技巧，只有永远有效的观察力和辨别力。盲目学别人，永远比不上自己找出路、自己悟出来的方法好。

有些人的名誉实打实，犹如“干货”；有些人的名誉尽是水分，实际上是“水货”。真学者深知自己的局限性，所以不会狂妄；伪学者不知道自己有几斤几两，所以往往敢于自称天下第一。

老子的《道德经》区区数千言，字字珠玑，价值无限。两千多年过去了，数不清的学问家、状元、进士、帝王将相、才子佳人、院士博导，尽管一个个功名显赫、头衔耀眼，然而又有几人的思想价值能与老子相媲美?！

真正研究学术的人是不会计较功名利禄的。他们研究学问，仅仅是为了解开一个个谜而已。一个人如果功利与目的性太强，其实到头来什么也得不到。

学术会发现更多的真理，揭示更多的真谛，最终增加学术界的知识积累。严格遵循学术道德的学者，其学术水平一般不低。

思想需要碰撞，学术需要磨砺。真正高学术水平的人是不怕别人质疑问难的，相反他们十分欢迎有根据的质疑。

学者们推进了人类对世界具体领域的认识，并展示了他们独特的、不同凡响的价值。一个真正的学者要追求的境界就是自由的思想，独立的人格，然而免不了孤独与寂寞。只有到了这种境界，才算成就了独特的学术人生。

做学问最可靠的办法，就是走出自己的路——这路，通向世界。

不要仰望权势构筑的权威。做真实的自己，打造自己的品牌，比什么都强。学者只需关注学问之道，那才是真正的价值所在。真正的学术研究应该像蜜蜂那样，既要从花园和田地采集花蜜，又要加工消化，制出蜜来。

学术论文的价值表现为独创性。只有对自己所关心的问题刻苦钻研，才能写出高水平的论文。科技论文作为科学研究成果的文字体现，它的任务就是交流学术上的新成就，发表新理论、新思想，探索新方法、新定理。科学性是科技论文最重要的特点，甚至可以说是一切科技论文的灵魂和生命，科学性是一切科技论文质量的关键。

有思想的论文才能打动有思想的读者。只有广视角、多层次扫描、观察、分析、综合，才有可能从主客观的双重角度，发现那些最有价值、最有可能兑现的攻关计划和目标。攻关目标的正确选定，是对自身潜能素质的最佳开掘点的发现及其与智能最佳生长点的综合。

凡是能流传于世的好书，一定有其超越时空的延伸力。思想的先行者，意识的超前者，他们的书是烛照未来的美丽闪光。

课题是创造的第一步，在一定程度上决定了创造的结果。好课题不是信手拈来的，而是需要付出创造性的劳动的。如果盲目决定课题，仓促制订发明的方案，创造活动就会误入歧途，甚至适得其反。

每一种学术理论，不论其观点多么精确，体系结构多么完美，也不可能包含宇宙万物；每一种理论都只能探求到部分的相对真理，即使反复经过实践检验的理论，也还是要不断接受科学知识的检验。

当陈旧的理论已不能解释现实时，当许多学说假设尚在摸索酝酿中而不能自圆其说时，不要用教条及人为的窠臼约束自己的创新精神，要拓展自己的独创精神，融会古今中外之学说，探索出一套完整的理论体系。

第四辑　转动财力的陀螺

冬季是时髦女人的春天。在时尚的循环圈中，总是找不到理智的出口，每个人似乎都成了陀螺，围着时尚不停地旋转，并自以为是旋转的中心。

一、资源与配置

资源的合理配置，是社会文明和公正与否的重要标准。资源的合理配置，主要应该通过市场的无形之手得以实现，尤其是市场经济在一个国家迅猛发展起来的时候，政府主导一切的角色必然要被改变。

对资源无序、无度地开发，最终会殃及人类自身的生存和发展空间。

不要以为折腾是件小事，减少折腾就会使社会财富免遭破坏与浪费，相对而言，社会的财富便会有所增加，国家就会更加富裕，社会成员所付出的同等的劳动就会得到更高的回报。

要找到资源优化的突破口，就要找到空白市场和市场空白，从而极大限度地使资源得到优化配置。现实告诉我们：在同等条件下，保本点生存或坚守的只能是家族企业和个体户，而体制内的企业大多只能面临破产或歇业的境地。

独特性，是战略策划考虑的首要问题。在许多企业的策划中，往往共性的东西太多，而个性的东西太少；缺乏特色，千人一面，很难树立起美好的社会形象。只有运用创意思维的方法，才能根据企业的特点进行具有特色的战略策划。

独一无二是一种优化的、有效的竞争方式。它有利于摆脱恶性竞争对思维资源的负效耗损，以及无谓竞争导致思维资源的白白流失。独一无二，使企业有可能成为世界的唯一。

调整和优化产业结构，必须坚持扶优限劣的原则，尽可能增加有效供给。不保护落后，不搞行业垄断，以免造成资源、特别是不可再生性资源的巨大浪费。

资金结构是产品结构的货币化形态，只有调整产品结构，才能使资金结构得到优化。应研究市场需求层次和结构，预测市场消费动态趋势，掌握需求变化规律，从而真正优化资金结构。

对重复建设项目和重复生产的企业，国家应采取一系列限制措施，促其调整、转产或关闭，从而促进产业结构的优化，达到资金结构的相对平衡。要利用各种条件和形式尽快优化企业整体科技素质，不断开发新产品，形成资金合理配置与优化。

企业家承担了一般人难以承受和想象的压力和风险，他们的创新给社会带来了巨大的收益。历史上无数的企业家，都是从小处着手，积少成多，集腋成裘，积小利为大利，积小胜为大胜，一点一滴筑起了事业的大厦。

领先一步，可以达到“人无我有、人有我新、人新我精”的境界；领先一步，要具备超越常人的智慧和力量。无论是设计，还是制造新产品，都应该有一定的提前量，必须抓住一个“早”字。领先一步，重在信息，贵在预见。没有实力的领先，后劲不足，最终会败下阵来。领先一步，属于智者，也属于勇者。领先一步是超越，也是升华。

二、洽谈与报价

风险是存在于某种状态中的不定性。所谓风险值，就是发生事故的可能性大小，以及当风险发生时损失的价值。它只是一种或然性的经济损失。

可行性研究应实事求是，应进行科学分析，而不是为了论证项目的可行性而任意拼凑材料，搞数字游戏。

价格弹性，即价格的伸缩性。价格没有弹性，要取得洽谈的成功是难以想象的。增强价格弹性，就是要从各种不同的价格决策中，选择更能适应国际市场行情变化趋势的价格。

价格决策时，应制订多个适应不同层次盈利目标需要的报价方案；对各种不同层次的报价规定合理浮动区间、回旋幅度及其各种不同价格型的报价策略；根据对方的实际情况，适时选择灵活的报价方式，从而抓住每项可能的贸易机会，最大限度地减少失误，将风险降到最低程度。

决策点价格浮动法，是指在测算出产品成本和各层次目标盈利的基础上，再确定价格浮动控制区间，然后在控制区间内实行浮动报价的一种方法。

作为价值货币化的价格，是不能脱离价值这个基础的。因此，在商品报价前，应正确计算该种商品的成本和价格，这就要求比较全面地掌握国内外同类型或相类似产品的成本和价格情况，并据此制订各种可行的报价方案。每一种方案中，既要有力争的价格，也要有适当让步的价格，同时还要有最低限度的价格或保本点的价格。只有这样，才能做到心中有数。这是商品报价的前提和取得洽谈成功的重要条件。

商品的报价，不能囿于我方的成本和价值。报价和价值的背离幅度依情况而定，不要僵化。比较理想的报价是既能被客户所接受，又能给我方带来较大的经济效益。

抽象的程度愈高，舍弃的具象就愈多。因此，定律定理的抽象如果要还原为具象的话，那就会形成皇皇巨著。正如马克思的《资本论》中著名的公式 W=C+V+M 一样，每个符号所包含的经济学信息，都足以写出无数本经济学专著。

三、时尚与名牌

追赶时尚是自我表现的重要行为，但也常常使人在不知不觉中迷失于熙熙攘攘的闹市。

一个人的成熟与定力，不能仅仅看他是否拒绝了时尚，更重要的是看他在与时尚的不期而遇之后能否保持清醒，能否做出正确判断，能否与不健康的事物毅然决别。

淡泊时尚，不是甘于落后，而是为了寻找更好的价值目标；不是不识时务，而是不甘心被时尚牵着鼻子走。

时尚只有经过了时光的磨洗，才能成为经典。我们大可不必对时尚或者有时尚癖的人大动肝火，因为时尚有可能与经典在某些场合握手言欢。

一种产品之所以被称为名牌，是因为它具有其他产品所没有的“差别性优势”，即它在质量、性能等诸多硬性指标方面具有同类产品不可比拟的优势。一种产品一旦成为名牌，也会成为众矢之的，同行企业将会研究该种名牌，千方百计超越它。

创名牌难，保名牌更难。保名牌需要不断创新，再创新优势，让竞争对手永远望尘莫及。如果以为拥有名牌便可坐拥市场、高枕无忧，则必将被无情的市场竞争所淘汰。名牌不是“永久牌”。保名牌，重在创新；名牌要勇于打倒自己，然后重塑金身。

名牌是一种观念、一种文化、一种追求、一种自省和自信，如果说我们缺少举世公认的名牌，还不如说我们缺少名牌文化和名牌气质。

追求名牌仅仅是为了炫耀性消费，实际上已经堕入了自我价值实现的误区。有的人在花花世界里，围绕时尚不断旋转，已经找不到正确的出口，耗费了许多宝贵的时间和精力。

高档是享受，低档也是享受；得到是一种享受，付出是另一种形式的享受。

冬季是时髦女人的春天。

在时尚的循环圈中，总是找不到理智的出口，每个人似乎都成了陀螺，围着时尚不停地旋转，并自以为是旋转的中心。

显摆，是一切炫耀者的共同特征和做派，然而一切低调者和思想者对此嗤之以鼻。一个人可以贫穷，但一定要摆脱庸俗。喜欢显摆的人，每天都手持炫耀的标签，见人就发。

不要被时尚左右思想。大多数人趋于时尚无非是从众心切，趋同心切，与时尚保持一致，能给自己增添或涂抹炫目的色彩，从而掩饰自身的平庸。

品牌会产生光环效应。只有让人们对品牌产生联想，产品才会更容易被接受。一个企业靠在别人的大树余荫下乘凉，终究不是长久之计。只有拥有自己的品牌，拥有自己的实力，才能立于不败之地。一个品牌的诞生，有时是靠自己本身的创新，有时来源于外部压力的逼迫。

自主创新、自强自立、不等不靠、做出亮点，打造自己的品牌。抢占滩涂阵地，做市场（泛指的市场）的软肋——输血不如强化自己的造血功能。

四、财务与会计

经济事项之间，往往有一定的依存关系。因此，不能将它们孤立或对立起来，应该辩证地、相互联系地进行分析。主从关系一定要严格地加以划分，区分主要矛盾和派生的次要矛盾。大小观点不要并列，防止分类越位，做到条理清晰，层次分明。

财会人员只有在平时注意留心经济活动过程中的新情况、新问题，深入调查研究，才有可能写出有一定分量的财务分析。一般来说，文字多用来说明经济活动中的实质性问题；表式能较直观地、集中地反映各项经济指标的完成情况和各项因素的影响程度。文字与表式的结合要恰到好处，不要使二者脱节，成为两个互不相连的、独立的部分。

财会辞典和学习手册一类的书籍，应给人一种明白无误的解释。如果对同一问题的说法不一或违背下定义的基本规则，就会使读者甚至专业人士如堕五里雾中，不知以哪种说法为准，也会给教学和实际工作者带来一些不必要的麻烦。

会计分析与财务分析有何异同？其实，判别一个概念是否准确的一条重要标准，就是看其是否揭示了事物的本质特征，或者概念的内涵和外延是否得到了确切而简要的说明。基于此，会计分析就是财务分析，没有必要将二者硬性分开，各自下个模棱两可的定义，使其变得复杂化，令人难以捉摸。

会计学与哲学和逻辑有一种天然的联系。可以说，会计学是经济类学科中富有哲学内涵且逻辑性最为严谨的学科之一。

会计人员囿于职业而面临特定的人际关系群，各种压力源形成的合力，使得不少会计个体左右为难，由此极易形成双重人格或多重人格，进而导致人格异化。而这一危害的后果往往使某些会计人员不能坚持原则，缺乏诚信，甚至做假账；同时，会计信息严重扭曲和失真，会使国家宏观经济决策失去依托，势必对市场经济的良性运行带来十分不利的影响。

财会工作的特点决定了会计个体要与外界发生诸多的联系，会计业务的各项实践，使某些个体在违心心理的作用下，内心充满了不安和自责的成分。这在一般情况下是难以由会计个体自身选择或改变的，而是由外部环境所决定的。

会计作为经营管理的一个环节，以及会计职业特性形成的社会交往及矛盾的交叉，使其身份具有双重性或多重性的特点，导致其心理现象十分复杂和丰富多彩，从而对会计心理理论的研究提出了更高的要求。

第五辑　穿越彩色的骨头

人格是思想的骨头，丢失了人格，人就会沦为精神世界的贱骨头。有独立人格的支撑，才会催化出锐利而自由的思想。

一、人格

不同的人表现出不同的人格。个性是指人格的特异性，也就是一个个体身上存在的与众不同的特点。每个人都具有人格，不同的个体的人格都有差异，表现在个体身上的这种人格差异就叫作个体性。

独立人格是人的独立性、自主性、创造性。它不依赖于任何外在的精神权威，也不依附于任何现实的政治力量，在真理的追求方面具有独立判断能力，在政治的参与中具有独立自主精神。

人格是思想的骨头，是一个人唯一真正有价值的地方。丢失自己的人格，人就会沦为精神世界的贱骨头。

有独立人格的支撑，才会催化出锐利而自由的思想。

极富个性魅力的作家、思想家、艺术家，其生活方式的主旋律充满着近似荒唐无羁的品格，其行为方式独具一格，大多孤独，因为他们远远地走在历史的前头。

好好权衡自己的性格特征，对它们加以适当的调整，一个人的性格越是独特，就越有利于他的独特发展。

每个人都有自己独特的个性，但同时也有人类共同的属性——人类灵魂的深处有着一根相同的弦——那就是人类相同的情感。

我们应该时时审视人性的弱点，拂去灵魂深处的阴影，不图眼前的热闹，不去媚俗。

人的最高境界就是追求独立的精神价值，形成高度独立的人格。独立意识较强的人，有较强的理性和情绪调控能力，他的心灵深处拥有崇高、永恒的精神家园，生命从此不再空虚。

深沉的思索，能让人摆脱尘世的苦难和无奈；理智的思考，能让人摆脱一切偏见，洞察事物的本来面目；思考让人摆脱僵化的教条与精神的奴役，达到独立自主的精神境界，完善独立的人格。

没有个性就没有创造性，没有独立思想的人与动物无异。思想者是不会看人脸色行事的，他们内心的丰富，足以弥补一些物质的匮乏。真正有思想的人，必然是内心强大的人。

经历过特定时期的少年或青年人，因在某种既定的模式中困惑得太久了，许多人对人生的自我意识发现甚晚，其人格尚未完善到有信心驾驭自己的命运。

应多培养自己的个性，借以抵抗各种心理的不平衡和压力，以免自感挫折。事业有成的人，即使多次面临工作困境，也不会放弃培养坚韧精神的努力，更不会把自己的命运交给别人去打理。

一个人的人格修养到了一定境界，其一举一动、一颦一笑，都会散发出一种美的气质、美的风韵。这样的人，一定是一个身心和谐、个性完整的人，而不可能是一个人格分裂、口是心非、利欲熏心的人，也不会是一个没有灵魂、麻木不仁、僵化机械的人。

具有独立的人格意识，就会摆脱从属或依附的心理。真正的人格独立者，一定会有所坚守，去发现真实的自我，去独立地探寻生活的意义。

对于惶惑不知道干什么的人来说，自由是不存在的；对于瞻前顾后、患得患失的人来说，自由是不可及的。

每个人都有每个人的活法，其实这没有什么，关键就是要活出自己的感觉，要活出自我。

一个人是否成熟，是否坚强，关键就是看他能否在痛苦的包围下依然有独立的人格。

性格是非智力因素中的一个关键因素。人的天资聪明不等于才华，才华应包含丰富的知识、经验和高超的技能。即使天资聪明的人，若没有良好的性格，也是很难成才的。

人生的许多困难、挫折、艰苦是对一个人情感和意志控制力的考验。对这些艰难困苦能够抱有积极的心态，其个性就会往好的方向发展；如果不能忍受这些苦难，对人生抱有消极的态度，那么其个性就会向不良的方向延伸。

特立独行的人，实际上就是一个大写意义上的“人”，也就是人格健全的人，他们不盲从、不因袭，心灵的完整神圣不可侵犯。在清白与卑鄙中，在高尚与无耻中，烟雾弥漫，征途崎岖。然而，人格独立的人永远都会做真实的自己。

一个人不被富足的生活蛊惑又能在贫贱中保持做人的尊严和内心的快乐，这样的人就是“大人格”的人，能收缩无限的时间与空间于方寸中。

只有那些具备独立人格和善于独立创造的人，才有可能创造出属于当代，也属于未来的杰出成就。

茫茫尘世里，大小人物之分、身份地位的差异，实在是没有必要过多地关注；但自己的灵魂、自己的心灵却必须时时关注。

一个人一旦丧失了个性，也就失去了值得拥有或者保持的一切东西，从而把自己变成没有个性、没有特色的芸芸众生中的一员。

一个人的人格魅力和综合能力的提升，需要一个长期的积淀过程。厚积而薄发，必然会不鸣则已，一鸣惊人。

每个人都有两个自我：一个是躯壳，另一个是灵魂，即物质性的自我与精神性自我的统一。

人生一世，荣华富贵如过眼云烟，人的伟大之处就在于奉献。世界上自以为聪明的人总是占大多数，对自己曾犯过的愚蠢言行要么视而不见，要么死不承认。

自我永远具有灵与肉、好与坏、真与伪、热情与冷漠、坚定与灵活等双重性，只是程度不同而已。任何人都具有某种程度的双重性，伟人和名人也不例外。双重性是人与生俱来的天性，是很难从根本上改变的。

最值得珍惜的是个性。只有个性的完整与和谐，才会给我们带来生命的快乐。自我的丧失将使我们成为完全的破产者，自我的分裂则让我们走向疯狂。

欲望是人的本性，也是推动社会进步的一种动力。但是，欲望又是一头难以驾驭的猛兽，常常使我们难以把握，于是便产生了太多的悲剧。

欲望之树种在心灵的土壤上，土壤肥沃它便长成参天大树且绿树环荫，土壤贫瘠它就只能是枯枝败叶并结出歪瓜裂枣。欲望到了疯狂的地步，便不可遏止地恶性膨胀。

人格的矮化有着深刻的历史原因，长期专制的封建社会，成了盛行小人和奴才的一片沃土。扼杀了个体的独立性，人的个性意识被严重消解，自我意识淡薄，从而形成依赖心理，甚至患上严重的“人格矮化症”。

附庸性人格的个体容易极度自负，也容易极度自卑。只有有了独立的人格，才能有完整的意志。否则，道德上就很难守节。

在任何时候、任何情况下，都不要损伤自身灵魂的完整，破坏自身人格的完美。应当不被环境和舆论所左右，应当不怕非议、不怕责难、不怕嘲讽，要敢于冒尖、敢于创新、敢于脱颖而出。

个性是自然而然地在不经意间流露出来的，实际上，许多着力表现个性的所谓艺术家们，其所暴露出来的恰恰是一种矫揉造作的“个性”。他们在生活中如此，在艺术生涯中也是如此。

人性之复杂，有时候不是深邃，而是捉摸不透。人性的光辉往往在不如意中才显现出来。

人性中有一种天然的惰性。只有摆脱生活的幻影，拂去心灵的尘埃，才能做真实的自己，过一种自然恬淡的生活。

人是万物的尺度，最起码的标准是堂堂正正做人，千万不要做精神上的太监。奴性意识已经成为一种潜意识，积淀在某些人的内心深处。不祛除这种根深蒂固的劣根性，就很难有坚挺的精神脊梁。

一个有创造力的人，不只编织梦想，还付诸行动。他们都拥有一项最重要的人格特征：心中有梦想，行动有热情。于是，他们能让生命充满朝气，让奋斗有方向。

无独立人格、无个性的人是难以产生独立思想的；任何丧失自主意识的人、曲意逢迎的人、奴性强的人都是不能成为思想者的。没有自己的思想和主见，一切的学识和经验都毫无价值。

破坏自身人格的完美，囿于懦夫哲学之中不能自拔，一味地退却，意味着人生价值的沦丧。

人的遗传素质，只能影响人格的发展，而不能决定人格发展的水平和方向。因此，片面夸大遗传素质在人格形成和发展中的作用，断言人格的发展单纯受生物学规律所支配，是错误的。

人格异化，是在个体的生理基础、家庭教育、社会环境等因素以及职业的作用下所产生的人格变异。人格异化常常会导致人格波动，从而改变人格的角色，给人前后判若两人的感觉。

人格同一，表明了个体人格时序上的一致性和变化阶段的相对稳定性。

人格同一并不完全排除个体在潜意识中的非本体人格的心理，但只要在外部表现形式上具有同一性，或其主体人格具有相对稳定性，均可归纳在这一类型中。

人格压抑，指在外部环境或条件下，特别是在外部压力和复杂人际关系中，使个体的本体人格在显现的不知不觉中，被抑制在潜意识里，其后续效应的不断叠加从而导致人格压抑。

人格压抑的形成往往可追溯到个体的童年时期，这一时期的不安全、缺乏温暖、遭受挫折等，都有可能形成此种人格的萌芽状态；在成长期，尤其是在青春期遇到挫折或打击，而又没有得到及时矫正，则会使此种人格特征进一步强化，从而定格为人格压抑型。

人格分裂，表现为个体主体人格和依附人格的严重对立，内心经常处于人格冲突中。人格变态，则是“非我”人格的极端化表现形式。它有悖于伦理，丧失自我人格，是一种典型的人格扭曲。

病态人格，是正常人格的偏离，其动机和行为均异常。这类人很难适应错综复杂的人际关系，容易失去抑制和调节能力，在言行上放纵自己，越出行为规范，导致人际关系紧张。

偏执型病态人格情感不稳定，暴躁易怒，心胸狭隘好嫉妒，自我评价过高，对挫折或羞愧的事情过分敏感，往往把别人的善意看作是一种敌对行为，待人处世显得死板，缺乏变通性和幽默感，在工作和学习中容易和别人发生摩擦。

人格是不能从众或趋同的，否则将会导致自我人格同一性的丧失。个体的人生价值、内在倾向性也就失去了存在的基础，社会责任感、义务感则大为削弱。

个体人格如果长期处于不稳定或矛盾状态中，就不可避免地会陷入抑郁或焦虑的压力中，而这往往又是精神疲惫的常见原因，它使个体萎靡不振，导致心理疲劳，影响个体的身心健康。

保持人格独立性，既是自尊的需要，又是恪守职业道德的前提。要强化自身本体人格的正向效应，保持独特气质风格，不要曲意改变本体人格。

人格同一性，要求个体人格在时序上一致，在空间上连续，从而达到时间和空间上的统一，克服两相排斥的人格矛盾状态。按照正确的价值观塑造自己的人格，履行自己的责任和义务。珍惜自身完整的人格形象，使纯洁的心灵与人生优美的旋律和谐。

完善自身人格，避免人格波动，建立稳固的心理结构，防止人格两极或多极化。加强人格磨炼，尽快矫正人格缺陷。心理健康的人总能和社会保持良好的接触，能认识社会、了解社会，其思想、信念、目标和行为能够跟上时代的发展，与社会的要求相符合。

意志薄弱的人，在遇到困难时会感到软弱无力，畏缩不前，甚至放弃努力，最终放弃目标。意志坚强的人，在困难面前毫不畏惧，顽强奋斗，朝着既定的目标前进。

一个有自制能力的人，在采取决定时总能使个人的需要服从整体的利益，一旦决定，就严格要求自己坚决地执行，并尽力地克服来自自我方面的种种困难和障碍，诸如担心、忧虑、羞涩、委屈、恐惧等情绪的冲动或干扰，以及疲劳、负担过重、知识和能力不足等。

二、心理素质

素质是能遗传的，但不能从素质的遗传推论出能力上的遗传。遗传素质和客观环境对能力的形成都有重要作用，但关键在于实践。能力受遗传素质的制约，也受个体生活实践及社会历史条件所制约。

素质是能力发展的自然前提，不是能力发展的唯一前提。

如果一个人具有优秀的素质，但不去从事相应的活动，没有接受必要的教育和训练，那么他的能力就难以发展起来，能力只有在个体的生活和工作实践中才能形成和发展起来。

心理素质的优劣，导致了工作成效的差异。良好的心理素质与丰富的专业知识相结合，必将促进工作创造性地开展；如果心理素质差，就难以产生良好的人际关系，从而对自身能力的充分发挥带来不利影响，由此带来的苦恼也会长期困扰个体。

个体的心理素质、气质特点愈能适应环境，就愈能顺利地开展工作；反之，则会造成工作被动、各方面都不满意的局面。因此，性格调整与转换并不是可有可无的，而是理论和实践中必须亟待解决的一个极为重要的问题。

个体期望值与现实之间的差异会形成一种心理落差。这一般与目标的确立、主观努力程度、外部客观条件等因素有关。当个体自认为应达到的目标未能实现时，便形成了忧郁感、紧迫感和危机感，从而使心理失去平衡。

不同性格类型的人，他们之间的差异是很大的。常常表现为性格特征的不同，对现实的态度不同，对自己行为的自觉调节方式和水平不同，受情绪的感染和支配程度以及情绪受意志控制程度不同，性格差异在不同程度地影响着行为动机和行为方式。

个体承受的压力源是比较多的。一般而言，事业心愈强，愈具开拓性；工作愈负责任，愈坚持原则的个体，所承受的精神压力愈大，与外界发生心理对抗要相对多些。这是由其思想观念、行为的超前性所致。

要增强心理抗压力。首先，要有勇气面对现实、面对困难的坚定信念，要培养自身顽强的心理品质和乐观的情绪；其次，要强化心理锻炼，在实际工作中不回避矛盾，要敢于处理工作中的各种棘手的问题。这样，通过不断经受实践的考验，心理抗压力就会大大增强。

困难的环境，最能磨炼人的意志，提升人的素质，增强人的才干，对人的性格有着特殊的锤炼价值。对于困难不必回避，应以积极的态度迎难而上，在征服困难的过程中，把性格锤炼得更加坚强。

一个企业或一个单位，在运转过程中往往会产生一种惯性，如果循规蹈矩，按照这个惯性去行动，就很少有人指责，而一旦越出常规，就有人出来指责。可以说，非议和责难，对于思想和行动想要越出常规的人来说，是很难避免的。

理解是一股动力，而从事某项工作，要完全被人理解，并不是一件容易的事。应该被人理解的时候却得不到理解，这种事是常发生的。关键在于不要被一时的舆论所左右，坦然前行，只要坚信选择的正确性，不放弃努力，真正做出成绩来，别人迟早会理解你。只是到了那时，理解与不理解，你都不会放在心上了。

不同气质的人心理承受力是不相同的。作为个体，在不同时期、不同环境下，其心理承受力也是不完全一样的。当外界刺激一旦超过个体心理承受力时，则往往会使其性格发生逆转。

个体的心理弹性在很大程度上与外界条件、氛围因素相关，认识这一点，对于掌握个体心理状况，增强心理承受力是大有裨益的。

由于个体性格差异以及心理承受力的差别，会形成种种不同的外部联系，一些具有相同工作能力、业务水平的个体，仅是由于心理承受力强弱的不同，往往产生迥然不同的工作效果。

导致自卑心理的因素十分复杂，差异性、社会环境和个人顺应环境的程度是其中几个重要方面。自卑是意志力的腐蚀剂，是由于个体自信心不足或某种弱点形成的一种心理障碍。无论是学历、身体素质造成的自卑，或是个体地位、能力等造成的自卑，如不及时跨越，将会导致个体跌进自我消沉的陷阱。

自信度是个体能否胜任本职工作（或完成某项任务）的自信程度。面对同一项任务，不同的个体往往有不同的主观反应：有的充满信心，有的犹豫不决，有的感到害怕等。自信度较低的个体往往过多地感受到失意和苦恼，这类人十分顾虑周围人的看法，对别人的眼光和态度非常敏感，尤其与外界发生矛盾时，这种感受会更为明显，从而加重了心理负担。

个体能力与所承担的工作责任之间有一种相适应或相匹配的关系，若二者不协调则为能力负荷不当。当个体能力较强而工作责任较轻时，由于能力过剩会产生配置不当或不受重用的自卑感；反之，亦会产生能力不足的自卑感。

应该发掘高层次的内涵，在这个过程中进行创新素质、人文素质、审美素质、品德素质、心理素质等的熏陶，通过“内求”来提高综合素质。

第六辑　知识的渗透得以圆满

真正的教育是要让人学会思考，而不是盲从与迷信。

一、教育篇

教育

正规教育并不是造就人才的唯一通道，依据自己的兴趣阅读“闲书”并在无约束的氛围中追求自己的梦想，仍然可以抵达理想的彼岸。

人生是漫漫旅途，教育是慢慢浇灌。教育并不需要决出胜负，教育的本质是培养人、发展人、完善人，所以不存在一个输赢的问题，不存在一个你好我坏的问题。

终身学习比终身教育更为灵活持久。不管社会是否提供受教育的机会和条件，终身学习可以在任何场合进行，即使是通过生活的观察体验也能学习。

人类的教育将越来越凸显出非工具的一面。凡是工具能做的都将交给工具去做，人就只做人才能够做的那些事情——创造与发现。

孩子有自己的成长规律，孩子就是在不断犯错中长大的。孩子犯错的时候，就是教育的机会，不应拔苗助长。让充满想象力、充满创造力的孩子去死记硬背，其后果就是想象力的空间被僵化的知识填满了。

当人们过多关注眼前时，眼前的事物就会成百上千倍地放大，以致遮挡住远景规划。循规蹈矩地培养孩子，处处限制他，使其从小在一种压抑的氛围下成长，长大之后多半会成为庸才。

人和人最大的区别在于自我教育的能力，一个有自我教育能力的人，就会不断地提高自己各方面的素养；而一个缺乏自我教育能力的人，只会原地踏步，所有人格平庸的人都有这个问题。

对那些在正规教育过程中显得力不从心的人来说，在另类领域中的激情和自信则是支撑他们战胜内心怯懦、追求梦想的重要动力。

社会是没有围墙的大学，它本身就是学校。

知识

许多人的知识仅仅来源于书本，却将其作为高谈阔论的资本和炫耀的利器；而有的人一部分知识来源于自己生命深处的感悟，只有自己才能品尝它的甘甜，它是朴素的，不需要包装与炫耀，不需要鲜花与掌声，不需要在大庭广众之下唾沫飞溅地卖弄，也不屑于别人的评价。

知识靠习得和积累，能力靠知识的运用和转化来提升，智慧靠能力的升华和悟性的积淀。一个知识面狭窄的人，很容易产生认知偏见。

知识是学出来的。获得虚假知识比无知更危险。不知道自己无知，是双倍的无知。

知识为解决问题提供了一种范式，在面对新情况和新问题时，通过对知识的运用，才能创造性地解决问题。

知识是对经验的一种抽象反映，它反映的是一般的规律，而现实总是生动和具体的；理论是对过去经验的总结，而现实是流变的，完全照搬理论是会出错的；知识本身是具体范围内的相对真理，这些知识运用于特定的范围，面对新的情况、新的专业领域时，它往往并不适合。

知识结构不合理、思想僵化、观念陈旧、知识单一，就难以接受新信息，更难以接通和建构新思想。因此，知识结构是创新思维极重要的准备。知识必须是宽与深的结合，只懂一个专业的人是比较缺乏创造性的，对其他事情一概不知，思维是很难发散的。

个体知识结构的组成，除了受不同教育程度的影响外，还有其自身独有的不同经历的特点，这是个体对事物认识的独特体验，是书本上难以提供的，往往是其他个体难以替代或无法企及的，也是个体产生独特创意的一个重要源泉。

某些人只重视书本知识而轻视实践活动，将占有知识量当作终极目标而不是作为创新的手段和条件。因此，尽管这类个体知识广博，但由于缺乏必要的实践经验，也就难以有所作为。

人即使拥有十倍、百倍的潜能，也不能掌握全部的知识。知识只有转化为智慧才能促使其价值的大幅增值。因此，智慧比知识更重要。学识上孤陋寡闻，智力上平平庸庸，是不可能想出什么奇谋妙策的。唯以智慧为依托，才能获得真正重要的知识，或者说，让知识转化为智慧才是最重要的。

知识与创造的关系极其密切。一个人缺少知识或者知识面狭窄，其面对现实时就会举步维艰。不会将知识活化，就无法用新的眼光去观察世界；已掌握大量知识却仍能以新的眼光去观察世界，就更善于发明创造。

知识是学出来的，能力是练出来的。知识不等于智慧，智慧是知识的升华，因此智慧比知识更有力量，更具活力。任何知识、经验必须通过学习者独特的加工、同化吸收才能变成自己认知结构的一部分。

世界上有一类知识是从书本上学不到的，或者是书本上无法解释清楚的——那就是在社会实践的土壤上存在着大量的书本以外的另类知识。

为应试、为职称而恶补的知识，考完多半也就忘记了。这样的知识虽然能够用来炫耀谈主知识的渊博，却也更凸显了谈主的浅薄。

某些掌握了边缘知识的高手，实际上步入了知识的新天地，同时也迈入了创新的大门。

知识与能力是有差别的。知识可以传授，而能力无法转让。

知识是精神的高级营养品。丰富的知识不仅是世界观的坚实基础，还会使人胸怀宽广、视野开阔、明辨是非。

有些知识是不需要强记的——点点鼠标就可知道。这样的知识即使掌握得很多也没有什么意义，各种花样翻新的知识竞赛大体就是如此，而且消耗的是创新思维的有效能量。

人的大脑不可能塞进太多的与自己的目标不相符的东西，在某些时候，为了接受新观念或者为了激发新创意，还需要我们努力地摆脱已有知识的束缚。

别把无知当博学，也不要低估他人的智商。要在无字处读经典，要懂得“见山不是山，见水不是水”的道理，以便打破思维定式，从中发现规律。

书看得越多越好，看得杂一点也不要紧，这样对自己的创作是有益的。好东西是无须包装的——因为内容为王。而一切需要包装的东西往往是不靠谱的，是令人生疑的。

有的人一旦读书过多，就自以为真理在握，听不进任何建议和意见，自负成了一个显著标志，这样的人哪怕学位再高、知识再多，其创新水平也好不到哪里去。

不加甄别、不加思考、盲目地学习太多的无关知识或所谓的、片面的全面发展一定会挤占思维内存，这就是所谓越读越糊涂的主要原因；而不读书，或者是瞎读书也会弄得满脑子都是糨糊；只有经过反复思考、学习并融会贯通的知识才是自己的知识，在遇到问题时，才能够灵活运用。

认真读好无字的书，绝不可自囚于“有字”的领域。读书人最可悲的莫过于沦为活书柜、复印机，把自己的脑海变为作家们的跑马场、资料库。聪明的求知者，善于把书作为捕捉信息、激活智能的一种工具；通过博览、聚集，使自己的智能结构始终处于社会适应力的最佳状态。

不读书的人，就像没有灵魂的身躯。书代表着精英文化，要善于从书中聆听智慧之声。对于经典名著，不仅需要精读，还需反复阅读，只有这样，才能不断地优化自己的精神世界。

每个人头脑中所思考的事物和问题，都受制于他的知识水平。因此，应该多读书，读好书，以启迪思维。

书是你的工具，不要让它成为摆设。只有从珍贵的书籍中获得了新的思维素材和智慧结晶，它才具有珍藏的意义。

不要制造神童

我们特别迷信神童，然而现实中的某些神童仅具有考试名次的意义，抑或是满足其父母虚荣的道具。其实，许多早开的花，结的都是酸涩的苦果。

某些神童只不过是父母期望递延的衍生物——父母将自身未实现的抱负迁移至子女身上的产物。这类为人父母者从孩子的胎教始，进行全程打包护理，使许多孩子失去了最基本的生存能力——许多子女被亲情绑架，而并非是发掘自己真正的兴趣或优势潜能。

违背孩子天性的教育，恶果是不容低估的。在家长拔苗助长和严格管教下的少年得志并不一定就是好事。孩子们失去了童趣和天真。从人生的整个过程考察，神童的最终成就有的甚至不如其他一些普通人，有的综合素质甚至大大低于同龄人。

神童可以表演让别人惊奇的技能，但这些都是由家长们所选择的技能。他们学会了顺从和如何取悦于人，始终渴望别人的表扬和掌声。然而，只有当用自己的眼睛和头脑观察、感受以及评价周围世界的时候，他们才能健康成长。从而才会免于失去独立人格的风险。

不要把背背唐诗宋词、跳跳广场舞、记忆一些数据的孩子打扮成神童，这不仅误导了大众，更是害了孩子。孩子就是要吃好玩好，赢在起跑线上没有什么了不得，关键是不要忽略人生的转折点和输在终点线上。

大多数的神童最终泯然众人矣。重要的原因：一是拔苗助长；二是缺乏厚重感。神童是可悲的——一旦成为神童，就成了输不起的人。然而，这并不是他们的过错，而是社会和家庭的原因。

孩子是独立于父母之外的完整个体，孩子不是私有财产，不是家长弥补人生缺憾的工具。作为父母，不要把不切实际的想法转嫁给孩子，更不要把自己的私欲强加在孩子身上。

二、文化篇

文化是时间和心灵酿造出来的，是一代代人共同创造的精神成果，是自然积淀而成的。物质的东西可以打造，文化的东西是无法打造的。文化是渗透在人们信仰、道德、品质、学识、行为准则中的多种积淀的总汇。即人类在社会历史进程中所创造的物质财富和精神财富的总和。

文化包含着知识，而知识并不等于文化。文化，是精神与物质二者的合一，它不取决于规模上的大与小，不在于金钱上的多与少，更不取决于学历上的高与低。

真正的文化，不张扬、不标榜。文化的独特性愈强，价值就愈高。市场拒绝深层的文化，只要外表光鲜的一层，文化的浅薄化是市场化的必然趋势。

传承的东西，有宝贝，也有垃圾。有的宝贝被当作垃圾扔掉，也有垃圾被当作宝贝传承下来——不仅是物质上的，精神上的更是如此。

现代野人与原始野人的区别在于：原始野人生活在丛林中，而现代野人却混迹于文明社会中，在文明的幌子下干一些很幼稚、很单纯的事。

封闭的文化环境是扼杀创造力的地方，任何有生命活力的东西，都会被扼杀在萌芽状态中。每一个人几乎都要经过反反复复的扼杀，最后能够漏网的简直寥若晨星。

文化已成为“物”，但比一般的物多了一种特性，它具有地域和民族特色，而精品屋卖的“精品”，除了做工上较讲究外，不过是以最快速、最巧妙的方式卖了异地异族的文化而已，却身价百倍，且韵味无穷。

一个民族，如果文化和思想滞后，就可能只迷恋物质的富有，而忽视道德的坚守，社会就很难和谐进步。

第七辑　走入心灵的盛宴

只有痛彻心扉的感悟，才有力透纸背的文字。

一、心灵的事业

写作，是心灵的事业，是没有上下班界限的，不是只有正襟危坐才算写作。写作是一件令人遗憾的事业——越追求完美，所感知的遗漏和瑕疵似乎也越多；写作的时间越长，惶惑、焦虑及不确定性似乎也与日俱增。

写作是思绪的泉涌，很多文字犀利、思想深刻的奇妙文章都是呕心沥血的结晶。

写作是生活的副产品，经历了世事磨难、愁肠百结、生命攸关的惶恐与茫然，就会有心灵泣血的文字凝结，乃至浑然天成。经典作品大多是心路历程的倾诉，舍此并无他途。

写作是心灵的自我对话——它有着诸多的约束条件，因此并不是所有的人在任何时段、任何环境下都适合写作。没有思想骨架作为支撑，任何文字都只是一种软体的堆积。对于一个作者而言，什么时候都可以写，问题在于想不想写。

要写出优秀的作品，就必须深入社会底层，获取最为丰富的生活养料。接地气才能有灵气。文字中渗透出作者心灵的琼浆，那是灵思的闪现，那是智慧的凝结。

当你用心灵与文字对话、用思绪梳理喷涌而出的灵感时，那么地球是圆的、是方的、是扁的又与你何干？此时，你已进入了一种似人非人、似神非神的境地，活着写作真好！

真正的写作是个性化的，是用生命在写，写出自己的灵魂，写出自己的观点，写出自己的思想脉络。我们应该在文字中展现独特的生命气息，流露人生特有的阅历与感受。

手稿是作者最为真实、最为草根的底色。作者躲进心灵幽暗的忏悔室里，与自己喃喃对话，思考残酷的人生与滴血的年华。如果没有自己真正独有的感悟，也就没有什么真正有价值的东西可供沉思和写作。

创作不是娱乐，它只是对生命的一种感悟和倾诉，一种让你感受到疼痛的切割，如果对此毫无感觉，那就绝不要勉为其难。

只有痛彻心扉的感悟，才有力透纸背的文字。

某些付诸笔端的文字，是由于灵性的火花不断在脑中闪现而形成的。因此，不论白天、夜晚，甚至在睡梦中——灵感来袭时，哪怕睡意正浓，十分疲倦，也要强迫自己清醒，睁开睡眼惺忪的双眼，抓起笔赶紧记录下来。

写作是一项与自己过不去的艰苦的事业，苦的是个人，成的是作品。它是不可能一蹴而就的。

一切真正有价值的作品都是“熬”出来的，是作者将丝丝缕缕思绪梳理成型，将灵感的火花连缀成篇，将思维的碎片化为沉默的草稿。一个沉思者，只要愿意写，而且坚持用心去写作，就能越写内心越丰富，并能享受局外人无法体验的愉悦感。内心强大丰富，是一个人表达欲望的源泉。

只要一个从事写作的人真实地面对自己，不扭捏作态，不故作高深地将自己装扮成一个与众不同的人物，就一定会真实地倾听自己的心声，就不会刻意隐瞒创作的艰辛和刻骨铭心的心路历程。

许多有成就的作者在完成一部作品后，就会立即找到重新出发的起点，并且马不停蹄地继续前进。他们始终活在自己的作品中、征途上。

有真性情，才有好文章。怎么写是作者自己的事，至于作品写出来后的“中心思想”和如何分类，则是评论家和读者的事，作者根本用不着操那份闲心。

写作的语言不等于心灵的语言。心灵的语言是心声的“物”的载体或结晶，与书面语言、社交辞令、流行思潮、社会泡沫等没有什么联系。

创作的激情是不可能被逼出来的。创作是走心或走脑子的呕心沥血的事业，绝不是顺口溜和脑筋急转弯。一切投机取巧或想一夜成名的人，应尽早改弦易辙，以免自毁前程。

一旦成为热点，就已经丧失了超前性——因为“热点”的周围早已是人头攒动、摩肩接踵，因此写作应有意识地与热点保持一定的距离。

任何一位作者，只要是将自己的心灵真正付诸笔端，而不是隔岸观火，他就会用心灵去触摸社会和人生，其作品必定是和着自己的汗水、泪水以及心血凝结成的。

真正的经典是无法超越的，而只能重建。模仿与复制的东西没有历史感，没有沧桑感。

二、创造性技能

创作，在很多时候不是全凭经验就能完成的。创作的生命是如此寂寞，但伟大的作品终究不会寂寞。

写作是一种自觉的、创造性的意识活动。写作才能也和其他才能一样，都是从实践中培养出来的。论文只是思想的外壳，杰出的研究者很少去顾及学术规范。然而，他们的思想却极具震撼力。

创造出超越前人思想的人，等同于亡命于思想的天涯海角。他们不停地在键盘上耕耘自己的春夏秋冬，在荧屏上播撒自己的梦想年华。当他们把数不清的资料卡片，各类感悟和素材提炼、升华并浓缩为电脑荧屏上一个个美丽的符号时，心中必定会充满了巨大的愉悦。尽管这仅仅是写作的一个初始阶段，离作品的最终完成尚有一段遥远的距离，但他们仍充满了自信，就像一个辛勤的农夫，耕耘着自己心中的方寸之地，尽管成果还难以预料，有可能把自己抛掷到未知的命运里，但他们仍然预支这份自信与快乐。

人类科学文化的进步，很重要的一条就是能够总结经验，并把经验记载下来，相互交流，传之后代。科学技术成果的表达手段就是论文。若不能写作，即使有丰富的经验，也不能总结和保存下来。

创作基地是令人生疑的，创作是十分个人化的行为，甚至是一种私密化的行为，怎么可能变成一种公开的创作行为，并且还“基地”化呢？

写作是一种创造性的精神劳动，要写出好文章，没有一定的才能是不成的。写作才能主要指写作技能，包括材料的搜集与合理安排，主题的概括与提炼，结构的精密设计，各种表达方式的灵活运用，语言文字恰当、生动的表达，等等。

写文章时不能不求助于推理，对推理方面的错误越熟悉，写作水平便越能提高，作者就会成为自己的检察官。

写作离不开丰富的学识，即知识储备。知识积累多了，思路就会开阔，写起文章来就会得心应手、左右逢源。

写作是一种能力，能力的提高主要靠实践，并且要经过反复实践才能获得。只有在不断的实践中才能逐步提高实际写作能力。不经过长期的、反复的、刻苦的实践，要想提高写作能力，就只是一句空话。

多修改自己的文章是提高写作能力的一个重要环节。只有养成修改文章的良好习惯，虚心听取别人的意见，反复推敲，千锤百炼，文章才能精益求精，才能迅速提高自己的写作能力。同时，还要多读一些各种体裁的优秀文章，细心揣摩，从中吸取有益的营养，并融入自己的写作实践中去。长此下去，就一定能有效地提高写作水平。

写作是一种创造性的认识和书写的实践活动，也是一种既艰苦又孤独的事业。如果仅仅是材料的拼凑和“焊接”，就会变成没有思想灵魂、缺乏逻辑的一堆文字垃圾，这样的文章是不忍卒读的。

真正有价值的“作品”，常常是处于构思和撰写前散记的那些“灵感”：往往是将最有价值的灵感、感悟、思绪、思维碎片随手记在名片、餐巾纸、药品说明书、烟盒上或手机草稿箱内。这些才真正构成了作品的灵魂和价值——以为打开电脑正襟危坐的人才是写作的人，其实是不懂得写作真谛的体现。

真正的写作就是要用自己的思想灵魂来写，以自己的思想观点为主线去统领材料，所有的材料都是为你所用的，并变成佐证你的思想观点的证据。在这个过程中，你就会提出新的见解，所引用的材料会融化成为你思想的一部分。

严格地说，写作是一项非常个人化的事。作为一个现代科技工作者，要想在事业上有所成就，不但要在专业知识上打下坚实的基础，具有出众的创造才能，而且还要善于用语言文字清晰地阐述自己的思想、观点和科研成果。一个只会创造不会表达的人，他的发展肯定是会受到限制的。

再先进的电脑，也不能完全替代手工写作——这是由灵感的瞬时性、偶发性决定的。大而言之，写作并非是正襟危坐式的写作，而是可以在田头、车上、如厕时、旅途中进行的。

为了搜集基本资料和参考资料，应最大限度地利用图书馆和网络。大量的阅读、深入的思考，是为了产生新的见解，这是一个不能缺少的环节。发现新的资料，开创性地使用新的研究方法，是有价值的。只有不惜时间和精力地去努力，才会使研究前进一步。

占有材料，是写好论文的依据。不但要广泛地收集材料，还要使自己长时间地沉浸在创造的兴奋中，并且在每次入睡前进行暗示，以便于梦中借助于潜意识想出好点子，解决显意识未解决的难题。

在检查了全部的材料卡片之后，就应依照几个相当大的分论题对它们进行第一次分类，形成几个较大的卡片群（这种卡片通常是奇形怪状的，往往是作者随手记在餐巾纸、纸烟盒、名片卡、药品说明书上的灵感和思维碎片，但极具思想价值），这样，你就能形成一个粗略的大纲——论文的骨架。

写在纸上的是看得见的部分，而在纸背后的东西，则往往是被人们所忽略的。然而正是这样一只“看不见的手”，才真正具有力透纸背的力量，从而才能支撑纸面上的文字。

深入生活是创作的前提，也是创作的基本功。只做表面观察，肤浅地了解，就不能从本质上把握各种人的思想和感情。

有了丰富的创作素材是否就一定能写出好作品呢？也不一定。作者站位不高、看得不深，纵然手中有好材料，写出来的作品也是较肤浅的，是无法避免雷同的。创作是一项艰苦的创造性劳动，优秀作品的诞生必定是要付出艰苦劳动的。

作者通过积累大量素材，头脑中的生活场景越壮阔、人物形象越丰富，对进行概括、集中就越有好处，创作起来就能胸有成竹、游刃有余，从而能够有效避免构思雷同、形象干瘪、艺术性差的弊病。

创作与生活是鱼水关系。创作的题材，来源于现实生活中受到的激励和启发。在占有大量素材的基础上，经过改造制作过程，进行艺术概括，才能创作出反映时代精神和揭示生活本质的作品。

创作，撇开前人的经验是不容易成功的。任何一个崭新的东西，每每是从过去的经验中创造出来的。创作的过程，本质上就是实践、认识、再实践、再认识的过程。

笔尖是浓缩人类智慧结晶的简便易行的工具。笔尖的灵活性和优越性，在特定场合是电脑无法比拟的——再先进的工具也有它的弊端，对于瞬时灵感的快速记录、思绪因子牢牢“抓住”——任何先进的电脑都不如笔尖！笔尖能快速记载爆发式的灵感，从而升华为卓越的思想。真正有价值的思想起初往往都是记录在不起眼的小纸片上——电脑只不过是最终的输入和整理而已。

独特的美，只能从勤于笔耕的沃野上升华。笔勤，实在是立志成才者百勤之首。一个人一旦眼勤、口勤、脑勤、腿勤与笔勤结合起来，就能使自己在成才之路上迅猛驰骋。

如果想使自己的思想变得明确，在某件事情上拿定主意，那么用笔帮助我们记录一下关于一个主题的思路，其效果是令人惊讶的。如果没有一些提纲来指引和约束你手中的笔，那么就写不出好的作品或者写作根本无法进行下去。

把深奥的学问写成小文章，做到言简意赅、雅俗共赏，是很需要一些本事的。做学问的人要耐得住寒窗和灯下的清苦，善于打破思维惯性，从不同的角度进行分析对比，选择最佳切入点，是提高写作技巧的捷径。

广义地说，一部成功的作品，大都是作家心灵之泉的流淌。仅仅满足于撷取生活现象的一鳞半爪，采到一点就写，不可能获得对生活本质的正确认识，也不可能写出具有丰富内涵或尽可能完美的艺术与形式相统一的好作品来。

三、精神的会餐

写作是精神的会餐，是心灵的还债，也是痛苦解脱的后花园。心灵的还债与精神的升华如影随形，人类的许多艺术创造都是精神升华的结果。

人类追求的一个终极价值就是精神不朽。仙逝的人在另一个空间，作者只要将他们记录下来，通过文字的传承，往生者就活下去了，他们因你的文字而不朽，一代又一代永续相传。

绝大多数写作者是从“有感而发”起步的，心中累积了太多情感，情动时犹如火山喷发一般，于是埋头疾写。处女作、成名作多出在这个时期。而一般为文而文的作家却难免花前月下、无病呻吟、没话找话、小题大做。

写作需要刻骨铭心的体验，而不是无病呻吟，也不是花里胡哨的卖弄和华丽辞藻的堆砌。如果一个人不适合创作（无生活积累、悟性差），那么即使勤奋地写上十年八年，也可能会颗粒无收，这并不是什么稀奇事。

创作需要技巧。但要搞好创作，除了要学习和掌握一定的技巧外，还必须不断提高自己的思想水平。写作技巧也并不是僵死不变的，它是在不断的创作实践过程中形成并提高的。

生活气息浓，给人联想的东西就多。亲身体验，广泛收集素材，既丰富了情感，同时也获得了更多的创作感受。只有真正理解了，思想感情才能反映出精神面貌，创作就不是停留在表面现象的描写和模仿。

一个仅仅把注意力放在素材的形式方面并以此为主要支柱的作家，是不可能创造出新的形式的。只有把形式当作表达的手段，当作语言，使形式符合思想要求的人，才有能力丰富形式、发展形式、赋予形式更大的灵活性。

对创作而言，内容是主要的，形式应当放在次要的地位。创作的主要精力不要放在完美的形式上，而应关注与艺术生死攸关的问题，即作品的新颖和独到之处。

作品的成功，主要不是体裁的成功，重要的是在思想感情上达到了真实地反映现实生活的高度。创作过程，看起来总是一气呵成，实际上付出了极为艰巨的创造性劳动。

创新是艺术作品的生命线。没有创新，作品就会苍白、贫乏、没有生命力。要创新，就必须努力克服创作中的公式化、一般化倾向。

一切成功的创作，自觉与不自觉地都有着一定的原则性思想做指导。而且尽管创作者的艺术个性彼此不同，在艺术上各有其独特的创造，但在创作的基本原则上却往往有其一致之处。

积累素材最重要的是行动，通过直接和间接的生活积累，你的素材仓库积存的东西越来越多，便可在创作时得心应手。

缺少创意的作者，把清规戒律视为高于一切的东西。他们只知谨小慎微地恪守着某些僵死的教条，尽管这些形式所具有的光和热可能早就已经散尽了。

孤独是思考的开始。写作，在某种特定情况下不是靠笔，而是靠“心”。作品只不过是心中旋律的凝固化形式，其表达方式往往是一种“疯狂”的行为，即已进入了一种物我两忘的境地。

花费了很大苦心，用想象力创作出来的作品，即使未被他人接受也无须失望，因为一部不朽的著作，往往是经过不断磨炼、刺激而完成的；谁能够忍耐长时间的煎熬，谁便能成功。

即使是完全没有写作经验的人，也能创造出成功的作品，因为它只不过是思想、灵感的精华记录而已。

只要能够思考，能够说话，就能够写文章。从某种意义而言，经过深思说出来的话到形成文字，其实只是打字的功夫而已，并没有什么不可逾越的鸿沟。

语言上的花架子，掩盖不了思想上的苍白、内容上的浅薄和神韵上的无彩。再美丽的文字，也不过是暂时的风景。真正留传下来的文字，一定能让读者感受到崇高的激情，或是热烈，或是振奋，或是悲伤，或是惆怅，或是荡气回肠。

没有什么比一个作者面对一大堆杂乱无章的素材更令人烦恼、一筹莫展或无从下手了。面对杂乱无序的大量素材，许多写作者经常被弄得手足无措。然而，他们却义无反顾硬着头皮前行，在键盘上倾注满腔热情，在卡片上耕耘自己的梦想。他们深知：只有抵达内心深处的文字，才能真正触动人们的灵魂。

到了一定年龄之后，写作就不是仅仅凭一时的感性和激情了，而是融入了更多的理性和思想的元素在其中；也不太注重形象的描述，而是倾注了思想和心理的表白，进而会摆脱一切花里胡哨的东西，不再玩技巧，而是注重真性情。

有时，过分追求表面的完美，反而会丧失对内在精神的发现。

小缺憾掩盖不了内容的光彩，细枝末节再完善，也不过是形式而已。某些粗俗的表面，遮挡不住内在透射的光芒和永久不变的魅力。

一个人连死都置之度外，那么他的精神就会得到极大的升华，奇迹就会出现。成熟的思考就会使写作不打草稿，因为他是在用“心”写作，知识之泉就会从心中汩汩涌出。